新疆大学“211 工程”
优秀学术著作出版基金资助出版

民族叙述

文化认同、记忆与建构

欧阳可惺 王敏 邹赞 等著

暨南大学出版社
JINAN UNIVERSITY PRESS

中国·广州

图书在版编目（CIP）数据

民族叙述：文化认同、记忆与建构/欧阳可惺，王敏，邹赞等著．—广州：暨南大学出版社，2013.10
ISBN 978-7-5668-0600-0

Ⅰ.①民…　Ⅱ.①欧…②王…③邹…　Ⅲ.①少数民族文学—文学评论—中国　Ⅳ.①I207.9

中国版本图书馆 CIP 数据核字（2013）第 116868 号

民族叙述：文化认同、记忆与建构

著　　者：欧阳可惺　王　敏　邹　赞　等
策划编辑：史小军
责任编辑：李　艺　周玉宏　黄　球
责任校对：黄　颖
地　　址：中国广州暨南大学
电　　话：总编室（8620）85221601
营销部（8620）85225284　85228291　85228292（邮购）
传　　真：（8620）85221583（办公室）　85223774（营销部）
邮　　编：510630
网　　址：http：//www.jnupress.com　http：//press.jnu.edu.cn
排　　版：广州市天河星辰文化发展部照排中心
印　　刷：佛山市浩文彩色印刷有限公司
开　　本：787mm×960mm　1/16
印　　张：22
字　　数：358 千
版　　次：2013 年 10 月第 1 版
印　　次：2013 年 10 月第 1 次
定　　价：45.00 元

序

指向公共性建构的当代少数民族文学的民族主义话语观察

本课题在2009年6月刚刚获准通过后，当课题组的成员还没有开始对一些课题内容进行仔细分工时，新疆的“7·5事件”发生了。接着一系列政治学习、值班、维稳工作等，确实给课题组成员们后来的课题研究工作带来了时间上的紧张，再加上半年多的网络管制、信息不通，给在新疆的课题组成员查阅文献资料造成了极大的不便。这一切，都在消耗时间……

这段话是欧阳兄新著《民族叙述：文化认同、记忆与建构》后记中的第一段文字。我不清楚对于一个非新疆籍的读者来说，这段文字意味着什么。或许它只是一般的陈述，或许会因为他对2009年新疆“7·5事件”有所了解，而会有所感慨；但是恐怕也仅此而已。但是对于一个新疆人，一个在2009年7月5日下午授命徒步返回学校并亲眼见到了路上还未擦去的血迹与脑浆的新疆大学人，一个经历了那个几乎是长达两年之久的平息事态、稳定人心阶段的乌鲁木齐人来说，这段看似平淡、高度概括的陈述中，该会包含着多么难言而刻骨铭心的记忆呀！

欧阳兄的这段话，也把我带回到了三年多前的日子。记得从2009年韶关“6·26事件”发生起，我就开始逐渐陷入不安与担忧之中。那段时间，我不断地与欧阳兄通电话，好多次拨通电话时，他都在办公室里值夜班。周末如此，中秋、国庆如此，元旦如此，春节亦是如此。在我们这些内地的民众，平平安安、欢欢喜喜地与亲朋好友欢聚周末与节日时，欧阳兄，却不仅与新疆人一起承受着“7·5事件”及其之后的伤痛、焦灼与紧张，而且还要为学校、为乌鲁木齐、为新疆的稳定，在办公室的沙发上，度过好多个翻来覆去的夜晚。这样的情况，一直持续了大约有两年之久。

然而，在这种情况下工作与生活的欧阳兄和他的团队，却完成了一部三十多万字的书稿，它如今就沉甸甸地躺在我的手中！

《民族叙述：文化认同、记忆与建构》的研究对象，是中国当代少数族裔文学的民族主义表述，而其中新疆文学的材料，尤其是新疆维吾尔族的文学材料，占有重要的份额。"7·5事件"，对新疆族群情感的杀伤力是非常大的。有一段时间，如果一个汉人拿着一个馕走在街上，都可能会遭到路人的斥责。然而，《民族叙述：文化认同、记忆与建构》却毫无戾气，反而充满了理性与包容：

在当代少数民族文学批评中对文本里民族主义意识形态表达用话语理论的观点进行分析。其目的非常明确：就是要用像福柯解构主义这样的话语理论来解构当代少数民族文学中某些文本表达的民族主义意识形态，把它看成是动态的社会文化建构过程，建构是一种社会实践，是一种彼此间的互动，而不是一种单向的行为。同时，不要把当代少数民族文学中的民族主义意识形态的表达看作是某种刻意的同一性的政治文化权力或政治文化操纵的产物，而应当从人类社会历史文化的传承和动态变化过程中去进行考量，多一点文化的思考，少一点传统的本质主义二元对立思维。（第46页）

在少数民族文学中表现出的民族主义意识，如果用传统批判性概念的意识形态理论来进行判断和批评，可能会使真正的意识形态意义的积极性构建活动消失，会简单地用少数民族文学中的民族主义表达的某个层次囊括实际表达的全部意义，从而会使读者或公众产生一种对少数民族文学文本的误读，使我们无法对少数民族中的民族主义意识形态表达有充分完整的认识。（第40页）

同样，中国少数民族文学和批评中的民族主义意识形态表达实际上是一种不断变化、协商的社会文化构建活动。在这个民族主义意识形态生产、传播和接受的过程中，作为参与少数民族文学批评或研究的多数族（汉族）同样可以发现这个社会文化构建活动的客观性和实践性存在，作为多数族（汉族）的民族主义意识形态实际上也在这个过程中得到批判性的检验、反思和修正。（第67页）

当然，这种理性与包容，并非只是宽厚胸怀的朴素表达，而是一个有责任感的学者，长期边疆生活经验与学术研究的结晶。虽然我们难以从《民族叙述：文化认同、记忆与建构》一书中直接感受欧阳可惺长期在新疆大学工作的日常族际交往的体验，却不难发现，他与他的团队，为真正地贴近研究对象所做的大量的研读工作。他们的阅读，包括不少“边缘性”的“冷材料”，譬如《边铎》这样的问世于20世纪30年代的“中国伊斯兰教边疆问题专刊”，20世纪50年代的《新疆文艺》、《天山》等报纸杂志；当然更包括大量的少数族裔文学的小说、诗歌、散文、评论等。这使得《民族叙述：文化认同、记忆与建构》一书，具有了资料的丰富性与扎实性。当然，欧阳并没有被大量的材料所淹没，他还阅读了不少有关民族主义的中外研究专著，进行了较深入的思辨性理论思考，从而得以将边疆的日常生活经验、丰富的史料及文学材料有机地构建在一起，对中国当代少数族裔文学的民族主义话语这一极少人研究的重要问题，作出了较为到位的把握。

当然，同任何优秀的研究著作一样，《民族叙述：文化认同、记忆与建构》也存在一些不足。例如本书的系列论文兼访谈的结构模式，虽然带来了论述的灵活性与弹性，但也多少影响到了结构的严谨与系统性。再如，有些部分的理论思考与本土经验之间的结合，似乎还可以更紧密些。譬如“‘巴扎’（集市）里的族性认同与认同变形”这一篇，选择的角度相当好，所思也不乏精彩之处，但是总体感觉还是有些过于抽象化了。如果该卷的作者王敏女士，能够将文化人类学考察方法、在地生活经验、文学体验、理论思辨四者更为丰富、有机地融合在一起，或许会给出一个具有丰富性、在地性与穿透性的文化人类学的“深描”。

尽管有这样那样的不足，但是瑕不掩瑜，《民族叙述：文化认同、记忆与建构》一书，是值得开卷捧读的。这不仅对于中国当代文学研究者或中国民族问题的研究者来说是如此，而且对于那些在边疆民族地区工作的政府人员，也是值得阅读的，它会有助于破除一些人头脑中简单的“安定团结”、“统一分裂”的“管理思维”。其实，这本研究性著作，或许对于一般的民众，也可能是具有阅读价值的。因为本书所展示的公共性视野，不只是属于文学的，而且是属于个体、族群、民族、国家、世界的：

在21世纪的社会语境条件下，我们的文学存在是在一个大的社会文化系统中运作的，它无法离开社会而单独发展，必须作为一种公共性的存在。公共性不代表国家意志话语，也不是强制性的法律政策，而是在一切社会公共领域中倡导的道德和行为的准则，是协调人与政治、人与社会、人与人之间文化关系的一种隐在的手段。在这个意义上，公共性是对众多言说者话语表达的合法性话语言说的要求。就少数民族文学而言，国家意志话语退出或淡化了，就不需要来自社会公共意志的公共性对文学参与者主观性的影响或约束吗？显然不是，这个时代的少数民族文学本质与普遍性的文学本质是一致的，少数民族文学批评也同样存在着文学批评的道德律法和文学批评的核心价值观。这个道德律法与核心价值观就是：少数民族文学批评要时刻关注与现实社会生活的联系，关注自己的文学主观性如何与体现现实社会公共意志的公共性达到认同，这时，“文学的本质再也不能依靠霸权来确立，而只能在‘必要的和不可避免的’现实基础上通过对话与协商来完成。毫无疑问，所谓文学的本质，实际上也就是社会公共意志对文学的现实价值选择。亦即，文学是什么，取决于社会的公共意志，取决于社会所有文学参与者价值意志的最终妥协。这也就意味着，文学的价值观照只有在尊重社会公共意志的条件下，才具有学理的公正性与合法性，才有希望具有公信力的文学本质命题”。很显然，在一个充满差异和多样性的时代，如果没有基本的社会公共意志的公共性作保障，一个社会就不成其为社会。文学作为社会生活的一个成分，需要以公共性作为自己价值判断的取向，在公共性的平台上体现各自的差异。当代少数民族文学也是如此。各种不同民族的文化、文学以及各种差异性的主体，面对共同的社会都需要有一个重要的责任：那就是要使自己参与其中并保证社会的公共性逻辑能够有效运行，使大家也是使各具差异性的个体生活在一个有序乃至和谐的社会当中。（第73页）

姚新勇
2013年2月25日于广州暨南园

目 录

上 卷

中 卷

下 卷

上 卷

当代少数民族文学中的民族主义表达

欧阳可惺

当代中国少数民族文学创作和批评过程中有一个不可回避的、也是一个相对敏感的话题，即如何面对部分少数民族文学文本和批评中日益凸显的“少数族裔性”，以及如何用优先考虑本族裔为绝对核心原则来组织其话语系统的民族主义意识形态表达。20 世纪 80 年代以来，世界范围内的民族主义思潮影响中国之后，少数民族文学中的民族主义意识形态的表达或强调，不管是遮遮掩掩还是直截了当，都应当说是一种必然的现象和趋势。这些民族主义意识形态在少数民族文学文本或批评中的表达显然不仅仅是为了建构少数民族文学族裔性的自我话语系统，而是通过这种自我言说在表达着对主流权力话语的解构、对自身传统创造性的恢复和发扬，以及对“他者”的考察，并由此支撑某个少数族裔文学的批评价值和文化批评意识。同时，由于中国不同少数民族在社会历史发展过程中的差异性存在，部分少数民族文学创作和批评中的民族主义意识形态的表达有可能会自然而然地与当下的社会政治生活紧密联系起来，在付诸实践中，必然会与源自不同社会历史文化传统的各类文本产生某种张力，而这种张力有可能成为导致社会族群文化冲突的思想情感来源。对此，我们的少数民族文学批评必须要予以正视和面对，需要从中国多民族国家社会历史发展进程与全球化背景下多种社会文化思潮传播交往的联系中进行考察分析，以梳理和导引在 21 世纪的条件下少数民族文学批评不可回避的一条路径。

一

20 世纪的中国现代化进程首先是以中华多民族国家的国家民族主义的

确立为其标志的。面对外国列强的殖民侵略，中华多民族国家的主体自我意识被空前地唤醒，这种要求进步、发展、强大，跻身于世界各民族之林的现代国家民族主义意识的出现是19世纪末至20世纪的全球化影响给中国带来的最根本性的和必然的结果。因为“现代历史中，中国或其他国家不再由于大陆或海洋的阻隔而孤立。新兴势力就历史的影响来自两个方面：一方面，中国的疆域和边疆地区都清晰地表现出来；另一方面，新的普遍力量超越了远东及世界各地的地理的、民族的及文化的孤立性”①。同样，就中华多民族国家的内部而言，从20世纪初始，伴随着中国现代化进程的全面开始以及各方外部势力对我国边疆区域性社会的“介入性影响”，中国国内的部分少数民族知识分子也开始面对来自各方的社会思想、思潮，在这些思想、思潮的接受、传播和付诸实践的过程中，本民族的现代民族主义意识也得到了萌发、产生和发展。在笔者看来，这是20世纪中国现代化进程中一个不容回避的社会事实。民族主义是包含了诸多明确目标的、以本民族利益为绝对核心价值的意识形态观念体系，其中又可分为政治民族主义、经济民族主义、文化民族主义、自由主义的民族主义等具体的目标追求，当然，民族主义首先是一条政治原则，它认为政治的和民族的单位应该是一致的。② 而在这里，文化民族主义作为基本的民族主义表达意向在20世纪的中国少数民族的现代化进程中是最能被直接感知到的。对于少数民族知识分子来说，20世纪既是现代中国国家民族主义进程的推进过程，也是国内部分少数民族的民族主义积极诉求和表达的进程，在这个同步进行的过程中，部分少数民族中的一些人对于本民族文化、传统、利益的要求与整个中国现代化进程的目标并不一定完全吻合，对于整个多民族国家的民族主义观念不明确，差异性的意向表达是明显的。

从20世纪中国现代化的进程来看，部分少数民族中的一些知识分子对作为国家民族主义的汉文化在多民族现代化进程中的主导性地位并非是发自内心地认同，他们在回顾本民族的文化历史演变过程时，不满意那种所谓被汉文化“殖民”的状况，他们始终在谋求自己民族文化的独立性和独

---

① ［美］欧文·拉铁摩尔. 中国的亚洲内陆边疆［M］. 唐晓峰译. 南京：江苏人民出版社，2005.10.

② ［英］厄内斯·盖纳特. 民族与民族主义［M］. 韩红译. 北京：中央编译出版社，2002.11.

特性的话语表达，往往在历史回顾性的话语叙述中批评汉文化对少数民族文化的渗透和影响。如："二十世纪初以来，西南地位的突出和彝汉交流的频繁，中原汉文化的优势在彝区得到充分的体现，各种考察团体以近乎殖民的意识和手段不经意地贩卖汉文化的社会模式和文化，以耀武扬威的姿态强制性地规定彝区的发展道路。"[①] 类似这样的批评话语有可以理解的情感性因素，但话语的背后却是要求民族文化的复兴和发展，表现了作者对于本民族文化源远流长的历史无限制地推崇和自信。这表明了20世纪以来中国少数民族中的民族主义承担着本民族主体构建的历史重任。

20世纪30年代的新疆经历过诸多的战乱，对于其中的缘由，有多人从内外关系的多个角度进行了分析。一种说法是："新省外交关系复杂，每次事变，多少均带有国际背景，故自哈密事变起，至喀什宣告独立，以迄酿成现在骚乱的局势止，与其谓系中国军人的内战，毋宁说是赤白帝国主义者之间的冲突。与其谓系民族的问题，毋宁说是野心国家挑拨离间的政策，是以徒知从内部安定新局，而不知从外交方面下功夫，则收效自非易易。"[②] 这个说法有其合理之处，确实，"新疆南部的回教国宣布独立，西藏军队的进兵西康，日本军队在多伦诺尔邻近的活动，都不仅是边区当地临时发生的事故。这种事故是探试对方反抗的力量而生的，即是各国在中国边陲逐鹿的一段小史"[③]。就新疆而言，国外的研究者一般都认为"新疆有苏联和英国的冲突"，"在继续的争持里，一个回教国家——在一个或别个强国控制之下——或将出现"。[④] 从外交和国际政治的角度进行趋势性的判断，这种说法无疑客观准确。但这样的说法也有片面之处，主要在于忽略了新疆本土的民族主义运动兴起的主体性因素，光从外部找原因还是有缺憾的。而另一种说法认为："新疆事变爆发以来，迄已二载，论者多注重其国际间之背景，而忽略其民族间之意识，殊觉重其所轻，译者曾屡

① 李列．民族想象与学术选择：彝族研究现代学术的建立［M］．北京：人民出版社，2006.434.

② 钟羽．新省外交之回顾与前瞻［J］．边铎，1934，1（3）：2.

③ ［美］别生．近代中国边疆宰割史［M］．国际问题研究会译．上海：競新印书馆，1934.26.

④ ［美］别生．近代中国边疆宰割史［M］．国际问题研究会译．上海：競新印书馆，1934.27.

将收到各地之回文杂志，择其有关者，译成汉文，以告国人，兹二篇之作，对于民族意识与新疆之生存，论述尤详，虽属明日黄花，然可见新变固有其原动力，而非完全尽属外感也。"[①] 这是一种强调少数民族主体意识重要性的观点，在艾沙的这篇译文附言里，我们可以看到部分少数民族的民族主义意识在20世纪30年代的新疆已有相当影响了。对于当时民族主义思想在新疆不同民族中间的影响和反应，欧文·拉铁摩尔（Owen Lattimore）曾经这样描述道："在非汉族中间，对民族主义的诉求也引起许多不同的回应。有些非汉族人的世袭地位和政治特权与汉族人的统治有着密切的联系，他们并不赞同对现有状况进行任何改变。另外一些非汉族人则希望自己也可以上升到以前只有汉族人才能充任的位置，但是他们根本不想以其他任何方式改变政府和行政管理结构。有些维吾尔族人认为，维吾尔族作为新疆人口最多的民族，是绝对的多数民族，应该接管新疆，像以前的汉族人一样在新疆拥有优越于其他少数民族的权利。哈萨克族人、蒙古族人以及其他的民族则希望既独立于维吾尔族人也独立于汉族人。还有些激进的民族主义者，希望改变社会制度和政治结构，他们主张推翻自己的伯克、苏丹和王公，建立没有汉族地方行政官员的自治统治。"[②] 从20世纪新疆历史的实际状况看，拉铁摩尔当时的描绘是比较客观、准确的。

在那个时代，直截了当地表达鲜明的政治民族主义要求的少数民族知识分子不乏其人。如艾沙·玉素甫依拜当时在南京主编的《边铎》杂志上有这样的表达："世界上一切被压迫的民族，只要他们还能保留若干民族的意识和传统文化，谁也不容否认他们应有争取自由解放的愿望和进行独立自治的企图；也只要他们确能依据民族自决的原则，为自由，解放，独立，自治而奋斗，谁也不容假借任何理由，加以妨疑，干涉或压迫。不过这种愿望和企图之实现，应有它本身先决的条件和充分的准备，那便是：一般民众知识的提高和自治能力的培植。"[③] "总之，非我族类，其心必异。我们站在整个民族利益的观点上，必须彻底觉悟，看破赤白帝国主义的野

---

① 艾沙·玉素甫依拜. 新疆事变与各地回教之舆论［J］. 边铎，1934，1（4）：49.

② Owen Lattimore. *Pivot of Asia*：*Sinkiang & the Inner Asia Frontiers of China*［M］. Boston：Little Brown & Co，1950. p. 218.

③ 哈纳斐. 忠告南疆同胞书［J］. 王钟羽，孙煦初译. 边铎，1934，1（创刊号）：1.

心与阴谋……我们应当向诚信的中央政府，要求自治，自由与平等，万不可假借外力，引虎自卫，更不可甘心替赤白帝国主义作工具，作傀儡，以遗祸回族而成为祖国的罪人。”① 此文章作者哈纳斐是当时《边铎》期刊的维吾尔文编辑，是维吾尔族人。在这篇文章里，可以看到在现代化进程影响下维吾尔族知识分子当时的民族主义意识倾向，虽然这篇文章的译者认为哈纳斐对南疆维吾尔族独立问题采取的是“客观公允”的态度，但现在看来，其中强烈的民族主义意识已无法遮蔽。艾沙及哈纳斐等均有民族独立之欲求，在当时也不过是假时日以待机会进行革命，建立维吾尔族自治政权罢了。但他们当时都能够看到作为维吾尔族在20世纪的现代化进程中必然要进行的现代性意义上的自我觉醒和革命，这与历史的发展进步是等距离的。在20世纪初新疆这样一个现代多种社会思潮交汇的地方，维吾尔族面对商业文明、现代工业，是容易产生民族主义的族群。② 由于新疆区域性社会的特征及各方外部势力的“介入性影响”，20世纪新疆维吾尔族的民族主义形成是有着其比较明晰的历史发展脉络的。③

所以，对于在20世纪积极构建现代多民族国家的中国而言，在边疆区域的少数民族民族主义意识表达屡见不鲜的情况下，培养全国各族人民的多民族国家意识的首要任务，就是要维护国家统一，反对民族分裂，在国内各民族团结一致、融为一体，共同抵御外部帝国主义及殖民主义者的侵略。而在这个进程中，边疆的民族教育是最为迫切的。“我们此地所讲的民族教育，指的是：一、边疆各个民族的教育；二、整个民族意识的教育。”“边省的种族复杂，宗教分歧，对于整个国家民族的观念不深。所以，第一要义，边疆教育要着重培养整个民族的意识。”④ 这里强调的是要在中国的各少数民族中，培养国家意识，这是民族教育的最根本的问题。

---

① 哈纳斐．忠告南疆同胞书［J］．王钟羽，孙煦初译．边铎，1934，1（创刊号）：3.

② 在笔者看来，厄内斯·盖纳特的民族主义理论比较适用于对20世纪新疆维吾尔族的民族主义思想的分析。参见［英］厄内斯·盖纳特．民族与民族主义［M］．韩红译．北京：中央编译出版社，2002.

③ 这个问题涉及面广，不是本文展开的话题，故不再赘述。关于20世纪初期维吾尔族民族主义的溯源，可参见 David John Brophy. *Tending to Unite? The Origins of Uyghur Nationalism*［M］. Cambridge，Massachusetts：Harvard University，2011.

④ 方东澄．边疆教育问题概论［J］．边疆，1937，2（2）：6.

这里的整个民族就是中华多民族国家的民族，并以此为核心，“我们应积极地利用各族合作互助等精神来化零为整地融为一个国族，不能仍任其自然地演进，因为今日国际环境不容许我们的‘优游岁月’的‘缓步当车’的徐图团结了”[1]。在20世纪上半叶，培养各少数民族对于中华多民族国家的认同，是那个时代社会政治的需要，同时，由于外部帝国主义入侵、全民族的抗日战争和社会时代政治变化的剧烈，国内部分少数民族民族主义的完整表达和实践还没有真正意义上的完成，部分少数民族的民族主义表达往往就被中华多民族国家的民族主义所替代了。中国共产党领导的新民主主义革命实质上也是现代中国民族主义推进的继续，在这里，部分少数民族的民族主义也被融合在其中了。

在当代中国，包括汉族在内的56个民族是被识别出来的。作为国家行为，对少数民族的识别是为了将全体国民纳入现代民族国家的框架之中，是出于一种行政管理方式的需要。解放初期，部分少数民族过分强调本民族的特殊利益，过分强调和重视本地方本民族的地区利益，置共产党领导的中华多民族国家的整体利益于不顾，这样的思想观点或行为倾向就被称为地方民族主义。解放以后，在新疆的作家身上“存在着一种小资产阶级的清高思想，这是文艺界中一种中间路线思想的表现。在文艺作品中不敢或不屑于强调党的作用，存在这种思想的作家是很危险的，有的人借口反对党八股，反对公式化来反对文艺作品中的党性，丧失对党的歌颂热情，这也是极端错误的”[2]。在1951年邓力群的讲话中，他强调了中国共产党的领导权威，并以此来淡化民族意识和突显阶级意识、阶级斗争。“新疆人民如果没有共产党的领导，清算了过去的民族仇恨所遗留的影响，大力推行国际主义教育，劳动人民之间是不会有今天的团结的，民族间是不会实现今天的平等的；如果不是我们在剿匪中坚决执行了马列主义的、毛泽东的民族政策，哈族人民也不会那样热爱我们的。”“如果作者认为宣传了党在新疆所起的决定作用，会引起反感，会被认为宣传大汉族主义，有宣传大汉族主义的嫌疑。谁要这样想，谁就是糊涂虫，谁就是单纯地把党看

---

① 方东澄．边疆教育问题概论［J］．边疆，1937，2（2）：7.

② 邓力群．在军区政治部创作指导委员会扩大会议上的讲话［J］．新疆文艺，1951（2、3期合刊）：6.

成了汉族人的党！谁就不懂得中国共产党是中国境内各民族中的工人阶级的政党，是最大限度内代表了各民族人民利益的政党，谁就不懂得我们宣传党在新疆所起的作用，正是最高度的爱国主义与国际主义的表现。”① 邓力群不希望通过批评大汉族主义来削弱共产党的领导地位，当时在新疆，共产党的地位是绝对不能动摇的，不能通过批评大汉族主义来攻击诋毁中国共产党制定的具体的新疆革命和建设的各方面政策及其采取的措施。关键是要批判地方民族主义。在中国当代少数民族文学中，民族主义的表达从20世纪50年代起是要受到限制约束的。由于特定国情、区情决定的政治原因，在少数民族地区的社会生活中，地方民族主义是一个十分敏感的话题，也是一个极为重要、被时刻挂起的话题。“地方民族主义和大汉族主义都是资产阶级思想，都是同社会主义根本不相容的，都应当坚决反对。”② 因为地方民族主义同社会主义是绝不相容的，大汉族主义和地方民族主义都是资产阶级思想在民族问题上的表现，都不利于祖国的统一和团结，不利于社会主义建设，不利于各民族的繁荣和发展。1956年后，地方民族主义思想有了一定程度的滋长，有的相当严重，成了一种不容忽视的危险倾向。如，“在云南各少数民族中，社会主义的经济基础、阶级基础和思想基础都比较薄弱，社会主义制度还不巩固。由于这样，地方民族主义分子就在这里找到他们的活动市场。这些人披着民族的外衣，公开贩卖资本主义的毒药”③。这引起了国家的高度重视，时任国家民委副主任的汪峰多次讲道：“社会主义立场和民族主义立场的根本分歧，也就是社会主义道路和资本主义道路的根本分歧。必须用社会主义立场克服民族主义立场，用社会主义道路克服资本主义道路，这便是当前各少数民族人们政

---

① 邓力群. 在军区政治部创作指导委员会扩大会议上的讲话［J］. 新疆文艺，1951（2、3期合刊）：6.

② 汪峰. 是社会主义，还是民族主义？——在人民代表大会民族委员会会议上关于在少数民族中进行整风和社会主义教育问题的报告［N］. 人民日报，1958-03-02（第2版）.

③ 见刀京版、刀有良、龙传明等云南少数民族代表在北京参加第一次人大五次会议的“联合发言”。不反对地方民族主义就无法建设社会主义［N］. 人民日报，1958-02-13（第12版）.

治、思想革命的伟大任务。”[①] 在那个时代，上有领导的号召和任务安排，下必有各级干部的全面贯彻执行，在反对地方民族主义问题上不能有丝毫的懈怠和放松。从西南到西北、中南等区域的少数民族地区都开展了批判、反对地方民族主义的社会主义教育运动。如，就新疆而言，自治区在1957年召开了新疆作家代表大会，在中央“百花齐放、百家争鸣”方针的影响下，新疆的文学政策也作了明确的导向。[②] 但是，1957年又被认为是新疆文艺界阶级斗争最为尖锐、紧张的时期，是右派分子和地方民族主义分子散布各种反党、反社会主义毒草的一年，是在文学刊物上发表政治错误和地方民族主义作品最多的一年。[③] 1958年，新疆文学界的各民族作家同内地的文学同行们一样，也吹响了“大跃进”的号角。从当时自治区主要的文学期刊《天山》来看，《天山》1958年5月号发表了题为“各族作家高歌跃进、天山南北花开满园”的“大跃进”题材文章6篇，时任自治区主席、党委第三书记的赛福鼎，自治区党委宣传部部长林渤民分别发表了《只有思想上的跃进才有文艺工作上的大跃进》和《苦战三年从根本上改变自治区文化艺术界的面貌》的动员文章，想动员更多的文艺工作者，

---

① 汪峰．是社会主义，还是民族主义？——在人民代表大会民族委员会会议上关于在少数民族中进行整风和社会主义教育问题的报告［N］．人民日报，1958－03－03（第4版）．

② 如，赛福鼎于1957年5月25日在自治区首届作家代表大会上说：“必须根据党所提出的‘百花齐放、百家争鸣’的方针，充分发挥各民族作家们的创作才能。在我们自治区没有‘放’的‘花’还很多。其中有过去‘放’得茂盛，但后来却又自己付诸遗忘了的花；也有有时‘放’，有时没有‘放’，而躲在茎叶背后的花；刚刚萌芽长枝、结蕾待‘放’的花也不少。这就是说，我们各种各样的花都有。也还有些花，如向日葵已经‘放’了，但是它是背向太阳的，这与它本身的自然规律是相违背的。‘向日葵’这种花也不坏，它有花，也能结果实。但是，如果它不能汲取充分的阳光的话，它就无法长得茁壮。让各种花都‘放’，让各家都‘鸣’；让各色各样，各种气味的花都‘放’；让各家都尽情地‘鸣’。但要这样的‘鸣’：鸣得使听者惊心动魄。”见赛福鼎．让各种花都“放”，让各家都“鸣”［J］．天山，1957（7）：2.

③ 新疆当代主要的维文文学期刊《塔里木》1957年共出12期，发表各种样式的文学作品254篇；哈文文学期刊《曙光》1957年刊出12期，发表各种样式的文学作品281篇。后来，有批评者认为，就1957年，“如果拿作品看，在《塔里木》上发表的61篇作品和《曙光》上发表的9篇作品在政治思想上有程度不同的错误。其他作品在政治上虽然没有大问题，但思想倾向也多半是不健康的”。见帕塔尔江，伊尔阿里．诬蔑驳不倒真理［J］．刘发俊译，天山，1960（2）：38.

尽快地把新疆的文学创作搞上去。但是，新疆文学界即使在如此积极开展“大跃进”的同时，还不忘重墨地开展了反对地方民族主义的运动，并且，为了配合自治区的反对地方民族主义运动，1958 年 6 月号的《天山》提前到了 5 月 20 日出刊，同期发表了《划清界限，投入战斗》的社论和 8 篇反对地方民族主义的文章和作品。[①] 在新疆后来紧接着的反右斗争中，反右也往往是要同反对地方民族主义结合在一起的。这样的情况在 20 世纪五六十年代的新疆是比较普遍的，它说明了在边疆少数民族地区反对地方民族主义是多么重要，这是一个关系到新疆社会全局的大事。[②] 当然，在同时期的中国内地，部分多民族地区也面对着这样的问题。所以，国家强调：“在目前许多少数民族中的地方，民族主义表现得如此突出，并且成为一种值得严重警惕的危险倾向的时候，在少数民族中强调反对地方民族主义就是很必要的了。”[③] 在那个时代，权威的理念认为，对于民族问题的认识从根本上来说，仍然是一个革命的问题，是一个阶级斗争的问题，只有实现了共产主义，消灭了阶级，才能解决民族问题。“总之，在社会主义时期，无论是民族间的事实上的不平等，还是民族特点和民族差别性，都不是产生民族问题的根本原因。产生民族问题的根本原因，是由于各民族中还存在着阶级、阶级矛盾和阶级斗争，还存在着社会主义和资本主义

---

① 见 1958 年 6 月号的《天山》。除在本期发表的编辑部社论《划清界限，投入战斗》外，同期发表的 8 篇反对地方民族主义的文章和作品分别是：林渤民的《必须划清文学艺术工作中资产阶级民族主义的思想影响》和刘萧无的《我们和资产阶级民族主义者在文学艺术问题上的分歧》两篇定调的文章；布哈拉（哈萨克族）的《我感谢共产党》、乌尔扎巴提（蒙古族）的《衷心拥护党委扩大会议的决议》、帕塔尔江（维吾尔族）的《斥右派分子和地方民族主义分子孜牙·塞买提的反动思想》三篇表态性的文章；铁衣甫江·艾里耶夫（维吾尔族）的《战书》、克里木·赫捷耶夫（维吾尔族）的《梦》和艾斯铁吾（哈萨克族）的《我们是中国人》三篇反对地方民族主义的诗歌作品。

② 1958 年 4 月 26 日，新疆维吾尔自治区党委扩大会议结束，会议作出了《关于反对和克服地方民族主义的决议》。

③ 汪峰. 是社会主义，还是民族主义？——在人民代表大会民族委员会会议上关于在少数民族中进行整风和社会主义教育问题的报告［N］. 人民日报，1958 - 03 - 02（第 2 版）.

两条道路的斗争。”① 对地方民族主义的警惕使得在那个时代的少数民族文学中，民族主体意识或民族主义的表达往往被国家主流意识形态的话语所代替，国家一方面在政治、经济上强化对少数民族地区的工作任务，同时又把少数民族生存的民族—地理空间（家乡）以美丽边疆的文化意识形态话语形式纳入到社会主义国家的多民族大家庭中来。美丽边疆的文化意识形态既是在强调少数民族文化形式的差异性，也是在说明社会主义国家的统一性。“边疆”是伟大、美丽的社会主义祖国的边疆，没有社会主义祖国也就无所谓“美丽边疆”的存在。毋庸置疑，边疆的各民族人民应该也必须在思想、信仰上与社会主义中国保持着完全的一致。民族问题政治化和被政治化，是相当长的一个时间段里中国社会政治的特征或特色之一。

当然，在那个时代，我们的少数民族文学作家也是比较自觉地把民族身份的认同与多民族国家的认同紧密地结合在了一起，文学中民族身份的表现实际上就是国家意识形态的表达，民族身份也仅仅是通过某个民族的传统艺术审美特色而得到体现，一个少数民族的文化被涵盖、包容在普遍的社会主义大文化之中。如，1956 年 8 月，新疆维吾尔族著名的宗教人士、诗人尼米希依提在 1956 年 7 月随中国伊斯兰朝觐团去麦加朝觐回来后发表的诗作《无尽的想念》可以说是一部典型的表达对多民族国家炽热的爱国主义情思的作品。② 在这首多行的诗里，作为经历了新疆新旧社会更迭的宗教人士和诗人，作者是在发自内心地表达着对新中国的热爱之情。

想念啊想念，无尽的想念/我这贮满你的慈爱的心窝/荡漾着感情的波澜/美丽的祖国，我把你想念/从来也没有离开你一步/我一直依偎在你的身边/暂别中我觉得你比什么都珍贵/让我来吻你的土地吧，我的母亲。……百姓是没有机会亲吻圣面的/因为我是中华人民共和国的儿子/才实现了蓄存多年的心愿/亲爱的祖国，我怎能不把你想念。

---

① 刘春．当前我国国内民族问题和阶级斗争［N］．人民日报，1964 - 07 - 02（第 5 版）．

② 该诗在 1956 年 8 月的《塔里木》发表，汉文译文见尼米希依提 · 阿尔米亚 · 艾力．无尽的想念［A］．新疆三十年文学创作选 · 诗歌［M］．乌鲁木齐：新疆人民出版社，1979. 42 ~ 46.

在这里，中华人民共和国是诗人心中毋庸置疑的伟大祖国和母亲。对此，有评论者说："从表达诗人返回祖国对祖国的渴望之情的这些炽热的诗句中，我们可以感受到他即使一时离开祖国也恋情万千的思念之情，仿佛他那灼热的心在映烤着我们的心，仿佛使我们听到他的呼声。他对祖国的无限热爱、忠诚和信念，在他炽热的恋情中更加真切诚实自然地流露出来。……但我们读这首诗时，我们的心也会跟着对祖国的眷恋之情一步一步地深入和发展，逐步融入到诗人在国外所经历的强烈感受之中。诗人并没有满足于以强烈想念祖国的热烈场面来表达对祖国的眷恋之情，而是将它提高到作为中国人的自豪，为祖国而骄傲的高度，从而使诗里的爱国主义思想放射出更加灿烂夺目的光芒。"① 确实，在那个时代，少数民族作家的心中是把新中国当作自己伟大的祖国和母亲，并把歌颂、赞誉新中国作为自己文学创作最美好的追求方向。在那个时代，我们的少数民族作家是在诚挚地歌颂着各民族大团结，歌颂着幸福美好的新生活。

1962 年 9 月，中国共产党第八届中央委员会第十次全体会议召开，会议最后通过了"进一步巩固发展人民公社集体经济、发展农业生产"的决定。这个决定对当时的国内外形势进行了分析，表达了中央正确处理工业和农业的关系，对农村、农业生产的高度重视，坚决把工业部门的工作转移到以农业为基础的轨道上来的决心。同时，决定也着重指出："在无产阶级革命和无产阶级专政的整个历史时期，在由资本主义过渡到共产主义的整个时期（这个时期需要几十年，甚至更多的时间）存在着无产阶级和资产阶级之间的阶级斗争，存在着社会主义与资本主义这两条道路的斗争。被推翻的反动统治阶级不甘心于灭亡，他们总是企图复辟。……在这些情况下，阶级斗争是不可避免的，这是马克思列宁主义早就阐明了的一条历史规律，我们千万不要忘记。这种阶级斗争是错综复杂的、曲折的、时起时伏的，有时甚至是很激烈的。这种阶级斗争，不可避免地要反映到党内来。"② 在这次八届十中全会上，毛泽东提出了"千万不要忘记阶级斗争"的口号，并作出了著名的批示：利用小说进行反党活动是一大发明。

---

① 穆罕默德·夏吾东. 祖国忠诚的儿子，火热的爱国诗人［J］. 铁来克译. 民族文学研究，1998（2）：15.

② 中国共产党第八届中央委员会第十次全体会议公报［N］. 人民日报，1962－09－29（第 1 版）.

凡是要推翻一个政权，总要先造成舆论，总要先做意识形态方面的工作，革命的阶级是这样，反革命的阶级也是这样。① 虽然，在这次会议以后仍然要求传达大连会议精神，但是实际上大连会议的精神已经“有点过时了”。② 1962 年第 10 期的《文艺报》紧随毛泽东“千万不要忘记阶级斗争”的口号，发表了《反映当前的火热斗争》的社论，③ 鼓吹阶级斗争扩大化，作为一种引领性的社论，这必然要影响全国文艺界的脉搏律动。

就新疆当时的情况看，新疆在各方面必须要同中央的最新精神保持一致，同时还要兼顾自治区的特殊区情。1962 年 8 月 15 日，在新疆经历了“伊塔事件”后，自治区党委就确定了宣传工作的一些基本要点，指出：“解放以来，党和政府同新疆各族人们一起在新疆进行了巨大的工作，建立了人民政权，进行了减租反霸，实现了土地改革、农业合作化、人民公社化，实现了民族区域自治，进行了社会主义革命和社会主义建设。在总路线、大跃进、人民公社三面红旗指引下，我们新疆的经济、文化事业都有了新的发展。这些都是有目共睹的事实。对政府的任何污蔑，都是对我们新疆各族人民革命事业的攻击和破坏，我们新疆各族人民都应该坚决反对。”④ 中国新疆的多民族构成及与周边国家长期历史形成的复杂关系是新疆区域性社会的特征，“伊塔事件”既是时代国际政治的结果，也是历史上各民族关系的复杂纠结所致。所以，在党的八届十中全会以后，新疆的阶级路线斗争之弦应该绷得更紧一点，而在政治、经济、文化领域的主动全面出击，是强调阶级斗争时代的最基本策略和措施。多年后，时任《新疆文学》编辑的陈柏中在接受访谈时说道：“在当时的强权政治下，没有民族之分，只有党派之分，不同民族对运动的看法差异性不大。对于少数

---

① 伟大的真理，锐利的武器［J］. 红旗，1967（9）：2. 对这次会议情景的回顾可见薄一波. 若干重大决策与事件的回顾（下卷）［M］. 北京：中共中央党校出版社，1993. 1096.

② 涂光群. 五十年文坛亲历记（1949—1999）［M］. 沈阳：辽宁教育出版社，2005. 176.

③ 《新疆文学》1963 年 1 月号全文转载了《文艺报》1962 年第 10 期的这篇社论。

④ 新疆维吾尔自治区党委关于向群众解释自治区人民委员会命令的宣传要点［A］. 新疆工作文献选编 1（1949—2010 年）［G］. 北京：中央文献出版社，2010. 225.

民族，关注的焦点是民族分裂还是民族团结。"[①] 在新疆，反对地方民族主义，就必须要强化社会主义民族观的教育，这一切，既是迫在眉睫的政治思想教育任务，也是国家巩固政权、稳定边疆社会政治的需要。面对国内外及新疆多民族地区阶级斗争形势的一系列变化，新疆各民族文艺工作者必须紧张地忙碌起来。

在新疆的少数民族作家中，经过社会主义民族观的教育，几年后，新疆的另一位维吾尔族诗人铁依甫江·艾力耶夫发表了著名的诗作《歌唱祖国》，在诗中，诗人把中国比作是自己的"母亲"[②]。由于诗人对国家真挚的热爱情感伴随着自觉的神圣使命意识和崇高任务意识，这一切使得诗人的写作经过了较长时间的酝酿，完成后的诗作自然是大气、豪迈，诗作中的许多段落和句子成为人们喜欢传诵的名言绝句。铁依甫江·艾力耶夫也作为一个时代的维吾尔族诗人代表被后人进行讨论和研究，成为国家主流意识形态推崇的一个少数民族作家楷模。在那样一个时代，诸多像铁依甫江·艾力耶夫这样的少数民族作家、诗人都是站在时代发展的政治要求和时代精神的高度上，自觉而又严肃地对待着自己的文学创作目标，即在自己所处的祖国边疆区域的文学创作过程中，不断地表现出各民族对伟大祖国的共同认识和挚爱。

那时在全国，不管是在天山南北，还是在内蒙古草原、西南的大小凉山、和平解放后的新西藏等少数民族的居住地，到处都可以看到或听到各民族赞美祖国的华丽诗篇；不管是维吾尔族、哈萨克族，还是藏族、蒙古族、彝族等各民族作家，在他们的文学创作里都有一种发自内心地对新中国和中国共产党及其领袖的认同，"祖国"、"母亲"、"慈母"[③]、"阿妈"[④]是少数民族作家或诗人作品中常常自然出现的对多民族统一国家、党和领袖炽热的敬爱之情的系列性象征词汇。如，在维吾尔族诗人热合木·哈斯

---

① 2011 年 3 月 27 日，在陈柏中家采访陈柏中的访谈记录。

② 铁依甫江·艾力耶夫的这首诗作发表在 1963 年 5 月的《塔里木》，汉文译为《祖国颂》，收于 1964 年新疆人民出版社出版的铁依甫江·艾力耶夫诗集《祖国颂》。

③ 哈萨克族诗人库尔班阿里在诗中把党比作慈母，见库尔班阿里. 从小毡房走向世界［M］. 北京：作家出版社，1962. 97～102.

④ 藏族诗人伊丹才让有诗《党呵，我的阿妈》，见伊丹才让. 雪山集［M］. 兰州：甘肃人民出版社，1980. 1～12.

莫夫笔下，中国共产党成为颂诗中的最爱：

伟大的党啊，为了您的荣誉/让我高唱一支颂歌/请相信，在这广阔的世界里/您是我最爱的/我这颗火热的心/时时刻刻都在把您向往。

没有您，这辽阔的大地有什么用？/它会变成阴暗可怕的地狱/没有您，这美丽可爱的花园/会百花凋零一片凄凉/没有您，那矿工的房舍/会充满饥饿的哀嚎/没有您，千百万农民/在地主的皮鞭下经受着痛苦悲伤。

有了您，幸福的爷爷婆婆/再不讲述那悲惨的故事/有了您，在清静的夜半/再不会有人打碎我们的门窗/有了您，在这优美的绿洲/各族青年在尽情的歌唱。

有了您，亲爱的党啊！/人们心灵的春天永存/正在胜利的实现崇高的理想/光荣的党啊，祝您万寿无疆！/您是六亿人民的恩父/推倒了专横剥削的魔王/您是人类的太阳/在你的光芒照耀下/我的心在欢笑/生命在成长。

有谁胆敢敌视您一眼/我要像利剑一样射穿他的黑心/让我举起这鲜红的花朵/投进您温暖的怀抱/我的一生，我的一切/从来都是属于您的/一切珍宝中最珍贵的/就是您啊，亲爱的党。①

在这里，党被称为“父亲”、“恩父”，诗人在诗歌中表达的情感激烈、真挚，感恩之心炽热、用情至深，给读者留下了深刻的印象。

二

从改革开放初期至20世纪80年代末，进入新时期的少数民族文学创作从内容题材到形式特点都十分注意本民族与国家拨乱反正、改革开放的共性的需要及本民族审美、民族艺术特色传统的呈现。就维吾尔族当代诗

① 热合木·哈斯莫夫．歌颂您，亲爱的党［J］．忠禄译．天山，1958（7）：17.

歌来说，面对祖国第二个春天的来临，在这个时期歌颂祖国的诗篇也有不少。[①] 有维吾尔族诗歌的研究者认为，“自古至今，维吾尔族爱国主义诗作，如江河滚滚，滔滔不绝，名篇佳作，不时闪现。而每当祖国发生一次重大事件（新老沙皇侵华、日本帝国主义侵略我国等）、一个重大转折（新中国的诞生、粉碎‘四人帮’等），爱国主义诗作就会大批涌现，形成一个热潮。这正说明，人民群众的心底蕴藏着对祖国永恒的深情，不仅在平时自然地、不断地流泄倾吐，一旦有某种强烈的因素触动，就会猝然爆发，四处喷涌”[②]。文学事实似乎是这样的，在这个时期，不仅维吾尔族诗人是如此，其他少数民族的诗人和作家实际上也都是如此。

20 世纪 80 年代末至 90 年代末，随着社会的发展，各民族文学相互融合，并借鉴外国的文学思潮和文学流派，各少数民族的文学之间的差异性、各少数民族的文学与中国主流文化的共同性都凸现出来了。在这时“少数民族文学作为一个总体文学集团的解构明显化，而与汉族文学的共同性增加，与世界文学潮流相接近。进入新世纪后，中国社会的变化加速，全面建设小康社会，使各民族的生产、生活乃至思维方式也随着改变，因此少数民族文学的发展呈现多元化、多姿态和个性化的面貌。少数民族作家创作的多元选择，使少数民族文学更自觉地进入了中国文学和世界文学的格局”[③]。这是回族学者白崇人 2005 年 9 月在北京举行的“首届少数民族文学发展论坛”上发表的基本看法，笔者认为白崇人讲得比较客观，因为，对少数民族文学来讲，当民族文学的自觉出现后，一系列的民族文学变化也就是理所当然的了。对这一点，我们应当毫不奇怪，因为我们知道：“理解民族的概念不能简化为理论上的理解。民族的存在就像是

---

① 如阿不都许库尔的《祖国与春天》（《新疆文学》1980 年第 8 期）、吐尔逊买合买提的《迷恋的灯蛾》（《新疆文学》1980 年第 2 期）、艾勒坎木·艾合坦木的《月夜》（《新疆文学》1981 年第 1 期）、阿·穆罕默德伊明的《祖国与爱情》（《新疆文学》1981 年第 11 期）、麦合买提江·沙地克的《唱给我的母亲》（见《碧玉集》，新疆人民出版社 1979 年）、阿尔斯兰的《祖国颂》（见《碧玉集》，新疆人民出版社 1979 年）等。

② 张越．文学拓耕集——多民族精品巡视［M］．乌鲁木齐：新疆大学出版社，2008. 287.

③ 石一宁．少数民族文学对构建和谐社会具有重要作用——首届少数民族文学发展论坛在京举行［J］．民族文学，2005（11）：128.

美学和象征性的物品一样，以叙述和情感的形式表现出来。"① 文学的自觉带来的首先必然是作家主体性意识的形成和扩张，而这种民族主体性的出现是与少数民族文学作家的民族身份意识的不断增强有密切关联的。对民族作家而言，民族作家不仅仅是一种称谓，更重要的是一种身份界定，意味着创作者是代表着某个民族进行创作的，是民族文化和文学的代言人，是民族或族群意愿的表达者。在这时，一个民族作家，一方面要展现自己民族"少数"的现实生活状态，也就是宣传介绍民族风俗民情、传统习惯，让本民族被遮蔽的、边缘化的生活为外界所了解和认识；"另一方面，因为民族是'少数'的现实，创作者显然就被视为民族的精英分子，是民族文化的代言人，自然就要求他在创作中要反映民族的文化、思想、精神、情感"②。"作为一个人口稀少，面对现代文明冲击的，古老民族的第一代作家，我越来越意识到自己的责任，力图用文学的形式记录和保留自己民族独特的文化，因为她苍老的躯体变得十分脆弱……因为一些弱小和古老的民族文化时刻处于被动的、被淹没的文化困境之中。"③ 面对少数民族文化在全球化影响下出现的诸多话题和困境，提出关于自己民族生存与发展的深刻思考，这是民族知识分子义不容辞的责任。从20世纪以来中国多民族国家当代文学的现代性发展和推进的进程看，笔者认为，这一切都是正常、必然的文学历史趋向，是中国当代文学日趋走向丰富和成熟的体现，也是中国当代文学阶段性的一个重要标志。它一方面表现出了中国当代文学在社会政治文化转型时期的自我生成性特征，另一方面体现出了改革开放以来中国社会整体发展的日益健康和不断成熟。

实际上，新时期的文学出现后不久，在少数民族文学中就已有觉醒的民族意识了，对一部分少数民族作家来讲，"文革"的结束标志着一种长久蕴藉和在新的历史条件下酝酿而成的本民族意识全面表达的开始。疏离被过分夸张、强调的政治，就要淡化主流民族文化的影响，就要去追求本民族文化之根。这时，少数民族作家的创作动机已不再是表现社会主义

---

① ［法］吉尔·德拉诺瓦．民族与民族主义［M］．郑文彬，洪晖译．北京：生活·读书·新知三联书店，2005.189.

② 余达忠．族群表达者或表达生命的感觉——民族文学随想［J］．民族文学，2005（11）：94.

③ 乌热尔图．我的写作道路［J］．文学自由谈，1987（2）：4~7.

"边疆"的少数民族生活，而是把"边疆"作为表现自己本民族生存的家园。国家政治权力意味的"边疆"被"边疆"的区域性、地方性所代替。一些少数民族作家提出了必须要摆脱长期以来少数民族文学写作中的汉文学的既定模式，并向少数民族文学写作中汉族文化的"他者"眼光提出了质疑。① 在对民族性和民族身份、民族意识的书写过程中，各少数民族作家力求通过对本民族传统文化的想象、追求与表达，使新时期的少数民族文学写作成为一个激活民族认同的利器。在他们看来，"全球化语境的冲突核心，是强势文化的话语霸权，是对不同价值取向的排斥与淹没。身处这个漩涡中的特质文化的宣扬者，只有清醒地看到这一点，才有可能在自己坚守的文化理想中探索到对立与反差间的另一种路径，获得文化冲突中的尖锐质疑与追问的力量"②。

在这里，文学的工具性功能作用通过一种文化或审美的方式得到了相对比较充分的呈现和完成。如，在新疆，"80年代后，维吾尔族诗人第一次敢于以批评的眼光正视自己走过的崎岖之路，现代审美的介绍使经历阵痛的维吾尔族诗歌找到了洗心革面的历史契机。一批将民族意识与现代风格结合在一起的青年诗人，通过大胆尝试和探索，在思维习惯、艺术理想、诗源、创作意图、诗的结构、语言表达形式和习惯、意象、内在节奏等方面打破了固有的模式，体现了强烈的时代精神，超越了前一辈诗人的艺术境界，从中我们多少可以发现正在复归的真正的诗歌。从维吾尔族精神文明层次中正在觉醒的、极富审美意识和创作热情的这部诗集中，我们可以看到维吾尔族诗人已由抽象说教、空洞的政治概念、逻辑阐释性的结论、机械死板地照抄生活等现象中，转移到了更加注重表现内心世界对生活哲理的思考。他们站在时代的高度，以一种责任感、诚实的态度和独特

---

① 如，哈萨克族作家艾克拜尔·米吉提认为，当代少数民族题材写作，在汉族作家中存在着"对少数民族生活的误解和歪曲"和"对于少数民族生活外在色彩表现出来的浓厚兴趣，积年累月形成了一种抒情散文式的猎奇"两种扭曲，少数民族文学在今天如果不突破长期以来自觉或不自觉地受制于汉文学的既定模式，就不能取得进步和发展。见艾克拜尔·米吉提．少数民族文学必须突破汉文学的既定模式［J］．文学自由谈，1988（2）．

② 沙马．虚幻的面影［M］．北京：中国文联出版社，2009. 154.

的艺术眼光，表现了积淀在民族文化中的先辈的精神觉醒的意愿”[1]。在这段表述中，我们可以看到，“觉醒”、“先辈”、“复归”、“责任感”这些概念在这个时期的少数民族诗人心中是多么的强烈。在这里，我们可以非常清楚地看到“一个民族的历史过程、生命节奏是叙事的对象。在这里，民族意识形态可能转变成民族主义。民族意识形态经常会高估这种叙事的重要性或影响，或者把民族的兴衰变化统统归结为民族素材”[2]。这些文学事实，确实都是当时少数民族文学发展的实际状况。

对当时的这种情况，从事当代少数民族文学研究的学者姚新勇有非常细致的描述，在他看来，这时的部分少数民族作家已不再像过去那样把多民族国家的中国——祖国当作母亲了，而更多的是把父亲、母亲比作自己民族的象征。他在描述这段少数民族文学民族主义表达的历史进程时说：“彝族青年诗人吉狄马加，也用柔嫩的嗓音，面对着大森林呼唤着母亲、父亲的归来（《孩子的祈求》）。看着远远的猎人父亲的背影，‘无论怎样，我只想跟着你’；‘为了寻找那个目标，有一天傍晚/你终于倒在我身旁，整个躯体/像地震后的陆地’；‘其实我只想跟着你/像森林忠实于土地/我憎恨/那来自黑夜的/后人对前人的叛逆’（《孩子和猎人的背》）。”

不仅如此，即便是同期那些反思、批判本族群文化弊端的作品，也不再像以前那样彻底地否定、严厉地批判，而是表现出了更多的宽容。例如扎西达娃的《朝佛》，虽然仍然认为求神拜佛是迷信的行为，揭示出只有向现代科学文化知识去求助，西藏、藏族才会有光明的未来。但是它并没有简单地去丑化藏传佛教，更不是把它作为反动农奴制度的帮凶，而是把它作为一种旧的文化传统来反思和表现。再如《活佛的故事》，之所以在当年能够受到广泛的好评，也不是因为对宗教的反思和批判，而是与对喇嘛教的温和的人性化、文化化的表现有很大的关系。至于《茫茫的草原》最后让失落的人物皈依五台山寺庙，就更耐人寻味了。而这时吉狄马加笔下的森林、土地（甚至母亲、父亲的身躯），更直接地幻化为民族的土地，而那个呼唤着母爱和父爱的孩子，更明确地成为彝族文化、彝族灵魂的呼

---

① 乌鲁木齐作家协会，《天尔塔格》编辑部．飞石——当代维吾尔青年诗选（编者：现代文化殿堂的回声——写在前面）［M］．北京：民族出版社，2000. 15～16.

② ［法］吉尔·德拉诺瓦．民族与民族主义［M］．郑文彬，洪晖译．北京：生活·读书·新知三联书店，2005. 198.

唤者、追寻者，诗人也充满自豪地对着世界高喊：“我——是——彝——人’（《自画像》）。扎西达娃也不再反思、批判本族群落后的文化观念，而是开始思考、探寻独立于世俗世界之外的西藏的隐秘岁月。在这种自觉和同期汉族主流文学寻根潮的推动下，更多的新、老少数族裔作家，都纷纷将自己的创作视野，投向对本族群的文化回归与追寻。”① 姚新勇所描述的情况是客观的，自新时期以来，相当一部分少数民族文学作家意识到，作为一个作家，就要为自己的民族吟唱和呐喊，这是必须的。如，彝族诗人沙马在诗中就非常关注自己民族的生存状态和困境，作为诗人他在呐喊与拯救、悲悯与关怀的精神遭遇中伫立，热切呼唤着文化的自觉和良知的期望。沙马在回答有人提出的这个问题时说：“在文化冲突中的探索，作为彝族诗人必然更多地承担来自于血液和来自于本民族历史的重负，这是根系所决定的，即使是想割断这条藏匿的脐带，也会自然地留下血痕和伤疤，影响诗歌理想的延伸。根性认同是彝族诗人写作中不可避免，也无法回避的一条沟壑，因为诗歌的民族性情结，必然包含根性的因子，它也是地域写作的必经之路。因为地域写作本身就是一种根性认同的写作，首先，写作资源来自对自己民族历史、文化、宗教、哲学、民俗等方面的审视，来自于对自己民族生存的关注，来自于自己所处的特质文化的源流，并以这种对所熟悉的文化传统的情感回归和身份的确证，返过身去对自己的地域和民族进行反复抒写与吟唱。”② 笔者认为，沙马的观点是十分客观、真实的，他说得非常好，作为多民族国家中的任何一个少数民族的民族主义意识表达都是无可厚非的。民族主义意识的真实表达是中国当代文学日益趋向历史的丰富性阶段的重要标志，少数民族中的民族主义意识在当代文学中被得到着重叙述或抒写是任何人都无法仅仅靠主观的意旨来进行阻隔的。

文化民族主义被认为是优先强调对本民族自然形成的特定地域文化的认同，并把该认同的实质归结为一种民族情感或冲动。在20世纪末，世界范围的民族主义发展呈现出鲜明的特征，这种特征被描述为“直至目前，

---

① 姚新勇．族群冲突与失焦的言说——从汪晖关于西藏问题的思考谈起［EB/OL］．http：//www．frchina．net/data/detail．php？id＝16368．

② 沙马．沙马诗选［M］．北京：中国戏剧出版社，2010．198．

已经出现一种把民族主义归为政治而不是文化范畴、将民族与地域合二为一看待的趋势"①。虽然，中国的民族主义是以多种民族主义的形态表现出来的②，但同样，在这时的中国，少数民族意识的觉醒与独特的民族—地理空间的建构是一致的。如，在维吾尔族诗人阿迪力·吐尼亚孜的长诗《喀什噶尔·地球》里，诗人把喀什噶尔作为自己日夜思念的维吾尔族人的故乡，喀什噶尔是维吾尔族人生存的民族—地理空间，喀什噶尔的"艾提尕尔集市是非凡的集市/维吾尔人拥挤维吾尔人的集市"，同时，诗人要用"维吾尔的眼睛"，把喀什噶尔"连接更遥远的拉脱维亚、法兰西/北极的爱斯基摩人/生活在白种人里/像星星闪烁的夜空下的黑人"③。诗人清楚地知道只有在特定的地理空间里的族群生存才能够同世界上的其他民族进行对话交流，因为要表现一种"觉醒"、"复归"、"责任感"的民族意识，就首先要表现一个民族诞生和成长的历史和地理条件，文化地理的景物或景观往往在某些时候成为民族集体认同的象征。所以，现在要突出强调的是喀什噶尔在直接与世界产生关系了，而不再像以前那样，把北京、内地作为与自己发生多种必然性联系的政治文化地理景观，20 世纪 50 年代维吾尔族诗人的"北京情结"在相当一部分人的心中已被终结。④ 喀什噶尔作为一个体现了维吾尔族人文化经验和追求的地点，变成了意义的中心，成为表达不同思想、意识形态和感情的象征。通过喀什噶尔这样的象征性的景物或景观来加强维吾尔民族的联系，可以使人们产生归属一个特定集体的明确感情，在象征物下，人们可以把自己界定为这个"共同体"中的

---

① John Hutchinson. Re – interpreting cultural nationalism [J]. *Australian Journal of Politics and History*, 1999, 45 (3): p. 392.

② 在笔者看来，当代中国少数民族的民族主义追求中，虽然其中部分少数民族中的个人或群体不乏政治民族主义的政治色彩，但大多数中国少数民族个人或群体是以本民族的文化权利作为民族存在和发展的当下性要求，文化民族主义的吁求更为明确、具体。

③ 阿迪力·吐尼亚孜. 喀什噶尔·地球 [A]. 铁来克译. 乌鲁木齐作家协会，《天尔塔格》编辑部. 飞石——当代维吾尔青年诗选 [M]. 北京：民族出版社，2000. 10 ~ 12.

④ 如，艾勒坎木·艾合坦木的《北京》："北京，我的眼珠；北京神圣，她是我们的首都"，"提起北京，幸福降临，在万众心目中，她比生命更可贵"，"从心底呼唤一声北京，浑身便有了力量"。见新疆文联理论研究室. 新疆作家作品论 [M]. 乌鲁木齐：新疆人民出版社，1985. 28 ~ 29.

"人民"。

而在维吾尔族女作家阿娜尔古丽看来，民族是自己的创作信念，她相信自己母亲的话：自己是一个纯正的维吾尔族人，"这句话注定了我用毕生的精力，向成为一个成功作家的目标奋斗"①。在许多少数民族作家的文学表达中，往往"父亲"、"母亲"既作为民族的象征，也成为民族身份意识话语表达的方式之一，还是强烈的民族主体性意向的所指。如维吾尔族作家穆罕默德·巴格拉希在小说《心山》中有这样的题记：

> 父亲说：孩子，你要像捍卫自己的信仰一样，捍卫父辈开垦的土地和山川。母亲说：孩子，你要时常惦记你的列祖列宗，不要让他们的亡灵感到孤独，否则会狂风大作，飞沙走石，天昏地暗。②

显然，《心山》这部小说意欲表达的核心意味在这个题记中已得到了表露：强调文化身份的认同，时刻不能忘记自己的民族身份。小说中，三个小伙伴在寻找"心山"过程中的寻根情结的象征寓意与最受全村人尊敬的纳热西老人激进的呼唤同彝族诗人吉狄马加在20世纪80年代的呼唤是一致的。在《心山》这部小说里，我们似乎可以看到文本的叙事者并不太在意纳热西老人的说教，因为纳热西老人在文本中作为重复出现的话语，仅仅是一个背景性的衬托，叙事者是通过对三个小伙伴偶然性命运结局的叙述，在立体的民族生命叙述中力求在民族文化身份的确立上树立起民族或族裔的尊严，因为小说的叙述者实际上清楚地知道"那些习惯于用叙谱思维讲述历史的民族，总是将历史看成是整体的、条形的、完美的标本，而真正的历史生命是立体的、生动的、充满漏洞、开满鲜花的"③。显然，这是一种更为高明的对民族身份认同的叙述表达。

在当代维吾尔族诗人的诗作里，作为一种地域性的情感抒怀，大西北往往是表现的对象，因为大西北是民族文化身份的地理位置，大西北，成为维吾尔族先辈双亲留下的墓志铭。如：

---

① 阿娜尔古丽. 我的民族就是我的创作信念 [J]. 民族文学, 2007 (11): 25.

② 穆罕默德·巴格拉希. 心山 [J]. 狄力木拉提·泰来提译. 民族文学, 2007 (6): 48.

③ 阿库乌雾. 神巫的祝咒 [M]. 北京: 中国戏剧出版社, 2010. 176～177.

望过插入蓝天的高山/望着袒露酥胸的大地/想起双亲永恒的高尚和/都市男女不予理睬的知足/进而向阡陌弯腰闻一闻/既古老又新鲜的气息/仿佛看到他们用皮袄裹着的春天/为来年的花草做最后的守护神/听到他们拳头大的心脏/在焦虑中急跳/拴在牛尾巴上的酸甜苦辣/跟着岁月的变迁扬长而去/死神只带走他们的躯壳/漫山遍野开着红花的灵魂/给活着的子孙赠送了骄傲/痛苦和忧愁被历史收藏/顽强和剽悍孕育良种/他们原始的不可一世的粗狂/留给/后人咂舌的信念/红柳般冷峻的生命①

民族的感情在这些形象和一系列的叙述修辞中通过对祖辈过去的崇拜而表现出来，土地、山川、岩石、红柳都成为民族集体意识的载体。土地与民族的认同和记忆联系在一起，使大西北独特的地理因素具有了神话内容和神圣感情的存在，因为这是民族集体认同最重要的象征。

在维吾尔族诗人艾合买提·伊明的笔下，母亲“‘赋予了我人类的价值。她以生命的真切内涵’给了我力量、活力、生命和血液，‘祖国、故乡、学校、语言……只因母亲这一概念，才对我显得格外贵重，没有她，对任何事物我都分辨不清/我爱我的母亲，只要是她认为神圣的一切，我都会迷恋/我爱我的母亲，只要是她认为恶劣的一切，我都要消灭’”②。在这里，显然“母亲”不再是一个具体的现实生活中的指称，而是一个抽象的概念，但这个抽象的概念不再是多民族的国家了，而是一个民族的符号，一个民族的民族身份符号。我们可以看到，民族身份的意识是多么强烈地影响着我们的少数民族作家的文学创作及其情感的表达。在这时，反复地使用大量的符号并试图去使它们彼此间保持连贯，这些民族主义意识形态的“象征形式”意在向人们详细描述民族是一个生命的循环。

当然，我们也可以看到，实际上，祖国在这里也是一个不清晰的概念，如，“什么叫祖国？祖国是父辈跋涉过的急流，是母亲呵护过的园林，

---

① 艾合买提·伊明．大西北　双亲的墓志铭［A］．乌鲁木齐作家协会，《天尔塔格》编辑部．飞石——当代维吾尔青年诗选［M］．北京：民族出版社，2000. 251 ~ 252.

② 艾合买提·伊明，铁来克．人生的导师［J］．民族文学，2007（12）：94.

是让你像羔羊一般在园中自由奔放，让你成人后为之挥洒血汗的土地”①。在阿迪力·吐尼亚孜的诗《流浪人》中，不长的诗句集中地表现了远在海外的维吾尔族游子对家乡的怀恋之情：

我思念，祖国/连手帕都被泪水浸透/异乡人即使让你变成百万富翁/你如同乞丐仍没有一间茅屋/人人都用冷冷的目光注视你/即使你用金杯喝美酒/只要冒出一个泡沫/你念的还是祖国/在柏林的夜空/你把所有的星星，都看成维吾尔的眼睛/圣母玛丽亚教堂/也像你熟悉的小巷中的清真寺/假如你朝圣到麦加/真主显然留在了你的故乡/祖国啊，祖国/你的一切都美丽无比/甚至你的痛苦和忧伤/都像四季芳香的花朵/故乡人好比是耶稣/好比是摩西/在异乡里连亲戚也冷漠无比/在祖国假如一个不相识的孩子/忽然在你面前跑过/即使百年过去也不会忘记/假如他用自己的语言骂过你/也会显得非常亲切/当今世界上绝对找不到/比自己的语言更亲切的词语/有时你偶然翻开报纸/读到帕斯或泰戈尔的诗/你兴趣索然，没有丝毫感动/思念的仍是家乡动听的民歌/当死神降临/你用给祖国的情歌/为自己编织花圈/用对祖国的眷恋/为自己编织尸布/当你埋在异国他乡/祖国也同时埋在你心上/国外的每一位同胞/怀念喀什噶尔时/末尾都写满这样的思念②

一般看来，在诗里表现了对祖国的强烈的思念之情，但是，只要仔细阅读诗后，笔者相信许多人都会说，这个“祖国”概念，它是不同于现代性意义上的多民族国家概念的，是不能再与20世纪50年代的诗人尼米希依提所“想念”的“祖国”概念内涵相提并论的，而仅仅是一个对自己民族或族群而言的民族、族群的居住地的概念，是家园与一个民族文化共同体的抽象结合物，也可以说是一个本能的民族意识与民族生存的民族—地理空间建构的产物。在诗中“维吾尔的眼睛”里，祖国就是故乡，是喀什噶尔。这里的“祖国”在少数民族文学文本的表达中，显然更多的是一种

① 穆罕默德·巴格拉希．感言［J］．民族文学，2007（6）：封二．

② 阿迪力·吐尼亚孜．流浪人［A］．铁来克译．乌鲁木齐作家协会，《天尔塔格》编辑部．飞石——当代维吾尔青年诗选［M］．北京：民族出版社，2000．1～3．

民族主义心理情感的象征性表现。在这里，我们可以明确地看到这种情况，作为民族主义活动表达，“在这些活动中，既可以把文化特性看作是代代相传的固定不变的事物，又可以把它看作是地盘性的事物——在这里，文化空间逐渐受到种族或民族观点的影响，形成了一个强有力的‘血与土’联合体。因此描写领土时会用到与血缘有关的隐喻——如‘祖国’用‘祖先的领土’指自己的国家——来赋予它人格。文化景观常被看成该过程的一个动因——它逐渐被看成是文化归属感的载体或文化的容器。……民族主义认为，文化与一个区域相关而该区域与一个民族相关联，这形成了一种循环的逻辑。由此，一个人属于某个区域的权利取决于对文化的所有权，反之文化也可用于来识别区域”①。在这时“民族精神有时像一个神话故事一样充满神秘的色彩，但常常是虚构的，人们更有可能认为民族精神不会得到全部实现，而是暂时凝结在事物、景物、习俗、惯例，尤其是话语、符号、文字、作品中”②。爱、忠诚，作为民族主义的观念往往被提高到十分重要的地位。同时，热爱自己的民族成为最高的政治、文化美德。文学造就了民族主义，民族主义又引发了文学的想象。从这个意义上看，当代少数民族文学中民族主义意识形态的表达既是一种自然、本能，又是一种自我追求和被自我、“他者”解读的结果，它是一个特定的历史过程，而不是一种普遍的需求。

对此，安东尼·史密斯（Anthony D. Smith）有这样的描述：“政治的‘爱’给予民族这样的抽象体以可触觉的表现。这就是热爱自己的（民族）大家庭。在大众想象中，‘家庭’和‘家’往往是联系在一起的，而爱则要求家庭要有家；没有家的家庭需要政治的屋顶；没有‘祖国’的民族就是一群贱民。所以在民族的寻根过程中，‘热爱’和‘祖国’相互加强。即使那些居住在自己祖土或祖国之上的民族也需要‘重新寻根’，即重新找到他们自己最原始的起源和他们真实的自我。这就是祖土或祖国观念多

---

① ［英］迈克·克朗．文化地理学［M］．杨淑华，宋慧敏译．南京：南京大学出版社，2005. 150.

② ［法］吉尔·德拉诺瓦．民族与民族主义［M］．郑文彬，洪晖译．北京：生活·读书·新知三联书店，2005. 197.

重含义中的一种。”[①] 安东尼·史密斯的描述应该说是非常准确的。

同样，安东尼·吉登斯（Anthony Giddens）也有关于民族主义的心理学解释，他认为：“民族主义情感在发轫之时及后来20世纪的表现中确实包含了普遍的象征。依恋故土，创造与灌输富有特色的理念和价值观，追溯特定历史中的‘民族’经历，这正是民族主义反复出现的一些特征。多数民族主义心理学理论把这些观念同个体的需要联系起来，认为个体置身于他们能够认同的集体需要。以前能够满足这种需要的群体（比如地方社区和亲属群体）已经瓦解，所以民族主义的象征提供了一个现代的替代物。民族主义不仅提供了群体认同的基础，而且还显示出这种认同是一种与众不同弥足珍贵的成就。”[②] 在笔者看来，虽然安东尼·吉登斯的族群—象征主义观点在强调民族的族群基础时，不一定都具备普遍性，但是他的观点却较客观地说明了民族实质上既是政治的又是一个文化意义上的共同体。随着中国社会的改革开放，当时代生活背景发生巨大变化的时候，当代少数民族文学中曾经被抑制的民族主义思想情感会在非常短的时间内得到宣泄和爆发，这种宣泄、爆发在特定的少数民族或族群的生活空间里，由于历史和现实的社会政治、经济文化等一系列因素的影响，呈现出宣泄、爆发强度和频率的不同，在不同的少数民族文学作品中这样的呈现作为基本的文学事实是一种客观存在，这是少数民族文化的自然存在，也是中国社会历史发展的必然存在。因为，作为现代民族主义表达的一个契机，这种现象“是由于‘文学’或者‘美学’而形成的”[③]。虽然，在新时期以来的少数民族文学中这样的呈现或表达各有差异，但它却构成了当代中国社会文化现实存在的真实内容。对此，任何一个中国当代作家和批评家都无法回避。问题是，我们如何辨别、阐释这些民族主义的表达呢？当我们的少数民族文学作家在文本中倾心地表现自己对本民族或族群的认同和热爱，并表现民族主体性的坚定所指，同时也表现了对“他者”的重

---

① ［英］安东尼·史密斯．民族主义：理论、意识形态、历史［M］．叶江译．上海：上海世纪出版集团·上海人民出版社，2006. 32.

② ［英］安东尼·吉登斯．民族—国家与暴力［M］．胡宗泽，赵力涛译．北京：生活·读书·新知三联书店，1998. 259.

③ ［日］柄谷行人．日本现代文学的起源［M］．赵京华译．北京：生活·读书·新知三联书店，2003. 196.

新认知甚至是疏离、抵抗时，我们的少数民族文学批评确实就需要重新建立起一种考量的尺度，需要增加对少数民族文学批评中民族主义作为一种意识形态话语表达的多层次分析、解释的视角。

三

当阅读了藏族汉语写作者唯色的作品后，笔者比较认同姚新勇的判断，他这样说道："到了九十年代后期之后，少数族群文学的民族主体性不仅已经普遍建立，而且已经发展到与中华民族的民族主体性、国家认同，发生直接碰撞的临界点。藏族汉语写作者唯色的情况就很有代表性。唯色女士是九十年代获得声誉的藏族诗人，九十年代中期之后，她的藏民族意识的表达越发强化，不仅写出了《十二月》这类隐含着极大愤怒的诗篇，而且还以网上签名的方式，发起反对张健横渡青海湖、韩红飞降布达拉宫的演出计划。2003 年花城出版社出版了唯色的《西藏笔记》。这本书中作者对自己血缘的不纯性非常焦虑，并痛心自己身为藏族人但却不懂母语，作者急切地想重归自己的民族。因此，作者不遗余力地去歌颂她心中那块神圣的土地，歌颂她的族人、藏传文化甚至十四达赖喇嘛，不仅如此，作者还自觉地将对藏文化的诗性赞美，扩展为抵抗的书写，以充满感情的笔墨，记写西藏文化、藏民族正面临的衰败的危机，强烈呼吁民族自救。可以说《西藏笔记》已经超过了一般性的文化寻根的意义，上升到了'民族复兴主义'的程度。"[①] 虽然，这样的表述可能不一定完全准确，但这种看法是有一定依据的，不能不说这是当代中国少数民族文学发展进程中的一个事实。因为在一些少数民族作家那里，对本族群族性文化的强调赞美，已超越一般性的文化寻根的意义，表现出了强烈的民族主义倾向。在他们看来，在现代性条件下，没有民族主义的坚守，少数民族或族群的文化就会被多数民族文化、主流社会文化所淹没，同时又会在民主旗帜和现代化话语面前失去反抗权利。[②] 当然，少数民族文学中民族主义的表达

---

① 姚新勇．族群冲突与失焦的言说——从汪晖关于西藏问题的思考谈起［EB/OL］．http：//www. frchina. net/data/detail. php? id = 16368.

② 王力雄．西藏面对的两种帝国主义——透视唯色事件［EB/OL］．boxun. com/hero/wanglx/132_ 1. shtm .

是一种客观的必然，是有其存在的合理性的。因为文学在民族主义的构建、在确立民族身份的认同过程中始终起着积极的建设性作用，这在18世纪以来的欧洲文学史、20世纪以来的中国文学史、20世纪60年代拉美的文学实践中都可以看到。民族或族群作为“想象的共同体”必然在文学中被细致表现，必定在文化上全面地得到表达。少数民族或族群文学中为防止被多数民族文化话语遮蔽或淹没而进行的自我话语权的争取是正当的，但是强烈的民族主义倾向真会在当代的经济全球化背景下给自己的民族或族群带来“自我拯救”和“自由”吗？在少数民族文学批评中，民族主义也真会成为我们判断少数民族或族群文学价值的历史逻辑起点和最终的价值取向吗？实际上，在作为文化民族主义的表达中，民族或族群的精英知识分子与大众在理解民族主义在社会生活中的呈现上是有差异的，精英知识分子更看重民族主义表现的强烈民族主体性倾向，而大众更认同民族身份在社会文化建构过程中被社会政治、经济因素影响的程度。在这个意义上，民族主义就不是单纯的“文化共同体”的表征，而是带有政治和权力表征的共同体。在一个多民族国家中，某个民族的文化身份和政治身份应该是一种统一。民族主义仅仅靠文化是解决不了问题的，文化民族主义的理想和要求在特定的环境下只有通过政治或经济民族主义的话语转换来表达，并通过一系列的民族主义实践行为而被予以肯定。所以，当精英知识分子的文化民族主义的表达被大众所了解和同意后，大众的民族主义“文化共同体”想象往往就会转变为实践的社会日常生活中的行为。这些，有可能形成某个时期的由文化民族主义向特定的多民族国家社会政治、经济生活进行诘问的思想文化根源，从而会间接或直接地带来一系列的社会文化情感疏离以及各种层次的矛盾、对抗和冲突。

胡安·诺格认为民族主义的恰当说法是：“民族主义是一整套意识形态表述（expressions），这些表述试图使一个共同体被认为是一个整体，它通过一整套象征、价值和传统使一个共同体实现自我认同，并与他者有别。我们甚至可更进一步，把民族主义看成是一种政治和文化意识形态，它通过一种广泛的角度和战略（从马克思主义到保守派）追求既定的目标

(基本上是政治的)。"[①] 这确实是一个恰当的说法，笔者对胡安·诺格关于民族主义的界定持赞同的态度。在笔者看来，民族主义的目标追求必然决定了一个民族要保持住自己的特征，这些特征是自己区别于"他者"、同时又是"他者"认同自己的基本前提，这使得民族的认同与文化的认同不一样，民族认同不具有任何弹性。所以，我们需要对民族主义有一个更为客观、清醒的认识。因为不管是在中国还是在世界范围内，民族主义不论在过去、现在还是将来，都是或必将是一个长期存在的社会事实。民族主义作为一个整体的意识形态，既具有理念长期影响的贯穿性，又具有现实日常生活价值的引导性，因此，民族主义不是能够简单地被全球化或某种同质文化所解决的。实际上，现在人们都非常清楚地知道，"通过摧毁少数群体的民族性来培养一个共同的民族认同这种做法看起来是虚伪的（并且经常是不现实的）"[②]。

埃里克·霍布斯鲍姆（Eric J. Hobsbawm）对未来世界中民族及民族国家的发展趋向持一种乐观的世界主义态度，对此，笔者不予肯定。但对他在超民族或后民族时代中对某个民族文化的继续存在和发展的预测表示认同，因为他是比较客观辩证地在看待民族主义。如，就语言民族主义而言，他认为："语言民族主义的核心关怀，都是围绕着权力、地位、政治以及意识形态打转，在他们眼中，语言的沟通与文化意义是无关紧要的。"[③] 因为当语言民族主义不再把沟通作为与"他者"建立关系的主要途径后，其实就是在强调自己民族语言的"与生俱来"性，通过这种独特性来为自己民族保持或获得实际的利益。当年，在中华民国时期推进国语运动的语言学家黎锦熙先生曾经就说过这样的话，"此理不难明白：世界各种族语都是'与生俱来'的，正和汉语中的方言是各个人的'母语'一样，在民众的日常生活中，永远是流行着、活动着"[④]。在20世纪中国现

---

① ［西班牙］胡安·诺格．民族主义与领土［M］．徐鹤林译．北京：中央民族大学出版社，2009. 2.

② ［加］威尔·金里卡．少数的权利——民族主义、多元文化主义和公民［M］．邓红风译．上海：上海世纪出版集团·上海译文出版社，2005. 254.

③ ［英］埃里克·霍布斯鲍姆．民族与民族主义［M］．李金梅译．上海：上海世纪出版集团·上海人民出版社，2006. 106～107.

④ 黎锦熙．国语边语对照"四行课本"建议［J］．文艺与生活，1947（2）：2.

代化的进程中，虽然有自晚清以来进行的国语推进运动，有边疆地区的反对民族分离主义的斗争，也有20世纪五六十年代反对地方民族主义的社会主义整风教育运动，百年来的中国经历了各种主义和思潮的风风雨雨，潮起潮落、此消彼长，但是，民族主义却从现代到后现代一路走来，作为一种具有继承性的现代意识形态体系并没有衰老，其影响和能量并没有消减，反而更有积蓄和随时爆发之势。所以，在埃里克·霍布斯鲍姆看来，"在未来的历史中，我们将看到民族国家和族群语言团体，如何在新兴的超民族主义重建全球的过程中，被淘汰或整合到跨国的世界体系中。……不过这并不意味着民族历史或民族文化无法在特定国家，特别是小国家的教育体系或文化生活中占有重要地位，甚至有比今天更重要的地位；这也不表示民族历史和文化无法在超民族的架构中继续在当地繁荣发展"①。在这里，我们看到了民族主义的可变换性和不可替代性的关系，这对我们确立认识少数民族文学批评中的民族主义文化立场的表达是具有启发性的。统一的文化思想可能在像中国这样的多民族国家里还是一个幻想，我们不能把民族主义仅仅看成是隔离的族群性。在公共性的社会文化里，我们实际上看到的是，社会公共领域是由不同的差异性文化，即文化碎片组成的，而社会公共领域的管理者往往会持一种中立的态度面对多种民族的文化。作为在后现代文化研究领域富有影响力的思想家，斯图尔特·霍尔（Stnart Hall）在他的文化差异政治学中对差异有明确系统的见解，他认为，从语言学的角度看，差异是意义的根本，没有差异，意义就不存在。事物的意义只有在与"他者"的差异中才被显现出来。"他者"是意义的根本，"意义不属于任何单个说话者，它在不同说话者之间的给予和获得中产生出来"②。就对话者而言，参与对话的双方并不处于一种平等的地位，可能始终存在有相对的主次之嫌，所以，意义总是不平等地交换。在霍尔看来，差异带来了文化生产的动力。所以，每个少数民族的文化（文学）要得到"他者"文化或文学的承认，就必须要保持住自己的特征。20世纪80年代以来，就笔者在多民族地区生活的亲身感受和体认而言，中国

---

① ［英］埃里克·霍布斯鲍姆．民族与民族主义［M］．李金梅译．上海：上海世纪出版集团·上海人民出版社，2006. 183.

② ［英］斯图尔特·霍尔．表征——文化表象与意指实践［M］．徐亮，陆兴华译．北京：商务印书馆，2003. 237.

的现代化进程随着改革开放在不断加快，但这种快速的现代化进程和全球化影响只是有可能会强化中国少数民族的民族主义意识，现在我们不能、也拿不出任何证据预示民族主义已经过时，相反，民族主义这个精灵在特定的社会时代生活中具有了更多的活力。所以，在21世纪中国的社会生活中民族主义是一个长期的存在，民族主义必然要通过多种形态呈现在政治、经济和文化等社会生活的诸多方面，而文学就是首当其冲的。

文学与社会生活的关系并不是简单的反映与被反映，但文学又总是在反映着社会生活的各个方面，当文学不再直接把某种思想喊出来、传播出来的时候，却总是在文本的字里行间表达着自己与社会的结构性关系的默认或悖反，这是文学永远无法否认的内在本质。作为少数民族文学中的民族主义，当“少数民族文学”被提出时就已经存在和意欲表达了，只不过是在特定的历史条件下，没有得到完整的表达。从社会的历史发展看，在中国这样一个多民族国家内，少数民族文学中的民族主义必然是要得到完整表达的，这是一个谁也无法回避和阻碍的文学事实。但是，我们要注意的是，世界上任何事物的本质并不都是绝对不变的，从辩证法的角度看，由于一切事物的存在都是相对的存在，所以，本质的一切内在规定也都是相对的。相对是指有条件、有限制，也就是在一定的范围内、在一定的层次或层面上才是有效的。从我们人类思维的认知过程看，任何事物都不存在绝对的本质或任何的一般性，所谓我们掌握了某种事物的本质、彻底掌握了这个事物、我们把握了人类历史规律的想法只能是一种神话。本质只能是事物现象某个层面的本质，一般性也就是事物现象某个层面的本质。而对少数民族文学来说，民族主义的全部完整表达难道就是我们文学本质的内在规定？就是少数民族文学的一般性规律？同样，少数民族文学中民族主义的表达是否仅仅是某个民族或族群民族主义的单一性反映？是否仅仅是强烈的民族主义主体性话语？在当代社会生活中作为文学叙述的民族主义是否还具有更多的社会性文化建构的意味？显然，当代中国少数民族文学中的民族主义表达是一个内涵十分丰富的话题，对它不能从简单的本质主义立场去进行把握，只有把它放在特定、具体的语境系统中进行考察，才有可能对其作出比较客观的认识。

目前，在国内的当代少数民族文学批评或研究中，研究思路和方法还是更多地从现代多民族国家与少数民族或族群对国家政治认同的宏观视野中来进行把握的，而在笔者看来，用一种单一的文本功能来对应证明少数民族文学与国家认同的关系，其研究的结论实际上无法说明、阐释当下少数民族文学创作和批评中所表现出的民族主义意识形态话语中包含着的复杂关系。对民族主义的理解实际上还可以从多种层次进行把握，现在“越来越多的人已经认识到，少数群体民族主义之所以得以存续和发展，是因为事实已经证明它可以很好地适应现代性，包容和满足现代化的需求和期望。事实上，人们已经证实，少数群体民族主义是一种极为有效的手段，民族群体可以借此实现自己社会的现代化，并更加积极地加入到全球经济中来，加入到日益密切的国际法和公民社会的网络中来”①。在对中国的少数民族诸多问题及少数民族文化（文学）问题进行判断理解的过程中，我们确实需要更多的动态性和与时俱进的理念原则，否则，很容易陷入到单一的政治本质主义或文化本质主义的怪圈中去。

在国外，文学中的民族主义在20世纪80年代已经是一个被普遍关注的话题，在文化和文学领域已有多人作了大量的研究，如，以亨利·路易斯·盖茨（Henry Louis Gates）和休斯敦·贝克（Houston A. Baker）为代表的美国黑人文学批评。他们通过系统的发掘、考证、整理和阐释，展示了黑人文学成果，并探讨了黑人文学的延续性。这些工作不仅成功地将黑人经典文本与西方传统经典文本加以并置并形成事实上的共存，而且在很大程度上起到了对中心话语或主流文学经典的修正作用。黑人文学理论为人们提供了当语言由主流文化模式所控制时，对边缘文化加以重新审视的可能性。而美籍学者凌津奇对叙述民族主义有自己的认识，在他看来，“一位族裔作家对所处社会环境的看法究竟如何成为其文本所持立场的重要基础，并影响到该作家与其文本所反映的文化与意识形态之间的关系；在社会环境不断发展变化和新的社会关注点不断浮现后，这种关系既是互相对抗又是互相协商的”②。同时，在国外，还有从意识形态话语的角度分析民族主义在文学中表达的学术观点，此类观点力图说明和强调民族主义意识形态话语实际上是可以进行协商的社会构建活动。在他们看来，如果

---

① ［加］威尔·金里卡．少数的权利——民族主义、多元文化主义和公民［M］．邓红风译．上海：上海世纪出版集团·上海译文出版社，2005. 304.

② ［美］凌津奇．叙述民族主义——亚裔美国文学中的意识形态与形式［M］．吴燕译．北京：中国社会科学出版社，2006. 2.

意识形态遍布语言之中，这就意味着：语言的意识形态本性应当成为现代社会科学研究的主要内容之一。而话语理论探究的是，政治冲突和就支配地位和阻力而言的语言学表达形式是怎样的，所以，话语理论在解读民族主义者如何清楚地表达自己的意识形态与“另一方”的不同之处时具有巨大的潜力。因为在这些西方学者看来，一种话语可以被定义为“任何在各元素之间建立关系，结果各元素的身份得到修改的过程”[①]。这些西方学者们都结合本国族裔文学的文本实际对民族主义在当代的表达进行了建设性的分析说明，这对我们当代少数民族文学批评研究是有启发和借鉴价值的。

在笔者看来，不要担心和焦虑少数民族文学及少数民族文学批评中民族主义作为意识形态话语系统的表达，在一个和谐的多民族国家的社会文化生活中，和谐应体现为诸多意识形态话语系统表达的重叠、并置和互动建构。某个或某些少数族裔作家、批评家通过文学文本和批评表达自己的民族主义意识是正常的，否则，当代中国少数民族文学所应体现的社会现实价值和历史深度很难被挖掘出来。关键的问题是如何在对少数民族文学的研究、批评过程中不回避问题，把这些问题全部摊开，放在世界性的“民族主义意识形态话语是如何被文学叙述出来的”这样一个平台上进行透视，在全球化背景下，把20世纪80年代以后的当代中国少数民族文学生产看成一种具有复杂内涵和多重外在联系的过程，同时也反思我们当代少数民族文学、文化研究的介入策略。

---

① Claire Sutherland. Nation - building through discourse theory [J]. *Nations and Nationalism*, 2005, 11 (2): pp. 185 - 202.

面对民族主义意识形态话语表达的当代少数民族文学批评

欧阳可惺

作为当代少数民族文学批评，面对少数民族文学文本中的民族主义表达，建立起自己的批评理念和解释方法是十分必要的。在笔者看来，少数民族文学批评首先必须要确立少数民族文学文本中的民族主义表达，实际上是一种意识形态话语的表达这样一种基本的出发点。

一

关于意识形态，自18世纪法国的德斯蒂·德·特拉西（Destutt de Tracy）把意识形态（ideology）一词引入使用并赋予该词新义后，意识形态就被作为了具有政治性和实用性功能的“观念体系”。虽然，经过历史的洗刷和检验，意识形态本身的定义有了变化，其内涵和外延在不断地丰富，但是，作为一个价值观念的体系，它又保持了部分原初的意义。进入20世纪后，对意识形态有了更多样的阐释，笔者在这里不罗列诸多的观点，只是觉得在这些观点中，有几种对“意识形态”理解和阐释的观点是值得借鉴的。约翰·B. 汤普森（John B. Thompson）在《意识形态与现代文化》中对意识形态概念的历史变化进行了描述，指出了意识形态在20世纪中后期向知识社会学的转移，意识形态概念开始中性化。汤普森把诸多意识形态概念分为两类，即批判性概念和中性概念。拿破仑、马克思的意识形态概念是批判性的，而德斯蒂·德·特拉西、列宁、卢卡契、曼海姆等人到当代理论家的意识形态概念则是中性的。在汤普森看来，意识形态的批判性概念就是把作为意识形态的这种现象当作误导的、幻想的或片面的，它们都传递一种负面的意思，是要受到批判或谴责的。而意识形态的中性概念“指一些现象的特点是意识形态或意识形态的，而并不是说这些现象必定是误导的、幻想的或者与任何特定集体的利益相一致的。根据中性概念的特征，意识形态是其他的社会生活（或社会研究形式）中的一个方面，并不比任何其他东西更具有吸引力或有疑问。……就是说它们不一定传达一种负面的、贬义的意思，不一定意味着意识形态是一种要加以抗击并且可能的话加以消灭的现象”[①]。汤普森认为意识形态概念的中性化是当代社会生活发展带来的结果，在这样的前提下，他森认为：意识形态现象就是只有在特定社会—历史环境中服务于建立和支撑统治关系的有意义的象征现象。他非常注重把象征现象置于社会—历史的背景之中去分析意识形态，强调只能在特定的环境中去考察象征形式的意义与权力的相互作用关系，在特定的结构性社会背景中去考察人们使用、传达和理解象征形式的方式。什么是象征形式？汤普森认为“象征形式是属于一个主体和为了一个主体（或一些主体）的表述。那就是说，象征形式是由一个主体所生产、构建或使用的，他在生产或使用这些形式时正在追求某些目标或目的以及表达自己在这样生产的形式中‘意思’或‘意愿’是什么”[②]。显然，这里象征形式中“意思”或“意愿”的存在使其呈现出了鲜明的意识形态的实用功能性特征，象征形式都植根于包含了权力关系、冲突形式、资源分配上的一系列不平等的结构性社会背景中，这与传统的意识形态定义又有相似之处。按照汤普森的意思，把意识形态的研究集中于象征形式所在的领域，通过象征形式用于建立和支撑权力关系的方式，是为了研究社会生活中十分真实的方面。“因为就某种程度来说，社会生活是一个角逐场，通过文字与象征以及通过使用强力来进行斗争。意识形态，就我在这里提出和阐述的意义而言，是这种斗争的一个组成部分；社会生活的创造性和构成性特点就是通过包括不断交换的象征形式的行动与互动来

---

① ［英］约翰·B. 汤普森. 意识形态与现代文化［M］. 高铦等译，南京：译林出版社，2005. 59～60.

② ［英］约翰·B. 汤普森. 意识形态与现代文化［M］. 高铦等译. 南京：译林出版社，2005. 153.

得到支持与再造，得到竞争与变革。”① 汤普森把意识形态现象看作是在特定的社会历史背景下，由掌握了各种资源和具备了各种能力的个人所生产和接受的象征形式。在这个意义上，意识形态现象成为现代文化传媒所带来的象征形式流通的一部分，它具有了新的范畴和复杂性。汤普森的意识形态理论，在笔者看来，如果从其实际运用操作的过程看，不仅具有适应现代社会文化变化发展的创新之处；也继承了传统意识形态理论，十分关注现实社会生活背景的辩证唯物主义和历史主义的眼光和思考。如汤普森在保罗·利科（Paul Rycoeal）等人的“深度解释学”的基础上提出了自己的深度解释学的方法论架构，不是像利科那样强调“文本的语义自主性”，而是通过汤普森本人对“深度解释学方法”的阶段性的重构，设法阐明意义与权力的相互关系，通过“依次考虑深度解释学方法的每一阶段来彻底完成这种批判性思考”②。当然，在这时，是很难说汤普森的意识形态理论仅仅是中性概念的。所以，他的理论对我们理解当代少数民族文学中的民族主义意识形态的表达是极具启示性价值的。

同样，特里·伊格尔顿（Terry Eagleton）也是在中性概念意义上使用意识形态的。伊格尔顿认为，意识形态是社会生活中人们实际陈述的言说和信仰的表达方式、价值观结构，意识形态与人们身处的社会权力结构和权力关系有关。意识形态作为情感、评价、感知和信仰的模式，它们与社会权力的维系具有某种关系。在伊格尔顿看来，意识形态并不能等同于文化，但是意识形态又与文化有着密切的联系，在社会生活里，文化实践与政治权力是交织在一起的。所以，不能简单地把意识形态当作语言的命题。在社会实践过程中，“这完全要看谁对谁说什么话，说话的意图如何和效果如何。简言之，意识形态不仅是一个语言问题（我们讲出的命题之类），还是一个话语问题，是置身于历史当中的主体间的实践交流。而且它也不仅仅是一个倾斜的、偏执的、派别的话语问题，因为人类话语都如

---

① ［英］约翰·B. 汤普森. 意识形态与现代文化［M］. 高铦等译. 南京：译林出版社，2005. 11.

② ［英］约翰·B. 汤普森. 意识形态与现代文化［M］. 高铦等译. 南京：译林出版社，2005. 315.

此”[①]。也就是说，意识形态是一种人们活动的结果，是一个话语交往的结果，是人们根据现实的主体利益进行表达并相互交流沟通、相互借鉴渗透的动态性实践过程的结果。

另外，伊格尔顿认为，卢卡契在意识形态上的重要创举在于用黑格尔哲学的主体性精神重新书写了马克思主义理论，这使后来诸多西方马克思主义学者关于意识形态的思考无不受其影响。“然而卢卡契的学说也有许多可以批评的地方。其一，他以典型的西方马克思主义的‘历史主义’方式，认为最好把社会阶级看作‘主体’，每一个阶级主体都有自成一体的意识形式。但实际上并非所有的‘阶级意识’都那样纯粹和统一；也许最好还是把意识形态看作各种阶级集团和阶级进行斗争和谈判的场地，而不是各个阶级内在的某种世界观。其二，卢卡契把整个社会生活之内的‘意识’看得过于重要。意识形态可能是政治统治不可或缺的部分，但肯定不是获得统治过程中最要紧的东西，政治统治更多地是一个技术问题。”[②] 伊格尔顿认为：“一种意识形态从来不是一种统治阶级意识形态的简单反映，相反，它永远是一种复杂的现象，其中可能掺杂着冲突的，甚至是矛盾的世界观。”[③] 而在文学艺术中，伊格尔顿认为，意识形态是一种复杂的现象，它与社会、现实、政治有着密切的关系，但文学作品不是作为占统治地位的社会意识形态或作家所属的社会集团或阶级的意识形态（即世界观）的简单反映。他认为经济基础与上层建筑不是简单的一一对应的关系，文学与现实的关系也不是直接的，而是间接的。

这里，伊格尔顿给我们的启示是：让文学去自己生产，而不是退回到反映论的立场去，如此这样地从生产论的角度看待少数民族文学可能要比从反映论看待少数民族文学更好。在这里，我们如果把伊格尔顿批评卢卡契的两个地方借用到理解少数民族文学中所表达出的民族主义意识形态和中国多民族国家的民族关系时，也是不无启发的。比如，第一，少数民族

---

① ［英］特里·伊格尔顿．历史中的政治、哲学、爱欲［M］．马海良译．北京：中国社会科学出版社，1999. 90.

② ［英］特里·伊格尔顿．历史中的政治、哲学、爱欲［M］．马海良译．北京：中国社会科学出版社，1999. 92.

③ ［英］特里·伊格尔顿．马克思主义与文学批评［M］．文宝译．北京：人民文学出版社，1980. 10.

文学中所表达的民族主义意识形态的纯粹性和统一性问题，可能有“纯粹”和“统一”的民族主义意识形态的表达吗？第二，作为某个少数民族作家和作为介入少数民族文学批评的批评者或主流意识形态机构，也确实都不需要像卢卡契那样，把表现、表达民族主义“意识形态”和判断、评价民族主义“意识形态”看得过于重要。第三，作为中国的多数族（汉族）也没有必要在整体的社会文化建构过程中把自己的民族主义意识看得过于重要。在笔者看来，由于中国社会的现代性进程是在20世纪全球化的裹挟下迅速、激进地推行和实现着的，这种历史进程的短促，使得各民族的传统还具有强大的惯性力量。传统与现代性欲求的渴望往往交织在一起，构成了非策源地的、后发的中国在现代性的进程中呈现出多样的形态。各少数民族精英知识分子对现代性的激进要求和普通大众对传统相对过多的依附，会造成对社会思想意识的不同要求、期待和解读。所以，当各少数民族精英知识分子和普通大众在对现代化、现代性国家的理解上还存在差异的情况下；在一定的范围内，在还有相当的社会人群缺乏良好的国家公民意识的条件下；在目前少数民族中还有部分人没有发自内心真正对国家产生认同的前提下，中国的56个民族如果都十分看重自己本民族的民族主义“意识形态”表达和评价的话，就会导致诸多不同性质的民族主义运动的出现，必然会造成多民族关系的紧张。

我们借用部分当代关于意识形态的理论，是为了在观念上对传统的意识形态理论的影响有一个回顾式的反思，那种强调对立、对抗、批判性概念的意识形态在当代变化的社会生活中无法有效地解释更多的问题。虽然，它仍有应用的价值，但是由于它忽略了在日常生活的各种背景下确立和支撑统治权力的一大批象征现象，因此显得比较狭隘。任何意识形态都具有利益阐释和引导的功能，即通过利益关系的前后对比，引导人们认识到自身的利益所在，并为这种合理的利益去努力实践。在当代中国的社会生活中，各种社会利益主体在不断分化、变化，所以，主流统治权力和主流意识形态要在当代社会生活中发挥引导和整合作用，就需要实现意识形态的包容性，就需要具有兼容并蓄其他性质意识形态的能力。在当代中国的社会历史背景下，强调意识形态的对立、对抗、批判性概念其实会影响作为主流统治权力的统治关系，因为它没有意识形态创造性的解释过程，所以无法通过解释，确立意识形态是如何服务于建立和支撑统治关系的。

在少数民族文学中表现出的民族主义意识，如果用传统批判性概念的意识形态理论来进行判断和批评，可能会使真正的意识形态意义的积极性构建活动消失，会简单地用少数民族文学中的民族主义表达的某个层次囊括实际表达的全部意义，从而会使读者或公众产生一种对少数民族文学文本的误读，使我们无法对少数民族中的民族主义意识形态表达有充分完整的认识。

我们的少数民族文学批评，在面对少数民族文学中所表达出的民族主义时，应该如何看待和处理其与意识形态的关系呢？任何民族主义都不是纯粹的心理性的、情感性的，它总是要与特定的社会历史发生联系。安东尼·吉登斯认为欧洲民族—国家的民族主义在特定的场景中具有下列特征："①它的政治特性，也就是它与民族—国家的关系；②它与工业资本主义的关系，以及包含在阶级统治中的民族主义的更为特别的意识形态特性；③它可能拥有的心理动力，这是因为作为一系列的情绪与态度，而非一套制度化的实践，很难假设其中没有独具特色的心理过程；④它特定的象征内涵。"[①] 显然，民族主义在特定场景中的特征使它具备了意识形态现象的特点，民族主义的表达，不外乎是政治、经济、心理情感和象征形式的表达（当然，还有行动上的表达）。在不同的社会历史背景下，这几个民族主义的特征可能在表达的完整性和次序上有所差异，但主要的特征内涵是不可或缺的。同样，在当代中国，少数民族文学中民族主义的表达过程里也都包含着类似这样的特征，由于社会历史的原因，只不过表达的内涵容量还是相对较为单一和薄弱。这里所说的单一，是指少数民族文学中的民族主义的表达，更多的还是心理情感的层次；所谓的薄弱是指少数民族文学中的民族主义意识表达，还缺乏更多的象征形式的创造。但是，随着全球化的影响和中国社会生活的多样性推进，民族主义这个从现代以来的老话题，虽然也受到了后现代思潮的影响，可是不仅没有被淡化，反而被越来越多的人关注了。所以，在中国的当代少数民族文学中，民族主义意识形态通过各类文本的表达必然是会越来越丰富、多样，甚至是激进、强烈的，比如对于本民族或族群传统的倾心追忆和强调；对民族或族群传

---

① ［英］安东尼·吉登斯．民族—国家与暴力［M］．胡宗泽，赵力涛译．北京：生活·读书·新知三联书店，1998. 260.

统文化失根的困惑和焦灼；对于民族或族群文化空间的民族归属性的重新建构等。当然，这些强调和急迫的表达也会与非文学的想象结合起来，为政治、经济民族主义运动提供文化意义上的支持或铺垫。面对当代少数民族文学中，已经出现或将要出现的在21世纪中国社会—历史背景下的民族主义走向，我们确实需要进行认真的思考，因为这是一个长时期内要面对的中国文学的基本问题。

二

就民族主义意识形态的表达来看，由于意识形态在语言中是无处不在的，意识形态是社会生活中人们实际陈述的言说和信仰的表达方式，所以，民族主义意识形态必须要通过少数民族文学文本和批评中的话语表达出来。当少数民族文学和批评中的民族主义作为意识形态表达时，其必然是以作为关系的话语表达的。话语是什么？按照我们对语言学中关于话语定义的理解，话语是一种实践的语言：是指语言在说写主体讲出或写出之后总要求有人倾听、有所回应的一种实践活动。如巴赫金（Bakhtin）早就认为："任何现实的已说出了的话语（或者有意写就的词语）而不是在辞典中沉睡的词汇，都是说者（作者）、听众（读者）和被议论者或事件（主角）这三者社会的相互作用的表现和产物。话语是一种社会事件，它不满足于充当某个抽象的语言学的因素，也不可能是孤立地从说话者的主观意识中引出心理因素。因此形式语言学的角度和心理学的角度同样偏离靶心：话语具体的、社会学的本质，使话语变为真理或谎言，低下的或高尚的、需要的或不需要的那个本质，从这两个角度来说，都是不可理解或不易理解的。"① 巴赫金的语言哲学理论现在看来仍然是非常有价值的。对任何一个民族而言，每一个时代都有着涉及民族生存的重大问题，是改造世界，还是维持现状？民族的发展进程通过历史被记载下来，形成了民族的历史，也形成了民族的文化。一个民族的文学语言作为历史和文化的记载语言，从来都是"实践的语言"，作为民族的文学家、历史学家也好，

---

① ［俄］巴赫金．周边集［M］．李辉凡，张捷，张杰等译．石家庄：河北教育出版社，1998. 92.

作为民族文化知识的传播者、知识分子也好，在选择特定的叙述形式时就都已经有了意识形态的取向，他们在给本民族的历史和文化进行特定的阐释时必定有着特定的意识形态含义。在海登·怀特（Hayden White）看来，“历史”话语与“意识形态”话语是不能区分的，“意识形态话语指称历史事件，讲述这些事件的故事，旨在讲述关于这些事件的真实故事，试图解释它们何以这样发生，最后宣称揭示这些事件的真正的历史意义。总之，在形式说明即表达的形式的层面上，意识形态故事和历史故事完全相似”①。“叙事话语不仅仅为意识形态服务。反之亦然，意识形态是产物，同时，事实上，它似乎也是我们对现实进行叙事性理解的工具。”② 为此，怀特还把意识形态分为两类：超越社会的和顺应社会的。不同的意识形态通过话语都得到了表现。显然，怀特给我们的启发是，在少数民族文学涉及民族主义表达的文本历史结构中，话语的意识形态类型是客观存在的，对此，我们的任何一个少数民族都无法回避。但是，我们也要注意到，并不是所有的少数民族文学文本的历史结构中的话语都具有意识形态的性质，当话语作为描写性的表现，“描写”置于“叙事”之上时，如表现描写少数民族人民群众生活场景和生产知识等时，意识形态是缺场的，这需要进行特定语境的分析。

从阐释理解话语的历史看，话语在过去传统的理解中，是建立在二元对立的思维模式之上的，话语实际上就是一个本质主义的术语。从传统的、本质主义的视角看，话语仅仅是一种表现它之外的事物或观念的语言形式，话语是被它之外的某种更本质的东西所决定的，在作为被表现物的观念或观念体系面前，它只是一种工具，最终必然归附于被表现物。在传统的观念中，话语必然具有统一性、连续性。因为话语只是表达工具，是依附性的，因而必然要归附到观念之类的东西上，而观念只是事物之类的东西的载体，所以最终必然要归附到事物之类的东西上。比如，一个人要表达民族主义，就必须具备民族主义的纯粹、统一的观念，在表达民族主义这个观念时这个人始终离不开自己的“民族”。在这样的思维模式下，

① ［美］海登·怀特．后现代历史叙事学［M］．陈永国，张万娟译．北京：中国社会科学出版社，2003. 365.

② ［美］海登·怀特．后现代历史叙事学［M］．陈永国，张万娟译．北京：中国社会科学出版社，2003. 350.

民族主义的观念、“民族”的叙述形式也面临着一致性的问题。因为叙述形式在传统的思维模式中，被普遍认为它是由主体创造的，由于叙述主体本身是内在统一的，所以叙述形式也是统一的。当然，这样的叙述形式表达在当代中国关于民族问题、民族文化和文学的话题中是屡见不鲜的。就这样的叙述形式所涉及的叙述主题而言，由于人类的各种描述不是无目的的和互不相关的，而是有目的的和相互相关的，它们常常集中在一起述说着同一种东西或同一个系列，因而其民族或民族主义的主题具有同一性和持久性。这里面有其值得肯定的东西，可是却绝对化了，这种绝对化的叙述形式作为社会事实使我们的主流话语叙述形式是如此；使我们的少数民族文学中，某个单一的民族或族群的话语叙述形式也是如此；同样，使我们在评价一个民族或族群的民族主义意识形态话语表达时也是如此。长期以来，我们受此思维模式的规定，在思考话语、叙述形式和叙述主题等一系列问题时，摆脱不了其对我们思想方法的制约性影响。

实际上，巴赫金早在诸多论文中就已意识到并详细论证了话语与意识形态表达之间的关系，他认为“任何一种文化符号，只要它能被理解和思考，都不会是孤立的，而要进入话语所形成的意识统一体。意识能够找到通向它的某种途径。所以在每个意识形态的符号周围仿佛形成着一些话语反应的扩展的圈。任何一种对形成着的存在的意识形态折射，无论凭借哪种意义材料，都伴随着话语的意识形态折射，就如同一种必然伴随的现象。话语存在于任何的理解活动和解释活动之中”①。巴赫金的语言哲学认为，首先应该根据话语的材料，研究存在于符号和意识中的意识形态的折射规律及各种形式和结构，他认为这是把马克思主义的社会学方法用于研究各种“内在”意识形态结构的所有深层关系的有价值的尝试。在巴赫金看来，没有内部言语的参加，无论哪一种意识形态现象的理解过程都不会被实现。一切意识形态创作的表现，一切其他的非话语符号都被言语因素包围着，处于这些因素之中，不可能完全与它们分离。

而在米歇尔·福柯（Michel Foucault）看来，任何事物或观念都无法

---

① ［俄］巴赫金．周边集［M］．李辉凡，张捷，张杰等译．石家庄：河北教育出版社，1998. 356.

自我呈现，它们只能存在于它们的表现形态的陈述中，[①] 事物或观念的形态从根本上是与陈述直接关联在一起的，是由后者建构的。在陈述中陈述对象和陈述形式各为对方存在的前提下，它们平行互补，互为表里，无内在与外在、本质与非本质之分，陈述对象会制约陈述形式，陈述形式反过来会支配陈述对象，两者互相矛盾，其内部没有中心，没有根基，没有同一，只有差异和矛盾，所以必然是非统一的、非连续的。进而言之，就陈述对象而言，世界上的事物无穷无尽、丰富复杂，要在它们中间寻找统一性确实无法实现，而陈述对象说到底是由陈述形式建构成的。[②] 因为在福柯看来，陈述"对象存在于某个关系的复杂网络的积极条件中"[③]。同时，福柯认为，话语规则的存在原因是矛盾，而矛盾在福柯这里被理解为"是各种不可调和的影响的交错"，是在一种文化中"作为所有其他对立的模式"，"话语产生于矛盾，话语正是为表现克服矛盾才开始讲话的；话语正是当矛盾不断地通过它再生出来，为了避免矛盾才继续下去并无限地重新开始；这是因为矛盾永远处于话语之内因为话语由此而永远不能绕开矛盾，因为话语在变化，在变形，在自动地逃避它的连续性。矛盾作为它的历史性的原则随着话语进展而运转"。[④] 福柯这里所说的"连续性"是指相对一成不变的话语规则，但这种话语规则在各种矛盾面前不得不发生变化，一是因为文化中矛盾的存在，二是因为话语本身即体现矛盾。不同的民族文化发生关系、相互影响，每一个民族的话语规则正是在对"他者"的关系过程中，在矛盾中逐渐地发生变化，形成新的话语规则。同时，用新的话语规则去阐释自己本民族的过去，即对过去历史的重新阐释。按照福柯的新历史主义观点也可以说，阐释即是一种实践。每一次成功的阐释即是赋予阐释对象以新的历史生命。在新的话语规则的形成和对过去的重

---

① 在笔者看来，"叙述"与"陈述"的共同之处是，它们都是主体扩散的话语组织，是话语实践性的空间网络；而区别在于"叙述"比"陈述"具有更多的多重主体性，更具多重意义的不确定性。

② 肖锦龙．福柯理论视野中的话语——从《知识考古学》谈起［J］．文艺理论研究，2010（5）：87～92.

③ ［法］米歇尔·福柯．知识考古学［M］．谢强，马月译．北京：生活·读书·新知三联书店，1998. 56.

④ ［法］米歇尔·福柯．知识考古学［M］．谢强，马月译．北京：生活·读书·新知三联书店，1998. 194.

新阐释中，一个民族的民族主义意识实际上在不断地被修正和补充，新的意义既来自“民族”又超越“民族”。在历史的实践中，某个民族的民族主义意识显然不是一种纯粹概念的静态连续，而是一个面对各种关系不断自我丰富而又不断自我阐释的动态建构的文化观念。而作为话语的意识形态，实际上是处身在特定的社会历史条件下的不同主体之间交流的、动态的结果。话语是复杂暧昧、高度含混、充满矛盾与冲突的关系结构。话语是混杂性的，它不可能是一种单一的主体自我叙述和唯一的同质性观念信仰表达。同样，我们可以看到，在当代少数民族文学中，叙述形式不是由作家主体决定的，相反是由他在叙述时所处的位置或他在话语关系网络中所占据的方位决定的。由于话语关系网络本身是复杂多样的，所以叙述形式是复杂多样的。就一个当代中国的少数民族文学作家来说，他的叙述要受极其复杂的多种因素的影响，他的叙述自然也是十分多样的，是非连续的。

另外，关于叙述之根，亦即关于叙述与权力关系的问题，我们不妨也看看福柯的理论，因为在这个问题上福柯形成了自己鲜明的观点，笔者认为，这些观点在今天看来仍然是十分有现实意义的。在福柯看来，叙述不是根植于它之外的某种东西，而是根植于它本身所处的叙述系统，叙述系统在结构上是一种关系网络；同时，这个叙述系统是一种客观存在的社会权力。这个权力不是制度、国家机器等政治控制力，而是一种社会文化支配力，是一种贯穿于整个社会有机体中的无处不在的文化知识监控力量。这个叙述系统作为历史的先验知识或档案，既是先验的又是历史的，它们是无限丰富的历史文化本身。福柯认为，档案不是某种潜在的历史文化统一性或普遍规律，而是成千上万人说出的外在可见的、有形的文化文档，“档案首先是那些可能被说出来的东西的规律，是支配作为特殊事件的陈述出现的系统”①。并且，档案“它把我们从我们的连续性中分离出来；它消除这种时间上的同一性，在这种时间上的同一性中，我们喜欢自我观察以避免类似的断裂；它中断先验的目的论的连续过程；正是在人类学思维

① ［法］米歇尔·福柯．知识考古学［M］．谢强，马月译．北京：生活·读书·新知三联书店，1998. 167.

研究人的存在或者人的主观性的领域里它使它物或外形显露出来”[1]。显然，福柯在这里是要让我们通过考察研究围绕着具体档案文本叙述所处的叙述系统，来把握人类历史文化的丰富性生态和动态性变化。当文学作为一种叙述形式被搁置在这个先验的又是历史的叙述系统中时，文学是以档案的面目出现在我们的面前，同样，对于当代少数民族文学批评者而言，当代少数民族文学文本也以叙述形式档案的形态摆在时代和历史的面前，在这时我们确实需要研究这种围绕在具体的关于当代少数民族民族主义叙述的诸多“象征形式”下的无处不在的复杂矛盾的叙述系统，因为当我们把少数民族文学作为档案来理解判断时，“这样理解的判断不是通过区分的手段来证明我们的同一性。它证明我们就是差异性，我们的理性就是话语的差异，我们的历史就是时间的差异，我们的本我就是面具的差异。它证明差异远不是被遗忘的和被覆盖的根源，而是我们自己之扩散和我们所造成的扩散”[2]。如何理解叙述系统——文本档案，福柯的这段话，或许，使我们能够在当代少数民族文学叙述系统中触及更多丰富而活跃的历史内蕴。

在当代少数民族文学批评中对文本里民族主义意识形态表达用话语理论的观点进行分析，其目的非常明确：就是要用像福柯解构主义这样的话语理论来解构当代少数民族文学中某些文本表达的民族主义意识形态，把它看成是动态的社会文化建构过程，建构是一种社会实践，是一种彼此间的互动，而不是一种单向的行为。同时，不要把当代少数民族文学中的民族主义意识形态的表达看作是某种刻意的同一性的政治文化权力或政治文化操纵的产物，而应当从人类社会历史文化的传承和动态变化过程中去进行考量，多一点文化的思考，少一点传统的本质主义二元对立思维。

当代中国少数民族文学中的“少数民族话语”其实是由“他者”与这个少数民族所建构的包含着双方的关于“中国少数民族的言说”。伊格尔顿和汤普森在理解意识形态的这种性质时，几乎是有共同之处的。汤普森非常看重叙述的象征形式对主体利益的表达，但是，他又认为象征形式是

---

① ［法］米歇尔·福柯．知识考古学［M］．谢强，马月译．北京：生活·读书·新知三联书店，1998. 170.

② ［法］米歇尔·福柯．知识考古学［M］．谢强，马月译．北京：生活·读书·新知三联书店，1998. 170.

不断地和创造性地包含在社会关系本身的构成之中，以此调动意义来服务于建立和支撑统治关系的方式。在这个建构过程中“生产象征形式的主体也是在设法为其他主体表达自己，那些主体在接受和解释象征形式时，把它看作一个主体的表述以及要了解的信息”①。主体在文学文本中的象征形式通过话语呈现，而话语作为一种关系的存在、作为一种权力技术，是各种权力关系精细化、柔软化的一种方式。在当代中国社会生活中，少数民族通过各种话语“运用宗教、少数民族身份等工具与政府、主流社会互动，挑战社会制度与现行秩序，最终进入国家的视野之内”②。社会事实确实如此，我们就不得不面对这样的实际情况来思考当代中国的结构性社会关系，来思考文学问题。对此，在这样的一个基础上，笔者十分赞同汤普森的说法，汤普森认为：“在研究意识形态时，我们可以关注意义支持统治关系的方式，但是我们也可以关注其他种类的统治，诸如男女之间、民族集团与其他集团之间或者霸权民族国家与处于全球体系边缘的民族国家之间的结构性社会关系。”③ 显然，汤普森在理解和研究意识形态时非常注意构成现代文化的诸多关系，这样的视角对我们认识当代少数民族文学中民族主义意识形态话语的表达是有直接帮助的。按照这样的一种思考途径，我们在对少数民族文学里的民族主义意识形态表达的研究中自然就会发现：决定民族主义和民族主义意识形态话语意义存在的根本在于“他者”的存在，没有“他者”也就没有民族主义。“他者”是以一种“不在场”干扰和影响着民族主义基本趋势和存在条件的因素，我们在面对民族主义的间断激烈或连续平稳的表达时，不要忘记“他者”因素的无所不在。我们所看到的少数民族文学中的民族主义意识形态话语表达，不全是整齐划一的民族主义意图，却是具有显著的民族主义特征的、不均衡的发展，它实际上无法保证其民族主义思想上的“准确性”或“纯粹性”。这是因为在中国目前的现状下，思想的产生、传播和现实历史之间存在着复

---

① ［英］约翰·B. 汤普森. 意识形态与现代文化［M］. 高铦等译. 南京：译林出版社，2005. 153.

② 黄云. 族群、宗教与认同的重建——广州一个维吾尔移民社群的研究［D］. 香港中文大学博士学位论文，2008. 212.

③ ［英］约翰·B. 汤普森. 意识形态与现代文化［M］. 高铦等译. 南京：译林出版社，2005. 64.

杂的相互关联的关系，这种关系反映了思想上的社会性以及“知识”和“权力”之间的连续对话。用凌津奇的话说，就是“在此过程中，这些文本的意识形态倾向、形式特征和社会想象的具体形式，并不是某种单纯关注的产物，而是取决于作者意图、社会空间容许度以及文化资源可支配性这三者间的复杂互动”①。从这三者间的复杂关系入手，在笔者看来，也许是我们解读当代中国少数民族文学文本意味和了解读者阅读期待的最佳路径。

三

在少数民族文学叙述中，文学想象与社会想象在具体的文学作品中是以复合的形式出现的，这构成了文学文本意识形态倾向的“象征形式”。在这里，不仅文学想象可以催生民族主义，社会想象同样也在创造着民族主义。所以，少数民族文学的“象征形式”是比较全面的民族主义意识形态的表达。如，在一些少数民族作者的文本中，与其说是具有鲜明的民族主体意识，还不如说这些作者已把这种民族主体意识转换为具体明确的民族主义意识形态。作者对自己民族身份的认同和追求，通过审美主义的象征形式，不仅体现在对民族传统文化和宗教的全身心皈依，也体现在以民族宗教为核心的民族文化与现实的“他者”文化的关系上。在表达这些关系的过程中，作者极力想使本民族文化、民族身份作为自己话语系统的中心，并以此作为理解、评价“他者”文化的参照和批判、抵抗现实的依据。虽然，这些作者中有人会被称为是一个具有“浪漫之美”，追求“唯美”的诗人。② 但是，在这些作者的作品里，作为审美主义者的作者并没有放弃对现实的不满、批判，这是一种站在极端民族主义的立场上对主流社会体制的抵抗性批判。在这时，文学想象和社会想象都在民族主义的“象征形式”里全部地得到了表达，一些少数民族作者的民族主义意识形态中对民族历史和宗教的极端、强烈的政治倾向性元素往往构成了部分文

---

① ［美］凌津奇．叙述民族主义——亚裔美国文学中的意识形态与形式［M］．吴燕译．北京：中国社会科学出版社，2006. 40.

② 马丽华．雪域文化与西藏文学［M］．长沙：湖南教育出版社，1998. 153.

本的主要表达方式。在文化倾向上，这些作者的文本里，民族的往昔与现实的对比，民族文化和民族宗教与“他者”及“他者”文化的参照性评价，往往是宣泄作者民族主义情绪和民族主义意识形态的具体实践，在这些作者的心目中，本民族和本民族过去的一切都是美好的。

在一些当代少数民族作者的文本里，受后殖民主义理论影响的痕迹是明显的，一些作者不想让自己的本民族概念化、抽象化、诗意化，而是想让民族在自己的笔下具体起来，往往在对往昔和现在民族的具体表述过程中，大肆赞美和铺陈具有民族文化身份意味的自然地理、故事传说和各类古今人物等。民族、民族文化作为乡土观念是以共同的民间象征表现出的认同，这时“乡土观念是一种透过象征物表现出来的群体兴奋，像是一道使熟悉的普通景色变得灿烂辉煌的神奇光线”①；相反，非本民族文化身份在这里一般仅仅是作为参照而被简单地提及，当然有时也会被作为反讽的对象而得到较多的描述。在这里，不管是寓意象征还是揶揄反讽，都隐含着本民族文化与“他者”文化的潜在对立、冲突。在此期间，民族主义作为贯穿性的元素身份是使民族表述具体化的形而上理念。民族主义意识形态是以优先考虑本民族为核心原则来组织其话语系统的，显然，这在一些当代少数民族作者的诸多文本中表述得是非常清晰明确的。

但是，在这些诸多的文本中，是否都具有鲜明的二元对立冲突性的意味呢？当代少数民族文学叙事更多的是现实主义叙事，以及现实主义叙事的叙述要求，面对当代中国社会生活方式的巨大变化，特别是本民族社会生活的历史性变化，在这时的文本中，作者强烈的民族主义意识形态也不得不发生改变，趋于一种与主流意识形态同一的认同。这种认同既是来自个体自主的理性的判断，也是个体对本民族参与整个中国社会文化构建活动的一种表述，这些在文本的表述中都是真实的存在。就部分少数民族作者的文本表述看，要表述具体的民族生存环境，要表现本民族的民族主义意识形态，是无法回避或遮蔽文本中所有的真实表述存在的。一般情况下，作者力求通过表现自己选择了一种相对确定、具体的皈依民族传统，皈依民族宗教的抵抗之路来张扬自己的民族主义意识，但是在文本中进行

---

① ［法］吉尔·德拉诺瓦．民族与民族主义［M］．郑文彬，洪晖译．北京：生活·读书·新知三联书店，2005. 192.

民族主义意识形态的生产和表达时却又不得不在意识形态话语之间相互的关系中，寻求最能够被自己和接受者所认同的表达方式，这个能够被自己和接受者所认同的表达方式必须是意识形态的真实存在。这种真实的意识形态存在，可能作为“象征形式”既在表现着某个少数民族作者的主体表述，也在表现中包含着“他者”对主体表述的影响和改变，这时，文本中作为意识形态的“象征形式”不可能再是“纯粹”和“统一”的皈依本民族传统、皈依本民族宗教的民族主义意识，而呈现出了多样化的混杂。在如此主体表述的过程中，我们既可以看到作者在明确地表述自己，又看到了作者也在清晰地表述着“他者”。要表述自己，也就必须要做到表述“他者”。虽然，有些作者不太愿意用较多的话语表述来涉及非本民族文化身份的内容，但他们还是在对“他者”进行着必要的“简化”或“穿插”表述。而正是这些“简化”和“穿插”的主体表述，使他们的文本中包含着多样的异质文化的内容。所以，在这个意义上，即使像一些极端的民族主义写作者，他们的文本仍然具有在多民族国家里建构民族关系的能力。这是因为建构是一种社会实践，是互动的，而非单向的，在文本中的民族主义意识形态话语的表达无法真正做到与“他者”关系的脱离而自言自语。实际上，作者作为话语表述的主体并不是像认识论哲学所认为的那样，是天然的具有决定主宰作用的施动者，在这时，主体仅是意识形态话语之间所设置的一个功能位置，必须服从意识形态话语的功能需要，因此，作者主体本身也是被构造的。① 实际上，通过一些具体的个案，② 我们可以看到，在当代社会生活中，一个“纯粹”的民族主义意识形态话语在文学里的表达实际上也是很难完全做到的。

---

① 如，这一点在2009年上半年新疆乌鲁木齐人民剧场演出的集音乐、歌舞、杂技、魔术等为一体的大型音乐杂技剧《你好，阿凡提》的作者中表现也非常强烈。该剧编导之一、新疆杂技团团长艾尼瓦尔·麦麦提2009年12月在新疆大学人文学院与笔者交谈时说：“在目前的观众中，特别是在占绝大多数的中青年观众中，他们普遍认为，阿凡提的形象如果缺乏当今时代生活的背景性因素，就不会引起他们的关注，作为维吾尔族文学经典的阿凡提形象只有融入经济社会的主导性文化中并参与这个主导性文化的建构，这个文学艺术形象才会有现实的生命力。作为编导，我的创作，就是建立在这样的观众要求基础上进行的，在创作时我的民族意识往往被不知不觉地挤压到很小的位置上，仅仅是作为一个可供参考的可能性。”

② 由于篇幅，不再个案举例。

同时，我们还可以看到这样一种情况：在少数民族文学中，一些作家的民族主义意识形态表达也不是系统完整的，在他们的文本中，民族主义的表达往往会呈现出一种十分幼稚，甚至是无法判断的状态。当代彝族的吉狄马加、阿库乌雾作为本民族的诗人，显然是具有现代性意识的知识分子，在他们的民族意识里，对民族的认识理解已不再是单一性的对祖先的追忆，而是在现代化和全球化的冲击下重新建立起了自己的民族主义意识。作为彝族诗人，他们是在彝族的季节性祭奠诗中、在追忆祖先的史诗中、在关于自然力量的神话故事中，他们是在彝族人、中国人、世界人的三重位置功能中确立了彝族在经过20世纪以来“他者”介入、被动影响和积极吸收下进入现代化进程后的现代民族意识，这个民族意识的确立是要经过一系列文学话语的表达才逐步形成并完成的。作为诗人的吉狄马加、阿库乌雾的这种状况，在诸多的彝族诗人、作家身上都有同样的呈现。

在彝族诗人沙马看来，当代彝族知识分子是“在迷茫的现代性的雾里彷徨，在痛失母语的精神遭遇中伫立，只能在对血液中的母语语义痛切追溯和汉语表达窘迫的挤压中进行写作。一个民族在社会转型期的惶惑和新的文明进程对旧的文明模式和传统的替换过程中的疼痛感是直入骨髓的。诗人无可逃遁，也无处逃遁”[①]。对于用汉语进行彝族诗歌创作的沙马来说，“长大了，一个民族的命运会牵动我脆弱的神经，这是我所料未及的。在火塘、烈酒、兰花烟的氛围里，我企图去探寻一个民族的精神领域，在无数次的找寻中，我的眼眶常常无端地潮湿。这样的时刻，我写下了一些诗句：‘……彝人之魂在火中唱出史诗/泪水流出的是谣曲/鲜血流出的是历史。’……我力求自己的诗歌，让彝族文化中的宗教、谣曲和生存心态，

① 沙马．沙马诗选［M］．北京：中国戏剧出版社，2010. 198.

在其间构成独特的风景”①。

在沙马的诗歌中，类似这样的还有不少，如在《焚毁》中有：

歌谣与药物，展开大地的快乐/往昔的旌幡和光荣，像一面破碎的/镜子/在遗忘的光焰弥漫山岗之前/把木头上虚妄的记述焚毁……//铜鼓在荞地边召唤神灵的怜悯/木栅栏在眼里定格，又虚幻为泡影/面具奇异的表情，遮蔽着/灵魂纷乱的灰烬/在感恩的言辞吟诵之前/把心灵的智慧焚毁②

显然，在笔者看来，沙马诗歌中最为独特的风景之一其实就是彝族知识分子的生存心态，其中主要的成分是一种被压抑的民族主义意识，而呈现出来的是十分强烈、鲜明的文化民族主义倾向。

在另一位彝族诗人阿苏越尔的诗中，我们同样可以看到一个民族诗人由于在母语语义和汉语表达之间抱有强烈的民族意识，所以，对其民族发展本身就有着深深的失落、惆怅、忧虑，甚至是痛苦。如《正式故乡》中：

一朵白云的想象里说/你从头到脚是轻的/就以白雪般的模样/离开慈祥的山顶//到地里与幼苗为伍/寻找目光凄凉的家长/想象已让失败者一睹为快/故乡，你是深深的失败无疑//犁铧犁进深深的土地/土地上，骑马的白云仰望山顶/美丽的索玛花一落千丈/骑马的白云热泪盈眶//土地上，割去春天和细心的汉字/割去九十九双一尘不染的手/还有什么要说呢？你啊

---

① 沙马．梦中的橄榄树［M］．北京：大众文艺出版社，1999.114．沙马的这首诗名称是《灵魂的另一种独白》全诗为：“有的事情，在黄昏时分/想起/是那么让人忧郁/又那么迷人/有的事情，不可能/是一首歌谣/却让人回味无穷/林子里，狩猎的小路/已无踪迹/正在苍老，倾听着/一个轻微的脚步声/有的事情，让我相信/所有的命运之手都无法/感触，所有的灵魂之梦/都难以预知/在连绵的群山之前/我含满泪水，却/无言以对/有的事情，使人静穆着/在一种无法抗拒的/冥冥之中/对人世间一切的一切/都不甘认命……//彝人之魂在火中唱出史诗/泪水流出的是谣曲/鲜血流出的是历史”见沙马．沙马诗选［M］．北京：中国戏剧出版社，2010.16～17.

② 沙马．沙马诗选［M］．北京：中国戏剧出版社，2010.55～56.

故乡/是否一切痛苦的根源都有了眉目①

在《祖祖朴巫，通往父亲的路》中：

你的飘零巨大无比/整整一天，一个南方在我们胸中积满泪水/最后的北斗星还挂在天际//祖祖朴巫，我们惊醒化石/在你的遗忘中/羊群越过头顶/周身通亮的羊群/形似轻易被捕捉到的汉字/很快从思想深处回来/等我们大梦初醒/大凉山带来的酒/已摇摇晃晃/进入你的根部

你的飘零是个完整的冬天/在乡下，问候披着大雪死去/纷纷飞来的汉字/像稚气未脱的鸟，衔来/我们满身旅途的疲惫②

阿苏越尔对彝族社会历史及当代发展的命运所体现出的深切关怀不仅呈现在诗歌语言上，更重要的是这种忧虑性的关怀像一股旋律始终徘徊在诗人的大部分诗中。在阿苏越尔的诗中，我们感受到的是诗歌的美学意味都是通过浓郁的本土文化传统、通过十分激烈亢奋的民族意识得到表现的，而这所有的一切都是在诗歌话语的逐层递进过程中被呈现出来的。在诸多诗性话语构成的一种模糊、隐约、不确定的意象连续性表现之后，民族意识的本质性内涵从整体上鲜明地凸显了出来。对这些彝族诗人来说："选择也是在文化意识的裂变与价值观念选择的阵痛中突围，并确立了自己隐形的写作坐标。他们在文化冲突的激流中找到了民族性与当代性的见证，在根性认同中找到了身份的确切信号。彝族诗人们以自己的方式传达出一个民族在文化冲突与根性认同中的独特声音。每一个彝族诗人肯定都曾有过探索过程中的困惑与迷惘、徘徊与超越、发现与欣喜。"③ 在这个诗歌话语的层次递进的过程中，尚在思考的并不成熟的民族主义意识观念被持续性地、不断地组织并呈现出来，都通过话语得到展现，在这过程中话语起着十分重要但又微妙的作用。

---

① 阿苏越尔．阿苏越尔诗选［M］．成都：四川出版集团·四川民族出版社，2005. 5.

② 阿苏越尔．阿苏越尔诗选［M］．成都：四川出版集团·四川民族出版社，2005. 44.

③ 沙马．沙马诗选［M］．北京：中国戏剧出版社，2010. 200.

在维吾尔族作家亚森江·萨迪克的中篇小说《干涸的河流》中，我们同样可以换个角度看到在文本中间的另外一种话语类型，即含蓄的或隐或现的民族意识存在。这是一个反映现实维吾尔族农民生产状况与民族想象结合的小说，其中有民族精神的贯穿性表达或呈现，可能作者在写作的过程中并没有明确地意识到自己是在表达着自己民族的家园情结，但从文本的客观意味上看，确实值得细细解读。在这部中篇小说里，贯穿性的人物彼耶希巴格乡“乡长”是没有姓名的，而姓名是文化身份的符号，人物没有姓名其实就是一种文化身份失语的状态，所以，在这里剩下的仅是一种不指明的对权力统治者的隐喻、象征。在南疆，乡长是权力的象征，不管哪个民族的乡长，都会受到老百姓的重视或关注。而在这篇小说文本里乡长是没有姓名的，不知道是维吾尔族人还是汉族人。[①] 乡长没有姓名，表明乡长仅仅是一个抽象的权力化身，他没有自己本民族人的意味，在小说中他是一个站在与阔坦冬人对立面的人物。小说叙述了阔坦冬人跟权力进行着诸多关系的纠结，表现了权力与阔坦冬人捍卫自己祖先家园之间的较量。在看似是现实性的农民生产生活叙事中，压抑的民族意识被持续性地呈现了出来，热爱自己家园的地域认同演化为民族认同的一部分。话语通过一种修饰性的打扮，表现了被包装的统治与从属的关系，这是一种意识形态领域内的权力关系。“阔坦冬人一言不发，有气往心里喘。他们没有选择的余地，更没有建议和请求的权利。他们已经意识到这一点，一切都很明白，是的，他们必须无条件接受乡长的命令，否则，他们将永远失去这块世代生息的土地，将被无情地赶出洒下先辈汗水的家园，变成漂泊在外的乞丐。他们必须忍受一切屈辱和苦难，绝不能离开可爱的故乡。阔坦冬是他们的家乡，是他们的母亲。这片土地远胜天下伊甸园，她美丽而神圣！”[②] 阔坦冬是阔坦冬人的家园，土地与民族的认同和记忆联系在一起，使阔坦冬独特的地理条件、独特的胡杨林具有了神话内容和神圣感情的存在，因为这是民族集体认同最重要的象征。在小说文本中，反复出现的关于阔坦冬村“半条河”提示性的警语，富有象征意味，这个“半条河”是

---

① 在阅读过程中，从上下文联系起来看应该是维吾尔族乡长。

② 亚森江·萨迪克．干涸的河流［J］．狄力木拉提·泰来提译．民族文学，2006（9）：19.

民族地盘性特征的产物，也是民族精神认同的象征。

“河水依旧奔腾，但失去了往日奔放、自由的节奏和气势恢宏的旋律。带着伤感、沉默和忧伤低吟。”

“河水在流淌，但失去了往日的快乐和气势，只有低沉的悲哀和忧伤。”

“小河奔流，但失去了往日的快乐和自由，只有低沉的伤感和悲哀。”

“此时此刻，这条河已经失去了它往日的气势和涛声，也没有低沉忧郁的悲哀。在它的血脉里一滴血都没有了。”

“河流已经干涸，失去了原有的波涛和欢乐，就连它低沉的哀鸣也已经消失，它的脉络里一滴血都没有。”

“河流已经枯竭，它失去了往日的欢乐和波涛，没有了低沉的忧伤和悲哀，脉络里连一滴血都没有了。”

最后结尾：

“是的，河流早已干涸，那欢快的涛声已成为远久的记忆，它低沉的悲哀也已是古老的故事，它的血脉里一滴血都没有了。”①

在小说的最后，叙事人安排了阔坦冬村寒冬季节里打雷下雨，阔坦冬村从来没有出现的怪事出现了，然后是象征着权力符号的乡长被火烧死。对于企图毁我民族神圣家园的人，其结果必然是如此。在文本中，我们可以看到一些不明晰的维护本民族利益的话语表述，而所有这些逐步形成的民族意识都是在特定的社会环境下产生的。随着叙述的推进，文本中关于“半条河”的话语在重复中把民族的家园意识逐步强调，在家园被毁的结果后面，表现的是通过捍卫民族土地家园、民族生存的生态环境，唤起更多人对民族情感共同体认同的记忆。因为“维吾尔人有一条不可动摇的准则——要善待飞禽走兽、善待昆虫和水生物，要给世间万物以爱心。他们

① 见亚森江·萨迪克．干涸的河流［J］．狄力木拉提·泰来提译．民族文学，2006（9）：6，10，15，20，22，25，28.

热爱水、土、草、木，热爱宇宙中的一切”①。这是一个叙述话语推进积累的过程，虽然民族意识不是直接鲜明和完整的表达，但是同样在文本中可以感知到无所不在的民族主义意识含蓄、积聚推进的动态性存在。在这时“话语将是最敏感的社会变化标志，包括那些变化还只是在逐渐成熟起来，它们还尚未完全形成，还没有探寻达到已形成的意识形态体系的领域。话语——是一个环境，在那里在数量上慢慢积累着一些变化，这些变化还没有达到新的意识形态的本质，还没有产生新的意识形态的形式。话语能够记录下社会变化的一切转折的最微妙和短暂的阶段”②。实际上，只要在一些民族文学作家文本中进行细致解读，我们都可以看到这样的民族意识表现的阶段性过程。在当代少数民族文学中，出现这种情况是最为真实、正常的，因为正是这样，当代中国少数民族文学的社会历史文化内涵才会真正丰富、深邃起来。

另外，我们还可以看到一种寓言话语，这其实也是一种不明晰、不确定的民族主义意识形态话语的表达类型。寓言是人类思维和语言的普遍特征的表现，是一种特殊的话语形式。关于寓言，在历史上有诸多的解释，在不同的时期，寓言被不同的人赋予了特定的意义。从作为一种文学样式的寓言作品到作为寓言的文学，再到作为社会文化层面的寓言即“广义的寓言”，总之，随着社会生活的不断发展变化，寓言的内涵和外延意味着在不断地得到丰富、拓展。21 世纪的寓言与古代和中世纪的寓言是不能相提并论的，在 21 世纪全球化的背景下，当代中国的广义寓言不仅表达了物质性的意象，同时更多的是在表达物质性之外的非物质性、语言之外的意义，以及难以直接言说的寓意。寓言作为表现方式，表现了那种物与意义及人类的真实存在相割裂的世界，它在文学和现实生活之间架起了一座桥梁，它除了具有文本叙事形式外，在此文本和其他社会文本（如民族、文化、政治、经济、生态、伦理等）间建立了丰富的联系，相互之间具备了一种“互文本”的关系。因此，寓言具有和符号体系一样的功能，它在文化与生态之间、艺术和现实生活之间建立了指涉关系。由于民族作家中有

---

① 艾合买提·伊明．啊，我们农民［M］．阿里木·哈德尔译．乌鲁木齐：新疆人民出版社，2009. 139.

② ［俄］巴赫金．周边集［M］．李辉凡，张捷，张杰等译．石家庄：河北教育出版社，1998. 359 ~ 360.

相当一部分人是把自己作为本民族利益的代言人来进行本民族的诸多诉求表达，所以，在把寓言当作“广义寓言”使用时，往往把寓言的寓意与本民族文本联系起来。又由于广义寓言具有的“隐喻”和“转喻”这两种功能，我们的少数民族文学作家便通过对寓言的写作来完成这两种功能在不同的话语和文本间进行自由的意义联系，并由此来折射当代中国广阔社会生活的各个领域，特别是少数民族族群的生存领域。显然，这是一个无法回避的当代中国文学事实，也是21世纪中国的社会文化事实。作为寓言的民族主义意识话语表达，在当代中国的少数民族文学中是存在的。以《野鸽子》为例，在这篇寓言中，我们可以看到在最微妙和短暂的对话过程中，话语中的“隐喻”和“转喻”这两种功能被淋漓尽致地呈现在其中：

“你们应该首先消除你们灵魂中的奴役。最重要的是搞清楚什么是‘灵魂’。”

“你不要侮辱人类。没有他们，就没有我们的今天，把你的反动宣传拿到别处讲去。”老鸽子愤怒地说。

“像奴隶一样生存或勇敢死去?”

“在我看来，这是世界上最美丽，又是最安全的领土。如果没有人类，我们将永远生活在这个幸福的地方。哎，人类，你们简直是……”

“自由的凶手，无情的人类，或让我去死，或给我自由!”①

在这个寓言里的“人类、自由、领土、灵魂、后代”等词汇中，我们可以从不同的“互文本”关系中进行解读，其中可以从人类追求自由本性的，也可以从民间文化的、生态学的、对国外类似寓言题材模仿的、女性与儿童关系的、教育问题的等不同的互文本关系中去解读，并且结论都可以是十分圆满的。但显然，在一些句子中，如“如果人类把我们抓去，便会奴役我们的灵魂”，“没有他们，就没有我们的今天”，“反动宣传”等，其中难以直接言说的寓意对于生活在新疆的一般读者而言是可以捕捉和体

① 努尔穆赫默德·亚森．野鸽子［EB/OL］．多鲁坤·阚白尔译．［2009－09－13］．http//blog. sina. com. cn/blog_ 4930a3ce0100flz8. html. 维吾尔语《野鸽子》原文刊发在2004年第5期的《喀什文学》杂志上，该杂志后更名为《喀什》。汉文译文最早刊发在“维吾尔在线”上。努尔穆赫默德·亚森又译为：努尔买买提·亚森。

味到的，因为在这样的隐喻和转喻里，确实也表达了物质性之外的非物质性、语言之外的意义：即从民族的“互文本”关系中说。[①]

实际上平心而论，如果仔细面对《野鸽子》文本，并从民族的“互文本”关系中进行解读，在当下，显然也是会引起部分来自新疆的不同民族人群的各自认同，他们可能都会认为这样的解读及其结论是客观的。在寓言这种不明晰、不确定的民族主义意识形态话语的表达类型中，隐喻和转喻使民族主义意识得到了读者的感知或体认。

在新疆，从民族的“互文本”关系中解读《野鸽子》可能是最为敏感、直接的，文本的解读者可以在话语的逐层推进中看到许多有关民族或族群的话题是如何被有意无意地用清晰或不清晰、明确或不明确的微妙而短暂的话语过程呈现了出来。当然，以“广义寓言”这样一种具有符号体系功能的民族主义意识形态话语表达来解读寓言类型是非常有意思和有价值的一项工作，而它的结果会直接给社会文化建构带来有效的持续性影响。这需要解读者的多种学科知识理论背景的修养和前瞻性意识。

另一种话语类型是民族主义意识形态话语生活化表达类型。这个在日常生活中是经常可以看到的。由于在相当长的时间里，当代中国社会生活里国家的规约与控制无所不在，这就使得日常生活成为政治化的生活。当日常生活政治化后，社会文化中不同层次的文化创造性力量就必然会运用多种方式来消解政治权力在人们生活中的影响，对大众而言，就要运用日常生活中的玩笑、隐喻、双关等多种话语方式来消解政治的各种规约、权威。多年来，日常生活的政治化对于少数民族大众来说，同样也是每天必

---

① 从民族的“互文本”关系中解读，可能会带来最为敏感直接的政治性结论，但笔者认为，对此类问题应该避免采取政治性结论，而应该采取文化性结论，以避免由于采取了政治性结论而带来的某个民族群体的情感紧张，而这些情感紧张是造成社会冲突的重要根源，由于这些情感紧张会被代际传递，很容易成为一个区域性社会问题持续性冲突症结的重要构成内容。

须面对的。[①] 随着全球化进程对中国社会影响的加强，国家不仅力图在行为上控制，而且还深入至意识形态领域，以一种通俗易懂的方式深入到少数民族的日常生活当中，使他们生活的各方面都留下权力的痕迹。但是，随着民族主义意识的不断加强，面对这种日常生活政治化，少数民族中会有人采用一种曲折的方式来解构、抵抗隐藏于公众文本中的权力关系，即政治生活化。目前，应对生活政治化的最佳方式就是政治生活化。[②] 实际上在中国，当民族主义意识的表达被生活化之后，少数民族与汉族之间的界限，就不再是一种文化上或者生理上的不同，而成为一种政治化的表达。如，我们在当代维吾尔族作家的小说中，就可以看到这样的话语，这样的话语表达在一定意义上讲都是政治化的表达。[③] 虽然，这样的表达不一定是作者个人能够自觉意识到的，但在文本中却确实表达了部分少数民族人群的意识形态象征形式的特征，因为少数民族中的部分人群，在国家"强大的、不断完善的制度下，有意识的抵抗只能招来惩罚，只有在意识形态领域，几句玩笑，一些带有性文化含义的双关语以及时不时自创一些

---

① 对于这个问题，有研究者认为，少数民族在日常生活中更多接触到的是一种简单、易懂的权力表述。这些简单、易懂的权力表述常常用几句口号或基本原则的方式出现，好像从来就有、毋庸置疑，且以真理为其外衣。比如说，"民族团结"、"民族大家庭"这样的口号就是为处理民族关系设立的标准，"两个离不开"是为处理汉族与少数民族关系限定的原则，民委工作人员经常挂在嘴边的一句话就是"民族事务无小事"，即件件都是大事，改革开放之初，"现代化"、"市场化"为每个民族在经济方面的发展指明方向，其他像"生男生女都一样"是对生育的规训，"宗教信仰自由"与"树立科学的宗教观"是对宗教信仰的规训等。（见黄云．族群、宗教与认同的重建——广州一个维吾尔移民社群的研究［D］．香港中文大学博士学位论文，2008. 13.）

② 比如，有研究者曾经这样描述道：在广州的城管人员驱赶维吾尔族卖羊肉串的人时，一些人就说："哎，两个离不开嘛，你这个样子是什么意思？我走了就是少数民族离开了汉族，这样子不行。"在广州，有些维吾尔族人在卖烤包子的时候把可乐搭着卖，顾客不乐意，他们就说："这个你都不懂！这个是两个离不开嘛！"一些维吾尔族老板私下里请人吃饭，事后开玩笑说："民族大团结嘛。"（见黄云．族群、宗教与认同的重建——广州一个维吾尔移民社群的研究［D］．香港中文大学博士学位论文，2008. 14.）实际上，就笔者所感受到的这种情况在新疆是更为常见的，其话语表达的层次和内容经过民族知识分子的加工后更为丰富多彩。

③ 如，在当代维吾尔族作家买买提明·吾守尔的《胡子的风波》等小说中都有这样的表达，这样的例子在少数民族作家的文本中是非常多的。

笑话，才能曲折地宣泄他们心中的不满与无奈。可以说，政治生活化并不是他们喜欢的选择，而是应对政治生活化的手段”①。显然，这种手段具有相当的普适性，在少数民族部分人群中被大量自然使用，这反映了国家与少数民族中部分人群之间的权力关系，而这一切是必然要在小说或口头文学②中得到表达或呈现的。

最后，还有一种诗歌中的民族主义意识形态话语表达的类型，即在后现代语境的“混杂”话语组合中达到民族主义意识形态话语直接性的表达。这种话语表达中有更多微妙、重叠、短暂、并置的、逐步积累的“横向时间”意味，具备了多重的揶揄、反讽意味。而在这样的话语类型表达中，民族主义意识形态的稳定性、坚固性似乎被部分消解，但在笔者看来，这种消解后的民族主义意识形态的影响程度和与多民族国家的中华民族主体性、国家认同发生直接碰撞的激烈性可能程度都大大得到了强化。这显然是后现代主义在对中国边疆区域的少数民族知识分子影响过程中带来的必然性结果，同样也是无法回避的全球化影响的结果。如，在藏族第三代诗人中，嘎代才让可以说是一个领军人物，他是一个可以用汉、藏两种语言进行诗歌写作的人。在2010年荣获“汉江·安康诗歌奖”，在他的答奖词里，我们可以看到嘎代才让作为藏族80后诗人，并不是一个所谓超

---

① 黄云．族群、宗教与认同的重建——广州一个维吾尔移民社群的研究［D］．香港中文大学博士学位论文，2008. 14.

② 如，在新疆21世纪以来的口头文学中，可以看到这样的话语表达。少数民族或族群的口头文学在当代社会文化生活中往往被大众喜欢和传播。这些口头文学包括：在较长时间里聊天时讲的日常生活小故事；在特定场合下，如在宴会、请客吃饭时烘托或增添气氛的笑话；具有时事政治内容、工作单位语境色彩的笑话；带有夸张、揶揄、反讽、色情意味的各种段子；消费语境中面对世俗、宗教的玩笑故事以及习以为常地参与着、充斥着日常社会生活的扯淡等。在今天的新疆，要说反映少数民族或族群日常生活的口头文学的普及性程度，最具代表性的当推维吾尔族。在新疆维吾尔族当代口头文学中，阿凡提式的机智、幽默、辛辣以及经过知识分子文学处理后的隐喻、反讽等意味同时出现在一个小故事或段子中；其中也包含着民族知识分子情感共同体的表达。在新疆的少数民族或族群的当代口头文学中，时常都可以看到在不同民族或族群在场的语境中各自机智地表现本民族或族群身份意识优越性的笑话、故事、段子、扯淡等。同时，不管在新疆还是在内地，维吾尔族的自我意识很强，当“由主变客”的民族心理出现后，渐渐形成一种民族话语，社会与经济上与其他民族的差异，又为这种话语提供了证明，使得族群怨恨的话语体系不断得到强化。如果有人催化这种怨恨，就会诱发冲突。

越了民族、地域和文本的诗人，实际上在他的内心深处关注的仍然是西藏和藏族的存在。[①] 在他的部分诗里，我们可以看到他的民族主义意识形态话语在诸多诗歌中被逐渐积累并得到了完整呈现。

嘎代才让作为80后的年轻诗人，在追求诗意的表达时，诗歌中民族主义精灵的影子是经常存在的。在这个时候，由于"族群感情模拟根基性的同胞手足之情，就如个人可以为自己的兄弟姊妹牺牲。在此根基化的情感下，个人常将自己的利益置之度外以维护群体利益。也就如个人在同胞亲情中寻求慰藉一样，在经历巨大社会变化的挫折与彷徨无依时，个人也常在族群感情中找到皈依"[②]。所以，在嘎代才让的诗歌中，我们可以看到诗人的"痛苦"一是来自关于藏民族生存状况的自觉体认，嘎代才让通过不同的诗歌意象对西藏当代社会生活进行了多角度反映，通过亲身的生命体验来确认自己民族身份的不可替代，其中包含着强烈的民族主义意识认定；二是来自诗人自我的民族宗教信念面临着可能的被滑落，[③] 内心涌起的宗教情结焦虑和面对世俗生活诱惑的冲动，作为诗人，宗教的力量在扭

---

① 嘎代才让在获奖后的答奖词中说，写作向世人呈现的，"更多的是它精深博大的文化和世世代代生存在那里的人们的宽厚和恬静。然而，生活在这样的环境中也不免有些对生存状况的'太多的叹息与泪水'，面对这种难以言表的无奈，我不能长久的沉默。西藏之意义，对于我来说，是一种精神高地。所以在更多的'趋势'中我渐渐地要记录些什么，并且形成一定的言说方式，与历史有关的，与内心的苦痛有关的。写诗十余年，我一直在记录；与看得见或看不见的事件而做记录，与内心的反抗做记录，与信仰的象征而做记录，与某种沉默的真相而做记录，与时常的念诵而做记录；不仅仅是用心记录，而是用生命去记录，并使自己的诗歌写作与浮躁、虚伪、谎言、贪婪、懦弱和恐惧作永久的斗争"。见藏人文化网［EB/OL］.［2010-06-23］. http: hews. tibetcul. com/.

② 王明珂. 华夏边缘：历史记忆与族群认同［M］. 北京：社会科学文献出版社，2006. 253.

③ 有研究者认为，对于汉族来说，国与族合二为一乃是其至高的政治理想境界。对于汉族，这当然没有问题，将族群意志上升为国家意志，恰恰是族群民族主义（ethnic nationalism）的终极目标。但是，对于少数民族则是一个两难的处境，因为国族的选择牵扯到情感的认同，而情感是无法以制度、政策或口号来改变的。再者，少数民族已经在社会化的过程中建立了根基性联系（primordial attachments），政府很难用"中华民族"来代替其原有的情感认同。但是，政府尚未明确认识到，国家与国族应该分开，这就造成了少数民族国族认同的混乱。（见黄云. 族群、宗教与认同的重建——广州一个维吾尔移民社群的研究［D］. 香港中文大学博士学位论文，2008. 226.）

转着他，现代性的历史推进对民族知识分子的影响又逼迫着他，使嘎代才让漂泊两端；三是来自诗人内心情感、意志当中那些被迫的忍耐，这是一种想要通过主流意识形态允许的表达因而不得不放弃自我的妥协，显然，这是诗人背着沉重的民族主义意识形态包袱带来的必然痛苦。

当然，上述几种对当代少数民族文学中的民族主义意识形态话语表达类型的区分是相对而言的，并不是所有的类型之间不存在相互的包含或渗润的关系。而实际上，我们可以把当代少数民族文学具体的文本放在产生文本的特定社会语境中进行了解和阐释。在这个过程中，我们会发现这是一个充满着动态性变化的关联性的文本解读，其中，一个文本新的意义或意味会被不断地发掘呈现出来。

当代少数民族文学文本和批评中的话语都是解释性的。因为作为“实践的语言”——话语，其对文化历史结构的决定性作用往往更多地表现在它的动态性上，这个动态性就是话语的转义。在海登·怀特看来，转义是话语的灵魂，没有转义的行为和机制，话语就不能发挥作用。动态性作为话语的主要特点是因为话语具有一种辩证的双重性，由于话语（discourse）派生于拉丁语词根（discurrere），意思是“前后”运动或“往返”运动。怀特认为：“这种运动既是辩证的，同时又是反逻辑的。作为反逻辑，其目的是要对一个特定经验领域的概念化加以解构，因为这个经验领域已经硬化成了一个本质（hypostasis）阻碍着新的认知，并出于形式化的考虑否认在特定生活领域中，我们的意志和情感告诉我们不应该是的东西。作为前逻辑，其目的是要标出一个经验领域，以供后来由逻辑导引的思想进行分析。”① 怀特看到了话语的前逻辑性，即用话语标示出一个经验领域，以供后来进行逻辑分析，而话语的反逻辑性就是解构这个经验里已经僵化的概念，从而促进新的认识。同时，他从话语这辩证的运动中认为话语从本质上是一种调节，既是阐释的，又是前阐释的。话语“意味着一个超验主体或叙事自我，它超越对现实的各种对立阐释，并在这些对立阐释之间进行仲裁”②。话语既批评自我又批评他人，话语在赢得自身的过程中经历了

① ［美］海登·怀特．后现代历史叙事学［M］．陈永国，张万娟译．北京：中国社会科学出版社，2003. 5.

② ［美］海登·怀特．后现代历史叙事学［M］．陈永国，张万娟译．北京：中国社会科学出版社，2003. 6.

人类意识的整个发展过程。为此，怀特识别出话语里的四种主要转义：隐喻、换喻、提喻和反讽，并认为话语就是转义。话语中叙述者的“我”从对经验领域的隐喻描写，到通过对话语其他因素进行换喻的建构，并转而对这些因素的表面属性和假定的内在关系进行提喻的再现，最后对所发现的任何对比或对抗因素进行反讽的阐释。怀特的话语转义理论对我们理解当代少数民族文学文本有什么样的启发？显然，这是非常具有建设性意义的。对不同的人群而言，由于对某个民族的有关背景所掌握的信息量不同，对这个少数民族的当代文学文本就有不同的解释和理解。由于作为当代少数民族文学文本存在的话语是解释性的，所以，对当代少数民族文学文本就没有绝对权威的解释，任何解释都是动态的，一旦掌握了新的背景资料，便可以对过去的解释加以修正甚至彻底推翻。这时，一种新的对当代少数民族文学文本阐释解读的可能性不断地被生成出来，这就使得当代少数民族文学的某个“文本”与社会文本的互文性关系更加丰富和密切，当下性意味更加强烈。当代少数民族文学文本的话语表达是一种充满联系性、复杂性、动态性的话语表达，而在这种对话语的解释过程中，我们会看到当代少数民族文学文本中的各类型民族主义话语都会受到来自社会各方面不间断的影响，而不同的话语接受者面对各种民族主义话语的表达往往会把它作为自己参与社会并体现为自己完成社会行为的一种象征形式。

四

挪威奥斯陆国际和平研究所的斯坦因·丁尼生（Stein Tennesson）曾经从比较宽泛的意义上说，任何现代的单一民族国家或现代多民族统一国家都需要有民族主义的存在，因为民族主义是维持民族国家的“意识形态运作”①。当然，他的观点是从比较宽泛的讨论民族主义这个话题出发的，不免有其形而上的局限性。但对此，我们是否也可以从狭隘的意义上说，民族主义也是一个维持某个民族或族群现实存在的“意识形态运作”呢？答案似乎是肯定的，因为在我们多民族国家的社会生活中，每一个民族或

---

① Stein Tennesson. Globalising national states [J]. *Nations and Nationalism*, 2004, 10 (1-2): pp. 179-194.

族群每天首先面对的是日常文化事务：民族或族群的文化传统、惯例的日常生活呈现。要使这些日常文化事务得以延续，就必须要时刻关注自己民族或族群的文化存在和现实利益。这其中就包含着一种必然特定的民族意识，而且这种特定的民族意识是概念化的，也是系统的，所以，说它是一种“意识形态运作”并不为过。建立在这样一种对民族或族群现实存在的维持上，民族主义作为“意识形态运作”，就必须要“认为自己的民族比其他民族优越，特别强调促进和提高本民族文化和本民族利益，以抵抗其他民族的文化和利益”①。在当代中国，虽然各民族的民族主义意识是以强调本民族的文化利益为主的，但类似这样的民族主义通过各种文本以民族主义意识形态的话语方式得到表达并不少见。在笔者看来，如果要把民族主义作为一种对民族或族群现实存在维持性的“意识形态运作”的话，实际上可以把民族主义细分为两个层次的“运作”：一个是作为“民族”的运作；一个是作为“主义”（即意识形态）的运作。这两个“运作”的过程实质上都是社会互动的过程，而不是孤立的一厢情愿的宣泄和单向性的自我运动。

首先，“民族”是一个关系的概念，从民族概念的产生起，民族的概念就往往是用来区别“他者”的，“民族”是在与“他者”的对比和参照中确立的。而从主体间性的理论看，一个作为个人、群体或民族主体的自我，必须要通过与“他者”的相互承认，才能获得安全感和自由，因为自我的自由仅仅靠主体自己是无法实现的。“这种安全感，这些无忧无虑的自我相关的方式，构成了肯定的自我关系的诸种特征，但只有通过承认经验才能获得这种自我关系。在这个意义上，与自我实现相关的自由依赖于人类主体所不能掌握的必要条件，因为他们只有在互动伙伴的帮助下才能获得自由。”② 阿克塞尔·霍耐特（Axel Honneth）从伦理的价值观念来谈不同主体相互承认的现实意义，在主体相互承认的两种共同形式——爱和法律的形式的基础上，他规定了相互承认的第三种形式，即承认必须要规定伦理价值抽象境域的目标，而这些伦理价值是向最广阔多变的生活目标

---

① 徐迅．民族主义［M］．北京：中国社会科学出版社，1998. 40.

② ［德］阿克塞尔·霍耐特．为承认而斗争［M］．胡继华译．上海：上海世纪出版集团·上海人民出版社，2005. 181.

敞开的。他的理论对我们理解当代中国多民族关系具有重要启示。他认为，团结必须建立在相互承认的基础之上。“在现代社会，个体化和独立化之间对等重视的社会关系代表着社会团结的必要条件。从这个意义上说，彼此对等重视就意味着根据价值互相评价，这就使他者的能力和特性也对共同的实践有意义。这种关系就可以说是‘团结’，因为，他们不仅激起被动的宽容，而且还激发了对他者个体性和特殊性的切实可感的关怀。只有我主动地关怀他者（外在于我自己的）个性特征的发展，我们共同的目标才能实现。”① 这里，共同的目标就是每个个体的自由发展和自我实现。同样，这个意义对一个民族或族群来说，没有其他民族或族群的存在和对自己对等的承认，这个民族或族群也是很难存在下去的。从每个民族的历史看，某个民族往往与其他民族的历史是联系在一起的，历史是很难孤立地谈到一个民族或族群的，这是因为，要不这个民族或族群已经消失；要不正在面临消失。在20世纪末，对民族的认识，更多的是从一个民族在世界体系中所处的位置来进行解读和分析，这其实也是重新站在地理性和地理政治性的角度对民族进行反思的考量。对此，弗雷德里克·詹姆逊（Fredric Jameson）认为：“‘民族’在今天应该用来表示一个系统中的一部分，这一部分永远应该暗指（多于二项的）相关性。”② “‘民族’仅仅是一个关系词，用来表示世界体系的各个组成部分，这个体系也可看作是各种空间的重叠复合。”③ 詹姆逊所讲的这种“空间的重叠复合”，是指现在认识和理解民族、民族主义问题时不要把一个单一的定义强加到某种并不单一的事物上，不能用一种简单的“连接”来谈问题；而需要从多重主体立场以及文化身份的内部结构来说明；在这个意义上，民族、民族主义问题是参差不齐的诸方面要素的复合重叠。这是由于在日益全球化语境条件下，民族或族群已无法再孤立存在，必须且只能是存在于与其他民族的关系之中。比如，即使对文化民族主义，现在也已有人根据文化民族主

---

① ［德］阿克塞尔·霍耐特．为承认而斗争［M］．胡继华译．上海：上海世纪出版集团·上海人民出版社，2005. 134.

② ［美］弗雷德里克·詹姆逊．论“文化研究”［A］．王逢振．詹姆逊文集（第3卷）［M］．［加］谢少波译．北京：中国人民大学出版社，2004. 45.

③ ［美］弗雷德里克·詹姆逊．论“文化研究”［A］．王逢振．詹姆逊文集（第3卷）［M］．［加］谢少波译．北京：中国人民大学出版社，2004. 48.

义在当代社会生活中的变化，对其进行了重新的诠释，不再简单地认同“文化民族主义是沿袭社会传统信仰和习俗的产物”这一观点，而根据社会历史背景条件的变化把文化民族主义诠释为：文化民族主义是一种基于史实的寻求，重新探索生存与生活的方法；文化民族主义者则主要扮演的是道德规范与社会的革新者，文化民族主义者既不完全是现代主义者也不完全是传统主义者，而是意识形态上的革新者，他们清楚地表达了社会迈向现代化道路的各种选项，平衡了诸多利害，这是一种植根于现代社会的多发行为；文化民族主义者们是穿着保守外衣的革新者，他们寻求通过使用传统和有选择性地借鉴外来信息与资源，合理地进行社会创新和开发。① 澳大利亚格里菲斯大学人文哲学学院的约翰·哈金森（John Hutchinson）的这些观点显然是有其客观合理性的，因为他的观点来自于各“民族”及文化民族主义的具体社会实践，他所说的这种文化民族主义者的理念及行为变化在当代中国也是常常可以看到并被体认到的。所以“民族”的运作首先是一个动态的、开放的过程，是一个关系性地不断吸收、转换的过程，各种民族主义的意识形态也是处身在不断地变革和丰富发展当中的。这也是我们理解当代少数民族文学和批评中表达出来的作为维持性的“意识形态运作”的民族主义的一个基本前提。

其次，在全球化的背景下，在相互竞争的话语世界里，意识形态是一种意义偶然性的表达方式，同时也是内部协调连贯的信仰系统。然而，目前研究意识形态不再是简单地像过去那样对一个思想体系或信仰体系进行分类和分析，也不是分析一种象征形式或象征体系本身，现在所关注的是作为象征形式的社会运用。象征形式或象征体系本身是不是意识形态的，以及在多大程度上是意识形态的，取决于它们在具体社会背景下被使用和被理解的方式。按照汤普森的看法，传统流行的观点是把意识形态视为某种象征形式或象征体系本身（如保守主义、共产主义等）的特点或特征，这时的意识形态渴望被无条件接受，它的终极目标是要达到“共识”。可相矛盾的是，没有什么证据能说明某种价值观或信仰是现代工业社会中全体或者大多数成员所共有的或共同承认的，这是一个无法回避的社会思想

---

① John Hutchinson. Re－interpreting cultural nationalism [J]. *Australian Journal of Politics and History*, 1999, 45 (3): pp. 392－407.

事实，任何来自某种价值观体系的自我努力都是有限度的。所以，汤普森认为，应该把意识形态看作是“象征形式的运用与配置方式以及它们与我们大多数人在其中花费大部分时间的结构化社会背景中达到权力关系的交叉方式”①，即意识形态作为“象征形式”在多大程度上在具体的社会—历史背景中被运用。对汤普森而言，他所关注的是“象征形式是否、以何种程度以及如何（如果是的话）在它们制作、传输和接收的社会背景下被用于建立并支持统治关系。这种看法可以使我们把一种象征形式或象征体系在某一背景下视为支持现状而在另一背景下视为激进的、颠覆性的、竞争性的；它可以使我们把例如一种对人权的论述在某一背景下视为支持现状而在另一背景下视为颠覆。把象征形式分析为意识形态时，就要求我们联系这些意识形态被使用和掌握的具体社会—历史背景来加以分析”②。在汤普森所关注的意识形态问题中，我们可以明确地认识到，在当代社会生活中，某种意识形态的生产、传播和接受过程表明了这种意识形态在动态的过程中必须要通过与其他意识形态各要素之间建立相互的联系，即意识形态是一种人们活动的结果，是一个话语交往的结果。而文学文本以话语的象征形式表现了这种动态的联系。在文学文本所呈现出的象征形式中，意识形态自身的各元素身份也得到了修改。意识形态随着具体的社会历史语境是可以转换、改变的，这一点具有普遍性。同样，中国少数民族文学和批评中的民族主义意识形态表达实际上是一种不断变化、协商的社会文化构建活动。在这个民族主义意识形态生产、传播和接受的过程中，作为参与少数民族文学批评或研究的多数族（汉族）同样可以发现这个社会文化构建活动的客观性和实践性存在，作为多数族（汉族）的民族主义意识形态实际上也在这个过程中得到批判性的检验、反思和修正。

在当代的少数民族文学批评中，当把民族主义作为一种对民族或族群现实存在维持性的“意识形态运作”进行讨论时，会涉及一个问题，即我们多年来讨论的民族身份和民族文学身份的问题。关于民族身份和民族文学身份，其讨论的前提都是从文学和少数民族文学的背景出发的。在笔者

---

① ［英］约翰·B. 汤普森. 意识形态与现代文化［M］. 高铦等译. 南京：译林出版社，2005. 10.

② ［英］约翰·B. 汤普森. 意识形态与现代文化［M］. 高铦等译. 南京：译林出版社，2005. 9.

看来，就民族身份而言，民族身份既可以指文学的民族身份，又可以指作家的民族身份；作为文学的民族身份是指在一个相对静态和独立的背景下强调文学的民族属性，这是对一个民族或族群文学现实存在的概念性规定；作为作家的民族身份是指一个具体文学文本的作者的民族属性，作者的民族属性是明确的，但这并不能决定他是否要进行对民族或族群现实存在维持性的“意识形态运作”——民族主义意识的表达。所以，不管是文学的还是作者的民族身份，这时都只是作为一种民族属性的存在，当还没有进入文学的社会文化建构活动过程中时，它们仅仅具备表达民族主义意识的可能性，而这种可能性是过去的讨论中强调太多的内容，其实它并不是最主要的，值得注意的是民族文学身份。笔者以为，似乎是这个惯常的民族文学身份在规定着文学中民族主义的表达。民族文学身份是一种文学不同于其他文学的文学身份，在世界范围内可以进行比较，这是在18世纪出现的文学现象。民族文学身份，首先是一种文学的身份，其次才是民族文学身份。但是，民族文学身份中既然包含有“民族”身份的特点，它就要充分完美地利用自身文学的“象征形式”表现自己的“民族”身份。近年来，笔者在部分了解了藏族文学、维吾尔族文学、彝族文学、回族文学等当代少数民族文学的创作实践后，强烈地感受到了这一点。民族主义作为一种对民族或族群现实存在维持性的“意识形态运作”，更多地表现在民族文学身份中；民族主义通过文学得到表达，这既是民族文学的规定性表现，又是世界文学普遍性的文学要求。民族文学身份是通过文学来表达民族主义的意识形态“象征形式”的概括和抽象；同时，民族文学身份又通过抽象化后的具体以话语表达的差异性来呈现出与主流文学的不同，同时也通过这种象征形式的话语来表达出与社会文化互动的趋向。民族文学身份下的话语、形象、情节等文学叙事和表现手段的完成始终是民族主义的意识形态运作。当然，在这个过程中，文学的、作家的民族身份也制约着民族文学身份的表现，民族身份中的某个因素的强调或淡化都会导致民族文学身份表达的价值取向。在此意义上，民族文学身份应该还是一个需要深入研究的话题。

过去，我们往往把意识形态本身看成是一个固定不变的价值信仰体系，不同的阶级、集团、组织都有其自己独立的意识形态理论体系，它们是各自封闭的，是为本阶级、集团、组织政治或经济文化等诸多目标而存在的。所以，在看到一些与自己主张不同的意识形态理念时，我们就会先入为主地要与此拉开距离或把对方作为对立物。不是把一种社会文化看作是动态建构性的活动，而是把社会文化活动看成是非此即彼的决定论过程，这样的思路显然不利于21世纪中国多民族和谐的社会文化建构。在当代少数民族文学批评中，对文本里民族主义意识形态表达我们采用话语理论的观点进行分析，其目的非常明确：用话语理论来解构民族主义意识形态，把它看成是动态的社会文化建构过程；同时，不把当代少数民族文学中的民族主义意识形态的表达看作是某种刻意的政治权力或政治操纵的产物，而更多从人类社会历史文化动态变化的进程中去进行思考，多一点当代中国多民族国家整体社会文化建构意义上的思考，少一点传统的本质主义二元对立思维，不给自己制造不必要的麻烦或纠结。

作为民族叙述的"单边叙事"与当代少数民族文学批评

欧阳可惺

一般来讲，我们的少数民族文学批评往往是就作品自身的价值而言的，主要做的工作是：通过作品来描述和阐释少数民族生活或民族特色是如何被展现出来的。显然，当代少数民族文学批评的价值取向不止这些，还包含着丰富的社会内容。在笔者看来，当代少数民族文学批评更应该关注的是少数民族文学的关系存在，这是一种文学内部关系与外部关系的存在，这可能要在21世纪成为我们研究当代少数民族文学的一个无法避开的主要视角。

一

21世纪当代少数民族文学研究的话题空间和介入视角是越来越多样化了。在"一刀文学网"上，有一篇评《中国当代少数民族女诗人诗选》① 的文章，这篇题为"隐伏的和显在的少数民族女性诗歌"的文章，笔者以为是一篇体现了公共性追求的少数民族文学批评文章，在这篇书评性文章中，面对《中国当代少数民族女诗人诗选》（以下简称《诗选》），批评者

---

① 由诗人黄礼孩、江涛主编的《诗歌与人》（总第11期）于2005年8月推出《中国当代少数民族女诗人诗选》，其中入选的当代少数民族女诗人共32人，分别属于藏族、满族、彝族、回族、傣族、壮族、水族、蒙古族、土家族、裕固族、朝鲜族、哈萨克族、达斡尔族13个民族；共收入作品332篇，其中诗歌276篇，另有散文、访谈、诗评等，内容丰富、风格纷呈，这是中国文学史上第一部少数民族女诗人诗歌合集。

提出了这样的一个问题：文化史的自觉意义。文化史的自觉，其实就是一个民族的文化如何与现实的社会生活发生深刻的联系。“《诗选》所体现出的民族文化探求，有得亦有失。得之一面，是建立了对民族文化的坚定自信；失之一面，是少有诗人朝着民族与世界的历史纵深和动态关系中寻找更宏大的文化背景与更深刻的历史意义。在《诗选》中，无论是公共民族志的写作还是个人经验史的写作，多数作品浸渍着深刻的历史孤独感。诗人们在各自的时间和文化空间上分别创作出来的作品，呈现了历史和现实的真实。在这幅巨大的画卷中，当我看到各民族勃发的生命力呈现出的鲜艳色彩时，也感到一种悲壮的气息隐蔽着慢慢袭来，那既是诗人对本民族的历史以及文化独特的生命强力形成的自信，也是诗人对本民族文化被排斥于现代文明进程之外的愤懑。……任何一种民族文化，若不与其他文化发生联系，就不可能形成自己独立的存在。横的移植的全球化，纵的继承的民族化，乡土情怀的本土化孤立起来看都不免有所局限。在多元文化交汇的大背景下，如何看待具有不同民族传统的文化之间的关系，如何估量文化交汇和冲突的态势，如何评价民族文化对诗歌创作的影响，应当是少数民族诗人们继续深入思索的方面。”① 批评者在这里提出的问题是从民族文化的视角出发的，但是我们如果从诗歌本身的视角，也就是从文学的角度看，我们可以思考这样一个问题，即关于少数民族文学的本质问题。文学的本质是一个老旧的话题，对于少数民族文学的本质，如果从价值论来进行观照的话，笔者认为，当代少数民族文学的本质就应当是一个关系的过程。这个关系的过程虽然与艾布拉姆斯（Meyer Howard Abrams）提出的文学活动四要素说有所不同，但又是一致的，就是要确立文学活动中作家、读者作为文学参与者与社会的关系。20 世纪 50 年代后，少数民族文学的本质在过去，一方面是靠话语权的垄断（国家意志）来决定的，这种高度垄断的国家意志话语要求少数民族文学必须要为国家的现实政治，为国家统一和民族大团结而抒写、叙事。另一方面少数民族文学的本质是由文学参与者的主观意志所决定的，一是对少数民族文学的作家来说，他是民族精神和文化的代言人，他需要把本民族的一切都尽情地表现出来，这

① 萧映．隐伏的和显在的少数民族女性诗歌［EB/OL］．一刀文学网．［2005－10－19］．http：//www．sydao．net/cybl．

里，通过想象和叙述，就有了民族的“象征形式”表达；二是作为文学参与者的少数民族读者期待和渴望本民族的文化精神在文学作品中能得到更多的表现，从而进一步完善或完成对自己本民族文化的“寻根”和文化身份的认同；三是汉族读者从汉文化的角度去思考少数民族文化和文学，其中的大多数人都会有意识地寻找这些文学对象的独特性，在他们的视野和记忆里，浪漫传奇色彩和异域情调的神话可以成为抒情诗、幻想作品甚至小说的主题。这时，少数民族文学和艺术仅仅是“被看”的对象，而不是被全面理解和认识的真实存在。这些汉族读者在对少数民族文学和艺术表现出热情的同时，也表现出了对少数民族文化存在着某种程度的肤浅认识。但不管怎么说，汉族读者的这种要求和期盼也为少数民族文学的生产提供了主观性的支持和导引。少数民族文学的参与者由这三个要素组成，当然，少数民族文学作者是其中最为核心的要素。这三者的合力构成了少数民族文学参与者的主观意志，他们对少数民族文学的本质性规定起着关键性的决定作用。但是在改革开放前，少数民族文学的本质性规定并不是这三者的合力作用，而主要是高度垄断的国家意志话语在制约和影响着当代中国少数民族文学的价值判断走向。这种凭借文化霸权确立起来的文学本质在那个时代不仅仅表现在少数民族文学上，在多数民族文学上更是如此。

如果说，当代少数民族文学的本质是由这两方面构成的，那么，随着改革开放以后国家社会政治生活的变化和少数民族个体自我意识的唤起，少数民族文学的本质发生了变化。这主要表现为，由于国家开始放松了对文学的意识形态的控制，不再提“文学为政治服务”的口号，文学作为国家政治的工具退出了意识形态的中心，被逐步边缘化和泛化了。这时，少数民族文学中的民族主义意识被唤醒并形成了文学参与者的主观意志和文学观，它们希望在文学的“象征形式”中得到细致、尽情的表达，这种极具鲜明个体民族主体性的部分表达是对国家意志话语的强烈悖反，所以，它时不时带有激进的色彩。于是，我们看到了这样一种当代少数民族文学的本质：要么是国家意志话语的绝对；要么是20世纪后期以来部分少数民族个体民族主义倾向的激进。当代中国少数民族文学本质的这种两极性，使得少数民族文学的发展变革比较缓慢。在笔者看来，它们二者的性质都是片面的。国家意志话语的绝对在于蔑视民族个体的文学权利，用大包大揽的意志话语来代替少数民族个体文学的多元话语表达；而“文革”后特别是进入到20世纪90年代后，在部分少数民族文学中，部分激进的民族主义倾向在强调文学本质共时性的多元和个人主体性时，欲用个体的文学权利来遮蔽和淹没在多元、差异喧哗下的同质、同一性的社会公共意志，并用个体主体性的话语来对撞国家的意志话语。所以，从绝对的道德性存在看，它们都不符合现代性推进过程中文学的社会正义和道德律法。社会正义或律法的精神要义在于保护个体权利和权利公平。而文学的社会正义或律法的精神与一般的社会正义或律法的精神有一个重要的区别在于：后者都有明文的法律支持，而“文学的正义或律法的精神却只能主要依赖道德律法的规范或约束”[①]。虽然，文学的律法精神依赖于道德律法的规范或约束，但是，没有这种道德的律法精神，文学就会始终无法进入与社会的关系网络之中。在21世纪的社会语境条件下，我们的文学存在是在一个大的社会文化系统中运作的，它无法离开社会而单独发展，必须作为一种公共性的存在。公共性不代表国家意志话语，也不是强制性的法律政策，而是在一切社会公共领域中倡导的道德和行为的准则，是协调人与政治、人与社会、人与人之间文化关系的一种隐在的手段。在这个意义上，公共性是对众多言说者话语表达的合法性话语言说的要求。就少数民族文学而言，国家意志话语退出或淡化了，就不需要来自社会公共意志的公共性对文学参与者主观性的影响或约束吗？显然不是，这个时代的少数民族文学本质与普遍性的文学本质是一致的，少数民族文学批评也同样存在着文学批评的道德律法和文学批评的核心价值观。这个道德律法与核心价值观就是：少数民族文学批评要时刻关注与现实社会生活的联系，关注自己的文学主观性如何与体现现实社会公共意志的公共性达到认同，这时，“文学的本质再也不能依靠霸权来确立，而只能在‘必要的和不可避免的’现实基础上通过对话与协商来完成。毫无疑问，所谓文学的本质，实际上也就是社会公共意志对文学的现实价值选择。亦即，文学是什么，取决于社会的公共意志，取决于社会所有文学参与者价值意志的最终妥协。这也就意味着，文学的价值观照只有在尊重社会公共意志的条件下，才具有学理的

① 吴俊．文学批评、公共空间与社会正义［J］．文艺研究，2008（2）：19.

公正性与合法性，才有希望具有公信力的文学本质命题”①。很显然，在一个充满差异和多样性的时代，如果没有基本的社会公共意志的公共性作保障，一个社会就不成其为社会。文学作为社会生活的一个成分，需要以公共性作为自己价值判断的取向，在公共性的平台上体现各自的差异。当代少数民族文学也是如此。各种不同民族的文化、文学以及各种差异性的主体，面对共同的社会都需要有一个重要的责任：那就是要使自己参与其中并保证社会的公共性逻辑能够有效运行，使大家也是使各具差异性的个体生活在一个有序乃至和谐的社会当中。

对少数民族文学批评者而言，你可以沉浸在各民族的差异性文化和“象征形式”的表达之中，也可以被“我族”或“他族”深沉且激进的民族主义情感所感染，甚至由于对“我族”或“他族”的热爱而愿意终身成为那个民族文化的保护者、呐喊者。但是，作为一个文学批评者如果没有忘记作为批评的理性判断和批评自身的不断再反思，没有忘记批评的社会性要求，那么，批评者就会发生不断的超越性飞跃。因为，体现社会公共意志的公共性最能够代表人类基本的人文精神，而这正是真正的文学批评者所要孜孜追求的东西。

在西藏文化中，白色是藏传佛教推崇的纯洁之色，藏传佛教中的白色，因具有超越性的特点，而成为西藏的文明象征。当代西藏文学批评研究者马丽华曾经携带心中的“红色的种子”入藏，在西藏，自然与社会、宗教与政治的每一种美景、每一种险象都是她心中的那一粒种子的养分、阳光、空气和水。正是在这样的环境养育下，当年怀揣激情和“红色的种子”的马丽华发生了一场“审美晕眩”，用她自己的话来说：“这是一种化境，是超越，虽然短暂，是我所神往的这一方独具的情境与情怀。”② 也就是说，20 世纪 80 年代后，她在一定程度上被西藏的白色文明征服了。当批评者被所在的少数民族文化征服之后，还会有什么更深刻的思考和判断呢？又如何体现出批评的公共性？实际上，这种被征服是马丽华自己对那种过去激情时代的思想情感的超越，这是一种短暂的超越，因为人生有限，“又为种种窘迫所困苦，短暂的超越成为必须；否则，便被平凡庸常

---

① 罗宏．文学本质追问与价值论观照［J］．江苏社会科学，2005（1）：164.

② 马丽华．雪域文化与西藏文学［M］．长沙：湖南教育出版社，1998. 219.

的日子消耗殆尽，心智失去灵光，精神暗无天日”①。所以，马丽华被白色文明征服只是暂时的心灵休歇，而不是被藏传佛教的全面征服和对其的皈依。虽然，马丽华在大讲：“一个诗人要在文字中飘飘欲飞，必须‘依从梦幻，依从梦幻，再依从梦幻，直至永远——直至最后。’一个庞大的寓言就在诗人那里！一个美的寓言就在诗人那里！”② 但是，她又说：“对于这片高地生活的继续参与和深入，当我从诗意和文采中下凡，当我注目于乡土文化之上的社会——包括文化、经济、政治以及国计民生的那些许多领域，我就踌躇不前了……其实我的全部心愿，不过是认为我们西藏高原的同类们应该享受参与世界的权力，享受人类文明发展至今的一切成果。”③ 这就是真正意义上的批评者——马丽华。她在面对西藏的一切文化现实后，所采取的存在姿态是一个又一个的不断超越，首先要超越自己；同时，也要超越自己所面对的民族文化，但最终要在社会公共意志面前停留下来。因为西藏的文化或文明在当下面临着现代性转型的公共性话语问题，这是一个必然的经历和过程。“世人可以接受‘民族国家’是由多民族所组成，这在欧洲各国或世界各个角落都一样。各民族往往在同一领地杂居，若想强将他们依族裔差别分隔开来，显然是不切实际的做法。”④ 一个真正的人文知识分子无法回避这个最基本的问题。作家和诗人可以永远在梦幻中生活，但批评者，特别是少数民族文学批评者面对各种差异性的炫耀色彩和可能的“审美晕眩”，却不能丢失自己社会理性的判断，也不能因为对自己所属民族的文化身份的难以割舍而自我遮蔽作为人文知识分子的理想和道德律法。对我们的少数民族文学批评者来说，我们的批评不能是就作品到作品的文本性“内部批评”，我们需要有面对一个民族文化特征的“审美晕眩”，可是这种“审美晕眩”只能是暂时的，因为它包含着更多的感性的成分。所以，不能为“审美晕眩”而去追求“晕眩”，展示和描述“审美晕眩”仅仅是少数民族文学批评任务的一部分内容。文学批评必须是超越性的，既要依靠文本，又要超越文本；既要面对现实生

---

① 马丽华．雪域文化与西藏文学［M］．长沙：湖南教育出版社，1998. 219.

② 马丽华．雪域文化与西藏文学［M］．长沙：湖南教育出版社，1998. 243.

③ 马丽华．雪域文化与西藏文学［M］．长沙：湖南教育出版社，1998. 221.

④［英］埃里克·霍布斯鲍姆．民族与民族主义［M］．李金梅译．上海：上海世纪出版集团·上海人民出版社，2006. 31.

活，又要宏观地把握、导引生活。当代少数民族文学批评应当在强调现实日常生活的基础上，在更大的社会历史空间范围内，也就是在更大的社会文化范围内进行批评，这一切都是作为少数民族文学学科公共性的必然，也是必需的体现。

美国文学批评家埃德蒙·威尔逊（Edmund Wilson）被拉塞尔·雅各比（Rossel Jacoby）称为20世纪50年代的“公共知识分子”，也是最后的公共知识分子，这是因为威尔逊与一部分人坚持文学批评与社会生活的紧密联系。在那个时代“大多数作家不再认为疏离是美国艺术家的命运；相反，他们很想成为美国生活的一部分。越来越多的作家已经不再把自己视为反叛者和流亡者”①。确实，那时的美国知识分子在界定一种文化政治，在文学和社会、政治方面起着积极的作用。就威尔逊的文学批评而言，最突出的特点是：他认为文学批评本身不是目的，其最终目的是生活本身。威尔逊坚持：“任何文学作品都产生于作家对生活的参与，任何作品都反映生活对作家的影响和作家对生活作出的回应。批评家在文学批评中对作品的历史意识和对社会问题的观照则使得文学批评超越文学的范围而上升到文化批评的层面。然而，这还不是终极目的，批评家的评论还应回归对生活的干预，完成为公众服务，指导公众意识的使命。”② 在笔者看来，威尔逊的文学批评已考虑到了批评与社会公共意志的关系，他能够把文学批评看作是社会历史意识的产物，并长期笔耕不辍、坚持下来，令人尊敬，也给人以启示。当代的少数民族文学批评是不是也应该是一个少数民族文学形象思想的发展史呢？是不是也要思考构成这些思想的社会语境和时代要求呢？这其实是一个非常传统的批评观念话题。但是使笔者感到忧虑的是，现在的文学批评，包括少数民族文学批评的眼光似乎是越来越狭隘了，文学批评变得越来越私人化和特权化。这里的私人化是指批评者在批评的过程中把个人性的感触和情感倾向投放过多，而不考虑社会文化的发展对批评的理性需要；批评特权化是指批评者在进行批评时，一切从小圈子出发，从批评者个体的权利需要出发，或者从某个民族的民族主义立场

① ［美］拉塞尔·雅各比．最后的知识分子［M］．洪洁译．南京：江苏人民出版社，2002. 67～68.

② 邵珊．走向文明的批评：现实与诗性之间——论埃·威尔逊的批评观［J］．南京师范大学学报，2006（6）：138.

出发，不顾及批评是社会公共意志的表达，批评是社会公共领域的文化交往活动。这样的文学批评显然难以走向更大的社会历史空间，只能是小家子、小圈子里的相互酬和，那是没有公共性意味的批评，而如此的文学批评是不利于社会文化生活中各民族关系的有序与正常发展的。一个社会之所以能够不断发展和保持稳定，就是因为有了社会发展的公共性诉求。我们认同公共性的诉求，不是为了一个民族或几个民族的利益需要，而是期待在社会发展过程中，有其基本的价值追求和利益的合理表达，公共性意味着一种共享而非排他，一种共同而非只强调差异，公共性是在诸多差异中追求共同，公共性追求的是一种普遍的公正、公平和正义。所以，我们现在要做的是，少数民族文学批评不能够仅仅局限在本民族文学内部研究的圈子里，我们的批评者也应像美国 20 世纪 50 年代极有影响的文学批评家埃德蒙·威尔逊那样，应当以公共知识分子的批评立场来看待我们的少数民族文学，看待当代少数民族文学与社会生活和历史的密切联系。

在威尔逊的批评思想中有一个重要的观点——“走出”（Exodus），就是要诗性地走向生活，这样的文学和文学批评之路才会越走越宽广。“走出”就是从个人走向群体，从小圈子走向公众，从一个村庄走向现实社会，从一个城市走向历史的大舞台。“就是说，文学批评与文学创作、社会生活三者是紧密联系在一起的，而连接这三者的是一种人文精神。”① 现在看来，威尔逊的这个思想对我们当代少数民族文学批评来说仍然是有导引性意义的。少数民族文学批评的价值取向就是要在当下的现实生活中寻求人文主义精神，任何民族特征和“象征形式”都不能代替它，批评者在考察一个民族的文学或文化文本时，要注意和明确：在文化和文明中最不可或缺的就是人文主义精神，没有了人文主义精神，任何“审美眩晕”都如过眼云烟，短暂而肤浅，一切限制和束缚人的尊严、人性解放、人的自由发展的生活和艺术都是不能肯定的。少数民族文学批评者也只有从个人走向社会大群体（而不是本族群），从批评的小圈子走向社会公众，进入社会的公共领域，才能发现人文主义精神并在现实的文化生活中发扬光大。所以说，少数民族文学批评者首先应该是一个具备专业素质、具有独

---

① 邵珊．走向文明的批评：现实与诗性之间——论埃·威尔逊的批评观［J］．南京师范大学学报，2006（6）：140.

立思考意识和现实情怀的人文主义精神的捍卫者。同时，要注意的是，当代少数民族文学批评中需要贯彻的人文主义应该是一种更为广泛的人文主义立场，因为这样的人文主义面对的是具有多种差异性的民族文学，所以，这里与萨义德所讲的扩展的人文主义是一致的。[①] 这种人文主义立场提倡的是一种平等的世界观。它认为不存在任何一种优于其他文化的文化，也不存在一种超然的标准可以强加于其他文化，承认文化的多样性和差异性，以及文化间的平等和相互影响。其次，这种人文主义立场是一种主张多样性的历史观。它关注少数民族和弱势群体，强调历史经验的多样性，认为一个国家的历史和传统是多民族不同经历相互渗透的结果。再次，这种人文主义立场主张多元教育的知识观。认为必须帮助所有不同民族的人们消除对其他文化的误解和歧视以及对文化冲突的恐惧，学会了解、尊重和欣赏其他文化。最后，这种人文主义立场的落脚点是构建公共性原则的社会观。其最终目的并非是实现文化的平等，而是实现社会的平等、人的平等、一切文化的共享，以及实现人类的自由和尊严。在这样的人文主义立场的导引下，当代少数民族文学批评的道路必然是广阔而充实的。

二

提到威尔逊批评思想中的“走出”，笔者还想借此讨论一个问题，即在少数民族文学创作和批评过程中的“单边叙事”的问题。中国当代少数民族文学的基本问题是少数民族文学的语言与表述问题，通过各少数民族语言（母语）表述的多样性，构成了当代中国文学的多样性叙事和多元化。但是，在少数民族文学研究和批评过程中，中国当代少数民族文学的语言与表述问题，不能仅是语言（母语）表述的多样性，即用母语的叙事。实际上，批评者还需要看某个民族作家用母语是怎样叙事的，在这样的叙事中包含着怎样的文化观念，这些观念对构建社会的整体文化有何种价值导引。“单边叙事”可能不是一个普遍的问题，是一个文学事实或文

---

① ［美］爱德华·W. 萨义德. 知识分子论［M］. 单德兴译. 北京：生活·读书·新知三联书店，2002. 131.

化事实的存在。这个文学事实或文化事实表明中国当代多民族文学及文化的建构还是一项长期而未完成的工作。对这个问题，笔者多有感触。现在，就不同民族的民族文学研究者而言，也有人指出了这个问题，① 认为这是一个值得关注的当代民族文学研究话题。

关于“单边叙事”，就其理念来说，已有诸多大家的阐释观点。② 单边叙事，是文学主体自觉的体现，在笔者看来，就是一种把日常生活经验中的整体丰富、随意多样的现实，或简约或重写成被控制的、在策略上事先限制的叙事。对不同的叙事者而言，采用什么叙事策略，即采用或不采用单边叙事都是非常自然而便捷的。一般来讲，汉族作家可以写少数民族，相当多的少数民族作家在自己的文学创作中也都有多民族的文学人物和叙事。可由于特定的区域、民族文学传统、宗教背景等原因，一些少数民族文学的文本叙事中没有对本民族之外的“他者”进行叙述；要不就是在简约化或限制对“他者”的叙事，而重写本族群、本民族的叙事，想象虚构的都是单一的本民族的故事，纯粹的本民族的事件、场景、人物、观念和理想充斥其中。就作家文学创作本身而言，这是没有什么可质疑的。但是，作为当代少数民族文学批评，面对这样的单边叙事文本却是需要进行多方位的价值判断的。因为在任何一种叙述行为本身的背后都存在着特定意识形态的制约性影响，这些影响会对叙述的修辞策略产生直接作用，所以，当代少数民族文学中的“单边叙事”，在笔者看来，是当代民族主义意识形态的修辞。

叙事的过程是话语叙述的过程，单边叙事也就是单边叙述的过程。少

---

① 笔者在2009年5月与一些维吾尔族网络文学研究者的对话中，他们也提出了当代维吾尔小说中的“单边叙事”问题，认为作品中只有本民族的生活景观和人物是不够的，是与实际社会生活中的交往关系不符的。据笔者在新疆维吾尔自治区文联所了解，这样的单边叙事不仅在当代维吾尔族文学中是如此，在新疆其他少数民族的当代文学中也是比较普遍的一种情况。

② 如，关于西方和东方叙事的单边性特征，爱德华·W. 萨义德在其重要著作中有所阐释，见［美］爱德华·W. 萨义德. 东方学［M］. 王宇根译. 北京：生活·读书·新知三联书店，1999；［美］爱德华·W. 萨义德. 文化与帝国主义［M］. 李琨译. 北京：生活·读书·新知三联书店，2003；另外，弗雷德里克·詹姆逊在其《詹姆逊文集》（第2卷）——“批评理论和叙事阐释”中有多篇论文涉及这个话题。见王逢振. 詹姆逊文集（第2卷）［M］. 北京：中国人民大学出版社，2004.

数民族文学创作和批评过程中的“单边叙述”的问题，是少数民族文学批评要体现公共性时不可回避的话题。虽然，我们现在时刻都在讲当代中国多民族文学是相互影响、学习，是互文性的产物。但是在当代少数民族文学中，特别是进入20世纪末和新世纪后，单边叙述作为一种书写不仅没有消失，反而有增加之势。单边叙述作为表达着特定的“一束关系”的叙述方式，[①] 它通过任何一个具体的叙述在任何特定时间内的运用而同时被人们所感觉或感知。因为不管是文学文本还是网络文学论坛，读者在阅读时都清楚地知道，阅读“也就不只是把一本书当作一本书来阅读，而是把它放入脉络，以理解它是怎样产生的。没有任何书是凭空迸出来的。写作是一种选择行为，其中牵涉一系列的选择，由作者与社会互动而形成”[②]。从2006年开始，西藏“草原部落”诗歌论坛的明显变化给读者的反差是非常巨大的，这使人不得不思考为什么会出现这样的单边叙述或抒写。同样，在笔者的记忆里，新疆当代文学中，汉族作家笔下有许多的题材是描写和表现新疆少数民族生活内容的，在叙事作品中有许多主人公人物都是少数民族。不管是“文革”前还是“文革”结束后，新疆有一批汉族作家的主要作品都是以少数民族生活为题材的。[③] 这个被称为“民化”的文学形态一方面是汉族作家想从异文化中获得补充和丰富；一方面与主流的文化政

---

① 克洛德·列维—斯特劳斯在其著作《结构人类学》里指出，在神话故事的展开过程中可以把神话分割成尽可能小的单位，每一个单位都是一种关系，借助这些关系，某种功能和一个特定的主题相联系，但神话的真正的组合单位不是孤立的关系本身，而是一束束的这种关系。只有作为成束的关系，这些关系才能发生作用并组合起来产生意义。见［法］克洛德·列维—斯特劳斯．结构人类学［M］．张祖建译．北京：中国人民大学出版社，2006. 226～227.

② ［美］爱德华·W. 萨义德，戴维·巴萨米安．文化与抵抗——萨义德访谈录［M］．梁永安译．上海：上海世纪出版集团·上海人民出版社，2009. 71.

③ 以新疆文联1956年创办的《天山》（后改名为《新疆文学》、《新疆文艺》、《中国西部文学》、《西部》）为例，在新疆的许多汉族作家都有表现民族生活的作品。如：朱近之《小翻译下乡记》（1959年第9、10期）；王玉胡《晚秋春花》（1962年第7期）、《一匹老黑马的故事》（1963年第2期）、《一只破靴子的故事》（1963年第7期）；欧琳《奥依古丽》（1962年第4期至1963年第4期）；朱定《木排上》（1962年第4期）；王蒙《春满吐鲁番》（1964年第5期）、《向春晖》（1978年第1期）、《这边风景》（1978年第7、8期）、《难忘难记》（1979年第3期）、《买买提处长轶事》（1980年第3期）、《葡萄的精灵》（1983年第11期）；肖陈《翻译苏里坦》（1979年第6期）；刘景华《金色》（1986年第1期）等等。

策有关系：在边疆地区的文学工作者必须要表现边疆的生活，表现少数民族的生活，所以，许多汉族作家都自然而然地在自己的作品中把少数民族题材、主人公作为重点来叙述、描写。可能这些人物有概念化、肤浅化的痕迹，但这些作品的读者基本上都是汉族读者，他们可能是在一种好奇、新鲜的阅读心态下完成阅读的，可这并不排除对一个民族基本的思维方式和情感心理的了解和认识把握。但据笔者了解，少数民族读者和批评者一般很少会接受这样的本民族的文学形象，认为那是非真实的，是不完整的少数民族生活表现，是对少数民族生活的非现实主义的叙述。[①] 同样，笔者也看到那个时期有部分抒发维吾尔族与汉族两兄弟民族团结，共同工作劳动的诗歌，如：

共产党——使我们得到解放/解放军——/帮我们盖起了宏伟的工厂。/一台台崭新的机器/在车间里闪闪发光/隆隆的机器声/震荡着整个厂房。/在毛泽东时代里/汉族工人和维族工人是朋友/这友谊的花朵/开放在匹匹布上。/布匹带着友谊/到城市，到农村，到……[②]

这是维吾尔族业余工人作者直接用汉语写作的诗歌，其中描写了新疆七一纺织厂的建立和各民族工人共同劳动生产的情景，歌颂了民族团结。但在新疆的少数民族作家叙事作品中，以汉族群众的生活和以汉族为主人公作为叙述对象的内容却是相对比较少见的，这在20世纪50年代的作品

---

① 实际上，当时新疆的汉族作家也认为要求一个汉族作家写出少数民族的"民族特色"，是个很高的标准，写得不好，容易受到指责。但大家却都有共识：民族题材写作作为汉族文学的一部分可以促进汉族文学的发展繁荣。如，王玉胡就说，"一个汉族作家在表现兄弟民族生活的时候，他用的仍是汉族的语言和文字，在表现手法和风格方面，主要的也是从汉族文学传统的基础上发展的，甚至就在他所表现的生活内容方面，也会带有一个汉族作家的角度和痕迹，因此它仍然是汉族文学的一部分。对这类作品的要求，从生活到形式，都应该和兄弟民族作家有所不同"。见王玉胡．为兄弟民族服务［N］．新疆日报，1962－05－24.

② 伊明索菲．印染车间的歌［J］．天山，1958（5）：25.

中就可以看到。[①] 当然，这些作品可能与当时特定的社会历史条件和语境有关系。可随着社会生活的不断变化和丰富发展，20 世纪末和新世纪以来，单边叙述的作品与过去相比，不是减少了，而是增多了；除一部分反映内地的少数民族生活的文学作品外[②]，相当部分作品中是少见“他者”的人物形象。即使是在反映城市生活的作品中，也几乎没有他族的人物形象。这在多民族地区的城市生活中是难以理解的，一个民族的城市居民在日常的生活中，实际上不可避免地要与其他民族的同事、职业者、邻居发生各种自在性的联系，而这种自在性的联系本身是我们每个民族日常生活的实质性内容。如果说是现实主义叙述的话，那么这种少数民族日常性的生活表达中应该是具有“他者”民族存在的。从叙事与日常生活的关系看，虽然，叙事不同于日常生活，指称的是有顺序的虚构作品，叙事比日常生活要集中、概括，叙事要突出特别的人和特别的冲突、问题、威胁或使生活变得复杂的任何事物；而日常生活往往被看成是真实的、自在性的、相对平凡的。但在阿瑟·阿萨·伯格（Arthur Asa Betger）看来，日常生活仍然构成了闭合的虚构叙事结构“开头、中间、结尾”中的“中间”部分，在叙事结构中，叙述的各种纠葛可以在“结尾”里得到一次性的解决，可是作为“中间”部分的日常生活却被长时间地反复“重演”。“因此，日常生活的许多方面都有叙事特性，社会科学家现在开始承认并研究叙事在人们的生活中和在社会中所起的作用。我们必须学会如何‘阅读’叙事，以分析的眼光看待叙事，看到叙事中与我们生活中诸方面的类似之处，看叙事中的男女主人公象征了什么，以及他们反映并影响我们关于权力、性、道德、美好生活等的观点的方式。”[③] 这是因为日常生活存在于每

---

① 如，就反映农村合作社运动而言，在笔者所看到的 1957 年的《天山》期刊中，几篇少数民族作家反映新疆农村合作社运动和生活的作品。参见特·沙木萨克．入社［J］．张森堂，马合木托夫·吐尔逊译．天山，1957（1）；玉素夫·伊利雅斯．不是自己人［J］．忠禄译．天山，1957（7）．

② 近几年在内地生活的维吾尔族作家写的一些网络文学中，就有现实生活中的他族人物形象存在，如，在 2008 年点击次数超过 50 万次的长篇小说《羊肉串贩子的漂亮老婆》。这部长篇小说为一名网络作家创作，这个作家的网名叫艾土鲁克，原名安尼瓦尔·穆罕默德，生活在北京。

③ ［美］阿瑟·阿萨·伯格．通俗文化、媒介和日常生活中的叙事［M］．姚媛译．南京：南京大学出版社，2006. 149.

一个社会中，构成了任何个体存在的基础。正是在这惯常的、微不足道、琐碎的一天又一天中包含着不同个体极具吸引力的“互动形式”，这是赋予任何个体与“他者”进行交往行为的规则、结构和形式。日常生活里的互动可以帮助我们理解更大的社会系统，揭示人类如何通过创造性的行动来塑造现实，所以日常社会已成为现代性的表征或现代文化的组成部分。当代少数民族文学叙事中如果缺少这种不同个体、族群在日常生活中的交往互动，仅仅是单一性的族群个体叙事，那么我们当代少数民族文学所具有的社会公共性内涵是否就会显得轻飘了呢？

同时，似乎少数民族批评者也是不太注意评价新时期以来汉族作家的创作和批评的，笔者至今还很少看到少数民族文学批评者从社会公共性的角度出发对汉族作家的文学作品或批评论文或著作进行批评的文章。作为少数民族文学的批评者，他们当中的部分人更注重建立具有本民族特色的文艺理论体系；他们紧密关注新时期以来本民族文学创作中出现的新问题、新现象，并力图从中总结科学的理论并将它系统化，在此基础上建立起具有鲜明本民族特色的文艺理论体系。当然，把追求一个民族的文学理论体系本身作为一个理论批评者的目标，完成一个民族文化现实表现的丰富和繁荣，这是一种文化自信的表现，值得肯定。但这样的工作又是非常有难度的。因为可能会有人不禁要问：在当代，难道一个民族就真正需要有自己独立的一套完整的文学理论或批评理论？中国的56个民族或族群是否需要有56套（种）适合自己本民族文学，并由本民族自己创造构建的文学理论体系？如此这般的话，那么一种理论的抽象、概括性和普遍性意义又从何谈起？

在对待本民族文学的问题上，维吾尔族文学批评者帕尔哈提·吐尔逊提出了本民族当代文学在发展过程中的一些问题，他认为，新时期以来的维吾尔族文学单边叙述的特征依然很强烈，“有些人出于民族自豪感过高评价本民族的文学，他们认为，因为语言障碍，别人不理解维吾尔族文学。如果不是这样，维吾尔族文学早被世人所接受，并会被看成是最伟大的文学。这种非理性的幻想可以理解。是一次又一次遇到挫折的人才会有这种幻想。他们还是把大话、说教和口号当作非常了不起的文学，很多人幻想用一首诗或一篇小说解决人生所有问题，而认为别人不写这样的大话是因为他们堕落，失去了伟大的理想。在维吾尔族文学中到处可以看到

‘啊，人生’，‘我的人生观’等词汇”[①]。在帕尔哈提·吐尔逊看来，这些单边叙述都是自己生产自己消费的文学和批评，在其中体现的是本民族文学自言自语的话语姿态的惯性和强大力量。帕尔哈提·吐尔逊的观点激烈犀利，虽有偏颇之处，但是给人以非常的触动：为什么在当代少数民族文学中，会有部分的少数民族文学作家或批评者愿意单边叙述呢？

单边叙述需要有相同经验和心理的观众或读者，因为就小说而言，小说的结构中存在着感情与参照体系，小说的结构是一种“情感结构”，这种结构可以使观众、读者时刻认同、热爱自己的民族并且接近某个民族的人或某国人。对此，柄谷行人认为，报纸和小说在确立民族“想象的共同体”上发挥了重要作用，他说：“因为报纸小说提供了把从前相互无关的事件、众人、对象并列在一起的空间。正是在这种意义上，应该说‘小说’在民族形成过程中起了核心作用，而非边缘的存在。‘现代文学’造就了国家机构、血缘、地缘性的纽带绝对无法提供的‘想象的共同体’。”[②]显然，小说的这种作用正是通过单边叙事而体现出来的。所以，单边叙述文本可以使自己拥有相当多的具有共同想象经验的共同体成员的文学读者。当然，从文学社会学的角度看，单边叙述文本也会由于自己叙述的“共同视角”，在拥有一部分“共同体”读者的同时也极易疏离更多文学市场的其他读者。单边叙事强调本民族文化的“想象的共同体”，可能会引起非“想象的共同体”成员读者在阅读理解时的诸多误读。因为下面这样的说法笔者是赞同的，即“分离主义和本土主义在我看来已经没有活力了。文学新的和扩大了的意义的生命力不能系于一种性质，或者一件事件的零散概念”[③]。因为我们都非常清楚地知道，文学总是文化的反映，而在当代社会文化生活中，对任何一个群体、民族而言，“文化永远不只是拥有的问题、绝对的债务人与债权人之间的借与贷的问题，而且是不同文化

---

① 帕尔哈提·吐尔逊．现代性与传统之间的挣扎——谈现代维吾尔文学中的先锋精神与小说创作［EB/OL］．维吾尔在线．［2006－03－28］．http：//www.uighurbiz.cn.

② ［日］柄谷行人．日本现代文学的起源［M］．赵京华译．北京：生活·读书·新知三联书店，2003.221.

③ ［美］爱德华·W．萨义德．文化与帝国主义［M］．李琨译．北京：生活·读书·新知三联书店，2003.453.

间的共享、共同经验与相互依赖的问题”①。作为一个普遍的准则，文化的共享、共同经验与相互依赖问题体现在文学上，就是文学必须也是自然要进入到社会公共领域中去。

在一定程度上，在反映当下少数民族生活的部分文学作品中，我们可以说单边叙述是不太考虑多群体、多民族共同生活的社会公共领域性问题的，表现的似乎仅仅是“自我”在“本土”上的活动。因为单边叙述把“他者”当作不存在的，“他者”也不是参照物了，单边叙述留下来的可能只有自我的爱恋和对自我的认定。由于单边叙述的过程是叙述者想淡化或忘却“他者”的存在；是一个叙述者想仅有民族历史的时间流动而没有空间网络联系的单向性要求的存在，所以，这样的叙事文本是缺乏历史“坐标”参照的叙事，这样的叙事其实是作为文本中虚构的“强权”，是一个族群或民族自言自语的言说。在这样的叙事言说中，包含着一种由于强烈的自我个体性自尊而对就近的“他者”自在性存在话语言说的有意识的漠然不顾，显然，这样的漠然不顾是一种担心被“他者”所影响改变或遮蔽的忧患和焦虑的体现。就少数民族文学批评而言，这种单边叙述是在继续完成一个民族的社会生活的历史进程，并且是用现实主义来叙述这个进程，但这并不仅仅是在叙述民族生活的现实，也不是为现实主义而作现实主义叙事。我们知道，作者采取哪种叙事形式或不采用哪种叙事形式都与其对世界的看法和体认有直接关系，这是作者与他所面对的现实之间关系的一个隐喻或象征。与其说这是叙事形式或叙事视角的问题，不如说是意识形态的问题。而实际上，在历史的进程中这样的文学叙事都是必要的社会意识形态工具，在不同的时期这种意识形态的意义各有差异。所以，面对如此的少数民族文学中的现实主义叙事，我们的文学批评者要意识到这种单边叙事的社会文化意义。在这个问题上，笔者认为凌津奇的观点是比较客观的。在凌津奇看来，对少数族裔作家而言，不管出于什么原因选择了现实主义叙事，就他们在特定时期所面对的社会与各种政治、经济和文化矛盾及冲突来说，这种叙事都是一种必要的意识形态工具。所以，批评必须要关注文本中各种意向表达之间的关系，这是少数族裔文学批评的关

---

① ［美］爱德华·W. 萨义德. 文化与帝国主义［M］. 李琨译. 北京：生活·读书·新知三联书店，2003. 309.

键，因为“我们只有回归到那些批评冲动最初浮现并被本质化的（essentialized）场所，才能对它们全面把握，并对其重新进行协商”[①]。当然，导致部分少数民族文学单边叙事的原因是多种的，[②] 但不管怎么说，最终，少数民族文学中的这种叙事是为了体现本民族的主体性意识，是在与“他者”文化有意或无意的疏离和与主流文学的自我边缘化过程中呈现出本民族意识形态话语的张力性姿态。这种张力性姿态的意味在于通过一个族群或民族在“本土”的自在性和想象性的生存状态文本，带出本族群或民族欲求的利益、权力以及在世俗力量之下产生的多种复杂的情感心理成分。由单边叙事所带来的这一切，如果从历史文化认同的角度看，其实表明了这样一个认同逻辑：我们的族群或民族存在着一种本质的、不变的身份，我们的传统是可以不断重复和再现的传统。这是一种看似简单但广泛存在和运用的认同逻辑，但只要有了这样的逻辑前提，任何单边叙事必然会长期存在下去。因为在这种单边叙事中，某个族群或民族的“自我”与“他者”的差异、自我文化的中心与“他者”文化边缘仿佛存在着一种永远不能跨越的鸿沟或边界，“自我”与“他者”似乎各自沿着不同的历史轨迹在运行。显然，这是一种高度中心化的、排他性的叙事、叙述话语策略，这样的叙述策略有可能阻碍我们自己个体化地看待“他者”的人性，同时也阻碍普遍地看待“他者”的人性，因为我们如果要把“他者”看作是同自己一样的人和完整的人，就需要把他们看作是具有自身故事叙述的个体。

但是，通过单边叙述而要达到的本民族或族群的意识形态意义，是否就可以在这种现实主义叙述当中全部实现呢？其实不然，因为现实主义叙述不仅是对一种现实存在的描写再现，现实主义叙述在这个意义上，它不

---

① ［美］凌津奇．叙述民族主义——亚裔美国文学中的意识形态与形式（1997 年前言）［M］．吴燕译．北京：中国社会科学出版社，2006. 2.

② 从区域学研究的角度看，少数民族由于历史的原因，构成了与主流中心社会不同的跨体系社会，在跨体系社会中，实际上有不同的中心，这在历史上少数民族区域的社会生活中可以看得很明显。笔者认为，在当代中国，跨体系社会作为一种文化现象仍然是存在的，一些少数民族中的部分人十分注重强调在文化上的自我中心确立，其目的就是为了抵抗来自国家权力中心和其他文化中心的影响和渗透，是为了确保在相互的交往关系过程中保持住自己民族或族群的主导性地位。这当然是一种民族主义的欲求和表达，但这种欲求和表达更多的是通过单边叙事的叙述策略来完成的。

仅保留了人们对这个现实世界的经验记忆，并且通过自己的叙述行为与这个世界的规约、真理发生着联系。同时，从叙述主体的意识形态结构生成看，叙述主体自我意识中的“他性”意识形态建构始终是处于一个不断完善生成的过程之中，自我意识的表达实际上呈现着“他者”存在的影子；而反过来，决定自我意识中的“他性”意识形态的“他者”又要直接影响“自我”的存在和表达。就当代少数民族文学文本而言，民族文学中的现实主义叙事对“他者”的叙述再现，本身是在叙述“他者”时再现了自己，实际上叙述再现的对象就是自己。所以，仅靠单边叙述是无法完成本民族或族群的所有意识形态话语意义的表达的，要完成这样的表达还需要多边的叙述，还需要多种“他者”群体或民族景观、事件等被共同叙述。这是因为“我们对真实的感知，不仅依赖我们为自身塑造的诠释与意义，还依赖我们接收的诠释与意义。因为接收的诠释是社会生活整体的一部分”①。为此，爱德华·W. 萨义德（Edward Waefie Said）借用了莱特·米尔斯（C. Wright Mills）的一段话来说明自己的观点，“了解人类处境开宗明义的规则就是，人生活在第二手的世界。他们觉察到的经验还多于亲身体验，他们自己的经验又总是间接的。他们生活的品质决定于他们从别人那里接收的意义。每个人都活在这种意义的世界中。没有人会单独正面遭遇千真万确的世界。人们的意识无法决定他们的实际存在，而他们的实际存在也无法决定他们的意识。在意识与存在之间，矗立着其他人传递过来的意义、设计与沟通”②。按照莱特·米尔斯的意思，这些接收的与受到操纵的诠释，会深刻影响人类关于自身存在的各种意识。即使是一个人或群体在进行单方面的叙述，他的叙述和诠释方式也并不是自己的，而是别人的话语和图像被他占为己有。所以，单边叙述也就无法摆脱社会公共交往领域中公共性因素的影响，这是一种社会性的规定。在当代社会文化生活中，文学批评作为一个社会的文化构建力量，必然要求诸种文学文本里要有社会公共性因素的存在。一般来说，当一个少数民族或族群的文学表达在主观设置上没有建立在社会公共性的基础之上，只是为了差异性而去表

① ［美］爱德华·W. 萨义德. 遮蔽的伊斯兰：西方媒体眼中的穆斯林世界［M］. 阎纪宇译. 台北：立绪文化出版社，2004. 56.

② ［美］爱德华·W. 萨义德. 遮蔽的伊斯兰：西方媒体眼中的穆斯林世界［M］. 阎纪宇译. 台北：立绪文化出版社，2004. 57.

达差异性，其可能产生的后果是使自己参与这个社会公共领域活动的意志表达受到影响，并有可能使自己的文学影响、传播受到限制和损耗，失去文学的活力。

三

在当代少数民族文学中，单边叙事作为差异性的表达是无法改变的吗？每个少数民族文学文本都是应该如此或者必然如此吗？在笔者看来，实际上，在当代少数民族文学中，单边叙事作为一种主体自觉的追求是现实存在，但要真正达到单边叙事的目标又是非常困难的。这是因为文学是文化的表现，其实对文化而言，非本质主义的做法是拒绝把文化等同于某个民族或族群自身。当然这并不意味着拒绝拥有某种认同，而是要能够拒绝去认定自身，能够拒绝说到“我”或“我们”；在当代全球化背景下的社会文化生活中，各个民族或族群作为文化的主体只能以不认同于自身，或者只能以不同于自身的差异获得主体的形式。因为自现代启蒙以来，作为主体自身已经过了一系列的变异，主体自身的断裂已使主体在当下的全球化时代呈现为一个主体的破碎和多样性形态。在这时“从启蒙中形成的我想要成为自己行动的结果，却又遭遇了不能赋形的东西：居于深处的经验图示，感情构架，还有无穷的欲望。欲望和自我塑造的碰撞不仅导致无穷的冲突，还导致我无一刻能‘拥有’自己。自传写作是能最终说出自我个性的尝试。自我不能停止写作表明，‘真正的我’是独立于写作者的”①。欲望是社会发展的产物，同时又是社会进步的动力，欲望的生产实际上是社会关系的生产。彼得·毕尔格（Peter Burger）对自启蒙以来主体的自觉到目前主体的退隐进行的描述其实都离不开这样一个基本的前提：主体的存在是与“他者”关系的存在，是动态性的社会存在。每个个人、群体、民族都是社会存在意识的载体，所以对我们任何人来说，“人，作为一种有意识的存在，就是为了回应其他事物，而我们不了解其他事物，就完全无法了解自己，那又怎么忠于自己？而且，在理论上，更是在经验上，没

---

①［德］彼得·毕尔格．主体的退隐［M］．陈良梅，夏清译．南京：南京大学出版社，2004. 96.

有任何东西可以支持这种不平常的判断——人最容易知道和自己有关的‘真实’。和我们自己有关的事实，并不特别坚定，也不特别能够抗拒怀疑心态造成的瓦解。其实，我们的本质相当难以捉摸，脆弱不堪，不比其他东西的本质更稳定，也并非与生俱来”①。显然，作为个体自我主体的本质其实是在与其他自我主体的关系中发生的，而在当下，主体已是一种社会的集体。一个群体、民族要让更多的人了解自己作为集体的主体，就必须要通过对与其他作为集体主体的关系连接而得到了解。文学文本的深刻性也就蕴含在这多种关系叙述的丰富性之中。在笔者看来，任何伟大的小说都是对特定社会历史的清晰反映，单边叙事由于在叙事的过程中没有把更多的“他者”与自我的表达连接在一起进行叙述，在强调一些东西并有意识地、曲折地排除一些东西的时候，就有可能导致叙述行为中的诸多“空缺”，这本是通过对“他者”的表现用来增加自我真实性的叙述话语。但由于“空缺”的存在，就会产生叙述过程中作为社会历史背景的“景观”的模糊性或简约化，有可能使文学文本所要表达的意图受到消损或制约，这种仅仅是描述一个群体、民族自我主体的“风景”而缺乏“他者”的叙事会降低在更广大的社会接受阅读层面的传播，实际上是在进行文学影响的自我遮蔽。所以，笔者十分赞同这样的观点：“实际上被证实的一点是，在同一片土地不同文化的人民之间，在那些具有象征性的竞争、冲突中缺席，才是真正危险的疏远异化的标志。”②

在当代，每个民族的文化持有者的文化身份都是“混杂”的，每个民族的文化自身并非内在同质的，而是歧异性的，都经由与其他文化的互动；同时，异己性的体验一直不断发生在个人自身的认同之中，每个民族文化的内涵不断地受到成员们的竞逐、想象与再想象，不断地被超越与妥协。因此任何文化的认同与其意蕴都是多重的，没有永恒不变的本质。因为在当代社会生活中，“公民认识到文化歧异性为理所当然的现象，认识到文化歧异性其实与他们自身文化相关，甚至重叠，但无论如何无法化为等同的东西。从一个文化跨越到另一个文化的可行性是存在的，这样的行

---

① ［美］哈里·G. 法兰克福. 论扯淡［M］. 南方朔译. 南京：凤凰出版传媒集团·译林出版社，2008. 67.

② John Hutchinson. Re – interpreting cultural nationalism［J］. *Australian Journal of Politics and History*, 1999, 45 (3): p. 399.

动也是无可避免的，因为每个公民同时是多种文化的成员”[①]。所以，詹姆斯·塔利（James Tully）认为必须要在文化歧异性上互相给予尊重与肯定，只要有了这样的一种做法，就可以更进一步强化批判自身文化的立场以及对其他文化宽容但不失批判的态度。对此，詹姆斯·塔利十分强调“海达族家园的精神”[②]。笔者以为，他的观点对我们具有启发性，即强调各民族的公民在当代社会公共性精神的引导下，共同致力于对话和协商，以找出调解彼此间文化差异的恰当形式。这其实也就是在讲公共性与民族差异性的关系和相互作用，让所有的不同民族的公民都加入到社会的公共性生活中去。通过参与社会公共性的过程，使每个民族都具有反思自身文化的能力，这个能力是一种“视自己本身的文化生活为陌生怪异的能力，这样的能力让我们能够自本身的生活中出走，对自己的文化采取批判的态度，因而使文化可以接受质疑、不断再诠释、协商、转换以及不认同于自身（non - identity）”[③]。在笔者看来，要达到这个目标，当代少数民族文学中的叙事就应该是多边叙事，是民族的“自我”与“他者”民族之间关系的叙事，是一种跨越本民族文化的多元叙事，只有一个民族的多边叙事才可能有关于多民族共同生活的一系列话语表达，才有各种文化间的真正相互质疑、再诠释、协商和转换。在这时，作为多民族国家中每个民族的公民以他们共有的国家的公共领域为表达的基础资源，既叙说着自己的故事，

① ［加］詹姆斯·塔利．陌生的多样性——歧异时代的宪政主义［M］．黄俊龙译．上海：上海世纪出版集团·上海人民出版社，2005. 216.

② “海达族家园的精神”（The Spirit of Haida Gwaii），是出生于北美洲西北部海岸外的海达格尔瓦伊群岛（Haida Gwaii），具有海达人与苏格兰人血统的雕塑家比尔·里德于 1984 年到 1991 年之间创作的作品的标题，1991 年 11 月在美国华盛顿展出。这个雕塑是青铜制成的黑色独木舟，长超过 19 英尺，宽 11 英尺，高有 12 英尺，载有出身海达族（The Haida）神话的 13 名乘员，也可称为 Sghaana（精灵海达或神话人物）。因为格尔瓦伊意指海达族的海岛家园（或居所），而“海达”一词，如同许多原住民的族名，指的便是“人”，这个词同时包括所有动物以及居住在海达族海岛故乡的有灵生命，因此，这个雕塑象征的便是“人之家园精神”，它象征着在后现代的文化歧异性之时代的精神。比尔·里德的《海达族家园的精神》实际上是在邀请全人类进行对话：一个人如何以正确的精神，尊重“他者”文化以及尊重大地中所有文化之相互承认与肯定的精神，如何将自己从根深蒂固的傲慢思维与行为习惯中解放出来。

③ ［加］詹姆斯·塔利．陌生的多样性——歧异时代的宪政主义［M］．黄俊龙译．上海：上海世纪出版集团·上海人民出版社，2005. 216.

也转述着别人的故事；从而跨越文化藩篱，加入到涉及社会公共领域的公共性的对话当中，使自己的叙述和表达能够为社会公共生活提供更为宽广、更具批判性和建设性的公民精神。

显而易见，当代中国的少数民族文学批评同样需要这样的精神。在我们的少数民族文学中，各民族文化之间在形成与认同中是紧密相依的，这在现代各民族文学里已得到了体现。特别是新中国成立以来，当“少数民族文学”作为一个学科被提出后，少数民族文学创作和批评基本上都是在国家的意识形态导引下进行的，在这时，作为国家公民的少数民族文学作家和批评者在文化意义上是多重性的，在文学叙述和抒写时，他们当中的许多人“便多少立足于某个已经妥协的、跨越文化界线的、‘折中’或‘共通’的基础上，并有某些跨文化交谈与理解的经验；也就是，与众多异于己者遭遇及共处的经验，并且目睹这些异己展现相似与相异之文化”①。当代少数民族文学的实际情况，特别是20世纪50年代至70年代的文学叙事就是如此。对于相当一部分的少数民族文学，小说叙事的出现可能是一个新鲜的事物，所以要尽力把自己本民族的社会生活内容作为最基本的现实主义表现，这时，部分作家采用单边叙述来达到展示本民族社会生活与文化的意图是明确的，虽然文本中极少或没有具体“他者”的存在、没有“他者”的形象和叙述，可是在具体的文本中“他者”的影响却无所不在。如，在反映新疆农村合作社运动和生活的作品中，有维吾尔族作家的两篇小说《入社》和《不是自己人》，这两篇小说都是在叙述20世纪50年代新疆农村社会的变化给维吾尔族农民思想情感带来的深刻影响。《入社》叙述的是维吾尔族农民买素拉洪作为一个充满自信、性格倔强和保守的传统农民如何由坚持不入社到自愿地加入合作社的过程；《不是自己人》描述的是维吾尔族农村妇女古丽逊汗在合作社成立后政治思想觉悟得到提高，警惕和揭发自己过去的丈夫斯拉木江搞破坏活动的行为。这两篇小说中虽然都是维吾尔族的人物形象，故事的叙述具有浓厚的维吾尔族生活意味，人物的对话和心理表现都十分生动，但是，在这两篇小说中，所有的这些人物都是在为加入合作社和保卫合作社这样一个主题而焦虑，

---

① ［加］詹姆斯·塔利．陌生的多样性——歧异时代的宪政主义［M］．黄俊龙译．上海：上海世纪出版集团·上海人民出版社，2005. 13.

这个主题显然是“他者”的。同时，在《入社》里有大量诸如“我们父亲毛主席他老人家”、“我们齐劳动，建立合作社，跟着毛主席，一直向前走”的叙述话语；① 在《不是自己人》里有“国民党”、“县党部”、“阶级敌人”、“党和政府”等“他者”的概念的存在。② 就文本来看，当时的维吾尔族作家是无法摆脱特定的社会历史语境的。在这两篇现实主义小说中我们可以看到新疆农村合作化运动中，维吾尔族人民群众对农村合作社真实的历史感受，在这现实主义的叙述里，民族的文化被跨文化交谈与理解的经验所代表，叙事作为一种意识形态的工具被“共通”在国家的意识形态控制和导引之下。这个时期的文学虽然谈不上具有社会公共性意味，但是却表明了在当时的历史条件下，任何少数民族文学要达到单边叙述的目的是十分困难的。当然，在那个时代，由于一个少数民族文学作家单边叙述的主体性要求也是薄弱和不明确的，所以，各民族文学之间的叙述话语差异并不大，只是在共同叙事中保持着各自民族语言文化的表达特征。

到了20世纪末和进入新世纪后，虽然部分少数民族文学作家从文学主体性和民族主体性的角度对单边叙事提出了新的要求，一种民族文学自觉的追求十分强烈，出现了许多表现本民族文化自觉意识和自我文化身份认同的作品，但是，作家主观的单边叙述愿望和追求仅仅构成了文本结构的某些层次，虽然有时候也可能在文本的所有构成中全部得到呈现，却不能真正实现或完成单边叙述的要求。因为即使是这样的单边叙述，在叙述的过程中往往仍然会与多种话语交叉，“他者”存在的影响时隐时现。比如，在笔者看来，维吾尔族作家穆罕默德·巴格拉希在小说《心山》中要极力完成这样一个单边叙述的故事：维吾尔族小孩伊力多斯眼中的城市、夏库尔村和象征民族精神理想的“心山”，这个“心山”有点像是一个纯粹的乡土观念，这个“乡土观念”是以共同的民间象征表现出的认同。在穆罕默德·巴格拉希的《心山》里，“乡土观念是一种透过象征物表现出来的群体兴奋，像是一道使熟悉的普通景色变得灿烂辉煌的神奇光线”③。在

---

① 特·沙木萨克．入社［J］．张森堂，马合木托夫·吐尔逊译．天山，1957（1）：19～20.

② 玉素夫·伊利雅斯．不是自己人［J］．忠禄译．天山，1957（7）：40～47.

③ ［法］吉尔·德拉诺瓦．民族与民族主义［M］．郑文彬，洪晖译．北京：生活·读书·新知三联书店，2005. 192.

《心山》里，这个城市、农村和“心山”都是从民族主体性的视角被叙述的，在叙述过程中看不到城市生活的丰富多样性和当代农村生活的多样性存在，城市和农村基本上是一种被抽象化、单向度的表达，是两个差异性的存在。城市在巴格拉希的笔下成为欲望的象征，城市文化中的边缘人维吾尔族小孩伊力多斯被当作了判断城市文化的主角；而夏库尔村作为农村、乡土被描绘成丰满充实、慷慨大度、生机勃勃的拯救之地。在这差异性的存在中，民族的精神理想“心山”成为叙述的中心，“心山”作为一种重复性的叙述反映了作者在自身的思考过程中存在着一种长期焦虑。可以说，作家主观的单边叙述愿望和追求在文本的所有构成中全部得到了呈现。可是在巴格拉希的这个小说文本中，还是有诸如“考古队”、“展览”、“飞机”等象征着“他者”存在的表达。在小说文本最后添加的纳热西老人激进的呼唤，作为一种叙述，既是在告诫后人不要遗忘了自己民族的精神信仰追求，同时也透露着民族的传统自我在“他者”影响面前的极度紧张和焦虑。① 在这里，一个追求单边叙述可能性的表达仍然被空间网络的多样性所影响和改变。所以说，一种民族文学自觉的追求如果仅仅过多地看重主观设置的单边叙事，其实是难以达到多方面的文学目标的。当代少数民族文学的创作应该“走出”主观设置的单边叙事圈子，“走出”自己预先设置的意识形态的“深刻性重复”，不能再是自我限制和自我隔离，而是面向广阔的社会生活的叙事和多样的叙述。“走出”同样也要求少数民族文学批评或研究要面向社会、走向多样性的生活，只有这样，我们的少数民族文学批评之路才会越走越宽广。但是，这样的文学批评会不会趋于泛化呢？

目前，中国文学批评受后现代主义思潮的影响，发生了较大的转变，对于面对当下社会生活的整体性把握和认识，对于历史和文化的本质性、确定性阐释的目标都发生了动摇及改变，相对远离过去的国家意识形态的中心化时代，趋于一种文学批评形态、方式和目标的泛化，这是整个中国社会文化在转型过程中的必然。同样，部分少数民族文学批评也在后现代主义的影响下，在对国家意识形态中心的认定上、对主流文化趋向的认同

---

① 穆罕默德·巴格拉希．心山［J］．狄力木拉提·泰来提译．民族文学，2007（6）：48～67.

上也有偏移，以追求本民族文学自身的个体性价值来体现民族性的意识形态话语力量。但是，泛化的当代中国文学批评虽然相对远离了过去国家意识形态中心话语，可自身却在泛化的批评过程中具有了更多的社会政治性和思想文化性的内容，这在20世纪末和新世纪的当代文学批评中可以看到：批评的范围和涉及对象要远远大于过去的文学批评。这其实反而说明了文学批评价值的最大化，这种最大化的批评价值不在于与国家意识形态中心话语的距离，而是在于批评本身进入到了社会的公共领域，体现出了批评的公共性价值。这种文学批评的泛化并不应该被视若文学批评的悲哀，对此，有研究者认为，“文学批评并没有放弃什么，相反，它将自己的责任和义务的范围拓展得更为开阔，甚至有些漫无边际。有人之所以会产生文学批评之于文学现象的‘离场’或‘不在现场’的感觉或误会，一大原因其实是文学批评泛化后的遮蔽影响。文学现场主要是一种专业性的有限现场，而公共空间则是一种关乎公共利益的理论上近乎无限的互动、开放的场域。后者显然会对前者产生强大的遮蔽影响。公共空间里的泛文学批评在很大程度上更能显示出强势的、覆盖性的影响力。所以，我完全不能同意那种认为文学批评已经被迫或自觉弱化、边缘化、游离化之类的观察和看法。在我看来，泛文学批评因为获得了公共空间的生成和生存的保障，它的多元、多向度的价值目标的最大化实现，应该是局限于专业范畴内的以往的文学批评所难以比拟和望其项背的”①。笔者对这种关于当代文学批评的价值转向的评价予以认同，因为文学的表现空间随着社会生活的改变和丰富在不断扩大，在当代社会文化生活中，文学空间中的想象能够使我们每一个人最大限度地感受和认同他人的生活，可以帮助我们最大限度地开放自身。

作为叙事文学的小说，在玛莎·努斯鲍姆（Martha C. Nussbaum）看来，具有一种“畅想”能力。“畅想”是隐喻性的想象，就是“一种能够把一件事物看作是另一件事物，能够从一件事物中看到另一件事物的能力”。“看到一种指向某些事物本身之外的感知，在可以感知到的和不在眼

---

① 吴俊．文学批评、公共空间与社会正义［J］．文艺研究，2008（2）：18.

前的事物中看到其他事物——这就是畅想[①]。玛莎·努斯鲍姆认为，文学叙事作为情感性的力量通过想象和同情，可以同法律、经济学一样在社会公共生活中起积极有力的作用，“小说对于公共理性的重要贡献之一是描绘人类共同渴望和具体社会环境的互动”[②]。它能够培养我们对“他者”的想象并去除偏见、培养我们对“他者”的同情和公正判断的能力，从而为当代社会提供了亟须的诗性正义。玛莎·努斯鲍姆所表明的“文学事实”是客观存在的，在当代中国整体的社会文化生活中，文学确实是在不断为社会提供充满人性的关于对民族或族群、宗教、人类生态、环境、不同阶层生存状态等具有公共性判断意义的新思考，其中这些，我们在当代部分少数民族文学文本中也可以看到。既然文学文本中包含着诸多的社会公共性内容，那么，作为文学批评的价值目标也必然是多元、多向度的。在少数民族文学批评中，那种纯粹的“审美晕眩”式的文学内部批评仍然需要存在，但只能是文学批评诸多方式中的一种，它并不具有文学批评价值的唯一性和至高无上的永恒意义。在少数民族文学批评中，面对着以通过追求本民族文学自身的个体性价值来体现民族性意识形态话语力量的文学文本，显然，用过去传统的或单一的文学批评方法是不够的，必须要“走出”。因为在这些文学文本中所涉及的内容非常广泛而复杂，用纯粹的文学内部批评似乎并不能解决文本中“象征形式”所要表达的内蕴。所以，少数民族文学批评同样也面临着一个如何使文学批评的价值目标多元、多样化和批评价值最大化的问题，少数民族文学批评也自然而然地面临着泛文学批评的现实。

在这时，我们的少数民族文学批评需要回归性地体验并倡导那些显然是现代性的核心价值理念，要倡导少数民族文学批评的文化目标和道德诉求，也就是作为泛文学批评的社会公共理性精神。在笔者看来，少数民族文学批评中，要把理性精神从一个民族的民族意识层面里解放出来，要使其在对公共理性精神的渴望追求过程中，具备更多的对世界和人类文化终极目标不懈的想象。当代少数民族文学批评的道德伦理，就是要强调各种

---

① ［美］玛莎·努斯鲍姆．诗性正义——文学想象与公共生活［M］．丁晓东译．北京：北京大学出版社，2010. 60.

② ［美］玛莎·努斯鲍姆．诗性正义——文学想象与公共生活［M］．丁晓东译．北京：北京大学出版社，2010. 134.

不同民族文学个体和个体文学的存在价值，强调不同文学意义的合理性与合法性，尊重各少数民族文学表达的差异性存在；同时，在这个基础之上实现对各种不同文学差异性表达的相互妥协和协商、重塑。这是一个重新阐释、解读的过程，在这个过程中，作为当代少数民族文学的批评者通过自身的文化超越和强烈的社会公共性意识把批评对象放在了广阔的当下社会生活中，面对社会生活，批评者可能唯一的说法只有：当代少数民族文学批评的内蕴真是太丰富多样了。所以，“走出”民族或族群自我，时刻注意批评表达中体现出的社会公共性价值是批评者思想睿智的必然选择。

面对民族主义意识形态价值取向的当代少数民族文学批评介入理念

欧阳可惺

面对民族主义意识形态话语在少数民族文学文本中的表达，当代少数民族文学批评应该采取一种什么样的介入理念呢？就批评而言，不管是某个少数民族作家、批评家或是“他者”的批评家，当我们面对少数民族文学文本时，确实需要认真思考诸多问题，因为当代少数民族文学批评中所蕴藉的内容丰富，涉及面广，会直接给社会带来多方面的影响。在民族主义这个话题上，我们已经发现，当代中国的少数民族文学中通过“象征形式”表达的民族主义倾向实际上并不是纯粹的民族主义，其中包含着复杂的关系内容。按照约翰·哈金森的观点，他认为，就文化民族主义而言，“文化民族主义是一种基于史实的寻求重新探索生存与生活的方法，它涉及共同群体。文化民族主义者则主要扮演的是道德规范与社会的革新者，这是一种植根于现代社会的多发行为”①。笔者认同他的说法，现实的情况确实如此，我们必须要客观地予以对待。在对少数民族文学批评的理念阐释中，显然，由于意识形态在运用过程中结合了话语理论与话语实践，所以意识形态的概念对分析少数民族文学中的民族主义十分有用，这为理解把握当代少数民族文学中的民族主义表达及发展的可能性提供了新的思考平台。通过把少数民族文学中的民族主义意识形态表现看成是一个动态的多民族国家的社会文化建构过程的产物，力求影响、改变部分少数民族文学作家、批评家把追求简单的“纯粹”的民族主义作为自己终极价值目标

---

① John Hutchinson. Re - interpreting cultural nationalism ［J］. *Australian Journal of Politics and History*, 1999, 45（3）: 392.

的理念。而通过对这种民族主义意识形态话语的分析、梳理，可以使我们的少数族裔作家、批评者和主流文学批评者在进行关于“少数族裔性”的表达或阐释时，能够有更多的“协商”意识、“重塑”意识，从而远离与中华民族的民族主体性、国家认同发生直接碰撞的临界点，在深层次的认识理解中认同和确立中华多民族大家庭的团结、和谐。以此为契机，在整体的社会文化转型和建设过程中，摈弃任何绝对的“唯我”主义的思维传统，树立在社会公共领域内各民族文化、文学交往过程中的公共性原则。这是通过少数民族文学批评研究，疏通、引导当下及将来少数民族或族群的民族主义意识形态表达和发展趋向的一种努力或尝试。其实，这也应该成为我们从事当代少数民族文学批评、研究时确立的一种基本理念和方法。

笔者由于生活在多民族的地区，多年来对少数民族文学批评的介入策略带来的社会效应多有感触，在这个问题上笔者比较同意这样的观点，即不要过于看重某个少数民族作家或其他少数族裔作家究竟是什么人，他们的作品究竟有什么样的含意，孤立来看并不重要，重要的是他们的写作，围绕他们所发生的后续各种形式的继续书写，都可能具有特定民族关系的建构能力。当各方或粗暴或简单化地把以某个少数民族作家为中心的书写，引向高度冲突性的二元对立的结构关系时，就是在强化着现实中已经存在的对抗结构，这种强化，实际上起到了恶化中国内部族群关系的作用，让人们更加远离了正确、理性理解、处理国内族群关系的可能。[①] 这样的观点并不是凭空的想象，而是凭有一定客观根据的当代中国具有责任感和忧患意识的知识分子的焦虑性呼吁。对此，我们不能不重视。在少数民族文学批评中，不管是什么人，你的批评不仅是对文本的判断、评价，也是对一个民族的文学现实与发展趋向的分析判断和预测，既是对一个民族发展命运的现实关注，更是对整个多民族国家民主、团结、稳定、和谐的社会责任的承担。所以，我们在介入少数民族文学批评前，要做好一些必要的理念和方法的准备。

介入当代少数民族文学批评，首先需要建立一个平台，而哲学、伦理

---

① 姚新勇．被绑架的“民族英雄”——关于唯色事件的思考［J］．作家（香港），2005（42）：65～75.

学可以说是构成这个批评平台的最根本基础。当然，在建立这个平台的基础之前，我们还需要明确，现在国际上还不存在一种对少数族群一以贯之的政策和原则。即使是为自由主义的民族主义进行辩护的威尔·金里卡（Will Kymlicka）也认为："少数群体政策不是依据针对群体纳入的任何简单明了的规则作出的，而是依据国内和国际因素的无数变化作出裁决的，尊重少数群体的合法要求在其中扮演了一个始终变化的角色。"① 在这里借用威尔·金里卡的观点，一方面是想让我们了解国际上各个国家对待少数民族问题的政策趋向；另一方面是要以此说明我们现在研究当代中国少数民族的诸多问题，是否也可以把眼光放在一个动态、变化的视域中进行考虑呢？既要看到世界性民族主义思潮对我们的影响及可能带来的思维方式的调整；也要看到当代中国的少数民族随着社会生活的变化而在主体性意义上呈现出的新内容。这些，都有可能促使我们在思考民族主义问题时采用一种更为灵活、富于弹性和包容的态度，这是我们进行少数民族文学批评平台建设的基础之基础。哲学、伦理学作为批评平台的基础，是因为我们在进行少数民族文学批评时要具备哲学、伦理学的理念，这就是：要贯穿作为不同民族的主体相互间的承认、对等的价值认同，各自不同的民族主体，都必须采用相互承认的关系内部所固有的规范性要求，而这些规范性的要求是大家共同认同的。这是阿克塞尔·霍耐特的观点。霍耐特认为，在哲学和伦理学的意义上，实践自我的形成依靠的是主体间的相互承认，主体在相互认同的过程中，存在着爱、法律和团结（价值共同体）三种承认形式。这里，作为最基本承认形式的爱，本身并不能成为引起社会冲突的道德经验，虽然在每一种爱的关系中都包含着斗争的存在维度，但是，与爱相关的目标和欲望是不能逾越原始关系领域而被普遍化的，因为个体的爱的目标和欲望不能成为公众关心的对象，个体目标必须封闭在原始关系的狭隘界限之内，所以爱的承认形式不可能普遍化。而在法律承认和团结（价值共同体）中，个体目标是向社会完全敞开的，所以，这两种承认形式是普遍化的。但是，对霍耐特来说，他最关心的是这三种承认形式所具有的内在的道德潜能，如何避免个体的承认要求被蔑视而产生的道

---

① ［加］威尔·金里卡. 自由主义、社群与文化［M］. 应奇，葛水林译. 上海：上海世纪出版集团·上海译文出版社，2005. 203.

德紧张，因为有了道德紧张，社会冲突才有可能发生。“因为人类主体根本无法以情感中立的方式对社会伤害作出反应，社会生活世界中互相承认模式就有得以实现的机会。因为，伴随着使个人的承认要求被蔑视的经验而产生的每一种消极的情感反应，都延续了一种可能性，即那种对个人的不公正将在认识上自我展示出来，并成为政治抵抗的动机。”① 同样，霍耐特所关心的问题对我们认识少数民族文学中的民族主义意识形态的表达有重要的提醒，因为在少数民族文学批评中，批评的对象所体现的并非仅是文学或审美问题，在其“象征形式”中涉及的可能是全社会所需要关注的重大话题或重要社会内容。显而易见，少数民族文学批评的过程也是道德的社会实践过程的具体表达。据此，在批评者的理念里，对少数民族文学中的各类话语表述，应予以尽可能大的承认。批评者不能因为文本中差异性的话语存在而对文本失去批评的耐心，因为这时的“耐心”包含着对其多层次承认的可能性。这种耐心的失去就意味着简单化地把以某个少数民族作家为中心的书写，引向高度冲突性的二元对立的结构关系，这有可能使一个少数民族文学文本的作家感觉受到了来自社会非承认的蔑视。在实际的道德社会实践过程中，一个人的境遇会牵连或唤起某个民族或族群的民族主义情感紧张，构成社会冲突的道德语境，在这时“个体对蔑视的经验被理解为整个团体的独特经验，在某种意义上，这些经验可能会汇合成集体扩大承认关系的要求”②。对此，笔者深有感触。③ 当代中国少数民族文学和批评是多民族国家社会文化生活的一部分，少数民族文学和批评的进步和发展需要整体的社会文化语境的改善和转型，这就需要强调一种新型的团结，这是一种不同于传统概念的团结。作为后传统概念的“团结”是指现代社会关系的一种境域，是指在社会交往中重视个体的特性与能

---

① ［德］阿克塞尔·霍耐特．为承认而斗争［M］．胡继华译．上海：上海世纪出版集团·上海人民出版社，2005. 147.

② ［德］阿克塞尔·霍耐特．为承认而斗争［M］．胡继华译．上海：上海世纪出版集团·上海人民出版社，2005. 169.

③ 如，据笔者所了解，努尔穆赫默德·亚森的《野鸽子》发表后，由于杂志因此而停刊整顿半年，在新疆的维吾尔族知识分子中间影响极大，并且这些影响在大、中学生中被感染、传播，形成了代际性传递的显在和潜在的民族情感紧张，成为相当长时间里人们议论的话题。

力，强调个体化、平等化、自重。这时，“团结”是个体为寻求社会重视而进行的竞争所获得的一种免于痛苦的形式，即一种摆脱了蔑视经验的形式。在这样一个新型的团结关系得到有效传播和认同的情况下，面对少数民族文学中民族主义意识形态的表达，我们的少数民族文学批评需要建立自己的参照系，这个参照系就是“要允许不可克服的紧张关系存在；我们不能不宽容那些实在的价值，因为这些价值可能产生后传统的团结，而这种团结与爱以及成熟的法律承认形式具有同等重要的意义”①。这是霍耐特从黑格尔和米德失败的伦理价值方案中得到的教训。在笔者看来，作为承认政治理论的建构者，霍耐特用多个方案的教训作为自己哲学、伦理学价值参照系内容的建立是符合逻辑的。所以，这也可以为我们的少数民族文学批评的价值判断提供启示。虽然，霍耐特的观点有理想化的倾向，甚至在现实特定的社会语境下不具有实践的可能，但是在我们的少数民族文学批评准备实施之前，借用霍耐特的这些参考性的理论观点，笔者认为还是有所裨益的，因为它可以促使我们在进行少数民族文学批评时有更多的自我反思，而这种反思为我们的少数民族文学和批评在一个新的社会历史语境下多方位地自我实现提供了理念和方法的新可能。

其次，笔者经常会看到这样一种情况：少数民族文学的批评者在进行自己本民族的文学批评时，往往过多地把文学批评或文学问题看成本民族的文化问题。在我们的少数民族文学批评的过程中，文学和文学批评的最终归属是关于一个民族或族群的文化现状和发展的问题。可那仅仅是一个民族的文化问题吗？虽然，我们在后传统团结概念的感染下，希望在少数民族文学批评过程中建立自己的参照系，这个参照系要宽容和允许各种紧张关系的存在，但是笔者认为这并不等于我们不愿去梳理这些紧张关系存在的具体内容层次。实际上，在批评的过程中始终都存在着某种文化与其他社会结构要素的联系，这种联系看起来似乎是文化在统领着其他的要素，但其实是文化被这些要素所制约。因为，“文化”一词并没有为“哪些组织应该对哪些事务实施管辖”这一问题提供清晰的回答，相反，它留下了论争的广阔空间。于是，在文化面前，各个组织之间、不同管辖权限

---

① ［德］阿克塞尔·霍耐特．为承认而斗争［M］．胡继华译．上海：上海世纪出版集团·上海人民出版社，2005．185．

之间的分界线将会模糊不清、充满论争，并且处于不断的协商之中。[①] 在少数民族文学文本中，某个民族文化的表现随着社会历史的语境不同，必然呈现出多种内在的意识形态矛盾和冲突，其中包含着政治、经济、文化的冲突。有时候，我们的批评者往往愿意用民族的传统文化与现代文明的冲突来对文本进行阐释，而不愿意用变化的社会历史眼光来审视文本结构中各层复杂的关系。文学批评是理性的判断，是一个不断反思自身的活动，在这个过程中它不能回避实际问题，而对此只能是剖析和评价。在新疆，我们常说，为什么当代少数民族文学中现实主义的作品比较多，我们的少数民族作者为什么愿意采用现实主义的创作理念呢？在凌津奇看来，对少数族群作家而言，不管为什么原因选择了现实主义叙事，就他们所面对的社会关系来说，这种叙事都是一种必要的意识形态工具。写作中一种常见的美学现象往往也是该时期作家们必须要采取的一种文化策略。凌津奇认为忽视或歪曲少数族群写作中的现实主义叙事的历史作用，不仅会失去一个重要的批评资源，而且会使我们忘掉一段历史。“现实主义同时具备开放与闭合的潜力；它的含义与重要性取决于它使用时所处的语境，以及在广义上能对其施加决定性影响的文化和意识形态因素。”[②] 当然，凌津奇所处的社会历史语境与我们有所差异，但他对为什么少数族裔作家更愿意选择现实主义叙事的分析是有道理的，我们在借鉴他的观点的过程中实际上也可以发现这样一个问题，当代少数民族文学中的现实主义叙事不仅在表现本民族的传统文化，更多的是表现了本民族人们在参与社会历史变革进程中的社会政治、经济诸多观念的变化、生产和传播，在某种程度上它迎合了社会变化过程中少数民族读者的阅读期待和要求。这里，少数民族作家和读者都在用自己期待的话语方式扮演着特定的角色。这时，少数民族文学叙事文本中的民族主义意识形态表达的就不仅仅是文化民族主义的意味，还包含着政治目标和经济意向的民族主义诉求。如，在少数民族文学批评中，就不能简单地把宗教看作是由信仰构成的：一切宗教都体现为社会实践，宗教不仅仅是意识形态的，它还在现实生活中与权力的分配

---

① Anne Julie Semb. Sami self - determination in the making? [J]. *Nations and Nationalism*, 2005, 11 (4): pp. 531 - 549.

② ［美］凌津奇．叙述民族主义——亚裔美国文学中的意识形态与形式［M］．吴燕译．北京：中国社会科学出版社，2006. 2.

形成复杂的关系。这些在文学作品中都是存在的。对此，我们的批评者都不应回避，而应该要认真梳理和辨别这些丰富的民族主义意识形态的来龙去脉和可能的走向。面对具体的少数民族文学文本时，批评者切记不能满足于浅表层次的为了眼前的理论布局而作顺应性的表述，而要建立起表象—历史—现实相互交叉的多方位的解析结构，在文本面前，批评者应不断追问：21 世纪的中国少数民族文学的叙事和抒写为什么是如此复杂多样，而不像过去那样简明？

还有，我们的少数民族文学批评在强调本民族的文化时，会忽略一个问题，即关于文化的歧异问题。在当代少数民族文学批评中，对文化的关注是一个批评的焦点，在文学文本里殚精竭虑的发掘往往是为了要说明或证明某个民族文化的历史悠久和伟大，以及在当代社会语境下面临消解、失落的焦虑。其实在这个问题上，我们可以不用那么着急，也不需要用一种固定的模式对文学文本进行多次、重复的阐释。因为在当代社会生活中，要想说明一种文化的悠久且纯粹的历史是困难的也是没有必要的。对本民族的文学批评者来说，我们面对“自己文化”是复杂、微妙的，往往呈现出文化的歧异性。“文化歧异性并非意指在遥远的地域以及历史发展的各个阶段中分别存在着怪异难解，无法比较之异己文化这样的现象，那是以往的文化认识观点所呈现出来的面貌。事实并非如此。文化歧异性于所有时刻、所有地点存在于所有社会之内。公民们同时是多种活跃文化的成员，而‘跨越’文化的体验是日常的活动。”① 在詹姆斯·塔利看来，文化自身并非是内在同质的，而是经由与其他文化的互动，文化的内涵不断地受到来自本民族成员们的比较、想象与再想象，不断地被超越与妥协。因此任何文化的认同与其含义都是多重的，没有永恒不变的本质。如此也造成了文化认同的改变。“文化歧异性好比是由各种文化的相异之处与相似之处交织编成的纠缠迷宫。”② 实际上，文化歧异性并不是什么新鲜的内容，又提出这个文化概念是想再次说明人们现实处身区域的“自己文化”不过是一个混杂的符号。任何一个少数民族区域性的“自己文化”结构都

---

① ［加］詹姆斯·塔利．陌生的多样性——歧异时代的宪政主义［M］．黄俊龙译．上海：上海世纪出版集团·上海人民出版社，2005. 10.

② ［加］詹姆斯·塔利．陌生的多样性——歧异时代的宪政主义［M］．黄俊龙译．上海：上海世纪出版集团·上海人民出版社，2005. 12.

是有机的且是在历史中形成的，它们必须要为适应历史的变化而与“他者”互相取舍和渗透，各民族的文化歧异是自己民族历史在特定的横向时间中的呈现。虽然对文化歧异性属性的强调已有多次，但是笔者认为，在少数民族文学批评的过程中，来自传统对文化本质主义的理解和把握的理念还在相当程度上影响着我们的批评立场，在部分少数民族文学批评中常常把文学文本中对少数民族传统生活的表现作为极力评价本民族文化美好而悠久的依据，而没有平静地发现和看待在现实生活中本民族文化被想象和超越的、每天的日常呈现。在判断和阐释文学文本中作为“象征形式”的民族主义意识形态表述时，由于这样的观念的存在，就有可能会使我们的少数民族文学批评陷入僵硬的民族主义表达的怪圈。

另外，少数民族文学批评就是要强调少数民族文学，表现民族性吗？在民族主义意识的影响下，文学面临着民族作家表达的倾向问题。文学是人类生命力和精神的表现，可是对一个少数民族文学作家来说，他可能更愿意在文学中成为本民族文化的代言人。对少数民族文学批评者来说，发现和肯定什么体现了个人的介入视角。如，有批评者把《福乐智慧》与《帕尔哈德与西琳》进行了比较，认为：在这两部作品的比喻中，把自然物当喻体的频率最高，所占比例为53.7%；这种把喻体从自然物中挑选的审美意识，与外国文学作品中往往从生活用品或工艺美术物品中挑选喻体的特征相比，无疑具有鲜明的民族性。两部作品所采用的比喻及喻体的挑选几乎相似无异，两部作品把喻体从日、月、星等3类天体中挑选的比例先后为67.3%（《帕尔哈德与西琳》）和52%（《福乐智慧》）。“这种相似说明两位诗人虽属不同时代，但因族属同脉而表现出具有强烈民族色彩的审美意识的统一。”[①] 这样的批评显然是从民族文化的视角来进行的，是为了发扬光大民族文化。但如果仅以表现民族性作为少数民族文学的最高目标，那么，如何表现作家个体的生命体认和个人主体的精神活动就成了一个问题。对此，笔者不妨借用一些当代少数民族文学批评者的观点来看这个问题。如，侗族文学批评者余达忠根据他对部分少数民族文学创作情况的考量，表明了自己的看法，他认为“在族群表达者或表达生命的感觉之

---

① 艾山江·阿不列孜．维吾尔两代文坛巨人间的对话［J］．民族文学，2005（9）：91.

间，我们的民族作家往往注重的是族群的表达，而忽略表达生命的感觉，这实际上是对文学本质的一种悖离”，“作家是作为纯粹的民族代言人、阐释者或者象征在进行创作，而不是作为一个有独特生命感觉的表达者在进行创作，这样的创作当然也就注定是概念式的或者是表象的”。① 而另一位回族文学批评者杨建军在对新时期回族诗歌的发展情况进行了较为全面的描述后，也表示了自己的担心，他认为回族诗歌作为抒发情感的文学形式，应该要限制单一性的民族抒写。他说：“我们提倡的民族性抒写应是一种多元共生姿态下的民族性抒写。近年来，对民族性的认识曾有一个误区，少数民族作家就必须做本民族的代言人，民族性几乎变成了束缚作家发挥创作潜力的‘民阻性’。民族性抒写应该是少数民族作家思考‘人’的问题的途径之一，并不是唯一途径。只有多种题材共同繁荣，少数民族文学的发展才能充满活力。”② 两位少数民族文学批评者的观点已经非常明确了，少数民族文学中的民族性表达不能用概念或表象来实现，任何民族文学的内在本质首先都只是文学。所以，我们的少数民族文学批评要着重关注的应该是那个在文本中被作者主体“文学性”加工的“象征形式”，即我们批评关注的应该是民族主义意识形态的“象征形式”是如何被不同的少数民族作者凭借个人的文学性想象完美生产出来的。同样，在我们的少数民族文学批评中，我们的批评话语修辞要尽量避免简单地把某个民族文学的“象征形式”描述或阐释为是“独特”的，是自己民族的“特殊身份”的产物。这样的文学批评有其不可克服的片面之处，主要是这样的批评忽略了作为批评的社会性价值的普遍性。这样的批评“喜欢参照自己民族的特定文化、历史、宗教，而不是把它们联系于一种可以适合于其他民族的广泛性理论，来证明自己诉求的正当性”③。因为这种强调特殊性的倾向是所有民族主义诉求共同具有的一个比较普遍的特征，在21世纪的中国少数民族文学批评过程中必须要予以指出和校正。

再次，作为一种批评的理念和方法，多数族（汉族）的批评者在进行

① 余达忠．族群表达者或表达生命的感觉——民族文学随想［J］．民族文学，2005（11）：94～95.

② 杨建军．新世纪回族诗歌的发展概况［M］．民族文学，2006（7）：126.

③ ［以色列］耶尔·塔米尔．自由主义的民族主义［M］．陶东风译．上海：上海世纪出版集团·上海译文出版社，2005. 75.

少数民族文学批评时，需要注意不要把国家与本民族连在一起、把国家与本民族同一起来。这里，首先涉及一个批评者话语表达范围的问题。中国是一个多民族的国家，不管是过去还是现在，国家的发展必然与话语方式的形成相融合，作为多民族国家的“意识形态运作”是中华民族的民族主义，在这个大的意识形态话语方式下，国家是维护各族人民根本利益的最高权力存在。在这个意义上，话语方式建构性地塑造了国家权力。现代国家给不同的人群提供了公共领域的空间，这个国家的每一个个体和群体都可以通过多样的形式各自表达自己所愿意表达的“意识形态”观点。对此，安东尼·吉登斯认为：“我们可以在‘公共’领域可能获致的信息的话语性质和范围中，发现现代国家的意识形态存在一些主要维度。在现代国家的场景中，至关重要的是，不同群体以话语方式形成表达其利益的政策或方案的能力，并在公共领域中开辟出宣扬这些政策或方案的空间。”①当然，这些在吉登斯看来，都是现代性进程带来的必然结果。在中国这样的现代多民族国家里，作为多数族的汉族同其他民族一样都在国家这个公共空间里进行着自己的话语方式表达，但这个表达仅仅是在同一个国家公共空间里诸多表达中的一种，它不能代替也不能超越其他民族话语方式的表达。所以，仅从民族话语表达的方式和范围看，多数族（汉族）的批评者在进行少数民族文学批评时，一定要明确自己的批评话语中哪些是表达了国家权力的社会文化性话语，哪些是作为一个民族在特定语境中表达的话语，不能混淆在一起。同时，多数族（汉族）批评者不能把自己民族的话语表达以及表达方式潜在地贯穿于作为国家权力的社会文化性话语表达中。

还有一个是批评者身份的问题。在我们的少数民族文学批评过程中，某些多数族（汉族）批评者在批评者身份上往往把自己作为缔造现代中国的民族，他们从现代中国得到了自己身份的认同，把对国家的认同感当作本民族的认同感，即国家身份就是汉民族身份。其实，这是一个有着“传统”的认识理念。但显然，这样的认识理念是片面的、有问题的，会误导人，特别是年轻的一代。因为现代中国的建立是由许多不同的民族共同参

---

① ［英］安东尼·吉登斯. 民族—国家与暴力［M］. 胡宗泽，赵力涛译. 北京：生活·读书·新知三联书店，1998. 255.

与完成的，要管理、建设好这个现代多民族国家就要让尽可能多的民族感到他们属于它，感到现代中国也是属于他们的，就像它属于它的开创者一样。汉民族作为现代中国建立、建设使命的主要承担者，最终只能说是一种集体性的身份认同，而不能把国家与汉民族简单等同起来。在中国，作为多数族的汉民族不仅仅是一个独特的民族，更多的是一种历史的积淀。研究中国历史和当代中国社会所有的结构成分及问题，仅仅研究汉民族是不够的，只有面对众多的、无所不在的、同时站在你面前的少数民族，我们才能客观、全面地理解中国。美国弗吉尼亚大学社会学系的克里什·库莫儿（Krishan Kumar）在谈到英国在“二战”以后面临的这个问题时讲道：不管是过去还是现在，大多数英格兰政治家认识到，如果把自己的英格兰人身份以大不列颠帝国的缔造者和指导者身份加以歌颂，将会是极为不明智的，它会引起嫉妒和仇恨。正确的态度应是谦虚的，甚至是自我贬低的。在库莫儿看来，造成这种不足的原因可以有很多。其中之一就是众所周知的“英国人”和“不列颠人”的混淆，这致使英国人和其他的不列颠人都搞不清问题涉及的到底是谁的身份认同，是“英格兰”的还是“不列颠”的。这个问题一部分是由一个更加重要的原因引起的，即英国人缺乏一个对其本国进行反思的传统，也缺乏与其他国家特性相比较的传统。这就导致了“国家”和“民族”这两个概念经常被交换使用，没有人注意到它们之间有可能且确实常常存在的差异。而这对于不列颠这样的多民族国家是尤其重要的。[①] 库莫儿对问题的原因分析深刻，他不仅追溯考察了英国的历史和现实，重要的是他从思想方法上对国家的主流社会文化进行了诘问。显然，把那些有着自己独立历史的少数民族边缘化是不公平的。这个，对从事少数民族文学批评研究的汉族批评者来说，应该是有所启示的。我们不需要自我贬低，但我们的批评者如果把自己的民族身份与国家的缔造者、指导者身份混淆在一起的话，就极有可能在批评的理念中确立批评的话语领导权或话语霸权的意识，对少数民族文学和批评中呈现出来的创造性超越和日益丰富的问题意识缺乏思考；在批评的过程中面对具体的民族文学文本就不免流露出自负、傲慢，或是冠冕堂皇的空话、套话、

---

① Krishan Kumar. Empire and English nationalism［J］. *Nations and Nationalism*, 2006, 12（1）: pp. 1 – 13.

大话，或是晦涩抽象的纯理论话语充斥满篇，容易导致对当代少数民族文学失去精准性的判断；从而有可能造成少数民族文学作者或批评者对汉族批评者的信任丧失以及矛盾、疏离、对立，最终形成各民族文化之间交流的障碍，对多民族国家中的各民族之间的文化认同和统一的多民族国家的文化认同制造隐患。批评者的身份问题同时也是一个民族个体自我的生存话题，这里要注意坚决克服绝对化的思维习惯，要从全球化的背景下用比较方法看待当代少数民族文学文本与中国社会现实结构相互作用的关系。在此，笔者非常理解和同意这样一段话："生存事实上是关于事物之间的联系的，用艾略特的话说，不能从现实中抛弃'花园中的其他回响'。更充满同情、更具体、更相对地考虑他人，要比考虑自己更有益，更困难。但这也同时意味着不去企图统治他人，不去把别人分类，分高下，特别是不去不停地强调'我们'的文化和国家是天下第一（或者在这一方面，不是天下第一）。对于知识分子来说，放弃这点，还是有极具价值的工作可做的。"[①] 这是爱德华·W. 萨义德在其著作结束时所作的概括性结论，在笔者看来，萨义德并不是像有些人说的那样是一个二元对立者，他其实既是一个理想主义者，也是一个现实主义者，他的理想更多的是建立在对现实社会政治文化问题的解决上，他强调要对各种民族主义进行不断的批评，否则这个世界不会得到安静。他的思想超越了狭隘的民族立场，这才使得他成为20世纪在世界范围内非常有影响的思想者。对任何文学或文化批评者而言，如果不考虑"他者"文化的存在和影响，仅仅停留在对自己本民族传统与文化的自我身份绝对化的认同上，则很容易在抛弃"他者"文化的"回响"时，自己的文化"回响"也被"他者"所抛弃。而"实际上，一种只能解释现代百年中国民族主义文化进程的标准，是无论如何也展不开中国多民族文化传统和实践这一片辽阔的天空的。在跨文化实践中，汉文化在各民族地区从来没有逃脱过'少数民族化'的命运，而是在各民族地区的不同语境中被进行了'土著版'的大幅度改写，经过众多民族族群的扬弃，又以负载着各民族鲜明特征的文化实际直接被整合进了中国自身的一个组成部分和中国本土文化权力运作的一种形式，又是中国文

---

① ［美］爱德华·W. 萨义德．文化与帝国主义［M］．李琨译．北京：生活·读书·新知三联书店，2003. 478.

化与西方文化交流中鲜活的重要内容”[①]。在这里，彝族学者李列实际上是把20世纪以来的中国民族主义文化当作汉文化来建立主客位关系，虽然，这种方法值得商榷，但他对本土文化权力运作的关系却讲得十分透彻，即汉文化在不同的语境中其地位并不是绝对的。所以，作为当代少数民族文学批评者必须要“走出”自己由于民族身份认同而延续或确立的惯性批评套式，当代少数民族文学批评与其他文学批评相比的差异之处和特殊性也就在这里，“走出”首先是一种对自己民族文化身份绝对化的放弃，同时也是对“他者”文化身份的接纳。

最后一个是批评者的礼仪问题。笔者把这个“礼仪”描述为：批评者的德行，即汉族批评者要具备尊重少数民族文学文本及其作者和批评者的权利并相应地降低自己要求的能力；要具备在承认和宽容他人的过程中获得一种共享的团结和彼此忠诚的能力。为什么要如此呢？批评者讲礼仪有这个必要吗？在笔者看来，在当代的少数民族文学批评过程中，讲究这个问题是有必要的。因为真正的礼仪并非只意味着：不管别人对你如何，不管是好还是不好，也要微笑待人。它还意味着在别人平等对待你的前提下平等地对待别人。礼仪所涉及的是在一个社会的社会生活中所拥护的平等规范。在当今社会的文化生活中，我们的礼仪并不是多了，而是不够，还缺乏那种“实实在在”的礼仪。进行少数民族文学批评研究，汉族批评者在批评时要了解到：自己作为主流、多数民族群体成员的批评者与部分少数民族文学作家、批评者在对国家认同和中华民族民族主义认同上是有差异的。这是因为20世纪以来，现代民族国家构建政策并不是被中国所有的少数民族中的所有人一致认同的，一部分少数民族“在历史上曾行使过某种程度的自治权，而当他们的家园被融入到更大的国家中去的时候，这些自治权被剥夺了”[②]。这种建立在农奴或封建制基础上的民族自治权的被剥夺是人类社会历史进程的必然。虽然，20世纪中期以后国家在民族地区也实行了各项自治政策，但与这些民族或族群在前现代时期的自治权是有区别的，这是建立在现代性国家统一的国家权力条件下的区域性的维护少数

---

① 李列．民族想象与学术选择：彝族研究现代学术的建立［M］．北京：人民出版社，2006. 434.

② ［加］威尔·金里卡．少数的权利——民族主义、多元文化主义和公民［M］．邓红风译．上海：上海世纪出版集团·上海译文出版社，2005. 249.

民族权益的政策。对还没有真正认识和理解现代性历史进程的部分少数民族或族群中的人群而言，失去了传统的各项自治权力必然有着诸多的不适应。这些人“在政府进行的国家、国族建构过程中，他们不仅要面对国家、民族这些认同，还要面对一个十分模糊不清，既不是国家也不是民族的中华民族认同”①。在这样的情况下，中国国内存在着少数民族民族主义（20世纪50年代称之为地方民族主义）也是自然的现象，这种少数民族民族主义经常直接同中华多民族国家民族主义相抵触，因为后者旨在整个国家内培养一种共同的民族认同。在这个时候，少数民族民族主义意识形态的生产者会通过多样的方式把民族主义的思想和态度传播到人群中去，使部分少数民族人群对国家民族主义认同产生一定的疏离或距离；而此刻，多数族（汉族）作为“主流群体的成员已经普遍地具有某种共同的民族观念；这种观念反映在了社会性文化上面，因而可能并不需要靠鼓励或施压而使之得到认同”②。这个共同的民族观念就是中华多民族的国家民族主义观念，对汉族人群来说这是较容易认同的。因为，汉族作为主体民族，在人口数量上占全体国民的90%以上，在政治、经济、文化上占有优势，中华多民族国家认同或国家民族主义认同，基本上是根据汉民族对国家的想象来建构的。可是，对部分少数民族人群而言，要完全认同现代国家的国家民族主义还是有困难的，他们对于国家的想象与汉民族的有偏差；或者说，少数民族与汉民族对国家的想象是不一致的，对国家的要求、期待都是有差别的。而正是这些差别产生了政治、经济、文化利益上的诸多摩擦、碰撞、冲突。笔者不想否认这样的一个事实。但面对这样的事实，我们要说的是，随着全球化浪潮的影响，虽然在当代中国部分少数民族人群中对国家的认同，特别是对中华民族的认同还有距离、差别，但作为社会性文化表达的少数民族文学批评，仍然要把平等地对待每一个民族作为我们社会道德、伦理和社会公正的基本规范，要追求彼此的平等，我们都不能要“我为中心”的民族主义。因为社会历史在不断地发生变化，而单一民族的民族认同“在实际上，它们从来就没有确定性。其实，民族起源的

① 黄云．族群、宗教与认同的重建——广州一个维吾尔移民社群的研究［D］．香港中文大学博士学位论文，2008. 117.

② ［加］威尔·金里卡．少数的权利——民族主义、多元文化主义和公民［M］．邓红风译．上海：上海世纪出版集团·上海译文出版社，2005. 249.

反神话和民族文化的不同记忆始终都存在，即使某些民族起源的神话和记忆可能会暂时占据主导地位——并且成为官方的。这意味着，‘民族认同’始终是被每一代人重新解释和重新塑造的”[①]。安东尼·史密斯对民族主义认识理解的观点始终是动态的，也是客观的，在笔者看来，这也符合马克思主义的基本观点。

马克思曾经说过：“我们判断一个人不能以他对自己的看法为依据，同样，我们判断这样一个变革时代也不能以它的意识为依据；相反，这个意识必须从物质生活的矛盾中，从社会生产力和生产关系之间的现存冲突中去解释。”[②] 马克思为我们确立了历史唯物主义的基本理念，这个基本理念应该成为指导我们认识、理解问题的根本出发点。用动态的眼光看待自己，同样也要用动态的眼光看待“他者”，这就是最基本的平等。所以，在少数民族文学批评过程中，当汉族批评者面对部分与自己认同有差异的少数民族人群和他们的文学表达时，首先需要的是平等对待，不能因为差异而自我封闭，彼此拉开更大的距离。在批评过程中可以进行深入的差异性分析阐释，但在确立自己的批评态度和视角时却不能不持平等对待的立场，这是一个最基本的立场。1957 年 5 月，时任中国作家协会副主席的老舍先生在出席新疆作家代表会议上就说过这样的话，“批评是为了团结，不是造成分裂。民族与民族之间进行批评，更应当由团结的愿望出发。我们不能以汉族文艺传统传统的看法，断定另一个民族的作品应当怎么写。我们不应当替另一民族规定写作方法，也不该还未深入了解，就轻易提出意见。正如我们不该以话剧的写法与表演方法，去衡量京剧与地方戏，我们也不应武断地以一个民族的传统衡量另一个民族的传统”。“要取消以行政命令方式干涉创作”，“必须打破一切清规戒律”，“作家应大胆地创造，编辑应大胆地放手刊用”，“必须去掉粗暴的批评”。[③] 50 多年过去了，随着全球化进程的不断推进、中国社会的经济改革和文化转型，中华多民族

---

① ［英］安东尼·史密斯．民族主义：理论、意识形态、历史［M］．叶江译．上海：上海世纪出版集团·上海人民出版社，2006. 133.

② ［德］马克思．政治经济学批判（导言）［A］．马克思恩格斯选集（第二卷）［M］．北京：人民出版社，1972. 83.

③ 老舍．多民族的新疆必将成为极其美好的百花齐放的园地［J］．天山，1957（7）：4.

国家中各民族的物质生活、精神生活发生了巨大的变化，但老舍先生关于少数民族文学的基本的文学批评立场对我们至今的当代少数民族文学批评仍然具有重要的指导意义。

同时，即使是面对那些有着明确少数民族或族群民族主义意识的民族文学文本以及作家、批评者，我们也要用更道德和更深刻的方式去思考由他们已经表达和可能将要表达、生发的诸多话题，要努力做到“让我们以他们的存在而不是他们的不存在思考他们”①。因为，这些来自文化上的存在和追求我们是无法回避的，我们的少数民族文学批评以及主流文化批评和研究都无法把这些具有鲜明特征性的文学或文化存在事实当作无关紧要的事情或视而不见。辩证唯物主义和历史唯物主义作为马克思主义的基本理念和方法，就是要实事求是，具体问题具体分析。我们不能由于中国社会历史进程与“他者”的差异而否认事实上已经存在过或正在产生、将要存在的诸多思想、思潮、价值体系，这些影响了过去和现实社会历史生活的“社会事实”，并不因为我们的主观性否认或有意回避而消失，相反，在21世纪高技术信息网络条件下，各种思想文化的重叠、并置及文化相互影响后呈现出的模糊性特征是一个长期的客观存在，思想理念的传播往往是在社会生活的公共领域交往过程中得到解读、承认。而我们应该要做的工作是：如何在诸多思想理念的表达和传播过程中，建立一个被社会公共领域认同的“话语”交流平台。

还有，面对不同的少数民族文学文本中的意识形态“象征形式”表达和不同的少数民族文学批评者的批评表达，笔者认为，我们还是不要使自己成为一个保守的教条论的批评者。因为保守的“教条论者认为所有对他们价值的放弃就是对所有价值的放弃”②。“‘教条论’批评家则根本不让别人说话。他是无所不在的，因为他代表着天命或历史规律或另外一个默启的真理。对他人（内在论批评家），他只是根据一种永远正确的教条阐

---

① ［美］爱德华·W. 萨义德，戴维·巴萨米安. 文化与抵抗——萨义德访谈录［M］. 梁永安译. 上海：上海世纪出版集团·上海人民出版社，2009. 7.

② ［法］茨维坦·托多洛夫. 批评的批评：教育小说［M］. 王东亮，王晨阳译. 北京：生活·读书·新知三联书店，1988. 173.

明：读者是被看成与他观点一致的。”① 正是因为有了这样的批评者，才会很容易产生批评过程中批评视角立场的单一和批评态度的偏执，才会出现“普遍与相对的对立”。所以，有着两种文化间的边缘体验的茨维坦·托多洛夫才提倡文学批评应该成为一种“对话批评”，不同的文学和文化只有在对话批评中，才能引发出许多新的真理。在他看来，“批评是对话，是关系平等的作家与批评家两种声音的相汇”。“对话批评不是谈论作品而是面对作品谈，或者说，与作品一起谈，它拒绝排除两个对立声音中的任何一个。被批评的作品不是应起‘元语言’作用的物，而是批评家所遇到的话语，被批评的作家是‘你’而不是‘他’，是我们与之探讨人类价值问题的对话者。”② 在21世纪的今天，我们作为汉族文化身份的少数民族文学批评者应该警惕自己不要成为一个教条论的批评者，作为批评者应该让更多的人听到对话者的声音。

另外，我们应该向阿尔贝·蒂博代（A. Thibaudet）这样的文学批评理论大师学习，因为他的批评主张、他对批评形态的界定在今天仍然有用。蒂博代把批评分为三种：第一种是自发批评（媒体批评）；第二种是职业批评（学者批评）；第三种是作家批评。作家批评，也称为“大师批评”，通常这些批评表达了作家对作品的辩护，以及对自己文学理念的捍卫。“作为艺术家，他对艺术作出了解释；作为天才，他对天才作出了天才的解释；作为有偏见的人，他的解释也带有偏见。”③ 蒂博代认为在批评中，我们不需要对批评家的偏见担心，而要清楚地认识到一位批评家的偏见可以纠正另一位批评家的偏见。他认为，在批评实践中，要坚持“没有对批评的批评就没有批评”。“应该防备这种使批评家很快变为愚蠢和可憎的态度：即永远有理的怪癖。”因为在蒂博代看来，虽然作家批评有偏见之缺憾，但是“当自发批评面对历史的时候它会感到困惑，当职业批评用于现

---

① ［法］茨维坦·托多洛夫．批评的批评：教育小说［M］．王东亮，王晨阳译．北京：生活·读书·新知三联书店，1988. 175.

② ［法］茨维坦·托多洛夫．批评的批评：教育小说［M］．王东亮，王晨阳译．北京：生活·读书·新知三联书店，1988. 175～176.

③ ［法］阿尔贝·蒂博代．六说文学批评［M］．赵坚译．北京：生活·读书·新知三联书店，2002. 134.

实作品的时候，它也会感到迷惘”①。蒂博代的观点非常通俗明确，虽过去多年，但现在看来，仍然是充满辩证思想和振聋发聩的，对批评者具备的道德建构的确有普遍性的引导作用。这就是少数民族文学批评过程中要求汉族批评者具备的德行，也是作为批评者应该具备的礼仪。如果我们所有的各民族文学的批评者都具备了这样的礼仪意识，那么，我们的汉族批评者和少数民族文学批评者就有极具价值的工作可做；就可能会接触到更多的少数民族文学文本和文献；就会有更多的少数民族文学批评者与汉族批评者联手协作，当代少数民族文学批评研究就会有更多既有前沿理论贯穿、又有个案分析的成果。当然，届时所有不同民族的少数民族文学批评者都有了这样的“礼仪”，当代少数民族文学的批评研究就会有一个更大的发展、突破，中国多民族的团结、和谐就会因为有了一个文化基础上的真正的相互认同和尊重而被提高到一个新的层次。

当代中国的少数民族文学中通过“象征形式”表达的民族主义意识形态中包含着复杂的关系内容。对少数民族文学批评者来说，需要把少数民族文学中的民族主义意识形态表达看成是一个动态的多民族国家的社会文化建构过程的产物，力求影响、改变部分少数民族文学作家、批评家把追求简单的纯粹的民族主义作为自己终极价值目标的理念。以此为契机，在整体的社会文化转型和建设过程中，摈弃任何绝对的“唯我”主义的思维传统，树立在社会公共领域内各民族文化、文学交往过程中的公共性原则。既然少数民族文学中的民族主义意识形态表达实际上是一种社会文化构建的过程，那么就社会文化的各面批评力量而言，都不能过分强调少数民族文学中民族主义意识形态表达的重要性和对抗性，即少数民族文学文本不要过于看重民族主义意识形态的表达，因为这种表达已不是纯粹的民族主义，它在表达自己的民族主义意识形态的过程中已包含着多种其他文化要素的内容，这个过程实际上是倾心“表现”与渴望“协商”的关系过程；而社会的主流文化文学批评也不要过于强调在少数民族文学文本中可能存在的民族主义意识所具有的对抗性，同样，作为“他者”的文学批评面对少数民族文学文本中的民族主义意识形态的表达，需要辨明这个过程

---

① ［法］阿尔贝·蒂博代．六说文学批评［M］．赵坚译．北京：生活·读书·新知三联书店，2002. 88.

有可能是激进“表现”与主动“重塑”的关系过程。对从事当代中国少数民族文学批评的专业批评者来说，在对待少数民族文学文本时，不仅仅要看文学自身的特征，更要看重这些文学文本对现在和将来的国家社会整体文化建构的影响、对和谐民族国家中多民族之间关系的影响。显然，我们在思考民族主义意识形态在文化问题上的一系列表达时应该采用一种更为灵活、富于弹性和包容的态度或策略。

中 卷

“想象的共同体”与当代西方民族主义叙述的困境

邹　赞　欧阳可惺

一

“民族主义”是一个相当晚才出现的概念，18世纪末期，德国哲学家约翰·戈特弗里德·赫尔德（Johann Gottfried Herder）和法国神父奥古斯丁·德·巴鲁尔（Abbé Augustin De Barruel）“使用该词并使之具有可辨识的社会和政治的含义”①。在英语语境中，“民族主义”起先是一个神学用语，意思是“某些民族成为上帝选民的信条”②。从词源学角度考察，“Nationalism”的后缀“-ism”本身就负载着不言而喻的“枯燥信条”和“自我中心”之义，由此，“民族主义”也就常常被理解为带有某种“唯我独尊”和民族自我/中心主义的倾向，它结合不同的社会历史语境，履行着整合/崩解的“双刃剑”式政治文化功能。冷战以降，民族主义与全球化成为重塑世界政治格局和文化地形图的两大主要思潮，全球化/本土性、民族/族群/国家、民族认同/族群政治等成为人们考量当下语境与主体性坐标所无法绕避的关键概念。

“民族主义”在知识分类学上有着复杂的谱系，汉斯·科恩（Hans Kohn）采用“东西二分法”，从血统和地理维度将其分为“公民民族主

① ［英］安东尼·史密斯. 民族主义：理论、意识形态、历史［M］. 叶江译. 上海：上海世纪出版集团·上海人民出版社，2006. 6.

② ［英］安东尼·史密斯. 民族主义：理论、意识形态、历史［M］. 叶江译. 上海：上海世纪出版集团·上海人民出版社，2006. 6.

义”（西方）和“族裔民族主义”（东方）；更常见的一种分类法是按照不同领域来划分，诸如政治民族主义、文化民族主义、宗教民族主义等；安东尼·史密斯从研究范式维度对民族主义的区分影响颇大，经常为不同学科的学者们所引证，在安东尼·史密斯总结出来的诸种范式中，现代主义的民族主义研究范式堪称最正统、最主流，其中，汤姆·奈恩（Tom Nairn）和迈克尔·赫克托（Michael Hechter）诉诸经济视角，厄内斯特·盖尔纳（Ernest Gellner）专注于社会文化视角，安东尼·吉登斯将民族主义与国家主权直接等同起来，埃里·凯杜里（Elie Kedourie）则强调民族主义意识形态的不同层面。在现代主义范式之内，埃里克·霍布斯鲍姆和本尼迪克特·安德森（Benedict Anderson）被归入“建构主义”一脉，前者认为民族产生于“被创造的传统”，后者则将民族定义为“想象的政治共同体”。此外，还有“永存主义”、“原生主义”、“族群—象征主义”和不够成熟的“后现代主义”研究范式。随着民族主义在国际政治、经济和文化场域中的意义愈益突显，欧美学界出现了一批卓有影响的研究成果，有一部分已经被翻译介绍到中国，产生了较大的反响①。

应当说，盖尔纳、霍布斯鲍姆和史密斯的民族主义叙述带有明显的欧洲中心主义意味，他们不约而同地把第一波民族主义浪潮上溯至18世纪末19世纪初的欧洲，此外，史密斯对于民族主义的考察建构在纯历史的视域中，盖尔纳从“意愿/文化/政治单位结合”的角度定义民族，陷入一种

---

① 比较有代表性的著作有：*Nations before Nationalism*（J. A. Armstrong），*Nations and States*（Hugh Seton-Watson），*Nations and Nationalism*（Ernest Gellner），*The Break-up of Britain*：*Crisis and Neo-Nationalism*（Tom Nairn），*The Crisis of the National State*（Wolfgang Freidmann），*Nationalism and the State*（John Breuilly），*The Ethnic Origins of Nations*（Anthony Smith），*Nations and Nationalism since* 1788（Eric Hobsbawn），*Identity as Ideology*：*Understanding Ethnicity and Nationalism*（Malesevis，Sinica）etc.。此外，北欧学者Stein Tonnesson、后殖民理论家Homi Bhabha和Gayatri Spivak也分别在区域研究、文学叙事等领域发表有关民族主义的重要论述。西方民族主义著作在中国大陆的译介，主要有中央编译出版社的“民族主义研究学术译丛”，“另类视野译丛”收录有许永强、罗永生选编的《解殖与民族主义》，陈顺馨、戴锦华选编的《妇女、民族与女性主义》；此外，安东尼·史密斯的《全球化时代的民族与民族主义》、凌津奇的《叙述民族主义——亚裔美国文学中的意识形态与形式》、安东尼·吉登斯的《民族—国家与暴力》、帕尔塔·查特吉的《民族主义思想与殖民地世界：一种衍生的话语?》也广有影响。

“民族主义造就了民族”的非历史的结构功能论，霍布斯鲍姆采取的是一种“自上而下”的治理构想，认为民族单位等同于政治单位，强调民族与主权国家之间的关联。如果说，盖尔纳等人的理论主要是在社会政治学与国际关系学领域产生影响，那么，安德森的《想象的共同体》由于对宗教、语言和现代小说精细入微的“另类”阐释，“可能对以文化与‘意识’（consciousness）为研究对象的社会、人文学科的影响更大”①。在中国现当代文学和文化研究界，“想象的共同体”已经成为引人注目的理论话语，为人们逾越既有的民族主义理论的政治经济学范畴，从文学/文化文本的话语层面探讨民族国家建构提供了诸多启示。考虑到理论在旅行过程中的“变异”与“误读”，“想象的共同体”在被挪用来分析中国的现实问题时就必须谨防掉入陷阱，毕竟，理论的原初语境和接受语境是如此的迥然不同，杜赞奇就直言不讳地批评了安德森对于印刷资本主义功用的过度推崇，“促使汉族中国人在与其他群体相遇时强烈地意识到‘他者’并相应地认识到自己的群体的并不仅仅是，或主要不是印刷媒体。一味强调印刷资本主义促进了对于共同命运的想象及同步性，就忽视了书面语言与口头语言之间的复杂关系”②。

下文试以安德森的《想象的共同体》（原著第二版，译文 2005 年版）为讨论中心，兼以盖尔纳、史密斯、霍布斯鲍姆等人的论述为参照，批判性读解“想象的共同体”的复杂内涵，并进一步指出当代西方民族主义叙述的困境。

二

安德森在开篇处就援引本雅明之语“逆其惯常之理以爬梳历史”，表明该书的宗旨是“从另类视角书写民族主义”。与盖尔纳等人以欧洲为中心的民族主义叙述不同，安德森将研究对象投射到东南亚，扮演了一个“同情弱小民族的‘入戏的观众’”（吴叡人语）。安德森对于研究对象和

---

① ［美］本尼迪克特·安德森. 想象的共同体：民族主义的起源与散布（导读）［M］. 吴叡人译. 上海：上海世纪出版集团·上海人民出版社，2005. 4.

② ［美］杜赞奇. 从民族国家拯救历史：民族主义话语与中国现代史研究［M］. 王宪明等译. 南京：江苏人民出版社，2009. 52.

研究方法的选择，很大程度上取决于他独特的人生经历。

安德森出生于中国，成长在一个具有多元文化背景的家庭，少年时遭遇战乱，有过流亡经历。爱尔兰裔的流散情结，加之胞弟佩里·安德森（Perry Anderson）——英国第二代新左派领军人物——潜移默化的影响，使安德森开始了对于帝国政治的启蒙认知。后来，安德森就读于康奈尔大学，师从著名的批判知识分子乔治·卡欣（George Kahin），专攻“印尼研究”。在印尼进行田野调查期间，他亲历了苏加诺总统权威民粹式政权的反西方民族主义政治运动。由于“康奈尔文件”事件威胁到苏哈托政权的合法性，安德森被禁止进入印度尼西亚。这反倒是一个契机，促使他将关注视点从印度尼西亚转向了越南、菲律宾、泰国和东帝汶，“从单一个案的、深陷入具体细节的‘微观式’研究中解放出来，使他得以发展出一个比较的、理论性的以及较宏观的视野”①。安德森在东南亚的田野工作和参与反越战运动的经历奠定了其民族主义理论的批判性基调，此外，他在剑桥修读文学和古典研究时所训练出来的细读功夫，加之佩里·安德森、汤姆·奈恩等注重社会历史研究的左翼知识分子的影响，为《想象的共同体》提供了熔历史社会学、比较研究、人类学和文本细读于一炉的跨学科研究路径。

《想象的共同体》的副标题是“民族主义的起源与散布”，Origin 和 Spread 两个动态名词表明了安德森试图发掘民族主义的衍生过程及其复杂的脉络。关于第二版的修订意图，安德森开宗明义地指出，“使之符合现实世界与民族主义研究的巨大变化”②。“导论”部分主要涉及两个问题：其一，勾描民族主义的研究现状。民族主义的影响无处不在，具有说服力的民族主义理论却寥寥无几，尽管有赫尔德、卢梭、伯克等人的筚路蓝缕之功，但民族主义依旧显得“根底浅薄”，缺乏像霍布斯、托克维尔、马克思、韦伯那样举足轻重的思想家。基于马克思主义与自由主义在解答“民族”和“民族主义”问题上的差强人意，安德森决定尝试以“哥白尼

① ［美］本尼迪克特·安德森．想象的共同体：民族主义的起源与散布（导读）［M］．吴叡人译．上海：上海世纪出版集团·上海人民出版社，2005．6．

② ［美］本尼迪克特·安德森．想象的共同体：民族主义的起源与散布（序）［M］．吴叡人译．上海：上海世纪出版集团·上海人民出版社，2005．3．

精神"对"'民族主义'这个'异常现象'提出一个比较令人满意的诠释"[①]。必须注意的是，安德森在介入民族主义问题时的基本思维方式是反冷战逻辑的，他认为中、越、苏等社会主义国家内部的冲突和战争已经不适用于此前的社会主义/资本主义对决模式，民族主义是造成这些国际冲突的根本原因。安德森倾向于将民族的属性和民族主义看成是"特殊类型的文化的人造物"（cultural artefacts）[②]，这也充分表露出安德森的建构/构成主义研究取向。其二，安德森将民族界定为"它是一种想象的政治共同体——并且，它是被想象为本质上有限的（limited），同时也享有主权的共同体"[③]。我们可以对安德森的界定作四个层面的解读：首先，为什么是"想象"的？由于生活区域的限制，民族的成员体往往不可能彼此熟悉、相遇，只能靠一些内心的意象将彼此联结起来。安德森指责盖尔纳"太热切地想指出民族主义其实是伪装在假面具之下，以致他把发明（invention）等同于'捏造'（fabrication）和'虚假'（falsity），而不是'想象'（imaging）与'创造'（creation）"[④]。这也提醒我们要注意安德森的措辞，"共同体"是"想象"（imagined）而非"虚构（假）"（imaginary）的。使用"想象"一词，表明了安德森的民族主义理论所关注的对象并非纯粹的主观心理意识，而是一种涂尔干式的"社会事实"（social fact）。民族共同体都是想象出来的，区分各民族共同体的标准只能是"想象的方式"。其次，民族总是被想象为"有限的边界"，不管边界如何移动、扩张，也绝不可能等同于全人类。安德森直截了当地指出，基督徒那种普世主义的浪漫幻想太不切合实际。再次，民族为什么会被想象为拥有主权？神谕的、阶层制的王朝叙事遭遇拆解，加之宗教多元主义的"跨域化"，民族于是期待能够逾越宗教信仰与支配领土范围不一致的藩篱，幻想着自由，而"衡量

---

① ［美］本尼迪克特·安德森．想象的共同体：民族主义的起源与散布［M］．吴叡人译．上海：上海世纪出版集团·上海人民出版社，2005.3.

② ［美］本尼迪克特·安德森．想象的共同体：民族主义的起源与散布［M］．吴叡人译．上海：上海世纪出版集团·上海人民出版社，2005.4.

③ ［美］本尼迪克特·安德森．想象的共同体：民族主义的起源与散布［M］．吴叡人译．上海：上海世纪出版集团·上海人民出版社，2005.6.

④ ［美］本尼迪克特·安德森．想象的共同体：民族主义的起源与散布［M］．吴叡人译．上海：上海世纪出版集团·上海人民出版社，2005.6.

这个自由的尺度与象征就是主权国家”①。最后，民族为什么会被想象为“共同体”？安德森强调了深沉的同志之爱和富有牺牲精神的民族情感，第八章也是专门谈爱国主义和种族主义的，民族属性因为一种“自然的连带关系”，将想象出来的“有机共同体”看成是公正无私的并愿意为之牺牲。安德森对民族主义和种族主义作了辨析，“民族主义乃是从历史宿命的角度思考的，而种族主义所梦想的却是从时间开始经由一系列永无止境而令人作呕的交配传递下来的永恒的污染……这是发生在历史之外的”②，并且，种族主义的根源主要是阶级意识形态而并非民族主义意识形态。要解答为什么关于“民族”的想象会产生如此巨大的威力，就必须探讨民族主义的文化根源。

耐人寻味的是，安德森以“死亡”作为起点来考察民族主义的文化根源，由于民族主义的想象（比如历史上的民族英雄）多关切死亡和不朽，因此与人们对于宗教的想象有着千丝万缕的联系。马克思或达尔文的社会进化论观无法解答生命中的偶然和宿命，宗教则试图以“重生”的承诺勾连起生与死之间的连续。18 世纪的西欧见证了民族主义的诞生，也目击了宗教式思考模式的衰颓，“这个启蒙运动和理性世俗主义的世纪同时也带来了属于它自己特有的、现代的黑暗”③。这个时代迫切希望通过世俗的形式，“重新将宿命转化为连续，将偶然转化为意义”④。“民族”最适合于完成这个使命，它在过去与未来的时空隧道里穿行，将偶然化为命运。安德森主张：“应该将民族主义和一些大的文化体系，而不是被有意识信奉的各种政治意识形态，联系在一起来加以理解，这些先于民族主义出现的文化体系，在日后既孕育了民族主义，同时也变成民族主义形成的背景，

① ［美］本尼迪克特·安德森. 想象的共同体：民族主义的起源与散布［M］. 吴叡人译. 上海：上海世纪出版集团·上海人民出版社，2005. 7.

② ［美］本尼迪克特·安德森. 想象的共同体：民族主义的起源与散布［M］. 吴叡人译. 上海：上海世纪出版集团·上海人民出版社，2005. 146.

③ ［美］本尼迪克特·安德森. 想象的共同体：民族主义的起源与散布［M］. 吴叡人译. 上海：上海世纪出版集团·上海人民出版社，2005. 10.

④ ［美］本尼迪克特·安德森. 想象的共同体：民族主义的起源与散布［M］. 吴叡人译. 上海：上海世纪出版集团·上海人民出版社，2005. 13.

只有将民族主义和这些文化体系联系在一起，才能真正理解民族主义。"①安德森接下来讨论这些大的文化体系中的两种表现形式：宗教共同体和王朝。宗教共同体的衰落和王朝的式微是民族主义得以产生的"背景"，前者是以神圣语言和书写文字媒介为中心的符号霸权系统，伴随着欧洲人的海外探险，信仰日益沾染"领土化"与"相对化"的政治意图，加上拉丁文逐渐失去了作为神圣语言的霸主地位，宗教共同体自然难逃崩解的厄运。至于后者，旧有的王朝依靠多层妻妾制和联姻的"性政治"来统合多样化、异质性的民众，但是许多君主为了维护其专制统治，很早就在探究以"民族"之名来建构其统治的合法性了。安德森反对那种认为"民族的想象共同体就真是从宗教共同体和王朝之间孕育，然后再取而代之"② 的线性因果论，强调真正值得思考的是人们在面对宗教共同体和王朝衰落时理解世界方式的"变化"。首先是时间观念的变化，安德森引入了本雅明关于"同质的、空洞的时间"的著名描述，他以小说和报纸为例，详述这两种世俗的印刷媒介是如何激起"想象的关联"，让人们可以想象出共同体的其他成员与自己"同步存在"，从而理解"同质的"、"空洞的"时间。印刷资本主义为"共同体"的"想象"提供了技术和物质条件。

虽然印刷资本主义使得"水平—世俗的，时间—横向的"共同体成为可能，但是，何以民族会成为这类共同体的首选呢？安德森以"语言"为中心，分析了现代民族意识得以形成的几个因素：资本主义是众多原因中至为重要的，"资本主义的逻辑因此意味着精英的拉丁文市场一旦饱和，由只懂单一语言的大众所代表的广大潜在市场就在招手了"③。方言化的印刷资本的兴起，极大地解构了拉丁文自身的神圣地位，也使得行政方言的偶然发展成为可能，但是在安德森看来，这些因素的作用可能主要是消极的，"即使这几个因素当中的任何一个，或者全部，都不存在，我们还是

---

① ［美］本尼迪克特·安德森. 想象的共同体：民族主义的起源与散布［M］. 吴叡人译. 上海：上海世纪出版集团·上海人民出版社，2005. 11.

② ［美］本尼迪克特·安德森. 想象的共同体：民族主义的起源与散布［M］. 吴叡人译. 上海：上海世纪出版集团·上海人民出版社，2005. 11.

③ ［美］本尼迪克特·安德森. 想象的共同体：民族主义的起源与散布［M］. 吴叡人译. 上海：上海世纪出版集团·上海人民出版社，2005. 39.

很可能想见新的想象的民族共同体的出现”①。而所谓的积极因素，就是资本主义、印刷品和人类语言的“巴别塔宿命”三者之间的相互作用。资本主义在介乎拉丁文和口语方言的“夹层”处创造了印刷语言，实现了操不同语言的人们可以相互交流的愿望。此外，印刷资本主义赋予语言一种新的“固定性”（fixity），“为语言塑造出对‘主观民族理念’而言是极为关键的古老形象”②。并且，与旧的行政方言不同的权力语言也被创造出来了，它们在印刷语言中争夺起了话语权。以上几个因素的耦合，为现代民族的登场奠定了基础。安德森特别指出，当代民族国家的边界与特定印刷语言的使用范围并不相符，语言恰恰体现了民族与国家之间的张力关系。

安德森在第一部分（前三章）侧重于对民族和民族主义起源作理论阐释，第二部分（第四至七章）采用历史叙述的方式，梳理出民族主义在全球播撒的四次浪潮。与盖尔纳等学者采取的欧洲中心视点不同，安德森将第一波民族主义设定在“18 世纪的美洲”。首先，安德森指出，汤姆·奈恩对于民族主义起源的民粹主义解释并不具有普适性，不能搬来分析美洲的民族主义问题，这一点也反映出安德森本人的民族主义理论具有自觉的“语境”意识，比如他在分析第二波“欧洲语言民族主义”时，就重点分析了它的民粹主义特征。其次，安德森试图回答“为什么欧裔海外移民的共同体会在大部分欧洲国家之前发展出他们的民族国家”。一方面，启蒙运动的思想火种、殖民地与母国共同分享的语言和文化促使“新经济和政治学说得以相对较迅速轻易地传到美洲”③；另一方面，欧裔移民的美洲之旅是一次“受束缚的朝圣之旅”，尽管他们与母国同胞分享语言、宗教或礼节，但他们会因为欧裔海外移民的身份而遭到母国排斥，陷入一种身份危机。母国的制度性歧视与殖民地的边界重合，使欧裔移民在“受束缚的朝圣之旅”中形成了共同的体验，于是，殖民地被想象为祖国，殖民地人们被想象成“他们的民族”。美洲的民族想象之所以成为可能，印刷资本

① ［美］本尼迪克特·安德森．想象的共同体：民族主义的起源与散布［M］．吴叡人译．上海：上海世纪出版集团·上海人民出版社，2005．42．

② ［美］本尼迪克特·安德森．想象的共同体：民族主义的起源与散布［M］．吴叡人译．上海：上海世纪出版集团·上海人民出版社，2005．44．

③ ［美］本尼迪克特·安德森．想象的共同体：民族主义的起源与散布［M］．吴叡人译．上海：上海世纪出版集团·上海人民出版社，2005．51．

主义功不可没，18 世纪后半期，大量地方性报纸涌现，“即使是‘世界性的事件’也都会被折射到一个方言读者群的特定的想象之中”，“一个穿越时间的稳定的、坚实的同时性（simultaneity）概念对于一个想象的共同体有多么重要”。[①] 第二波可以称为“欧洲的民粹主义—语言民族主义”，与被安德森描述为“前辈”的美洲民族主义相比较，欧洲民族主义更强调民族印刷语言的重要性，美洲民族主义和法国大革命也为它提供了“盗版”的模型。与美洲不同，欧洲各国基本上是多方言的，“权力与印刷语言在地图上各自管辖着不同的领土”[②]。地理大发现和不断深入的拓殖运动催生了一场语言革命，随着比较语言学的建立，拉丁文等古老神圣语言要与方言相互竞争，辞典编纂家、文学和语言领域的专业知识分子使得“逐渐逼近的语言之间的平等主义终于现身”[③]。由于资产阶级的内聚力受到印刷语言（方言）的制约，他们因此呼吁“方言统一”、寻求构建“以方言为基础的国家语言”，那些掌握印刷资本的制媒者和专业知识分子也因势利导地发展以方言为基础的民族出版业，将广大的中间阶层纳入阅读消费大众。以上两个因素的结合，促成了一波颇具民粹主义倾向的欧洲语言民族主义。第三波是“官方民族主义”，它是对群众性民族主义的反动，19 世纪中后期，由于辞典编纂学的革命与欧洲民族主义运动的兴起，诸多王朝/专制国家遭遇了文化和政治上的困难，“基本出于行政的理由，这些王朝以或快或慢的速度确定了某种方言作为国家语言”[④]。安德森将官方民族主义表述为“俄罗斯化”的“归化”（naturalization）策略，是统治者为了延续其对多语领土的统治权的手段。英国、日本、匈牙利等具体个案表明：官方民族主义“自上而下”地将王朝与民族一体化，所仰仗的“策略”包括“学校教育”、“印刷宣传”、“官方历史书写”甚至于“军国主义”。最

---

① [美] 本尼迪克特·安德森. 想象的共同体：民族主义的起源与散布 [M]. 吴叡人译. 上海：上海世纪出版集团·上海人民出版社，2005. 60.

② [美] 本尼迪克特·安德森. 想象的共同体：民族主义的起源与散布 [M]. 吴叡人译. 上海：上海世纪出版集团·上海人民出版社，2005. 75.

③ [美] 本尼迪克特·安德森. 想象的共同体：民族主义的起源与散布 [M]. 吴叡人译. 上海：上海世纪出版集团·上海人民出版社，2005. 69.

④ [美] 本尼迪克特·安德森. 想象的共同体：民族主义的起源与散布 [M]. 吴叡人译. 上海：上海世纪出版集团·上海人民出版社，2005. 81.

后一波是“一战”后的亚非殖民地民族主义，既是对与官方民族主义相联系的帝国主义的反映，也吸取了前三波民族主义的经验，比如美洲民族主义的“公民—共和”理念、欧洲民粹—语言民族主义的选举和政党组织、官方民族主义的教育体系。安德森首先以印尼为正面例证，认为通晓双语的知识精英是殖民地民族主义者的雏形，由于歧视性的殖民地行政与教育体系同时将殖民地民众的社会政治流动限定在殖民地的领土范围之内，这一体验类似于美洲欧裔移民的“受束缚的朝圣之旅”，“领土的边界”于是被想象为“民族的边界”。法属西非和印度支那被用来作为反例，正是因为教育的朝圣之旅和行政的朝圣之旅之间的错位，它们才没有达成“民族想象”的模塑条件。值得一提的是，安德森反思了语言在塑形民族这一想象共同体过程中的意义：语言是想象一个共同体的媒介，语言的重要性就在于为“想象的共同体”创建“事实上的特殊的连带”，但是，“在一个以民族国家为至高无上的规范的世界里，所有这一切都意味着，如今即使没有语言的共通性，民族也还是可以被想象出来的……出于一种对已经被现代史证明为可能的事物的普遍知觉”① 随着革命意识的传播和工业资本主义的发展，无须借助于语言的统一来建构民族想象已经成为可能，瑞士的民族主义即是一例。安德森将瑞士民族主义归入最后一波，也说明了这一时期民族主义在形态上的多元性。

在1991年的修订版中，安德森新增加了两章内容②，吸收了一些新理论来分析民族主义的建构方式。“爱国主义与种族主义”一章侧重于探讨诗歌/小说对于塑造民族情感的重要意义，新增加的两章则更具后现代主义色彩，有意识地矫正了此前对于民族主义叙述的“纯洁的整体性”，转

---

① ［美］本尼迪克特·安德森．想象的共同体：民族主义的起源与散布［M］．吴叡人译．上海：上海世纪出版集团·上海人民出版社，2005．127.

② 该书英文版的第九章是“The Angel of History”（历史的天使），题目显然借自于本雅明，该章谈到了革命与民族主义的“模式—盗版”问题，并且以中国、越南等社会主义国家为分析个案，但因为涉及对中越战争等敏感话题的分析，故未能加入到“理论的旅行”中来。参看：Benedict Anderson. *Imagined Communities*［M］．London：Verso，1991．也可参阅吴舒洁．重读《想象的共同体》［J］．文艺理论与批评，2009（6）：20.

而“将民族主义意识形态描绘为一种霸权活动”①。这同时也印证了北欧学者斯坦因·托纳森（Stein Tonnesson）和汉斯·安德罗夫（Hans Antlov）对《想象的共同体》的中肯评价——“连接现代与后现代研究途径的桥梁”②。人口调查、地图和博物馆是模塑殖民地民族主义想象的三条路径，帝国借助于人口调查的行政权力，将殖民地政府用分类思想想象出来的认同“具体化”，同时以系统量化为原则，忽略人群的异质性，给予民众一个“明确”的位置，“每个人都在里面，而且每个人都占据了一个——而且只有一个——极端清楚的位置”③。这当中也会存在一些协商，比如宗教共同体的族群化过程。殖民地政府将位于各层级的人们以“结构”的方式统合起来，并且依照这种想象的“族群—种族”层级结构原则来组建官僚机器。受泰国历史学家东猜·维尼察古（Tongchai Winichaknl）的启发，安德森引入地图的概念，认为地图与权力结盟，印刷地图形塑了东南亚人新的空间想象，此处可以察觉安德森受到了后现代主义关于“地图在先，地形在后”的空间理论的影响。博物馆学也是多元文化主义所热衷的议题④，在机械复制时代，殖民地政府有意味地将“考古”与“权力”结合起来，借助于视觉记忆，将“古迹”、“文物”通过复制与再现，构筑出一种历史的深度，博物馆遂成为讲述殖民政府的家史、想象殖民地领土的有效方式。新/旧空间的同时并存，为民族主义在美洲的率先出现提供了土壤，也形构了殖民政府与母国和新民族之间的协商关系。此外，民族传记也是建构民族主义历史叙述的方式，个人立传一般是从头讲到尾，民族传记则需要“溯时间之流而上”，启动记忆/遗忘机制，将历史叙述为自我的书写，从而达成民族认同。

---

① ［美］杜赞奇. 从民族国家拯救历史：民族主义话语与中国现代史研究［M］. 王宪明等译. 南京：江苏人民出版社，2009. 52.

② ［美］本尼迪克特·安德森. 想象的共同体：民族主义的起源与散布（导读）［M］. 吴叡人译. 上海：上海世纪出版集团·上海人民出版社，2005. 14.

③ ［美］本尼迪克特·安德森. 想象的共同体：民族主义的起源与散布［M］. 吴叡人译. 上海：上海世纪出版集团·上海人民出版社，2005. 156.

④ 斯图尔特·霍尔、托尼·本内特等人都有相关论述，参见 Tony Bennett. *The Birth of the Museum*［M］. London and New York：Routledge，1995.

三

安德森以精巧迷人的笔法叙述了一个关于“民族主义”的“现代故事”，他在历史分析和社会学的理论迷宫中穿行，以庞杂的关涉世界史、文学叙事、宗教等多重维度的视角书写了“民族主义”理论的建构论神话。与安东尼·史密斯那本教材式的论著[①]相比，安德森的《想象的共同体》在体例和结构上无疑要更为复杂，但正是这样一个看似圆满的“故事”，其间却密布着层层裂隙。国内已有学者对“想象的共同体”提出了诸多质疑，比如：对民族主义的界定十分模糊、忽视了民族主义产生的血缘和地理维度、对中国民族主义问题的适用性十分有限等[②]。笔者不再赘述各家之言，现补充几点批判性的意见，并希图碰触当代西方民族主义叙述的若干困境。

第一，安德森是民族主义理论“建构派”的主要代表，与阿姆斯特朗等“原生论”者的理论大相径庭，安德森尤其重视社会文化心理对于构建民族想象的重要作用。正如该书开篇所提到的，由于马克思主义/自由主义在民族主义问题上未能提供合理的诠释，安德森决定另辟蹊径，抛开政治经济的决定性作用，从文化意识和语言层面探求民族何以形成如此“深厚的情感”。这里不妨将其与盖尔纳和霍布斯鲍姆作一简单的比较，盖尔纳非常重视经济对于形构民族国家的作用，他从“农耕—工业”的社会形态更替来谈及民族主义时代出现的背景，认为“民族主义是工业化社会组织的结果”[③]，霍布斯鲍姆则提到德国的政治经济学家李斯特关于“国民经

---

① 安东尼·史密斯担任国际著名期刊 *Nation and Nationalism* 的主编，其关于民族主义的著述甚丰，声名显赫。《民族主义：理论、意识形态、历史》是一部很受欢迎的“民族主义研究”入门读物，撰写体例按照“概念—范式—理论—历史—前景”的模式展开，颇似教科书。

② 马衍阳.《想象的共同体》中的“民族”与“民族主义”评析［J］. 世界民族，2005（3）；白建灵．试论民族共同体的性质、内容及其形成——对所谓民族是“想象的共同体”的质疑［J］．青海民族研究，2008（2）；吴晓东．“想象的共同体”理论与中国理论创新问题［J］．学术月刊，2007（2）.

③［英］厄内斯特·盖尔纳. 民族与民族主义［M］. 韩红译. 北京：中央编译出版社，2002. 33.

济”的论述取代了古典自由主义的经济理论，后者是以企业为经济单位，而前者则把国家/民族作为经济发展的核心①。为了避免陷入“经济还原论”，安德森充分关注文化心理等主观向度，其“想象的共同体”理论也因此被指责缺失了政治经济学视野。毋庸置疑，此类批评并非空穴来风，而是具有文本事实根据的。在笔者看来，这种批评流于对单一文本的表层解读，过于简单化了。我们首先应该追问“想象的共同体”理论的言说语境，它针对谁言说？为什么会在彼时成为理论热潮？究其因，一方面是因为民族国家作为一个政治经济单元，在西方思想史的脉络中已经成为不言自明的“模型”，既有研究关于民族、民族主义、民族—国家的讨论大多囿于政治经济的范畴之内，安德森则尝试着拨开政治经济学的迷雾，将关注视角投向：为什么处于不同政治经济结构中的人们能够分享同一种“情感结构”，产生出一种深厚的“同志之情”？这恰恰是既有研究未能妥善解决的问题。另一方面，我们要追溯“想象的共同体”理论的原发语境，安德森关于民族主义的讨论是冷战后期的别样尝试，突显了语言、宗教和印刷资本主义的作用，随着1960年代（革命）的终结、1980年代的东欧剧变、冷战结构的破裂，以及社会主义被证实为不过是一种“另类的现代性”，整个世界情势呼唤一种新的与之相对应的理论，安德森的“想象的共同体”刚好处于后冷战与新自由主义的结合部上，遂成为风靡全球的民族主义思想资源。笔者认为，政治经济维度在安德森的理论中并没有完全缺失，只不过是被融合在印刷资本主义等文化范畴之中。卢旺达种族屠杀、科索沃危机、印度尼西亚排华事件等表明：当今世界的种族/民族冲突事件无不牵系着一个复杂紧张的全球政治经济结构，任何有关民族主义的叙述都不可能完全脱离政治经济维度。吉登斯明确指出：“如果说资本主义世界经济是现代世界体系的一个突出特征的话，那么，民族国家体系同样是现代世界体系的突出特征之一。”② 当然，安德森过于突显文化意识层面，难免有削“政治经济”之足适“文化意识形态”之履的嫌疑，“（安德森）的讨论限制在二十世纪民族主义的‘模式化’特性中，没有

① 笔者此处受惠于张慧瑜博士在北京大学“文化研究工作坊”所作的主题报告：《民族与民族主义——关于〈想象的共同体〉的读书笔记》，特此说明并致谢。

② ［英］安东尼·吉登斯. 批判的社会学导论［M］. 郭忠华译. 上海：上海世纪出版集团·上海译文出版社，2007. 119.

注意那些迂回曲折、被压制了的可能性和未解决的矛盾”①，查特吉对安德森的批评恰好表明了当代西方民族主义叙述所面临的一个困境，即面对风云变幻的世界形势，如何有效处理政治、经济、文化因素与民族主义之间的复杂关联。

第二，安德森对四波民族主义的归纳看似清晰，也有意呈现了它们之间的关系，比如官方民族主义对亚非民族主义的影响，“盗版”和“模型”等词汇的使用频率很高，但仍有不足之处。这种历史线性叙述模式虽然有利于把整个故事叙述得圆滑，但忽视了每一波民族主义内部的复杂性，比如对亚非民族主义的分析就很成问题。安德森认为，解殖过程在第三世界的发展并非以“逆向种族主义”（反对白人/欧洲）的方式得到实践，针对这一提法，巴里巴尔（Etienne Balibar）批评道：“这观点是在伊斯兰原教旨主义出现最近的新发展以前提出的，虽然这种主义对于我们今天目睹的‘仇外现象’有何影响，要加以评估，但安德森的观点是有欠完备的。”②巴里巴尔的理由可以归纳为：尽管亚非拉地区可能不存在“向外告知”的“第三世界”逆向种族主义，但国/国、族裔/族裔、社群/社群之间确切地存在着制度性或普遍的种族主义。大众传媒对这些种族主义观点加以扭曲、强化，使得白人种族主义“历久常新”。安德森的讨论建立在历史变动的生成语境中，但由于在论题的细部缺少很多必要的参照系，因此又存在理论预设和本质主义的倾向，同样，埃里·凯杜里对于民族主义的“梅非斯特”想象也如出一辙，本质主义和理论预设成为当代西方民族主义叙述的又一个“阿喀琉斯之踵”。

第三，安德森凭借其丰富的历史知识与娴熟的文本细读技巧，精心建构了一个“放送影响—回馈反应”的机械模式，每一波民族主义似乎都能从法国革命/欧洲民族主义那里找到可供盗版的原型。诚然，民族主义在法国和德国有着深厚的传统，比如德国浪漫主义与民族主义之间的密切关联。但安德森以欧洲民族主义为放送影响的绝对源头，自觉或不自觉地将亚非民族主义裹挟进欧洲的叙述逻辑，帕尔塔·查特吉（Partha Chatterjee）

---

① ［印度］帕尔塔·查特吉．民族主义思想与殖民地世界：一种衍生的话语？［M］．范慕尤，杨曦译．南京：译林出版社，2007. 33.

② 许永强，罗永生．解殖与民族主义［G］．北京：中央编译出版社，2004. 130.

在《谁的想象的共同体》("Whose Imagined Community")一文中提出尖锐质疑:"如果世界上其他地方的民族主义者都必须从欧美预先提供的'模型'中去选择'想象的共同体',那他们还有什么可以去想象的?"① 此外,安德森过于依赖小说、传记等文学性文本,明显表露出英国学院派文学批评的做派,虽然有东南亚的田野调查作为实证资料,但是全书基本上是用欧洲理论来分析欧洲以外的对象,综合考虑上述因素,这难道不算是另一种形式的欧洲中心主义吗?

第四,典型的语言与技术决定论。安德森不仅摘引本雅明的名言警句,移用其名作《历史的天使》作为章节标题,而且,"印刷资本主义"成为他的整个理论叙述中的"主角",也显然受到了本雅明技术主义文艺思想的影响。笔者认为,安德森关于"印刷资本主义"的论述有两大不足:其一,正如杜赞奇教授所敏锐觉察到的,安德森只关注书面语言,忽视了口头语言与书面语言之间的复杂关联,这使得"想象的共同体"理论存在很大的局限性,比如对于那些文字出现得较晚或者没有书写文字的民族来说,他们大多依靠口头传唱的民间文艺来维系一种深厚的共同体情感,并不分享印刷资本主义的任何成果。其二,将印刷资本主义对于塑造民族想象的功用过分理想化,安德森一厢情愿地鼓吹印刷技术革新和科技传播的重大影响,完全忽视了印刷媒介的接受群体。如果引入罗兰·巴特(Roland Barthes)关于"作者死了"的提法及其对"可读的文本/可写的文本"的区分,或者是参照接受美学理论,就会发现印刷媒介并非可以轻而易举地对受众实施"皮下注射",其间还关涉到期待视野、接受动机、误读等复杂情况,安德森的论述显然过于武断和乐观。

第五,安德森在修订版中引入了后现代主义理论,将历史记忆、文化再现与民族叙事结合起来,展示出当代西方民族主义叙述的后现代走向。后现代主义的民族主义叙述本身就是一个雅努斯神话,它一方面将民族主义拓展到日常生活的微观政治层面,强调民族叙述的文本性,希望从话语之中发掘出意识形态与权力关系。"民族主义被视为一种复数形态与话语

---

① John Hutchinson, Anthony D. Smith. *Nationalism: Critical Concepts in Political Science* [C]. London and New York: Routledge, 2000. p. 940.

场域，各种关于民族主义的论争在此协商、汇聚。”① 凌津奇对亚裔美国文学的研究颇具代表性，通过对雷庭招、汤婷婷、赵健秀等人小说文本的分析，试图“通过认真分析这些文本意识形态生产的形式特征……将20世纪80年代后期的亚裔美国文学话语作为一种文化生产与再生产的历史进程来加以研究”②。同样，多元文化主义、差异政治学也延伸了民族主义的研究视野，女性、流散、移民和边缘群体与民族主义之间的张力关系以各种方式被呈现出来。伊瓦·戴维斯（Yuval - Davis）、沃尔拜（Walby）、凯瑟琳·霍尔（Catherine Hall）、布塔利亚（Butalia）、斯科斯基（Skurski）从符号、话语和社会运动层面阐述女性与民族、民族国家之间的悖论关系。斯科斯基指出：“作为‘依附’和‘他性’的标志，女人是在阶级、种族和地域等级体系中被建构出来的，并且在一种线性的历史叙述中被赋予意义。”③ 凯瑟琳·霍尔深入分析了伍尔夫的“女人没有国度”的言说语境及其实质内涵，认为“民族和民族主义相关的过程与行动，民族被构想、挑战和理解的政治的、经济的与文化的方式，必须通过社会性别以及种族、族性和阶级的透镜来领会”④。另一方面，后现代主义的民族主义叙述由于过分倚重话语分析，极易沉迷于符号的能指游戏，陷入“理论主义”的深渊。安德森对于地图与博物馆形塑民族想象的描述，对于民族传记书写与记忆/遗忘机制的启动，显然受到了后现代理论的影响，试图在话语层面讨论民族共同体结构。总的看来，当代西方民族主义叙述在受惠于后现代主义（拓宽视域、延展空间）的同时，也应该对过分沉迷于微观政治层面而可能招致的危险保持警惕。从这一意义上说，安德森的“想象的共同体”理论既透露出当代西方民族主义叙述的若干困境，也为我们思考中国的民族主义问题提供了重要的“他者镜像”。

---

① Umut Özkirimli. *Contemporary Debates on Nationalism*：*A Critical Engagement*［M］. New York：Palgrave Macmillan，2005.

② ［美］凌津奇. 叙述民族主义：亚裔美国文学的意识形态与形式［M］. 吴燕译. 北京：中国社会科学出版社，2006. 2.

③ Umut Özkirimli. *Contemporary Debates on Nationalism*：*A Critical Engagement*［M］. New York：Palgrave Macmillan，2005. 57.

④ ［英］爱德华·莫迪默，罗伯特·法恩. 人民·民族·国家——族性与民族主义的含义［C］. 刘泓，黄海慧译. 北京：中央民族大学出版社，2009. 69.

族性、意识形态与萨义德的文化观

王　敏

爱德华·W. 萨义德（又译作爱德华·W. 赛义德）是西方公认的战后最具影响力的文学和文化批评家之一。这位在欧陆理论中穿梭旅行的学者，用文学、理论、政治、音乐、历史等各种题材叙述关于文化的另类观点。他不仅在专业领域著作等身，出版了《康拉德与自传小说》（1966）、《开始：意图与方法》（1975）、《东方学》（1978）、《巴勒斯坦问题》（1979）、《巴勒斯坦问题与美国语境》（1979）、《报道伊斯兰：媒体与专家如何决定我们看待世界其他地方的方式》（1981）、《世界文本批评家》（1983）、《最后的天空：巴勒斯坦众生相》（1986）、《音乐之阐发》（1991）、《认同·权威·自由：君主与旅人》（1991）、《文化与帝国主义》（1993）、《笔与剑：萨义德访谈录》（1994）、《流离失所的政治：巴勒斯坦自决的奋斗，1969—1994》（1994）、《知识分子论》（1994）、《和平及其不满：中东和平过程中的巴勒斯坦》（1995）等一系列具有警世启迪和颠覆意义的批判性文章，而且，他还身体力行，积极投入政治、社会议题的公共空间，作为生活在美国的巴勒斯坦人，严词批评美国的外交政策和文化侵略，成为巴勒斯坦在西方世界的主要代言人。他赋予知识分子新的流亡身份和新人文主义的精神，尽管批评界对他褒贬不一，西方人士以及犹太人更将其看作异端和“暴力”“恐怖主义的代言人”，甚而宣布其名列中东死亡名单之上，但他仍然坚持发出自己的声音，并勇于承担这些风险，凭借自己丰富的历史知识和理论素养，试图以个人的方式争回民族的历史，实现新人文主义的文化理想。

萨义德在他的著作中，从早期对文学存在的发生学问题的探讨，到中期对文艺理论和政治的倾向性解读，直至晚期对文艺美学的回归，无一不是围绕着文化的再现以及阐释的可能这个宏旨，深入文化研究的内核，质疑文化的真正面目。他的文化观，也因自己永不间断的反思而有着极其深刻的内涵。

作为一个文化批评阐释者，他反对任何专业的知识垄断，反对任何权威的不刊之论，他强调再现永远是对“他者”的再现（而非仅仅是自我的表现），而阐释也永远有着无限的可能；主张文化是一种宽容中的对抗，沉默中的对话；提倡多重视角的差异性，抵制僵化的本质主义思维和狭隘的排他主义情绪。

作为一个坚定的文化批评实践者，他以具体的行为证明：自己不仅是坐而言的理论家，而且是起而行的实践者。他始终保持着对文化—知识霸权的批判审视，强调文化和语境的联系，视野和多种文化现象的融合；主张文化是一种联系中的建构，世俗中的发展；提倡多元文化主义的多样性，对抗帝国主义和霸权主义的文化极权形式。

作为一个文化批评理论家，他继承了从福柯到德里达所开设的后现代理论血脉，却又因为坚持正义的人道主义立场和历史的确定性意义，与前者拉开了距离，成为后现代理论内部的“他者”。他既是现代性文化观的局外人，也是后现代性文化观的流亡者，他反对与这二者的身份认同，拒绝同一性的召唤，保持一种疏离中的亲近，漠然中的紧张；提倡新人文主义的混杂性，超越民族主义和地方主义的偏狭标准。但也正因为以上批评策略中这种不可避免的折中主义态度而导致其方法论上的悖论，表现为一种反主义的主义，去中心的中心，无论是在现实世界还是理论世界。这使得他的文化观因为这种调和主义的倾向而具有乌托邦的色彩。尽管如此，笔者以为，他的文化观仍有助于正确理解当今全球化的世界文化格局，以及此消彼长的地方文明冲突，有助于打破学科边界、增强历史经验范畴以及建立有争议的知识。

基于此，本文试图从其著作《东方学》、《文化与帝国主义》、《知识分子论》、《赛义德自选集》中概括梳理出其主要的文化观点。比较论述萨义德文化观中正反两方面的有效构成，肃清部分学者对萨义德文化观的误读，质疑萨义德文化观中存在的矛盾之处，揭示萨义德在提供对文化征候性阅读经验的同时，也给人以反本质主义的认识论启迪和批判性阐释的方法论借鉴，以期能够对中国的文艺学科建设、文化研究探讨，乃至知识分子身份认同有所参考和启迪。

我生命里有这么多不谐和音
我已学会不必处处人地皆宜
宁取格格不入[1](p.357)

——爱德华·W. 萨义德《格格不入》

第一部分：萨义德文化观的有效构成

萨义德的文化观中有着对立的两极。或者这样讲，萨义德文化观中的两极构成恰巧是有效对位的：一极由萨义德所批评的关于文化陈陈相因的传统认识构成；一极由他所倡导的关于文化联系发展的差异性观念组成。这恐怕和萨义德身为第一世界的第三世界知识分子身份，以及其在美国、巴勒斯坦两地迁徙流浪的现实经验有关。正如他在《寒冬心灵》中所陈述的："大多数人主要知道一个文化、一个环境、一个家，流亡者至少知道两个；这个多重视野产生一种觉知：觉知同时并存的面向，而这种觉知——借用音乐的术语来说——是对位的（contrapuntal）。"① 身为流亡者的萨义德，他的文化观由于秩序之外的生活影响，呈现出一种"游牧的、去中心的、对位的"品质。一极是另一极的主歌，一极是另一极的复调，双声共鸣，不断对话。一极是需要修正的，一种陈腔滥调、老旧比喻、懒惰书写；一极是需要提倡的，一种标新立异、生动联想、历史建构。具体而言，萨义德用对位的两极勾勒了他的文化知识谱系：一极是他所极力批判的极权文化观念——譬如东方主义、民族主义、帝国主义之类的排他主义文化观，强调一种话语对另一种话语的控制，一种观念对另一种观念的歧视；另一极则是他力图实现的新文化理想，一种多元并存的、取缔权威的、抵制垄断的新人文主义文化观，强调话语的交流、平等共处。玛丽·路易斯·普拉特（Marry Lonispratt Pratt）在分析萨义德的《文化与帝国主义》时认为，对位结构与标准理论思维并不完全协调，标准理论思维要求

① ［美］爱德华·W. 萨义德．寒冬心灵（*The Mind of Winter*）．1984. 55［A］．知识分子论（译者序）［M］．单德兴译．北京：生活·读书·新知三联书店，2002.

一种一成不变的主体立场。[8](p.293) 因而，这两极的存在绝不意味着萨义德可以拥有双重标准。否则，他的文化观只会走向犬儒主义①，走向文化精神的分裂。在萨义德的文化观里，将这对位的两极统摄在一起的只有一个人道关怀的标准。而正是这个面向宽广的人道关怀的主体立场，使萨义德“挣脱了自己置身其中的严格的双重结构，而以新的，尤其是‘知识的’途径来思考——这里说的是广义的‘知识的’”[3](p.122)——真正的文化，真正的知识分子身份。

以下我将具体论述萨义德文化观中的两极构成以及二者之间复杂的联系。

一、需要修正的文化观

（一）“东方主义”② ——西方中心文化沉默的“他者”

在《东方学》中，萨义德罗列了 18 世纪起欧洲兴盛的人种学、比较解剖学、语言学、历史学，以及由小说家、诗人、翻译家和旅行家所创作出的数量可观的文学作品，借此来佐证东方学的范围及其最初作为一门学科的规范。这正是萨义德对东方主义的第一个定义，也是使其成其所是的历史渊源，即作为一门专业化的学术知识研究的学科。以东方或与东方相关的知识作为研究考证的对象，相当于今天的区域研究，例如中亚研究之类。这个定义必不可少地引申出（西方学者总喜欢词源学的论证和体系建

---

① 比乌斯认为犬儒主义是一种个体和社会间的关系，是一种对文化价值的对抗精神，不仅怀疑还漠视由世界提供的对世界的解释的倾向，一种异化的感觉。现代的犬儒主义遁入孤独与内闭，因为政治的不真实而放弃政治，可以显示为一种审美主义的气质，甚至虚无主义的气质，既玩世不恭、愤世嫉俗，又委曲求全、向现实妥协。参见陶东风《当代中国的文化批评》（第 7 章）专章对犬儒主义思潮的分析。

② Orientalism 普遍被翻译成东方学，出自萨义德最负盛名的著作《东方学》（北京：生活·读书·新知三联书店 1999 年 5 月版）。萨义德原书的题目是：*Orientalism*：*Western Conceptions of the Orient*（New York：Pantheon Books，1978），即《东方学：西方对于东方的观念》。该书中，萨义德指出 Orientalism 有着三重含义，即一种对东方的学术研究学科；一种思维方式；一种权力话语方式。由于本文旨在强调其作为权力话语运行的方式以及思维模式，所以没有选择译著的翻译，而选择东方主义作为 Orientalism 的译名。

构）东方主义的另外两层含义，一种建立在东方与西方相对立基础上的有关东方的二元思维方式和一种通过对东方的有关陈述，对东方的观点进行“权威裁断”，通过“描述、教授、殖民、统治等方式来处理东方的一种机制”[4](p.4)。换言之，就是西方君临东方的一种权力话语方式。东方被描述成西方文化沉默的“他者”，一个有着“刻板印象的异化主体”①。

在《东方学》中，萨义德描述道，为什么是东方而不是北方、南方？东方全都由西方东边那些伟大的文明组成，如伊斯兰、印度、埃及、中国、日本。在西方进行殖民侵略之前，东方作为一个西方猜想的客观的地理对象，已经开启了并不知晓的欲望。航海的便利所带来的地理大发现激化了西方认识东方的热情，早先的探险家打着认识世界的旗号开始了漫长的殖民想象的谋划。东方经由西方探险家的描述、传说、书籍和手稿，终于超出了它对西方的地理学含义，成为西方构建全球文化秩序等级结构的长远谋划。

萨义德认为，作为权力话语模式的东方主义，垄断了对东方的叙述权威，规定着西方对东方的理解。在这种话语模式中，西方是永恒的独白者，东方是沉默的听者；西方是窥视者，东方是被看体。西方在对东方居高临下的打量中，创造了东方这个完全不同于自己的异民族本质，一个异化于自己主体身份的“他者”形象。东方沉默地倾听西方对自己的描述，倾听西方文化对自己改头换面的虚饰，为了西方的海外利益而接受被篡改过的内容，被歪曲的历史。西方文化的东方主义将东方打碎后，按西方的趣味和利益重组了一个容易被驾驭，处于前现代的单位，“它创造了一种永恒不变的东方乌托邦”[5](p.246)，使东方成为一个始终有待西方启蒙的荒蛮群落。东方没有自己的表述权，它靠西方来命名，这让人想到了黑格尔著名的主奴辩证观，即奴隶克服了自我认同的努力，而主人则陷入了完全依靠自己所征服“他者”的状态中。东方作为西方文化的臣属者和西方主人的奴仆，没有任何自我的意识，满足着西方的欲望和需要，沦为完全的“他者”。西方通过将东方变成自我认识的“他者”，一个本质化的刻板印

---

① 我在另一篇有关萨义德的论文《东方镜像、文化身份与话语行动》中，论述了东方主义文化观的镜像理论，认为东方主义是通过将东方变成异化主体、赋予其“他者”身份，使之陷入镜像迷误，形成一种有关东方的刻板印象从而实现自己的话语霸权。

象，使其陷入镜像迷误；通过一种自恋的逻辑，将东方变成自己进行殖民灌输的真空。

这样，按照萨义德的观点，东方主义本质上是一种完全的西方中心主义话语。在这种叙述权威中，西方以自己强势的文化建构实现了一种文化对另一种文化的歧视，一种历史对另一种历史的控制，使得东方主义成为彻底的殖民话语。萨义德说："它（东方主义——笔者注）给予'欧洲商人'以'堂堂正正搞阴谋的权力'。但是最重要的是，它使殖民地人民臣服了，其方式是，把他们排除在文化甚至白种人的基督教欧洲观念之外，使他们失去自己的特征，只是作为低等生物而存在。"[7](p. 316) 这种殖民话语，首先通过西方这个单极的特权视角审视世界，并把世界从空间上划分为欧美（世界的中心和终极意义）以及非欧美地区。正如萨义德所描述的，这种殖民话语借助地理学科学的名义，设置了西方/东方、文明/野蛮、先进/落后、宗主/土著等二元对立的系列概念，以文明和野蛮的分界线撰写了世界地理志。其次，这种殖民话语还从时间上设定了进化论的历史叙事：从古希腊城邦、罗马帝国经文艺复兴、宗教改革到欧美资本主义，这个叙事开始并终结于西方的经典文化。它借助历史学、社会学的名义，使西方成为"上帝的选民"、世界的救世主，以进步和落后的强大落差编制了世界文明进化史。最后，这种殖民话语基于西方文化源自天然的种族优势、与生俱来的文明进步、绝对正确的科学理性而成为其眼中衰落、愚昧、落后、奢淫的东方文化的拯救者，并将自己命定为世界文化的标度和唯一合乎标准的规范，强加于"非我族类"的东方。它借助伦理学的名义，说服东方以自己马首是瞻，以共同促进人类的进步和世界的繁荣。在这样有着"正义立场"的叙述中，东方自卑于自己文化的落后，作为西方文化的忠实奴仆，被迫接受西方施舍和赐予的历史，沉默地配合西方对自己的文化殖民，而西方则在东方主义的话语建构中顺理成章地剥削或"启蒙"东方，行使自己作为主人的权力。

如上所述，西方通过对东方的概念发明，行使了对东方的支配权。东方不再仅仅是西方的概念客体，还是西方的权力客体。西方享有着对东方的叙事权，描述着关于东方的种种现象。从西方的视角看，组成东方的各个国家，似乎是一个同质没有差别的整体。它们是相对西方中心的边缘、是西方主体的"他者"、是强大西方的虚弱陪衬，它们与西方一起建构西方历久不衰的伟大神话，并且永远没有表述自己的权力。它就像萨义德分析的福楼拜笔下的埃及妇女：她从不谈论自己，从不表现自己的感情、存在和历史；谈她和表现她的都是福楼拜，而福楼拜是个西方男人，还是个富人。这些都是“优越”的事实，而这种事实不仅使他在肉体上占有她，而且还代她说话，告诉他的读者为什么她是典型的东方女人。这样的例子在《东方学》中被萨义德不厌其烦地列举。东方在西方有意图的帝国主义描述中，“褪去了古代迷人的光辉，而在进入‘现代’后成为一位‘灰姑娘’，她只能在欧洲人的想象中‘说话’。欧洲人赋予东方以空虚、失落和灾难的色彩，并以此作为东方对西方挑战的回报。西方人因为东方人在辉煌的昔日胜他们一筹而感到悲哀，而‘现代的胜利’使西方终于得到心理满足，尽管向‘现代’转型的东方对西方来说仍然暗含着‘再度辉煌’的‘危险’”[6](p.45)。支持起西方文化优越心理的，是一种白人男性的种族主义自信，以及现代化文明的社会达尔文主义进化优势。这种心理基础，导致了东方主义文化叙述的结构性错误，并在错误的结构中，通过对东方的美学投资成就了西方的帝国主义事业。在萨义德的文化观中，帝国主义并不仅仅指统治遥远土地的宗主中心实践，也不仅仅是一个国家控制另一个政治社会的有效整治主权，还包括理论态度。[7](p.9)东方主义就是一切对东方贬损或美化（低估或高估）的权力话语。东方主义就是帝国主义统治的理论态度，而几乎永远伴随着帝国主义而来的殖民主义，不仅仅意味着向边远土地的移民，还意味着以东方主义作为指导的文化移植——即后殖民主义或者说新殖民主义。正是这些构成了帝国主义事业。

（二）“逆向东方主义”① ——西方中心文化对话的“他者”

东方是否会是一个永恒的缄默者？东方是否会进行反叙事？对于西方文化垄断的专横表述，东方是否会有所反应？萨义德在《文化与帝国主义》中给予了肯定的答复。他称《文化与帝国主义》的写作是对《东方主

---

① 我将对东方主义的抵制，或者说对帝国主义文化观的抵制概括为逆向东方主义。这个术语主要来自戴维·莫利（David Morley）以及凯文·罗宾斯（Kevin Robins）在《认同的空间：全球媒介、电子世界景观与文化边界》之“技术东方主义”一章的描述，主要指对传统东方主义的一种逆向表述，一种基于文化复仇心理的反向重复。参见［英］戴维·莫利，凯文·罗宾斯．认同的空间：全球媒介、电子世界景观与文化边界［M］．司艳译．南京：南京大学出版社，2001.223.

义》的延续和扩充。在这本书中，萨义德描述：东方将不再沉默，它正在“以遍布第三世界的声势浩大的非殖民化运动为顶峰”[7](p.2)的方式对抗西方的控制；以遍及东方的文化抵抗运动完成自己对民族属性的诉求。迥异于殖民历史时期的沉默，东方世界出现了普遍的反抗帝国主义的历史经历。东方拒绝成为西方文化的“他者”，而主动追求民族意识的觉醒。围绕着帝国主义文化和对帝国主义文化的抵抗，萨义德描述了一个挣脱镜像迷误，寻求独立的“他者”，再也不是“麻木不仁、任人宰割的原住民，而是以某种方式出现的此起彼伏的反抗，而且这种反抗在绝大多数情况下，无不以胜利告终”[8](p.163)。

这个以往沉默的“他者”，以一种文化对抗的姿态与西方中心文化对话。萨义德总结这个对话的“他者”①，认为其主要呈现出三种面目来表现自己非殖民化的努力：

非殖民化的第一种表现，是始终坚持自己的“土著文化”的本位意识，宠辱不惊地继续自己民族属性的诉求，坚持这种非殖民化努力的一般是些有强烈民族意识的“土著”。他们认为自己“有权利把社团的历史看作一个连贯的、不可分割的整体，使囚禁的民族恢复本来面貌”[8](p.274)，并坚信自己能够找回被殖民化切断的历史记忆，从民族文化的角度出发，毫不受西方文化的影响，保持一种故步自封、绝对独立的本土民族意识，自己探寻文明的历程，而毫不受西方文化中心主义的左右。在这种对抗中，民族文化借助集体无意识②的共有本质，而复原了曾经失去的生活方

---

① 对话的“他者”：我将东方主义界定为西方中心文化沉默的“他者”，因为这时候的帝国主义叙述完全主导了东方的形象，他们在西方中心主义的权力话语中被剥夺了话语权，毫无表述自己的权利，东方的形象在这种表述中完全建立在西方中心文化所鄙弃或者所谓美化的层面。而逆向东方主义的叙述中，殖民地民族主动追求自己的民族—国家属性，对以往的帝国主义叙述进行抗衡和抵制，但是仍然挣脱不了帝国主义叙述的阴影，并没有超越东方主义的叙述，仍然是一种针尖对麦芒，基于对“你伤害了我的形象，我要在对你的控诉中重塑我的形象”的认知，采用和东方主义叙述相似的话语，只是这一次西方被压制到了底层。所以我将这种根植于西方中心话语内部，仍然逃脱不了其规定给自己的“他者”身份，却又敌对其对自己的命名与规约的话语方式称作对话的“他者”。

② 我以为，文化上根本不存在所谓的集体无意识，所谓的无意识或者来自有意识的文化清洗或者来自无意识的文化遗忘。

式，“男女主人公和各种功绩，重新充满山水景物；民族文化给骄傲和蔑视赋予了表现形式和情感方式，这些情感及其表现形式反过来构成基本民族独立党派的核心部分”[8](p.275)。举例而言，这种非殖民化表现为忽视历史真实，即使面对殖民者的后裔与本土居民的混血儿，也能视若无睹地将其重新划定为自己的同胞。在这种表现中呈现出一种想象本质，靠想象的基础来达成族内的团结一致（类似于本土化的资产阶级态度）。

非殖民化的第二种表现，是被萨义德比喻为“驶入的航程”（又称作“归航”）的对抗形式，坚持这种非殖民化努力的大都是殖民地或边缘地区的知识分子。他们“以‘帝国’的语言写作，他们感到自己是与反帝群众性抵抗运动联系在一起的，他们为自己规定如下离经叛道的批判任务，即使用一度仅为欧洲人所使用的学术与批评的技巧、话语和武器来面对宗主国文化。他们的作品，也是他们的长处，只是在表面上依赖于（绝不是寄生于）主流的西方话语。然而，它的原创却恰恰改变了那个话语下的原则”[7](p.346)。这种逆向的航行，我们不妨归纳为西方主体内部的“他者”。之所以这样讲，是因为他们是从宗主国世界的内部来审视本民族的文化的，并且通过运用宗主国的教育背景和理论观点，对宗主国的文化权威发出了强烈的、近距离的挑战。

毫无疑问，这些知识分子大都是移居到或正在访问宗主国的来自边缘地区的作家，他们以自己的写作将大规模的群众运动延伸到宗主国的内部，并且将自己的边缘经验渗入到宗主国的历史、文化和传统之中。因而萨义德认为：“驶入的航程成了混合文化的一个特别有趣的种类。而它的存在这个事实，则是不断延续的帝国结构时代走向国际化的另一种表现。可以说，理念不再只是出现在伦敦和巴黎了；历史也不再像黑格尔所认为的那样单方向地从东方走向西方，从南方走向北方。……相反，批评的武器已经成为帝国历史遗产的一部分。这一遗产中，‘分而治之’的分离与排斥的理念被抹掉了，惊人的新定位出现了。”[7](p.348)这种对抗因为对抗主体身份的多重性，很难界限分明地归类为是帝国主义的还是民族主义的。

萨义德以C. L. R 詹姆士、安东纽斯、古哈、阿拉塔斯等人为例。他们要么是有着宗主国出身的殖民地流浪者，要么是有着殖民地血统的宗主国公民。这使得他们的文化构思在很大程度上有赖于打破文化樊篱。这些边缘世界的学者、批评家和知识分子“有意识地介入欧洲和西方话语的努力，与之搅和在一起，对其进行改造，使其承认边缘化的或被压抑、被忘却的历史”[8](p.275)。在萨义德陈述的这类对抗中，就西方文化的本位意识而言，都是同质的，也就是说这类知识分子都肯定西方的现代性。他们虽然都置身于叛逆的反帝运动，但也都毫无例外地赞同西方的遗产。这是一个大前提，毕竟都是接受正统的西方教育，但在对待民族传统和西方传统的角度上，出现了分歧。这使得这类非殖民化行动内部有了微妙的区别，呈现出两种不同的面貌。

具体而言，一类主张在肯定西方现代性的前提下，民族传统和西方传统没有区别，强调抹平差异，代表人物是安东纽斯。萨义德论述道，虽然安东纽斯重新发现了阿拉伯语言与传统中伊斯兰遗产的重大意义，但是“他同时坚持说，阿拉伯传统在本质上并不与西方传统冲突”[7](p.354)，并且“在它们之间有产出与派生的关系”[7](p.355)；西方文化在现代化努力上是先驱，“而且因此之故，代表阿拉伯复兴的起点的知识活力应大部分归功于他们的努力”①。

另一类主张在肯定西方现代性的前提下，民族传统和西方传统存在着区别，强调肯定差异，并且尤其针对土著传统的弱点，代表人物有古哈和阿拉塔斯。他们可以归为民族精英政治的代表，他们承认民族传统不仅和西方传统存有差异，而且还比西方传统滞后。所以，他们要求以西方的标准对本民族进行改良。萨义德认为，他们真正的成果是“制定或恢复了一个帝国的宪法”[7](p.362)。

我们看到，无论是第一类还是第二类归航的知识分子，他们都肯定了西方社会现代性的进化历程。质言之，他们都认为现代性是个时间范畴，殖民地世界也迟早会拥有，只是宗主国西方世界先一步进入。他们将自己看成是派往西方的使者，代表着一种尚未实现的、受到阻挠的、被推迟了的政治自由和成就。所以，他们所作的努力是整合融入西方宗主国文化，致力于本民族文化的改革（这很容易让人想到中国的资产阶级改良派，至于资产阶级改良派的模棱两可和左右摇摆，他们致力于民族解放建设的不彻底性和不坚定性，历史中叙述得太多，不过不可基于这个联想而将二者

---

① 参见安东纽斯．觉醒的阿拉伯［A］．［美］爱德华·W．萨义德．文化与帝国主义［M］．李琨译．北京：生活·读书·新知三联书店，2003.355.

简单地对号入座。因为诚如萨义德所言，非殖民化的表现实在是很复杂和微妙的话题）。

非殖民化的第三种表现，是纯粹的民族主义对抗方式，即基于一种直接的文化复仇心理，宣扬本民族文化的优越性，强调“摆脱殖民主义的老爷们”，使人们“走上街头举行反对白人主人的游行”[7](p.317)。他们大都是殖民地或边缘地区的民族群体。萨义德列举了爱尔兰以及其他地区的民族主义复兴运动。

在这种民族复兴的论调中，民族主义者首先意识到欧洲与西方文化正是不折不扣的帝国主义。萨义德说：“这种觉醒的思考使非洲、加勒比、爱尔兰、拉丁美洲或亚洲公民宣布，欧洲文化指导或教育了非欧洲人或非大陆人的说法结束。”[7](p.319) 萨义德紧接着论述，通常这些都是由预言家、教士、诗人和空想家率先完成。

其次，民族意识的觉醒更是基于对自身文化缺陷（当然是帝国主义文化给予的说辞）的声讨和回馈，例如黑人文化自豪感的建立，万隆精神的弘扬等。在这里，局部性的奴隶叙事、精神自传、监狱回忆录与西方列强的里程碑式的历史巨著、官方话语和显示全貌的准科学针锋相对（请对照东方主义的话语方式，这几乎是对其的一种模仿，一种反向模仿）。萨义德分析，在这类民族主义的复兴论调中，总有着家长式的形象和作风，充斥着“我们要将它夺回来”的激昂呼声。

值得注意的是，民族主义的兴起往往伴随着本土主义的出现，产生了大量的关于土著历史的强大，种种蛊惑人心的叙述。这些叙述大都违背了现实的真实，比如塔法里运动、加维领导的美国黑人返回非洲的计划、殖民地时期那些未受玷污的穆斯林精神的回归等。萨义德认为，与本土主义相伴而生的必然是诉诸武力的维权意识，这使得民族主义陷入了一种危险。他陈述叶芝就是这种本土主义的极端例子。他的本土主义，最终演变成难以理解的反动政治和赤裸裸的法西斯主义，但是人们又基于民族义愤的情绪原谅了他。对比帝国主义扩张的行径，例如将领地家乡化，对领土长期占有的项目合理化，以及将殖民空间熟悉化，民族主义运动很容易陷入与之相对、反向重复的境地。历史经验告诉我们：民族主义运动最主要的议题就是收复失地，重新占有、重新命名领地，并且大规模地移民。“随之而来的是一系列进一步的声明、发现和明确属性。所有这些都很确

实地建立在这充满诗意的计划的基础之上。”[7](p.323)

萨义德一再强调自己并非反民族主义者，但是，从民族、民族主义到本土主义，确实经历着强制性的升级。民族主义很有可能因为急于分裂的意识而走向逆反的东方主义，即以一种歧视置换另一种歧视，其强烈的排他性和文化复仇心理会使之走向另一种倒行逆施。简言之，就是矫枉过正，是以“新”的名义，重复一种“旧”的殖民结构。

值得一提的是，萨义德列举了其他学者对这三种非殖民化表现的形象比喻，原型是莎士比亚作品《暴风雨》中阿瑞尔——卡利班的选择。三种非殖民化表现就是三种不同的选择：第一个选择是“像阿瑞尔那样，也就是心甘情愿地做普洛斯波罗的奴仆。阿瑞尔唯命是从。他在得到自由以后回到旧我，成了一个土著的资产阶级，一点也不为他与普洛斯波罗的合作所困扰”[7](p.304)，即上文所提及的非殖民化的第一种表现，坚持固有的本土民族意识；第二个选择是“像卡利班那样，意识到并且接受他的混血儿过去但仍能进行未来的发展”[7](p.304)，即非殖民化的第二种表现，融入西方文化改良本民族的文化；第三个选择是“成为另一个卡利班，在发现其殖民地时期以前的自我和本质过程中，丢弃了他现时的奴隶状态和身体上的损伤。这个卡利班的表现形式就是产生了黑人性格、伊斯兰原教旨主义、阿拉伯主义等观念的排外的和激进的民族主义”[7](p.305)，即对应非殖民化的第三种表现，主张强烈的民族主义分裂意识。

这三种非殖民化的表现，可以说构成了对帝国主义（东方主义）文化观的对抗。之所以将其概括为“逆向东方主义”，是基于以下几个必要的理由：首先，需要阐明的是“逆向东方主义”的内涵。这个术语出自戴维·莫利以及凯文·罗宾斯在《认同的空间：全球媒介、电子世界景观与文化边界》之“技术东方主义”一章中的描述，主要指对传统东方主义的一种逆向表述，一种基于文化复仇心理的反向重复。因而它与东方主义具有同构性，都具有种族主义基础和殖民话语结构。其次，上述三种非殖民化表现，在与西方帝国主义文化对抗的过程中，都不同程度地表现出对东方主义逻辑的照单搬用，不过是东方主义的逆向叙述，并且又一次巩固了东方主义的权力话语叙述。它们与东方主义的同构性主要表现为：

第一，二者都是西方中心文化不可摆脱的“他者”。东方主义是西方中心文化的一个沉默“他者”，而非殖民化运动虽然是致力于民族文化的独立，以及自我身份的确立，但是它与东方主义一样都有着对西方主体的大致认同。它们都带着帝国主义文化不可磨灭的印记。萨义德指出，无论是沉默还是与之对话，它们都必须在“某种程度上恢复帝国文化已经确立的，或者至少影响过或渗透过的形式”[7](p.299)。它们都必须根据西方这个普世参照的中心，来界定自己的特殊性和边缘性。

第二，萨义德在《文化与帝国主义》中描写：正如帝国主义扩张被普遍化一样，反帝斗争也被普遍化了。无论是作为殖民话语的东方主义，还是非殖民化运动的“逆向东方主义”，都使得西方的、白人的、欧洲的、先进地区的与非西方的、有色人的、土著的、落后的文化和人民之间的鸿沟日益加深，难以弥合。

第三，非殖民化也像东方主义一样采取非此即彼（either/or）、一分为二的二分法，建构着二元对立的结构。只不过在东方主义那里，起决定作用的前项（西方）在这里被调了个儿。比如说，作为非殖民表现之一的民族文化主义（以黑人复兴运动为例），仅仅是复制了传统东方学说有关东西方、黑人世界同白人世界的差异那一整套无法让人置信的构架而已，在本体论和认识论上都出现了某种似曾相识的同义反复。只不过这次的重点在于夸耀黑人文化的精粹，它们都无一例外地有着文化原教旨主义的特点。非殖民化不过是后来者居上，仍然是一个等级序列的问题。

正如同国内有些学者针对东方主义提出的有关西方主义的说法，在这里，所谓的逆向东方主义大抵和东方的西方主义是同一含义，只差像东方主义那样在实践层面落实它。一如萨义德所发现的：对西方的东方主义而言，东方是被刻板定义、一成不变的异化主体，而东方的西方主义也以其人之道还治其人之身般地将西方普遍化、具体化为一种相应的异化主体。“东方主义和西方主义针尖对麦芒：相互竞争的文化。谁将是‘未被注意到的’（必然的）普世参照点呢？谁将占据‘中心地位’，‘他者’必须根据它来界定自己的特殊性和边缘性呢？”[9](p.227)就此意义而言，我们看到的也不过是文化自恋癖间的冲突。但是究竟哪个是那喀索斯（Narcissus），哪个才是那喀索斯的倒影呢?① 除非历史被拦腰截断，否则很难盖棺定论。

然而，无论是作为沉默“他者”的东方主义，还是作为对话“他者”的“逆向东方主义”，“绝对的他者是无法变成自我的”。[10](p.243) 比如黑人这个绝对的“他者”，他们的文化自豪感仍然处在对人及其社会分析的欧洲中心论设定的结构之中，并试图用这些外化了的概念重新定义非洲及其社会，结果不过是使自己由一个反抗的“他者”变成一个驯服的“他者”。一如加亚特里·斯皮瓦克（Gayatri C. Spivak）所言：“任何一种谴责帝国主义的观点都不能把他者变成自我，因为帝国主义事业已经历史地折射出，本应是完全的他者，最终却变成了巩固帝国主义自身驯化了的他者。”[10](p.236)

（三）关于东方主义或“逆向东方主义”

1. 本质主义之误

萨义德说：“有一种混乱的、有局限性的优先观念认为，只有一种思想的最初倡导者才懂得并能利用这种思想。但是一切文化的历史都是文化借鉴的历史。文化不是不可渗透的。正像西方科学借鉴了阿拉伯人的科学一样，我们也借鉴了印度与希腊的科学。文化永远不是拥有的问题，绝对的债务人与债权人之间的借与贷的问题，而且是不同文化间的共享、共同经验与相互依赖的问题。”[7](p.309)

基于此，东方主义、“逆向东方主义”文化观所犯的根本错误就在于：

① 希腊神话中的那喀索斯（Narcissus）又译作那西沙斯。在希腊神话中，那喀索斯是个英俊的猎手，许多女神对其一见倾心，但他生性冷淡无情，是一个除了自己谁都不可能爱上的人。神女爱歌因为追求他不果，变成了一块石头，但他丝毫不为所动。有一天又有一个神女追求他，他远远避开，冷淡拒绝。这个神女诅咒他说，终有一天，那喀索斯也会被所爱的人拒绝，尝尝这种滋味。复仇女神听到了这个祈愿，应允了她。一天，那喀索斯俯身在一条溪流中喝水，看见了自己在水中的倒影，以为那是住在水中的神女，便如痴如狂地爱上了她，却不知道他爱上的人正是自己。他将双臂伸入水中，想去拥抱这个幻象，但是手一碰到水面，影子就消散了。从此，那喀索斯就坐在溪水边，不吃不喝，也不离开，整天凝视自己水中的倒影，饱尝失恋的痛苦，直至憔悴而死。当他的灵魂通过冥界，他仍然靠在船舷上，注视自己的倒影。仙女们爱怜他的死亡，准备了为他进行火葬的柴堆，但他的遗体突然凭空消失，在原本停放遗体的地方长出一株紫蕊百瓣的花，这种花就是“Narcissus”，也就是后来的水仙花，它生长在池塘边，随时都可以看到自己水中的倒影。自我的混乱就是这种那喀索斯心理，极度地自恋、非常地爱自己往往会导致对“他者”毁灭般的憎恨。

将文化看作割裂的、有地域限制的、单一的、肢解的、排他性的构成，并将这种观点本质化、具体化、固有化、权威化。萨义德指出，实际上帝国主义的历史不仅是互相重叠的领域，也是互相依赖的历史。一个完整的人类文化应该是在西方和非西方相互作用中共同构建的。他说："五大洲的文化历史的整个巨大篇章就是在以土著为一方，以传统的帝国主义或变异的矛盾的帝国主义代表为另一方的合作中产生的。"[7](p. 376) 人类文化是在帝国主义所谓精英文化与"土著部落"所谓落后文化的合作中产生的。但东方主义的文化观却抹杀了这个事实，通过将自己与"土著"分离，建立自己优越的文化观，并凌驾于人类文化之上。"逆向东方主义"虽与之相反，但思路如出一辙，只不过被动的土著的落后地位在这次建构中被自欺地推到了宗主国的地位。

其实，任何一个同一性文化群体，或者说任何一种主义（例如种族文化、民族文化、本土文化、主流文化……）自恋的传统都很悠远，无论西方、东方，又有哪个民族不是呢？东方主义之所以引人侧目，或者这样讲，"欧美关于'非西方'世界的看法与众不同，仅因为在过去几个世纪里，欧美动用军事实力将这些看法付诸实践"① 了。我们都有将自己经历中提取出来的标准和判断强加于另一个人身上的倾向，可怕的是意识不到，并且将这种从我们最为熟知的经历中提取出来的通用模板，简单化为放之四海而皆准的权威。按照萨义德的观点来看，臣属国之所以是边缘的，就是因为在历史上曾经被宗主国的共同视角所掩盖。而简单呼吁普遍权威的人，妄图用他的本质充斥世界。于是有了东方主义、逆向东方主义或资本主义、种族主义、本土主义、民族主义、西方主义等随便怎么称呼的霸权文化观。

而萨义德认为，接受这些"主义"，则意味着"接受帝国主义造成的种族、宗教和政治的分裂。把历史交给形而上学的本质论论点，如黑人文化自豪感、爱尔兰主义、伊斯兰或天主教教义这样的概念，就是把历史交给本质主义，而本质主义将把人类置于互相争斗之中"[7](p. 326)。

---

① 理查德·迈尼尔语，转引自［英］戴维·莫利，凯文·罗宾斯．认同的空间：全球媒介、电子世界景观与文化边界［M］．司艳译．南京：南京大学出版社，2001. 224.

因此，人们根深蒂固的本质主义情结，最终导致了一些文化观念的结构性错误。这些结构总是单面的、片段的、排他的。我们需要知道的是，无论一种思维意识或社会制度的统治多么完全，永远都有某种社会历史是它所无法覆盖和控制的。而我们不能因为它迥异于我们的经验，就将其从我们的经验中割裂出去，并指责其来自另一个本质。萨义德指出："正像没有任何社会制度一样，没有任何观念能涵盖其所涉及的所有领域。"[7](p.364) 因而，对于陈述观念的文本，我们不仅要关心文本说了什么，还要注重它没说的是什么，它为什么只说这个而不说那个（在下文中我仍然要强调）等。所以那种只关心文本陈述，而对文本之外毫不在意的文本中心的本质主义思维，其实会阻碍文化真正的再现。

就像托马斯·艾略特（Thomas Stearns Eliot）所言："没有一个诗人，没有任何艺术家具有单独的完整的意义。"① 文化也是如此，它远远不是单一的、统一的或者自成一体的，并不像它表现的那么"纯洁"。萨义德总结："它们实际上含有的'外来'成分、'异物'和差别等，比它们有意识地排斥的要多。"[7](p.18) 而那种因为对"纯洁"的自以为是而抽调了历史和政治的文化观念，很少能够概括全面，比如帝国主义抹去了其与殖民地的历史联系。正是这种去历史、去政治的审美本质主义思维，极大地限制了人们对文化的理解，甚而会导致错误的认识。审美中心主义者的特点就是忘记打破排除，它将"他者"的现实与通过排除取得的现实混为一谈，或者说它将对美的尊敬与对"他者"的尊敬混为一谈，并将其本质化。因此对审美中心主义者而言，殖民主义就这样被毫不费力地遮掩了。东方主义的特点从来都不是对"他者"的忽视，而是在所谓"纯洁"的审美中对"他者"进行排除。殖民主义的暴虐，实际上是对"他者"进行审美至上的尊敬和推崇。所以萨义德才指责，标榜审美至上的西方高雅文化正是基于对这种错误认识的共识参与了帝国主义的远征。一如萨义德所言："本质主义与排他主义的理论或设置障碍与偏袒一方的问题在于，它们提倡两极化，饶恕无知，又蛊惑人心，却无益于知识的增长。"[7](p.40)

---

① 参见［英］艾略特．传统与个人才能［A］．［美］爱德华·W．萨义德．文化与帝国主义［M］．李琨译．北京：生活·读书·新知三联书店，2003．2．

2. 一些误读①

萨义德的《东方学》在20世纪90年代传入中国后，曾引起强劲的冲击，一石激起千层浪。国内响应者众。之所以这么走俏，与当时特殊的国际国内形势有关。正如学者陶东风所分析的，《东方学》是在加速的全球化进程和日渐高涨的文明冲突论的呼声中舶来中国的，而当时的中国在外先是因人权问题与美国摩擦不断，紧接着是申奥失败、驻南斯拉夫大使馆被炸。这些事件的出现，在挫伤民族情感的同时，激发了全民的民族主义义愤。这个外在的气候促成了国内学术界、文化界“国学热”的兴盛，出现了文化民族主义的回潮。《东方学》于此时引进可谓顺理成章、恰逢其时。当时围绕着东方学，具体而言，是围绕着谁有权表述东方，以及谁有权决定东方的未来这个问题，先后出现了“中华性问题论争”、“国民性问题论争”，不少学者纷纷卷入论战。在对这些资料进行消化的同时，不难发现这些论争中出现的问题，集中表现为对萨义德文化观，尤其是东方主义文化观不同程度的误读。在此笔者选择几种具有代表性的观点进行分析：

第一种误读，集中表现为对现代性的反思。该观点认为，对西方现代性的全盘接受导致了西方对中国的文化殖民，指出现代化与殖民化之间的联系。在这里，我们看到由于对萨义德东方主义观未加思考就全盘接受，致使以往对现代化的理解发生了根本逆转，它由一个文明化的历史进程转变成殖民化的扩张过程。代表文章有《欧美人眼中的“非我族类”》、《赛义德的东方主义与西方的汉学研究》等。在这些文章中，作者不加思考地应和并肯定萨义德描述的东方主义现象，并为东方主义寻找中国版本，将中国现代性描述成西方“他者化”的表现，列举了中国近代以来西方汉学与国内学术界东方主义的种种表现。与之相关的还有“中华性”的讨论，鼓吹中华复兴论。这种观点的谬误之处在于：首先，有些学者指出，这是将一个时间性的范畴偷换成一个空间性的范畴，即如果全人类必定要经历

---

① 这一小节的论述主要来自对陶东风先生《当代中国的文化批评》（北京大学出版社 2006 年 1 月版）中的部分资料和观点的借鉴。在该书第三章“当代中国的后殖民批评”中，陶东风先生分析了中国后殖民批评的发生以及社会文化语境，并对“中华性”论争和“国民性”论争进行了介绍和分析。本文在掌握其信息的同时在部分观点上有不同的理解。

现代性的话，那么只是时间先后的问题，现代性因而是全人类共有的文化财富，不存在谁对它的独占和垄断。现代性并非西方特有的文明，所以也就并不存在所谓的殖民。这种解释不能用来纠正这里的观点。因为这种解释是从肯定现代性的角度回击，而这恰巧是对萨义德文化观的另一种误读，实际上绕过了问题。其次，东方主义是作为萨义德极力否定的一种排他主义文化观而遭到其批判的，而国内的学者，却在为这种观点搜罗中国证据，并以一种“逆向东方主义”的方式强化了对这种观点的维护——像有些学者戏谑的，眼药水抹到了脚后跟——这不得不说是极为荒唐的。

第二种误读，仍然是与现代性有关的，也就是以上所论述的有些学者针对第一种误读所作出的反驳，主要是对现代性的肯定。该观点主张，现代性是人类共享的文化成果，不存在文化殖民，只存在对现代性的先后拥有，否认东方主义描述的“他者化”历史。代表文章有《东方之误》、《世纪末的文化偏航——一个关于现代性、中华性的讨论》等。在这些文章中，始终坚持着启蒙主义的统一论调。这里涉及的误读主要有：首先，萨义德确实主张文化共享，但是基于对社会达尔文主义的怀疑，他没有将现代性划入人类共享的文化范畴。现代性本身是西方的话语建构，它的提出者是欧洲人，也必然贴着“西方制造”的标签。而现代性作为西方人提出的霸权知识，为何对每个主权国家都有通约性？换言之，为何每个主权国家都必然要经历西方的现代性？其次，即便全人类不可避免地要经历现代性，那么为何非得以西方构建的形态来表述现代性？这种构建难免有着种族主义的印记。总之，针对现代性属于时间性这个观点，有两点需要注意：其一，我们不应犯这样的错误，臆断遍地都属于同一个时间（即我们所谓的“他们知道现在是春节吗?”）的错误；其二，不能犯关于任何国家固定的演进模式的错误。

事实上，第一、二种误读刚好对应萨义德“逆向东方主义”中所描述的非殖民化的表现之二，萨义德将其比喻为“驶入的航程”，而这种文化观是被萨义德所批判的。综上所述，第一、二种误读中存在的主要问题是并没有仔细分析、消化萨义德的文化观，只是简单地生搬硬套，错误地将萨义德否定的文化观奉如圭臬，并用来指导自己的批评实践。

第三种误读，是将萨义德的文化观简单化、表面化、字面化，拘泥于东方/西方地理范畴的有效性和适用性上。该观点认为，萨义德的文化观所强调的东方主义中并不包括中国，而只有阿拉伯中东世界。这种观点的逻辑是，东方不包括中国，所以东方主义不适用于中国。即便东方主义适用于中国，难道就没有东方的西方主义？这里，最具代表性的就是余英时的文章①。这种误读中存在的问题有：第一，萨义德的文化观绝不停留在东方/西方这个二元对立的地理结构上，他的东方也不仅仅指东方——一个地理称谓。萨义德不止一次强调东方是个相对概念，相对西方而言它是东方，相对中心而言它是边缘，从来都不只是东方或者西方的问题。萨义德说，这个概念极富弹性，它“可以用无数的方式指涉与‘我们’不同的对象。我集中于伊斯兰世界只是为了方便分析”[8](p.107)。因此东方不仅是东方，它只是方便我们表述的抽象词，无所谓包不包括中国，它等于边缘的、反体制的、反官方的、激进的……而东方主义则是对它的贬损、压制、虚构或者美化，所以是值得批判的。同样，西方也绝不仅仅是个地理范畴，这个名称显然常常与那些政治或经济上看起来优于其他地区、民族的地区、社会群体、民族相联系。它等于中心的、体制化的、官方的、统治的……而西方主义则是对它的压制、贬损、虚构或者美化。第二，东方的西方主义实际上就是逆向的东方主义。无论是东方主义还是西方主义，萨义德要强调的是对任何同一性话语、任何文化霸权的反抗与批判。问题从不在狭隘的地域观（东方、西方）上聚焦，而是专注于文化压制差异性导致文化多样性消失这个有违文明的后果。

第四种误读，是将萨义德的文化观本质化、具体化。该观点主张：萨义德的文化观是一种泛意识形态的文化观，它把所有的文本都看作意识形态的文本，并将所有的文化现象都放在权力和占有关系中解读，代表文章有《“后殖民文化批评”面面观》。这里面需要弄清的是：首先，意识形态的先见不可避免，而文化不是一个真空，它也许天生并非意识形态的，只是在具体的条件下才能成为意识形态的，而且通常是让人不愉快的那一种。萨义德更加强调加强文化的历史范畴，所谓历史的悬置难以做到，因为过去会以未来的方式回返，以往的意识形态是以反文化的面目出现而被

---

① 余英时在《历史人物与文化危机》中指出理解萨义德的观点有两点特别值得注意。其中一点就是，“萨义德的‘东方’主要指中东的阿拉伯世界，并不包括中国……这是中国人引用‘东方主义’的说辞时首先必须注意的重要事实”。此处引文转见萨义德《知识分子论》译者序。

人深恶痛绝，现在的意识形态却是在建构中主张自己的文化关怀。所有的事物都在盗用文化的名义，文化作为人为的、有意识的建构绝不能被无意识地接受。其次，萨义德向来反对任何固有化、具体化的本质主义思维，基于审美原则，主张对文化的去意识形态把握，其实仍然是一种审美本质主义的思维。这种对审美非功利性、非意识形态性一味强调的论调，只会将过去的以政治附属物而存在的文化/文艺重新投入审美伪证的陷阱，无异于另一场灾难性的误读。

如上所述，人们之所以会对萨义德的文化观有如此多的误读，原因有二：第一，任何一种理论由此时此地向彼时彼地引进，不可能不发生改变。诚如萨义德所言："观念一旦因其显而易见的效用和力量流布开来之后，就完全可能在它的旅行过程当中被简化，被编码，被制度化"[8](p.151)，甚而被面目全非地改化。萨义德称这种现象为"理论旅行"①。由于不存在中性的、一尘不染的阅读，每种阅读都不可避免地受制于自身的"先行结构"②，但我们不能因此武断地判定任何阅读都是误读。按照萨义德的观点，想要避免这种现象就必须始终坚持一种批评的意识，同时要结合理论产生的原始语境，具体问题具体分析。第二，诚如此小节开始所陈述的，《东方学》的引进有着特殊的国内国际语境，对它的阐释必然也就带有一定的倾向。国内的某些学者基于审美非功利化的本质主义学术态度，自然会对这样一种有着强烈政治—权力话语色彩的理论心存警惕，加之民族主义的回潮，将其本土化、异化并且本质化也就理所当然了。

---

① 萨义德认为一种理论，在被引介到其他地方多少都会发生变异，不再忠实于其起始的意图，必然会牵涉到与始发点情况不同的再现和制度化的过程。这就使得关于此原始理论及观念的移植、转移或者流通和交换的所有说明变得复杂了。同时他还认为，一种理论旅行过程包含四个阶段。一是要有一个发轫的起点，让观念能够进入话语。二是要有一段穿行的距离，一种能够让观念穿越各种文本压力的通道。三是要有一些允许被移植的理论和观念得以被引进的条件，或者是为了全盘接纳，或者为了抵制。四是指完全或者部分被容纳和吸收的观念因其在新时空中的新位置和新用法会受到一定程度的改造。详见《赛义德自选集》第138页。

② 海德格尔认为主体在对艺术文本进行理解时并非任意进行，而是有着理解的前结构，理解的前结构是由先行具有（历史文化的先行占有）、先行见到（规定了理解方式的语言观念和形式）、先行掌握（解释前就具有的观念前提）三方面构成，这种前结构，也可以理解为先行结构，它规定着主体的先入之见。

萨义德在世的时候总是不断地参加访谈，不断地澄清别人对自己理论的误读之处，理论的确切性总是越辩越明。这些陈年的旧案，对每一个新接触萨义德文化观的人都有前车之鉴之功用，而对它们的整理廓清，也有助于我们更清晰明确地接近其原始的意图。

二、值得向往的文化观

（一）基本特征

萨义德的文化观由对位的两极构成。以上我们分析了萨义德所批评的文化观，主要是一种排他性的本质化的文化观，比如东方主义、“逆向东方主义”等等。通过对前者的批判，我们对位归纳就可得出萨义德对文化正面的态度，通过对比概括，大致可以作出这样的结论，这些结论之间在层层递进的同时又不是截然分开的：

首先，萨义德主张文化是被建构的，是多元的、异质的、相互作用与影响的混合体。他说：“简言之，它们（文化——笔者注）处于世界当中，因而是世事性的”[8](p.61)，因而要回归“世俗的、平凡的、现世世界的定位”[11](p.169)，它是“加盟”的，“与在现世中的习惯、个人、等级和组织构建关系有关”[11](p.170)，因而具有反排他性。它内在于历史的进程中，是在多种语境作用下的一种建构，最先是被人有意识地建构却被人无意识地接受了，所以不能因为它有清高的性质（所谓清高的性质也是人们对它的美化建构——笔者注）而将它“与日常世界隔离开来，把它视作一种高高在上的东西”[8](p.165)，比如欧洲文化的建构。欧洲文化的起源并非纯粹来自自己的欧洲身份，这个最初被唤作欧罗巴的公主是有着东方血统而被掳去欧洲大陆的。① 欧洲文化的源头不仅有希腊、罗马，还有希伯来，受惠于遥远的中亚文明。但是，欧洲人在建构西方文化时总是忘记自己与东方母亲的联系。这种认识，直接导致了类似东方主义这样的霸权文化观。

---

① 传说欧罗巴（Europe）为希腊神话中腓尼基西顿城国王阿革诺耳之女。她的倾城之貌引起万神之父宙斯的爱慕，于是宙斯变成一头肉牛，将她从腓尼基劫到克里特。后来她成为克里特国王弥诺斯、基克拉泽斯群岛的国王拉达曼提斯和吕基亚王萨耳珀冬三兄弟的母亲，并受到克里特人的崇拜，她就是欧洲的起源。

其次，萨义德所肯定的文化观是质疑现代性的。分析来讲，现代性包含着许多集权的因素，因为现代性是追求秩序和结构的（方便统治），它是建立在逻各斯中心主义之上的。比如东方主义（包括“逆向东方主义”）就是这种结构的集中体现。它通过复杂的语言/修辞策略，设置了一系列二元对立：西方/东方、文明/野蛮、国家/部落、科学/迷信、先进/落后、理性/非理性、启蒙/待启蒙等。在这些二元对立中，又总是前项决定后项。东方主义（“逆向东方主义”、语言中心主义、资本主义等）就是这样肯定现代性的一种文化观。萨义德对这种文化观的批判，必然会导致其对现代性的质疑。正如霍米·巴巴（Homi K. Bhabha）所强调的，现代性总是意识形态话语性质的，这样它总是会为不同的国家、种族和民族设定一个霸权主义规范。这就是现代性的形象，自认为承担着为多数人说话的使命，但是它本身的社会处境却是享有特权的少数人处境。萨义德提倡的文化观致力于消除二元对立，因而可以说是反现代性的。他曾言：“事实上如果这能够彻底消除‘东方’和‘西方’，那么，我们就能在雷蒙德·威廉斯所说的对‘固有的统治模式’的‘忘却’（unlearning）过程中向前迈进一步。”[8](p.28)

最后，萨义德主张的文化观是发展变化的。它反对一切本质主义、教条主义，具有强烈的实践性和宽容精神。因为萨义德认为，文化本身“涵盖一切实践，诸如描绘、交流和再现等艺术”[8](p.163)，它不唯独是“一种舞台，上面有各种各样的政治和意识形态势力彼此交锋”[8](p.165)，同时，它又“属于一个包容性更广、更具能动性的历史”[8](p.166)。文化是“你中有我，我中有你，没有任何一种文化是孤立单纯的，所有的文化都是杂交性的，混成的，内部千差万别的”[8](p.179)，“从来都不是清一色，不是东方或西方专有的东西，也不是一群男男女女专有的东西”[8](p.177)。这就要求我们对文化的认识必须是宽容的，要“打破疆界、类型、民族和本质局限……[8](p.178)”，坚持历史发展变化的眼光，与时俱进，并在实践中促进知识的多样增长。

综上所述，萨义德倡导的文化观完全是建立在对东方主义（“逆向东方主义”）的纠正之上的。它是对东方主义一极的对立、对抗、对位。它肯定差异性与多样性，强调混杂性、中间性，反本质主义、极权主义，反同一性、排他性。一言以蔽之，它是一种多元主义的文化观，这种文化观不仅是一种认识观，还是一种世界观、历史观、知识观和社会观。

由此我们有必要将这种多元主义文化观与以东方主义为代表的现代性文化观作一对比，进一步深化对以上结论的认识。根据萨义德文化观中两个对立的两极，我们可以绘出一张对位的表格，在这张表格中通过比较构成萨义德文化观的核心语汇，可以一窥萨义德文化观的全貌。

	萨义德否定的文化观	萨义德肯定的文化观
(1)	二元对立逻各斯中心主义	多元并存反本质主义
(2)	时间结构空间 (社会达尔文主义进化论)	空间突破时间
(3)	线性的等级序列	非线性的对位序列
(4)	选择（文化选择）	组合（文化组合）
(5)	家园意识，多的是朝圣者	流亡意识，多的是观光客
(6)	同一性、共识	差异性、非共识
(7)	中　心	边　缘
(8)	局内人	局外人
(9)	信仰阐释学	怀疑/批评阐释学
(10)	专业知识分子	业余知识分子
(11)	绝对的知识	有争议的知识
(12)	像一个熔炉	像一个沙拉拼盘
……	……	……

以上表格，需要简单指明的有三点：其一，这不是对萨义德文化观一个绝对的结构勾勒，只是重点选取并总结了萨义德文化观中的核心语汇。之所以觉得有必要，是因为图表能方便我们更明晰地理解萨义德文化观的主旨。譬如，我们可以用同一个句型只要更换必要的词汇就能对萨义德的文化观加以描述：萨义德的文化观否定｛（1）、（2）、（3）……｝，肯定｛(1)、(2)、(3）……｝。其二，这12组对举之间的关系并非简单的彼此否定，并非非此即彼（either/or），而是既此既彼（and/and），也不存在互为表里、前项决定后项这样的逻辑，而序列之间的关系更是环环相扣。其三，这个表格并非封闭、独一无二的体系，而是无限开放的，随时

可以补充新的元素组成新的对位的序列。

简言之，这个表格是对照萨义德批判的文化观的特征而勾勒出其肯定的文化观的特征，这12组序列中每一个后项都是萨义德主张肯定的。

由于篇幅所限，同时鉴于（1）至（4），（6）和（7）在前面的分析中都反复强调并解释过，在此就不加赘述。只是对（5）｛家园意识（朝圣者）/流亡意识（观光客）｝、（9）｛信仰阐释学/怀疑阐释学、批评阐释学｝、（10）｛专业知识分子/业余知识分子｝、（11）｛绝对的知识/有争议的知识｝进行扼要说明。而在（5）、（9）、（10）、（11）这四组序列中，由于后三组都是针对（5）｛家园意识（朝圣者）/流亡意识（观光客）｝生发而来，所以可将解释的重点放在第（5）组序列中，其余三组作为基本概念放在注释中予以说明。重要的是这四组序列之间的有机联系，反映了萨义德文化观的理论脉络。

作为一个美籍巴勒斯坦人，故乡永难归返，祖国早已被推翻。对萨义德而言，流亡构成了他生命中的重要部分，也是他的文化观中频繁出现的主题，这也许是因为他自己的亲身经历使得这个话题很难避免，但更重要的原因恐怕是流亡、局外人的身份对于一个知识分子保持清醒的认识至关重要。

萨义德出生在耶路撒冷，但青少年岁月大多在开罗和黎巴嫩度过。他所出生成长的地方现在已不复存在。巴勒斯坦如今成了以色列；黎巴嫩历经20年内乱，面目全非；殖民地、君主制的埃及在1952年被推翻。萨义德生为阿拉伯人却是基督教徒，身为巴勒斯坦人却持美国护照，加上他始终拿不定自己的母语是阿拉伯语还是英语，以及阿拉伯姓氏上架了一个不知所以的英国名字，这使他无论到哪里，都是永远的局外人。按照他在回忆录中的说法，他总是“Out of Place”——格格不入的。终其一生离乡背井，流离漂泊，但是萨义德却认为他的背景和经历导致的身份割裂、多重重叠以及流动飘零，其实还是幸事一件。他说：“我是个巴勒斯坦的阿拉伯人，也是个美国人，这所赋予我的双重角色即使称不上诡异，但至少是古怪的。此外，我当然是个学院人士。这些身份没有一个是隔绝的；每一个身份都影响、作用于其他身份。”[12](p. 12)他曾言，作为一个知识分子，在哪里都不要有太多“家”的感觉，“宁取格格不入”。这也是为什么他的文章中多的是“拔根”（uprootedness）、“无根”（rootlessness）、“无家可归”

(homelessness)、"失所"(dislocation)、"移置"(displacement)、"漂泊离散"(dispora)、"排除"(exclusion)这样的术语的原因吧。

萨义德认为，流亡既是对知识分子位置的一种比喻，也是对知识分子思想观念的象征。他说："把知识分子设定为圈外人的模式，最能以流亡的情况加以解说——永远处于不能完全适应的状态，总是觉得仿佛处于当地人居住的亲切、熟悉的世界之外，倾向于避免，甚至厌恶适应和民族利益的虚饰。"[2](p.48)对知识分子来讲，最重要的就是不故步自封，总是对现实感到不满，采取批判的立场，这就使得知识分子群落必须游离在权力核心之外，成为边缘人，始终抗拒，不被纳入，不被收编，也敢于向权势说真话。而流亡的位置使得知识分子与权力中心保持疏离因而也就造成了批判的距离，提供了观看事物的另类角度，同时具备了过去与现在，他乡与此地的双重视角，不会受制于陈陈相因的传统，也不会执意追求同一性认同。这种角度和思想，不正是多元文化主义的文化观所倡导的吗？以萨义德自身为例，正是因为一生不断的流亡使得他身上具有了巴勒斯坦、埃及、黎巴嫩、英国、美国、伊斯兰教、基督教等多种文化元素，塑造出了文化的混杂现象(cultural hybridization)，才使他能以多重的视野观察、体验事物从而对文化霸权提出批判，进而为实现人类自由的文化理想作出贡献。

阿多诺也曾经把知识分子再现为永恒的流亡者，以同样的灵巧来回避新与旧，并且认为作为流亡者的知识分子不仅要在观念中有不拘一格、流动的意识，还要将其贯彻到行文的风格中，所以阿多诺的写作特色也像他的流亡身份一样，富于片断化，突兀、不连贯，没有情节或预定的秩序。萨义德分析，这代表着"知识分子的意识在任何地方都不能平静，一直防范着来自成功的奉承、诱惑"[2](p.52)。萨义德认为，对于知识分子来讲重要的不是流亡本身，而是流亡所带来的多重视角，他也并非在建议所有的知识分子都该去流亡，而是无论流亡与否都该具有一种流亡的意识，或者都该受一种流亡意识的启发。他说："因为流亡者同时以抛在背后的事物以及此时此地的实况这两种方式来看事物，所以有着双重视角(double perspective)，从不以孤立的方式来看事情。新国度的一情一景必然引他联想到旧国度的一情一景。就知识上而言，这意味着一种观念或经验总是对照着另一种观念或经验，因而使得二者有时以新颖、不可预测的方式出现：从这种并置中，得到更好甚至更普遍的有关如何思考的看法，譬如借着比较两个不同的情境，去思考有关人权的问题。”[2](p.54)

流亡无疑是文化多元的一个象征，这意味着关于文化的认识总是不会局限于地域（东方、西方）或者一个固定的对象（文本自身）。它总是流动的、边缘的、游移不定的。按照萨义德的观点，正是这种流亡的意识和背景将知识分子，或者一般的流浪者、移民与反帝国主义、反霸权主义的文化斗争联系了起来。

萨义德认为，我们这个时代比历史上任何时候都产生了更多的难民、移民、无家可归的人和流亡者，他们之中大都是后殖民化时代①和帝国主义争斗的副产品，他们的位置决定他们是富有反思的时代产物。萨义德同时分析，与现代化时期总是被轻而易举地编入结构中的人不同，“这些人无法融入新出现的权力结构中，由于他们的不固定性和顽固不羁，被既定的秩序排斥在外”[7](p.472)。因而，知识分子不仅要为这些游民、被边缘化的人说话，还要借鉴他们的角度将自己变成能够宽容他们的容器，在新建构的文化地图中也要有他们的一席之地。

萨义德指出：“作为知识分子责任的解放运动产生于对帝国主义限制和破坏的反抗和对抗中，从一种固定、稳定和内化了的文化转变成了一种没有限制、没有中心和流放的力量。这种力量的化身是移民；它的灵魂是流放中的知识分子和艺术家；它的政治人物是那些处于领域边缘、形式边缘、家边缘和语言边缘的人。”[7](p.472) 正是流亡赋予知识分子解放的使命，这种“流亡意识”因其对集权文化的反思而具有了对其补偏救弊的功用。

对于以东方主义为代表的霸权文化观的纠正之一就是：要使得以前被边缘化的文化要素重新享有平等对话与交流的权利，恢复其应有的生机和活力，但绝不意味着要使边缘化的东西中心化，那是“逆向东方主义”的做法；要使得曾经被边缘化的文化要素始终防范被再度中心化、本质化的危险，否则就会制造出新的二元对立模式。比如说曾经风靡全国的“中华性”、“国民性”的讨论，就是被边缘化的本土文化表现出重新本质化的倾向的证据。根据萨义德的观点，任何文化都是杂交性、拼贴性的，不可能

---

① 后殖民化时代主要指从时间上加以规约的、殖民统治之后的时代。而这个时期的文化集中表现出对殖民时期文化的反思、抵制甚而是颠覆。

纯粹和单一，东方主义思维的要害就在于漠视这种杂交性、混杂性，而使其中的某个文化要素中心化并本质化，以至于对别的文化要素构成了压制。而流亡的力量恰如瓦瑞利奥所言，“不在于有侵略性，而在于超越”①，超越狭隘的二元对立的模式。它使人明白并非只有白人才能表述白人的文化，并非只有东方人才有权表述东方的文化，并非只有黑人才能表述黑人的文化。文化并非只能是白人的、黑人的、欧洲人的、亚洲人的、伊斯兰教的、基督教的，因为没有一个人是单纯的，尤其是流亡的人。流亡的人是跨越国界、跨越民族、跨越种族和宗教的，这使得他同时也能超越这些或者有形或者无形的限制。每一个人都拥有对文化表述的权利，而每一种表述都因为各自的语境值得被尊重而非相反。

与“流亡意识”相对的“家园意识”，则是萨义德要质疑的。这里的家园不仅仅指一幢房子、一个故乡，而是任何画地为牢的念想，因为“家园意识”不仅是一种防御，将“非我族类”的人全部关闭在家门之外，还意味着一种侵略，将任何陌生之地全部改造成熟悉的家园。根据萨义德的描述，帝国主义不就是这样的一种侵略吗？将全世界的土地全部变成自己的领地，将全世界的资源垄断为私人资产。曾有人言及，帝国主义将世界变小了，那是因为它将“家”变大了，它要“家天下”。对此，萨义德用了雨果的名句，说道：“热爱自己祖国的人只是一个软弱的初学者；一个以他人的家园为家的人就有了力量；一个以世界为陌生之地的人则是一个完美的人。一个软弱的人只把爱着眼于一个地方；坚强的人把自己的爱普济于世；完美的人则超脱于爱。”②“流亡意识”正是对“家园意识”的扩展与超越。流亡能够超越家的樊篱，超越帝国的、民族的或省的边界限制，因为这些限制都会将人划分成三六九等，通过不停地强调我们的、我们国家的、我们民族的——我们“家”的文化是天下第一，或者在这方面不是天下第一，而去统治别人或者臣服于别人的统治。像萨义德所说，只有一个具有“流亡意识”的人，“才能抓住人类的历史以及他多样和特殊的书面记录的真谛；否则的话，一个人就更为歧视的排他性和反动所限

---

① 参见瓦瑞利奥．领土安全［A］．［美］爱德华·W．萨义德．文化与帝国主义［M］．李琨译．北京：生活·读书·新知三联书店，2003.472.

② 参见维克多·雨果．解说［A］．［美］爱德华·W．萨义德．文化与帝国主义［M］．李琨译．北京：生活·读书·新知三联书店，2003.477.

制，而不是去追求真理中相反的自由”[7](p.477)。萨义德认为人永远处在移民之中，处在流亡之中。即便没有外部的漂流，他也是内心的流亡者，从一抔黄土到上帝，他是自己灵魂中的移民和流亡者，不可能永远是在家状态，而他分析正是从流亡中，我们看到了非强制性文化的可能。因为流亡让我们意识到或许从来就不存在本地人，不存在囿于自己所属天地的人们，不存在与更广阔天地接触却仍然保持自己纯洁性的群体。萨义德预言：有一天当人们都能这样想，就会迎来免受统治的未来。然而，流亡绝不是对自己家园的抛弃，它是建立在对家园祖国的热爱和联系上的。萨义德总结：“流亡的普遍真理不是一个人失去了家园，失去了爱”[7](p.477)，而是因为超越而更懂得去爱，更能充满同情、更具体、更相对地考虑别人，从而在联系中把握自己的文化和历史。

基于此，萨义德的文化观要求人们不要做自己家园的“朝圣者”，而要成为大千世界的“观光客”。对一个有“流亡意识”的人而言，门从外面关闭，家就成了一个梦想；对一个有“家园意识”的人而言，门从内部关闭，家则成了一个监狱。这同时意味着我们的文化研究必须要有“流亡”者的觉悟，必须要跨文化、跨地域，而以往拘囿于“家园意识”（实际上就是地盘意识），认为文化权威不容冒犯的本质主义态度严重与世事脱节，固守教条主义，阻碍了我们的文化研究，使其对当今的文化现象无法作出合理的解释。

与此相呼应，我们也不能拘囿于“家园意识”，基于学术的专业能力不容置疑这种本质主义思维，而对“专业知识分子”有过多的期待和尊崇；不能因为所谓的学界不可跨越这种本质主义思维而对“绝对的知识”敬若神明；不能只是做“信仰阐释学”的工作，而应更多地投身于“怀疑阐释学”的工作中去。我们更多的是要从“流亡意识”出发，肯定“业余知识分子"① 在反专业垄断中所起的作用，肯定"有争议的知识"② 在反知识霸权中所起到的影响，肯定"怀疑阐释学/批评阐释学"③ 在对文化的征候性阅读中带给人的启示。如此一来，"我们可以避免把局部当作整体，把暂时当作永恒。更为重要的是，我们不至把惯常误认为必然"[13](p. 343)，从而为追求自由平等的多元文化——这个新人文主义的文化理想，扫清障碍。

（二）关于新人文主义与多元文化主义

1. 扩展的人文主义

艾德蒙森在名为"扩展人文主义——萨义德访谈录"中，将萨义德的文化观归为一种广泛的人文主义传统，认为萨义德的文化研究的方法，仍然来自阿诺德和特瑞林的人文主义的传统，只不过萨义德要人们做的是把

---

① 业余知识分子：萨义德在《知识分子论》第四章"专业人士与业余者"中，专章讨论了他对所谓专业和业余划分的怀疑。他认为今天知识的诚信普遍受到一种专业化的压力。专门化不仅使知识分子的视野变得局限，而且也意味着越来越多技术上形式主义的要求和相对来讲越来越少的历史意识。专门化同时也使得知识分子对文学艺术丧失了敏感和热情，使他们变得日趋冷漠，受制于技术和所谓的专业能力。同时萨义德指出专门化戕害了知识分子的兴奋感和发现感，而此二者是知识分子性格中不可或缺的，专门化不过是使人变得懒惰最终听命于人。同时，专业化的追随者往往会成为教育体系中的工具，从而不可避免地流向权力和权威成为霸权知识的巩固者和受益者。所以萨义德认为，只有业余知识分子才是文化霸权真正的反对者，他们认为身为社会一员有权对所谓专业和技术的话语进行不专业的提问和质疑。他们帮助社会实现民主，一种知识拥有的民主。只有他们才是超越霸权知识的社会良心。

② 有争议的知识其实可以和专业化以及业余化一起理解。对于专业知识分子而言，他们鼓吹专业，强调形式，是在用专业垄断知识形成权威从而建立了在专业基础上的绝对的知识，一个无可争议的知识体系。萨义德认为这种知识体系处于不断循环中，尤其在传授和接受的循环中不可避免，从而巩固了知识霸权。但是对于业余知识分子来讲，他们总是参与分享知识的权力。他们敢于向权势说真话，为的是建立有争议的知识，完成知识的平权实践从而实现了人权的平等。

③ 批判性阐释（critical elaboration）又被译作怀疑阐释学。在《扩展人文主义——萨义德访谈录》中，萨义德指出，自己这个术语来自对葛兰西的借鉴。我以为，与萨义德强调的怀疑阐释学相对的是一种信仰阐释学，这种信仰阐释学建立在对知识的绝对信奉上，认为一切专业权威都是不刊之论。基于这种认识，信仰阐释学要求的是对文化的专业阐释或者说就是独断阐释，不允许不同的声音和见解。而怀疑阐释学要求的是对文化的多样解释，甚而是边缘解释，需要的是业余知识分子那种敢于向权势说真话的批判精神，它质疑权威，肯定不同的见解。

人文主义的价值应用到比阿诺德或特瑞林广泛得多的方面上。萨义德同意了这种说法，他说："或者说更一致（指与人文主义——笔者注）。更一致。你瞧，因为我和广泛的人文主义传统没有不合之处。……我一直在写一本大书，书名叫《文化与帝国主义》（将于1993年1月出版），研究的就是广泛的人文主义原则……"[3](p. 131)

综上所述，我们不难看到萨义德所说的广泛的人文主义原则强调以人为本，认为人的终极状态是自由，出于对这种觉知的负责，人必须诚实地面对世界，面对生活，并且要有勇气承担与这种诚实途径相伴而来的异常艰辛的各种研究。为了更真实地接近对世界的理解，必须放弃简单化的思维体系所提供的种种便利，坚持发展辩证地看待周遭的事物，尊重以真理为名的"绝对的知识"，但是并不贬低任何"世俗性"的知识，不贬低来源于宗教经验和其他另类意识状态或者感情的思维，但是强调事实是决定这些思维是否能够成为知识的唯一途径，因为人类的知识并不完善，所以由此而获得的对世界的认识和相应的科学结论并不代表着终极真理。知识具有不完善性和非终极性，它必须在不断变化的社会条件下受到持续修正。

按照萨义德的文化理想，这种原则主张人的价值体现在生活之中，相应地，现实世界也决定了人类价值观的范畴，所以不能将价值观放入一个超出现实的期望性范畴里（如鼓吹文化优越感等），也不能建筑在某些超现实或者先验性的"现实"上（如虚构的历史经验等），试图借此来获取更大程度的安全感，否则只会造成对世界的幻觉以及对历史的歪曲，而一旦这些幻觉成为人类公认的行为和社会政策的基础时，错误就会随之而生。比如帝国主义的侵略、种族主义的清洗。同时由于任何文化观（比如哲学、宗教）都是人为创造和建构的产物，因而不可避免地带有人类目光的偏见（先行结构，先入之见）。这种偏见使人们对世界的理解总是局限于人自己创造的方法中（比如文本中心主义、审美非功利性法则），以及先验的知识储备中。然而，萨义德指出，人类的历史是发展变化的，传统也是需要随之丰富和拓新的，创新基于传统，而创新也总会变成传统。这就要求我们的伦理必须处于一种现实的而非理想的范围内（那种认为传统总是固定不变的、知识总是真实可靠的理想）。虽然伦理本身是一种理想，但理想只能作为生活的指导。这就要求反对一切将知识体系绝对化、权威化，将思维方法本质化、教条化的做法；反对将理想化的道德价值强加给世界，主张解放思想、勇于探索，不停地探索新世界，发现新事物，创造新的艺术，寻求解决老问题的新办法，经历新的感受以求进步，最终实现人类解放的终极目标。对萨义德而言，以东方主义为代表的文化观正是因为有违人文主义的基本原则（反动性、欺骗性、无视历史，甚而反人性），才造成了系列灾难性的后果，给殖民地人民带来了不可磨灭的精神创伤，所以急需得到人们的修正。一种新的文化观必须杜绝这类思维，未雨绸缪，防微杜渐。

正是基于这样的人文主义原则，萨义德才提出了多元主义文化观的理想，或者这样讲，他的多元主义文化观正体现着他一贯坚持的人文主义立场，甚而可以说是一种更为广泛的人文主义立场的表现，所以我们不妨将其称作新人文主义的文化观。萨义德主张的这种值得提倡的文化观，从世界观、历史观、知识观、社会观四个层面强化了人文主义的伦理自觉，综合前文的分析，我们可以归纳如下：

首先，新人文主义文化观是一种提倡平等的世界观。它认为不存在任何一种优于其他文化的文化，也不存在一种超然的标准可以强加于其他文化，承认文化的多样性和差异性，以及文化间的平等和相互影响。萨义德批评那种文化优越论的论调，认为它们总是基于一种民族主义和帝国主义的固有眼光，总以为自己的文化可以成为世界文化的标度，归根到底是基于一种“我们”的认识，看不到“我们”之外的事物，比如，我们是东方人，你们不是。萨义德在《文化与帝国主义》一书中指出：“那种民族主义和帝国主义的两极理论已不复存在了。我们认识到，新的权威不能代替旧的权威；跨越国界、跨越国家类型、民族和本质的新的组合正在形成。正是这种新的组合现在正在向帝国主义时代文化思想的核心——身份认同——这种极端僵化的概念挑战。”[7](p.21) 在这里有两个问题值得注意：其一，有关身份认同。无论是在《东方学》、《文化与帝国主义》还是《知识分子论》中，萨义德都批评了强制性的身份认同所造成的偏狭的文化观的危害。拿西方文化为例，以1492年大航海时代发现新大陆为起点，五百多年欧洲与“其他人”（非欧洲）之间的有规律的交流中，一个几乎一点不曾改变的观念就是：有一个“我们”和“他们”，两个方面都是固定、清楚、无懈可击的、不言自明的。一如萨义德在《东方学》中论述的那样，这种划分始于希腊时期关于野蛮人的概念，而这种身份认同的概念到了19世纪俨然成为帝国主义文化的特征，也成为那些试图抵御欧洲蚕食的文化的特征。身份认同是个很复杂的概念，总是牵扯到对“他者”的看法和镜像理论。由于篇幅所限，更由于在另一篇有关萨义德的文章中我已经详细论证，所以在这里不加赘述。萨义德对身份认同引起的文化复兴心怀警惕，对其造成的文化霸权深表忧虑。他说：“自我界定是一切文化的活动之一。……强调身份认同绝不仅仅是个形式问题。使我觉得特别危险的是，它可以使人产生一种怀旧的情绪，使人回到更早的帝国时代。那时西方及其敌人歌颂和体现品质不是为了这些品质本身，而是为了战争目的。”[7](p.48)其二，有关二元对立。这种逻辑决定了标准化的情结，总喜欢将自己作为衡量一切的标准。前文已有论及，在此不作重复。

其次，新人文主义文化观是一种主张多样性的历史观。它关注少数民族和弱势群体，强调历史经验的多样性，认为一个国家的历史和传统是多民族不同经历相互渗透的结果。萨义德指出：“当我们回顾文化遗产时，我们的重读不是单一的，而是对立的。我们同时既意识到这个遗产中所叙述的宗主国历史，也意识到那些与占统治地位的话语抗衡（有时也是合作）的其他历史。”[7](p.68)帝国主义文化通过将自己表述成为一种先天进步的文化，并将其作为历史的事实强加给殖民地的人民，割裂了其与其他文化的杂交性、混合性，而真正的历史是多民族共同缔造的，绝非某个民族所专有。“没有一个种族能独霸美好、智慧和力量。”① 这里需要注意的也有两个问题：其一，是有关历史和语境的悬置问题。根据萨义德的分析，历史不可悬置，历史的悬置会导致事实的抽象化和概括化，其结果是“寻求一种虚幻的西方的赐予和施舍的历史，是一次次西方崇高的赐予的援手被忘恩负义地咬伤”[7](p.27)。其二，是有关社会达尔文主义的论调，认为社会的发展也要遵循进化论的法则，比如现代性的问题。这种论调的产生，也是因为一种不够客观的历史观所致。萨义德以弗朗兹·法农（Frantz Fanon）为例，描述了一种全然不同的历史观。法农在面对现代性问题时完全颠倒了西方所谓权威的典型说法，让我们看到了另一种历史。他认

---

① 参见西塞尔．归来的回忆［A］．［美］爱德华·W. 萨义德．文化与帝国主义［M］．李琨译．北京：生活·读书·新知三联书店，2003.

为，不仅欧洲的进步和幸福是建立在黑种人、阿拉伯人、印度人和黄种人的汗水与尸体上的，而且欧洲完全是第三世界所创造的。对帝国主义而言，帝国的扩张与历史书写相互联系。所以我们从事文化研究时，不应该只看到历史文本叙述了什么，还要去看它漏掉了什么，还要追问究竟是基于什么原因使它陈述了这个却漏掉了那个。这就需要历史和语境的还原，而这正是新人文主义文化观所坚持的。

再次，新人文主义文化观主张多元教育的知识观。从教育的角度出发，认为传统教育对非主流文化的排斥必须得到修正，学校必须帮助学生消除对其他文化的误解和歧视以及对文化冲突的恐惧，学会了解、尊重和欣赏其他文化。萨义德在《文化与帝国主义》中针对美国教育的现状作了精辟的分析，表现出自己的忧虑。他举例，在美国，一些儿童和大一些的学生被教育要崇尚和庆祝自己独一无二的（通常是令人反感地以牺牲他人为代价）传统，萨义德不赞同这种教育观。他说："这本书就是针对着这种不加区分、不假思索的教育和思想而写——做出一种纠偏的、不同的和坦率的探索。"[7](p. 22)同时萨义德认为，一个和谐的国家应该鼓励非主流文化争得一席之地，达成与主流文化的融合。他主张："关于解放和启蒙的最有力的叙述也应是融合而非分隔的叙述，应是那些过去被排斥在主流之外，现在正在为自己的一席之地而斗争的人们的故事。如果主流群体的旧有的、习惯性的思想不够灵活和大度，不能容忍新的群体，这些思想就需要改变了。"[7](p. 23)文化应该是一扇打开的窗户，避免对任何知识的神圣化和本质化。因为知识本身也是建构，"一切被认为有价值的作品，都被知识建构中所运行的区分规则加以衡量"[14](p. 3)。因此，知识并非不可怀疑，尤其是人文知识。

最后，新人文主义文化观倡议公共政策的社会观。这种公共政策认为，所有人在社会、经济、文化和政治上机会平等，禁止任何以种族、民族或民族文化起源、肤色、宗教和其他因素为理由的歧视。萨义德多次提到法农，他认为作为法籍黑人的法农，他的思想是很值得借鉴的。法农的宽容之处在于从不受限于民族的情绪，虽然他也说："我使世界合理化而世界以肤色偏见的名义摒弃了我。"[15](p. 94)但是他也说："作为人，我誓为世界基本明白两三个真理而冒毁天之险。"[15](p. 180)法农一生致力于种族平等和民族解放事业，萨义德深受其思想的影响。在萨义德看来，强调种族平等和宗教宽容，“用法农的话说，就涉及从民族意识向社会觉悟的转变”[7](p.328)，其最终目的并非是实现文化的平等，而是社会的平等、人的平等。萨义德又一次回到了他的人文主义原则上。就此意义而言，萨义德提倡的文化观也是一种价值观、一种意识形态，其功能在于动员社会力量，推动社会改革，追求不同群体在文化与物质上的繁荣，一切文化共享以及人类本身的自由和尊严。

综上所述，萨义德提倡的新人文主义文化观是一种超越二元对立思考的努力，同时也不仅仅停留在文化领导权的葛兰西向度上（认为文化是各种文化元素要求合法化的战场），这种文化观反一切权威，反中心，反一切地方化、本质化、固有化，反一成不变的刻板印象，反概括化、抽象化。他的这种观念意味着我们必须承认，通往文化的途径是多元的，与其说是文化转向，还不如说是文化回潮。这也让我们不得不反思我们的文化研究，单独一个学科恐怕难以提供一套用以解答文化多元这个问题的工具。“即便社会学这样的学科，尽管它具备文化倾向，它仍然与许多文化问题相隔离，这些问题创生于对国家、经济、精神、空间和地方等诸多领域的研究中。跨学科研究尽管善于提出新问题，突出不同知识领域的相似性，但仍然受制于学科倾向——认为这些问题只有通过严格限定于学科领域内的精确工作才能得到解决”[14](p.3)——这不得不说是让人遗憾的。

2. 一些误读

与对东方主义的认识相似，对萨义德提倡的新人文主义的认识也存在着不少误读之处。当然这些误读并不局限于国内的学者和理论爱好者，也没有大量的学者专门撰写成篇的文章进行质疑，大多散见于访谈和国外某些评论家评论中的只言片语。我加以归纳认为值得讨论的有以下三种，现简单分析如下：

第一种观点，认为萨义德的新人文主义文化观与后现代主义文化观如出一辙，因为后现代主义也是对现代性的反拨，反对二元对立的逻各斯中心传统。其实这种观点是对萨义德新人文主义文化观的简单处理。首先，萨义德在《文化与帝国主义》中曾经批评过利奥塔德所谓“宏大叙事的终结”，指出利奥塔德认为当今这个时代应该“只关心区域性问题，不关心历史，只关心有待解决的问题，不关心总体现实，只关心嬉戏”[16](p.37)的主张是不对的，并指责福柯也不再关心现代社会中的对峙力量，“其中包括少年罪犯、诗人、被社会排斥者等等”[8](p.213)，指责他曾经关心过但是考虑到到处都是权力，就转而绕过这些话题将自我当作研究的对象了。萨义德认为，这种主张宏大叙事无法再规定人类社会的发展以及重回自我的看法，是将自己先行限定在自己的圈子里，然后再设立一个自我辩护的目标，除此之外再无追求。相反，萨义德是十分强调宏大叙事和历史范畴的。他说：“‘历史的终结’是胡说八道，因为历史继续使我们惊讶，……这种荒唐的观念只可能产生在美国。”[2](p.110)其次，萨义德的新人文主义文化观虽然不乏一些后现代的特点，但是他的这种文化观诚如我们上面所分析的是建立在民主、自由、平等的人文主义原则之上的，这可是现代甚至前现代的遗志。同时，他的这种文化观始终立足解放和启蒙，这使他与后现代主义文化观拉开了距离，因为后现代主义是要削平深度模式、不追求意义的，萨义德却要为人类价值的终极意义的实现殚精竭虑。最后，萨义德虽然部分地同意德里达关于“衍异”的观念，但是他却对其所谓不确定性的看法十分不满，他说：“‘不确定性’（indeterminacy）的观念也让我不满意，因为我很感兴趣的是历史的确定（determinacy of history），而不是意义的不确定性（indeterminacy of meaning）。”[2](p.111)

第二种观点，认为萨义德的新人文主义文化观是相对主义的文化观。因为文化相对主义也强调不存在一种文化优越于另一种文化，也强调不存在一个绝对超然的标准，也强调差异性。但是，萨义德的新人文主义文化观并不只有这一个准则。首先，萨义德的新人文主义文化观是在主张全人类的一致性上，肯定了人类自由、平等这个“美国梦”的世界基础，包含着一种政治伦理和社会道义。正是在这个基础上，一个人能理解另一个人，一个主体能理解其“他者”，这与文化相对主义将差异绝对化并上升到不可理解的境界截然不同。其次，萨义德的新人文主义文化观不仅强调差异还探讨是什么构成了差异，因而总是能用平等、宽容、理解的心态对待所有的文化现象。他不仅强调民族文化间的差异，也强调民族文化内部的差异。文化相对主义则认为存在的就是合理的，同时在文化相对主义中还隐含着伦理相对主义，即对非本土文化中的事物十分挑剔，对自己文化中的一切则十分宽容。因此，文化相对主义在对待文化的态度上似乎有着双重标准，这与萨义德的新人文主义显然并不相同，比如萨义德并不主张在批判西方中心主义的同时将非西方文化理想化、浪漫化。再次，从方法上讲，萨义德的新人文主义文化观不存在和谁比的问题（超越二元对立），而文化相对主义的文化观则需要一个比较的中介，并且比较的中介总无法轻易获得。实质上，萨义德的新人文主义文化观和文化相对主义的区别也正是多元主义与相对主义的区别。

第三种观点，认为萨义德的新人文主义文化观是一种“逆向东方主义”。这种观点认为，萨义德的新人文主义文化观总是强调与东方主义的对位、对立与对抗，这与“逆向东方主义”大同小异。这种误读仍然是对新人文主义的表面化、概括化理解。首先，新人文主义文化观虽然强调对东方主义的对位和对抗，但是它并不背上东方主义的文化包袱，它不是西方中心文化的“他者”，也不存在对东方主义的报复，这和“逆向东方主义”截然不同。简言之，新人文主义与东方主义的关系是主体与主体之间的关系，而“逆向东方主义”与东方主义的关系是客体与主体的关系。“逆向东方主义”是西方主体对话的“他者”，而新人文主义则是西方主体的对话者。其次，新人文主义是反对二元对立和本质化思维的，“逆向东方主义”则与之相反。质言之，“逆向东方主义”除了在方向上与东方主义相反外——将在东方主义中二元对立里的前项置换为后项——它承袭了东方主义的所有特点，而新人文主义则是与东方主义有着本质区别的。这在上文中已经多次强调并且条理清晰地分析过了，此处不再重复。

总之，萨义德的新人文主义文化观有着一个伟大的理想支撑，同时还有着世界主义的政治伦理和人道主义情感。他主张关注那些偶然的、暂时的、尝试性的、转化和变动的情况，并强调对之作历史的、与具体环境相联系的多层次研究。作为我们遵照行事的一种原则，它要求我们所有人“具有对差异的接受能力、对变革的开放心态、追求平等的激情和在其他人的生疏感面前承认熟悉的自我的能力”[17](p.119)。对于这样的一种文化观，我们在理解的时候必须防止将其简单化、抽象化、本质化，想当然化，以免出现类似的误读。

第二部分：萨义德文化观的启示

一、方法论借鉴

在第一部分，我们详细论述了萨义德的文化观，并分析了其有效构成的两极，同时也澄清了一些误读，这使我们深化了对萨义德文化观的理解。那么怎样才能克服萨义德所批判的文化观的流弊，实现其肯定的文化观呢？换言之，我们如何才能超越东方主义（“逆向东方主义”）的文化霸权思维，走入新人文主义的多元文化共享的新境地？按照萨义德的表述就是：“解放主义的反帝运动是怎样试图破坏这种（帝国主义的——笔者注）紧密联盟的呢？”[7](p.397)

对此，萨义德提出了几点建议。可以说这几点建议乃是从方法论的角度探讨了多元文化主义实现的可能性。

第一，“借助于历史中一个新的、对位性的方法，把西方与非西方的经验看作由帝国主义联结在一起的经验”[7](p.398)。对这句话的“解码”是，对东方主义的超越必须采取一种“对位解读”（counterpoint）的方法。萨义德多次强调“对位法”的重要性，“对位解读”对他而言不仅意味着一种流动的位置、一个双重的视角、一种有距离的思考，还意味着一种超越的思维、一种批判的意识。按照萨义德的说法，通俗来讲，“对位解读”是指“我们读文本时，必须理解作者在表现时所包容的东西，比如一个生产糖的殖民地庄园，对保持英国特殊生活方式的过程来看是重要的”[8](p.225)，而不仅仅是停留在对英国的殖民扩张所显示的强大实力这一信息的消化上。“此外，与所有文学文本一样，这些与表面上历史的起始与终止无关，不受时间的限制。”[8](p.225)因为它们在被建构的过程中被植入了超历史的意识（诸如日不落帝国的荣耀、英国生活的优雅等），从而赢得读者对其扩张的肯定，并且从资本积累的角度使其从殖民的罪恶中解脱出来。

简言之，萨义德认为，“对位解读”必须同时考虑双边的过程，即帝国主义的过程与反帝国主义的过程。萨义德为此分析了大量的文学作品，其中尤以对康拉德《黑暗的心》的分析最为著名。举例来讲，比如《大卫·科波菲尔》中提到了澳大利亚，《简·爱》中也提到了印度，传统上它们在这两部作品中只是被当作英帝国的一个虚弱陪衬而淡化，或者一笔带过。作品始终从作者的爱国情结、“家园意识”出发，澳大利亚或者印度只是一个抽象的概念，就仿佛今天的人在讲外星人一样，偶尔会给其一点杜撰的想象，这些想象都更深地加强了宗主国人性的魅力和臣属国非人的天性。我们只被允许关注英国人的喜怒哀乐，仿佛澳大利亚（一个关押囚犯的地方）、印度（黄种人聚居区）的大地上并没有同英国人一样的人性本质存在。这种单角度的阅读帮助篡改了历史，从而共同参与了帝国主义的殖民事业。萨义德指出，随之而来的教训也是千真万确：“这些殖民地相继从直接与间接的统治中解放出来，这一过程从始至终英国人（或法国人、葡萄牙人与德国人等）都在那里，尽管作为镇压当地民族主义的组成部分只是被偶然提到。”[8](p.225)因而我们的阅读不能固执地坚持文本中心主义，必须把我们的阅读扩展到包括其曾极力排斥的东西——无论是出于政治的用心还是审美非功利性的提倡。“对位解读”必须涵盖重叠的经验与冲突的历史，否则是对真实的人类历史的犯罪，是盗用了文化的名义，以所谓客观的正义性欺骗了人类的感情。萨义德总结：通过这样的解读，“……重迭与缠结的历史得到修补，……那样，我们自然将得到一种更为有趣的现世的解释，找到了比谴责过去、表达对已终结之事的遗憾更值得做的工作。否则，我们将浪费更多的精力去对付那一导致危机的西方与非西方文化之间的敌意，……这个世界太小，太需要相互依存，容不得这些事情发生”[8](p.202)。

按照萨义德的观点，“对位解读”法同样适用于一切统治文化和被统治文化之间的分析。通过在彼此的分界线上有意识地来回做记号般的阅读，不仅在拒不认账的都市文化文本中可以发现帝国的指称物，而且还可以发现已被都市文化文本排除的历史过程。这使我们不仅能了解到作品叙述所谓的“正史”，也能意识到被统治话语压制的“野史”，从而在双重视角中超越了以往极端的二元对立，也能因此避免排除异己的倾向。例如，精英文化与大众文化、文化政治与文化审美等的文化研究分析都可采用此法。这或许就是“对位解读”的价值所在，它让人们不得不跨越学科的界限，把推论领域、阅读文化、政治和历史这些不同部分当作有着紧密联系的范畴。“现在赛义德更强调的是不同文化之间的联系而不是差异，比如开头提到的西方准则和非宗主国作品间的‘对话’。”[17](p.76)如此，在平等的主体间的对话中，多元文化共存成为可能。

第二，“借助于重新构想解放的（与限制性的相反）理论与实践的丰富想象力，甚至乌托邦式的视角”[7](p.398)。在这里，萨义德实际上讲的既是“对位解读”法，也包含了一种可以称作“年代错位”的方法，即回溯性地多调演奏的解读方法。如果说“对位解读”强调的是不同的视角并置，那么“年代错位”则要求人们从后来的经验中回溯。举例来讲，我们知道了帝国的历史，当然这很容易知道（我们的世界史教材总是喜欢围绕着西方列强的发家史絮絮叨叨），那么我们怎样才能知道殖民地的历史？这就要根据后来出现的非殖民化来重新解读帝国的文本。回到在第一种方法中举到的例子，不能为了“尊重”19世纪英国的“完整性”而放弃对它全面的理解，而应将20世纪的非殖民化或反帝国主义思想的文本，与残酷无情的、极端排他的帝国或种族中心论的看法相互对照。因为帝国文本与反帝文本不可能同时出现，这也是主流话语的压制所致，它们中间总会隔着一定的年份。所以我们不得不采取“年代错位”法以恢复一种更精确的历史。在此我不想多举例，因为这种方法实际上是无法和“对位解读”以及下面我们将要分析的方法严格剥离的，而它们的方法论价值都在于赋予文化研究一种政治伦理情感和道德关怀色彩，以求能更准确地说明历史。

第三，“借助于下述一种努力，这种努力既不是放在新的权威、教条主义和神秘的正统思想之上，也不是基于现存的机构与事业中，而是一种特殊的、变动的、游移的和反叙述的努力”[7](p.398)。在这里实际上涉及萨义德在研究“东方学”时讨论到的问题，他认为“东方学”的研究之所以是反文化的，就在于它只是研究有利于帝国主义扩张的文化，只从帝国主义扩张的角度解释文化，从而为帝国主义殖民事业张目。在这些研究中，明显缺乏一种“反向缺类研究”、一种逆反于帝国主义霸权叙事的反叙事。萨义德质疑：如果帝国主义的叙事仅仅集中在地理学和人种学，并且总是从西方开拓新大陆和种族优越论的角度阐述，那么有没有针对这种霸权话语的反向叙述呢（此处的反向叙述要区别于“逆向东方主义”，这里的反向叙述致力于与主叙述的联系而非割裂，为的是完成文化的互补整合，而非各为其主)？即有没有从人种学、地理学的学科之外，譬如人类学、宗教学中找到不同于西方优越论的证明呢？在当代文化研究中，我们已经成功地实现了这种“反向缺类研究”，比如女权主义、大众文化研究等，就是将曾经边缘化的文化重新置入研究的范围，并且用一种扩展了的历史视角对其进行相应的文化阐释。而这种方法仍然可以看作是对“对位解读”法的生发。萨义德认为，它使那些边界之争本质化的表现——“使非洲非洲化，东方东方化，西方西方化，美国美国化（女人女人化、大众大众化——笔者注）——没有尽头，别无选择”[7](p.443)——从老牌帝国主义时代就存在的压迫体制得到了抵制和对抗。以往这些研究背后的思想则是：“正统、权威性的国家及研究机构对历史的观点往往是把多变的、充满争端的历史僵化成为官方的、正式的东西。”[7](p.444)“反向缺类研究”要求我们不仅要知道文本自身诉说了什么，还要知道文本没有诉说什么，它为什么只说了这个而没说那个——即还要关心文本之外的事物（我总是强调这一点)。这与以往要求文艺研究只专注于文本自身，强调文本拥有绝对自足性的主张多么不同。“反向缺类研究”就是致力于复原文化本来的面目，而不是重新建构另一种权威，譬如大众文化中心化等等。因为它使用“材料互不相同却互相交叉、互相依赖，最重要的是，互相重叠的历史经验”[7](p.445)，从而超越了那种超历史、超经验的研究，在平等对话中实现了多元文化共享的建构。

综上所述，我们所获得的总体方法论启示是，任何时候对文化的研究都必须坚持一种“怀疑阐释学/批评阐释学”的向度，不能人云亦云。萨义德谈道：这要求“你赋予它一种结构，能允许你来面对它、解决它”[3](p.127)。要之，文化是一种被建构的叙事、被建构的话语、被建构的历史经验，它在最初总是相互联系着的，但后来被不同的解释者赋予了不同的含义，最终以盗用文化的名义，实现其争夺统治权的企图，并且重新建构着文化的面目，但它的建构并非纯文化的。所以，对它的研究和阐释并不能仅仅停留在纯文化的还原上，不能仅仅追求文本的自足，因为文本会以貌似客观的形式掩盖真实的历史，在这方面不能采用的恰恰是政治冷漠和审美非功利的态度。萨义德认为这正是将文化分崩离析，从而实现某种文化霸权统治，并将这一统治加以普遍化的谋划（譬如精英文化论、审美中心论等)。这些分隔只会造成假象，“文化被说成不受政治影响的；表现被认为是交流的法则和一些非政治的形象。把现在和过去分隔开来，被认为是完整的……它的真正意义在于，人文主义者有意识地选择一种经过伪装的、赤裸裸的、系统过滤过的表现模式，而不选择那种有争议的模式。这个模式的主要特征将不可避免地围绕在对帝国这个问题本身的争斗”[7](p.76)。政治冷漠和审美非功利的学术，实则是回避了与帝国/霸权的争斗，这有违新人文主义的准则，更难以实现多元文化的理想。文化研究必须在世俗的领域给予其地位。萨义德说道：“如果说自康德以来西方的惯常做法是把文化与美学领域和世俗的领域分开，那么现在就是使它们结合在一起的时候了。”[7](p.77)这意味着，分析文化时排斥某些东西就是矛盾的了。对萨义德而言，在民族国家的标准之上还要有一个绝对正义的标准，正是这个标准使他对文化的阐释总是强调世俗性和历史性。他说：“人文研究需要一种不同和有创意的理论来指导。学者可以公开地介入政治和当前的利害关系……用那既不从某一个学科的封地或集团的生存出发，也不从如‘印度’或‘美国’这样欺骗人的身份出发，而是从改进或自愿强加一个社会、从试图在其他社会中生存的人高尚的价值出发。……研究者在这里不是在寻找某些带本质性的东西，去恢复它或把它放到无可辩驳的崇高地位。”[7](p.444)应该说，这段话正是对萨义德文化研究的完美注脚。

二、对萨义德文化观的九点质疑

对萨义德文化观的理解，使我一方面感动于其强烈的批判精神，堪称伟大的文化理想，敢于向权势说真话的勇敢逻辑。同时因深受这种“批评阐释学”的影响，受其不惮反思的精神的感染，我在每一次深入阅读和反复思考中举一反三，从其文化观点的悖论之处入手，最终汇聚成以下的九点质疑。奈何萨义德先生于2003年离开了人世，回想其“格格不入”的一生，惋叹文艺学界失去一位巨擘的同时，自己这些难登大雅之堂的疑问也只能无限期悬置而永失了交流的机会。尽管这些初步的思考尚欠成熟，但我有感于先生争取建立有争议之知识的遗志，作为后学之士，仍然希望各位方家不吝赐教，在交流的同时共促进步。碍于篇幅所限，同时也因为解释总不可能穷尽，我将分条扼要陈述。值得一提的是，这九点质疑之间又因为千丝万缕的联系（均出自萨义德先生统一的理论脉络）而有重合之处，有些质疑实际上针对同一个主题。出于保持思考踪迹不变以便以后再进一步研究的考虑，我只在每处质疑结尾处将其相关之处注明，而先不简单将相关质疑整合一体。

1. 反本质主义的本质主义之悖论

萨义德的多元文化主义理想其本身不也是一种本质主义思维的认识？首先，萨义德认为文化多元，强调差异，这无疑是将文化混杂性、杂交性作为本质并普遍化，是对单一文化整体概念的逻辑置换。同时从方法论上讲，萨义德自己也不可避免地犯了他所批判的将对象简单化与抽象化的错误，即东方主义也并非他所分析的那样确实一成不变。巴特·穆尔—吉尔伯特在分析萨义德的东方主义时就指出，萨义德对东方主义的分析有简单化的弊端。[17](p.73) 他通过列举西方学者对《七个聪明的主人》、《十日谈》的分析的内部差异，证明西方学者对伊斯兰教的反应远比萨义德在《东方学》中通常想的要复杂。但是，萨义德却没能认识到他显然已经将不同的现象简单处理了。而我也发现在“东方学”的研究中，萨义德并没能将有关东方主义的全部现象罗列，更遑论解释了，比如他就没有讨论东方人的东方主义，相对举的还有西方人的西方主义这一特殊现象。我在另一篇论文中曾分析：“萨义德在450多页的巨著中漏掉了对这一特殊现象的分析。即有没有东方人的东方主义，即有没有东方化的东方人这一可能呢？换言之，东方主义在贬低他者的同时会不会为他者所迷呢？”[18](p.43) 再简言之，有没有爱上主子的奴仆呢？虽然后来萨义德在访谈录中谈到了这种被称作“斯德摩尔综合征”（指爱上主子的奴仆）的现象，但是那已经是别人提问后的事了。其次，诚如有些学者所指出的，萨义德在批判西方中心主义是一种虚构发明的同时，自己也陷入了同样尴尬的理论处境。“当诸如发明或建构之类的术语成为后殖民认识论的老生常谈时，却很少有人承认，后殖民主义本身也许是建构或发明这个世界的另一种方式，因而它也和所有的阐释工作一样，很容易就其合法性而受到人们的质疑。”[19](p.20) 后殖民并不受制于历史，而后殖民批评则根据自己对过去的解读而抹杀掉过去和现在的选择，并且通过把后殖民性表述为一种永恒的和无所不在的状况来否认未来的历史，不啻另一种本质主义。

2. 文化自恋癖的怪圈

对于萨义德的新人文主义理想，最大的质疑在于同一性是否可以超越？所谓东方主义、西方主义不过都是文化自恋癖之间的冲突，问题是文化自恋癖能否破除？让那喀索斯不要爱上自己水中的倒影，就如同在问一个人是否能够不爱自己？同一性如果不能超越，差异就难以实现，多元共存形同纸上谈兵。同时，与同一性相关的问题还有，萨义德对欧洲中心主义的精神分析并不能完全让人信服，因为文化同一思想并不完全基于所谓的文化自信或文化复仇心理（自恋癖）。同一性文化的形成更有可能是出于对文化差异性的恐慌，同时也是最初对差异性的维护。比如，我们界定欧洲文化，而欧洲文化恰恰是通过它相对于美洲文化、亚洲文化、伊斯兰文化等的独特之处和反差之处构建起来的。因此，在某种程度上讲出于对差异性的恐惧和维护（即肯定差异）反而会构成认同，形成同一。

3. 认同危机

萨义德的文化观涉及一个文化认同的严重危机。首先，没有任何一个自我可以在不排斥“他者”的情况下树立，而且明显无法在不贬低而最终憎恨“他者”的情况下排斥他们。“……产生西方排他主义和种族主义的动机是文化群落显然在不排斥、贬低、随后憎恨他者的情况下无力塑造自我。必须把他者定为劣等的，卡斯托里亚迪（1992）称这是人类社会的‘本质倾向’。这是一种自恋的逻辑，从陶醉于自己的文化和民族的角度出发来塑造自我。……也可以把对他者的憎恨视为‘潜意识中憎恨自我的另一面’；这种憎恨‘由于显而易见的原因通常其公开形式是人无法容忍的，它酝酿了对他者最强烈的憎恨之情’。”[9](p. 232) 但萨义德又强调不能没有认同，他说：“在不一定牵扯到强夺、剥削和对其他国家的同等权利的否认的情况下，一个人必定是归属于某一个团体的。”[11](p. 172) 但其所谓的“纯洁”的认同根本是乌托邦的理想，也正因如此，他的文化观才屡遭人诟病。其次，认同是一个记忆问题，尤其是对“家”的记忆问题。萨义德强调流亡者的功能，强调跨越边界、流落他乡、探索差异、他性与疏远这样的现实，而对一个有国籍却流亡的人而言，只要他需要面对认同就必然会有分裂，就自己的国家而言可能既是故乡又是异域。萨义德主张流亡（差异性）要建立在对家国的肯定（要求认同）和联系上，但这种对故乡的认同有时会形成对故乡的特权维护，很难不导致文化霸权，萨义德对此拒绝承认。在对家国的认同问题上，他显得飘摇不定、模棱两可。萨义德的文化观既肯定认同又否定同一性，且不论如何调适，对同一性的否定面临的最大难题是，文化是否能向无家可归的环境与体验敞开大门？

4. 肯定差异的文化多样性如何实现

首先，萨义德总是强调差异的，尽管很少有人能反对文化上的宽容，但多元文化主义仍使得文化分割具体化，并在不利的形势下将会变成致命的冲突（虽然萨义德对亨廷顿的“文明冲突论”不以为然）。其次，就差异自身而言，萨义德将其作为自己新人文主义文化观与方法论的起点，这在地方性差异层面颇有效力，但在差异的地方性变体中，结构状况被当作把握差异的障碍而拒绝，如果不对结构状况加以描述，激进地坚持差异实则会导致抹杀不同地方的差异在含义上的重要区别，也不能识别并非所有的差异都是一样的这一事实。后殖民主义与后现代主义都坚持差异，但问题就在于它们好像都不能识别并说明真正的差异。萨义德对差异这一思想本身在提及时也是相当模糊的，只是想当然地一提。同时作为一个很有说服力也是被很多学者论及的例子就是，萨义德包括后殖民批评者在形式上拒斥表述为文明或民族文化的主导叙述，但在语言上却继续用等同于民族、种族和文化的术语说明（英语，西方精英文化术语），而不用地方化了的文化或者种族划分的术语。第三世界的知识分子却用第一世界的话语表述来驳斥第一世界抹杀差异性的狭隘。“虽然理论给我们提供了确定殖民主义和后殖民主义非殖民化在符号和叙述上滑落的一套顶用的词汇，但它还是背负着西方主流文化的包袱”[17](p. 208)，这不是悖论么？最后，肯定差异的文化多样性想要实现的最大障碍，就是如何避免语言同化的问题。面对全球化以及势不可挡的英语成为国际通用语和随之相伴疯狂学习的大潮，以及全球每 15 天就消失一种语言的悲惨境况（据统计，全球6 000多种语言，至少有 3 000 多种面临消失的危险，有报告预言，到 2050 年，90% 的人类语言将从地球上消失），文化多样性如何保持，失去语言和文字的文化将没有历史和传统可言。萨义德无法解决这个问题，甚至他自己都难以克服这个问题（他的著作全是英文写就，而非阿拉伯语）。最终他的多元文化共享理想并未指明走出现存权力结构的出路，只不过是要在多元文化主义范围内对权力结构进行修正。这种修正主义的文化观使其批评力度大减，同时他那隐晦曲折的折中主义路线也就暴露无遗。此处还可以和上文“2”处内容结合考虑。

5. 无法回避的二元对立

萨义德的文化观主张“对位解读”和“年代错位”法。然而这两种方法作为一种对位的方法论，在反对二元对立思维模式上有着强烈的不适用性。他力图超越二元对立，但在具体的分析中他无疑也受制于这种思维。比如在《东方学》里，萨义德提出了A｛“隐伏的东方主义”｝和B｛“显在的东方主义”｝[4](p.256)。就A而言这是一种深层结构，比如政治定位、权力意志，存在于一种话语中；就B而言则是表面细节，例如学科、文化作品、学者、民族传统等，并且A决定B。这种分析是典型的二元对立本质决定论思维。此处可以和上文“1”处内容对照。

6. 对殖民文化的抨击实则强化了西方的霸权文化地位

殖民话语实则是由一整套以萨义德文化观为代表的殖民理论构成。近来有学者指出，萨义德的这套殖民话语在再造知识的新殖民形式过程中起了共谋作用。这主要是针对其涉及的文化分析模式深受欧洲中心主义影响而言。一则，最成问题的是福柯的权力理论。萨义德虽然也对福柯颇有微词，但他的理论确实继承了福柯的权力话语分析策略。将福柯作为分析殖民主义的一种手段的悖理之处在于，正是以此作为出现的西方的一种现代的权力“安排”(从专制向民主政权的转变)，西方才开始了向全世界其他地区强加新形式的专制主义。二则，借鉴精神分析学理论，尤其是关于“他者”的理论来分析殖民文化，反而强化了宗主文化的主体地位。萨义德正是以精神分析的方式使“他者”绝对化，从而排除了“他者”。

7. 萨义德的文化观建立的对立面是否存在

萨义德致力于对同一性压迫的超越，这一困扰，既让他目光敏锐，也使其偶显盲目。人们对他最大的困惑，恐怕是他所反对的那种文化同一体是否根本存在，而他对解放的期望正是建立在与之针锋相对的立场之上。这使得他的文化观更像一座空中楼阁。正如前文指出的那样，后殖民是否是萨义德的一种发明?

与之相关的还有他对“他者”表述的问题：只考虑到统治者与“他者”文化之间的关系，而未考虑“他者”文化与受众之间的关系，或者把这一关系也简单化处理了。也即当今的文化空间中，任何“他者”形象都不会被强加于受众，一如斯图尔特·霍尔在分析大众文化被接受时所提出的编码—解码理论①，即受众对编码可以有三种不同的解码方式：第一种是与编码一致，第二种是与编码协商，第三种是完全与编码相反。萨义德只看到了这其中的三分之一。如是，他所批判的强制性同一体文化不见得是必然存在的。

8. 值得商榷的“流亡”和“世俗”

首先是对“流亡”的一点疑惑，当然这可以结合上文“3”处内容一起考虑。萨义德认为，免受统治的未来必须要坚持游动的位置，而这种位置是建立在流亡的基础上的。问题在于流亡实际会导致故土文化特权化（前有论及）。萨义德又通过流亡或者“流亡意识”肯定了跨越国界、民族和宗教的那种暂且被称作世俗国际主义的思维，同时赋予了它飘摇不定却十分必要的权威，以证明多元文化绝非难以实现。但这种模糊的跨越国界的基础，既非单纯的流亡（流亡会给予出生地某种特权），又非单纯的移居（移民会给予目的地某种特权），而是同时身兼流亡和移居两种性质。二者之间怎样协调？并且，无论是出生地还是目的地，都会给予人一种无法逃避的家园情怀。这种对家园依恋的情怀根植于不容忍差异和害怕“他者”的情感中，绝非萨义德想象的能够在家园与流浪地之间左右逢源，两者兼顾而勿使任一方落空那样简单，但这却正是种族主义和恐外情绪的核心内容。

其次是世俗性。萨义德主张对文化的研究必须结合世俗的范畴，反对将文化孤立，强调将其放在历史、土地以及整个人类的世俗背景中考察。

① 在《电视话语的制码解码》一文中，斯图尔特·霍尔分析了三种解码方式：第一种与权力密切相连，是从葛兰西霸权理论中生发下来的“主导—霸权立场”（dominant-hegemonic position），它假定观众的解码立场跟电视制作者的“专业制码”立场完全一致，比如电视观众直接从电视新闻或时事节目中读出意义，根据将信息编码的同一代码系统给信息解码，这意味着制码与解码两相和谐。第二种是“协商的代码或立场”（negotiated code or position）。这似乎是大多数观众的解码立场，既不完全同意，又不完全否定。此一立场承认主导意识形态的权威，认可霸权的合法性，但是在涉及具体的层面时，它就强调自身的特定情况，制定自己的基本规则，努力使主导意识形态适用于它自身所处的“局部”条件。观众与主导意识形态，因而始终处于一种充满矛盾的商议过程。第三种立场是“对抗代码”（oppositional code）。这是说，观众可能一目了然电视话语要传达什么信息，完全理解对话语的字面义和内涵意义，但是却选择以截然相反的立场来解码，每每根据自己的经验和背景，读出针锋相对的新的意思来。

当然他所谓的世俗性是与民族主义的对位而非与宗教的对立。但是，以世俗性对抗权威固然很有必要，问题在于世俗性就不会被权威利用吗？我们该怎样面对政治上对世俗的赞同以及认识上对世俗的批判呢？

9. 尴尬的调和主义

萨义德的文化观中有着许多理论家的影子，这里面有法农、德里达、拉康、卢卡契、阿多诺、利科、葛兰西、阿诺德、福柯、威廉斯等，他既是这些理论的继承者也是创新者，而其中对他影响最大的是福柯和葛兰西。萨义德的文化观由对位的两极整合，一个是主歌，一个是复调。他力图将二者统合起来，这使得他在理论上也走向了主歌和复调的调和。对文化研究而言，这是一种新的方法论启示，但并不意味着这种方法没有问题。调和主义的方法从来不见得是唯一有效的方法，因为它实际上什么也没做。比如萨义德试图将传统的马克思主义文化理论与福柯的权力话语分析结合，又将福柯的反人道主义和奥尔巴赫的人道主义联姻。但是萨义德未能有充分理由去综合或协调这些不同的文化分析方式，毕竟每一种分析方式都有自己独特的认识论、社会价值观和政治设想。他的强行整合，导致了克里福德在《文化的困境》中称作“持续的解释短路”（short - circuit）的现象。这种尴尬的调和主义导致的“解释短路”，更集中地表现在他的文化分析中，比如萨义德在指出东方主义造成认同谬误的同时，他的调和方案没能够解决他所造成的认同困境（如前论及）。萨义德的调和主义预示着人类有可能达成这样的认识：这种认识既非世界性的，也不是拘泥于本地的。正如德里达所言，既不能垄断也不能分散。这当然是个疑难。可以说，萨义德文化观中的悖论、矛盾之处大都是由于这种试图调和的折中主义倾向所致，如此定论恐怕并非武断。

可以说，萨义德文化观中诸多的矛盾和悖论大都起源于他这种调和的折中主义理论态度。这多少和他悖论的知识分子角色有关，但更多的来自他对差异的迷恋、对多元文化世界的极度向往。他说：“我的思想受到一种欲求所主控——欲求拥有不同的经验，去体验我成长的文化之外的世界其他地方的不同文化”[2](p.118)，为此，他总是用他调和的双重视角看待历史、阐释文化。他是最早最有说服力地从宗主国的视角审视帝国主义，并将它当作殖民者和殖民地共同文化灾难的人之一。所以他被推崇为反帝的斗士、后殖民话语的开创者。但是，他的调和主义让他相信，在涉及霸权与反霸权中始终存在超越双方的真理。因此，他需要做到既维护民族运动的利益，又对民族主义本身保持一种怀疑；既要保证对个体塑造自我的认同，又对任何强制性同一表示拒绝；既要保持对故国家园的忠诚与热爱，又对他乡流亡充满憧憬。

他那折中的立场及调和的倾向，使他的文化观里包含着一种这个时代承受不了的困境：即以东方主义为代表的民族—国家文化观有局限，却又还未能存在所谓多元主义、超国家的替代形式的文化观。倘若我们要致力于这后一种文化观的建立，我们又到底要怎样才能克服失去集体认同的恐慌感，又如何才能够逃脱民族情感与家园意识的召唤？如何才能摒弃对民族国家情感以及怀旧浪漫情调的认同？他妄图超越却难以超越。也许萨义德文化观中这些不和谐的声音，这些交锋冲撞的观点，并不是一种可以矫正的错误，有待一种比其更纯洁更有包容性更完美的方法或体系来纠正。相反，这些矛盾和参差不齐，正是我们生活于其中的这个四分五裂的时代的深刻症状。也许这些质疑正迎合了萨义德一贯强调的建立“有争议的知识”这个宽容的主张，同时也回应了他作为一个批评家以批评为天职的固有态度——在对立与否定中建立自己知识分子的身份认同——对批评意识的肯定，对解放思想的呼吁。萨义德就是批评家中的这样一种人，就像 R. 拉德哈克瑞希南（Rajagopalan Radhakrishnan）对他的评价一样，“一个在某些方面拒斥结论在其他方面又讲辩证法的批评家，他在有些场合追求同一但同时出于其他理由又坚持差异他体；他的知识生产在某一层次寻求合法化的支配权，但在另一层次上又向支配权挑战。作为一个思想家，他悉阅了各种方法论，所以他本人不是任何方法的典范。总之，他是一个临界批评家，绝非正统，而且只有当你退一步承认在再现和后再现之间有充实的空间时，你才会觉得他的思想清晰而令人信服”[8](p. 301)。

然而，在萨义德文化观所向往的未来世界的途中，在新的临界线上，尽管全球化的呼声甚嚣尘上，表现得跨越了历史和国界，是杰出的世界性现代化，但是它实际上依然一直是指西方文化——出口西方的商品、价值观念、优先权、生活方式甚至语言，我们仍然处在一个新殖民的圈地里，动弹不得。而当全球化果真消除了距离的障碍，它是令殖民中心与被殖民的边缘地带的交锋一触即发，还是各安天命？而我们的文化祖国在这个充斥着流亡、迁徙、暴动社群为特征的世界，又怎能恢复真实的过去？这样的时代，不会有哪一个地方符合绝对的纯正和真实，不再有哪个地方似故乡。正如萨曼·拉什迪（Salmay Rushdie）所言，“有时候我们感到骑在两种文化之上，而其他时候觉得两头都落空了”[9](p.142)，在这样的情况下，我们真能够做到“让百花齐放，甚至都不要在意野草”①，任凭人地两疏，“宁取格格不入”吗？

让我们就在这个有点反诘意味的问号中收笔。逝者已矣，然探寻的脚步仍在生者中回响。

参考文献

［1］［美］爱德华·W. 萨义德. 格格不入［M］. 彭淮栋译. 北京：生活·读书·新知三联书店，2004.

［2］［美］爱德华·W. 萨义德. 知识分子论［M］. 单德兴译. 北京：生活·读书·新知三联书店，2002.

［3］［美］艾德蒙森. 扩展人文主义——萨义德访谈录［A］.［美］爱德华·W. 萨义德. 知识分子论［M］. 单德兴译. 北京：生活·读书·新知三联书店，2002.

［4］［美］爱德华·W. 萨义德. 东方学［M］. 王宇根译. 北京：生活·读书·新知三联书店，1999.

［5］Edward W. Said. *Orientalism: Western Conceptions of the Orient*［M］. New York：Pantheon Books，1978.

［6］王岳川. 后殖民主义与新历史主义文论［M］. 济南：山东教育出版社，1999.

［7］［美］爱德华·W. 萨义德. 文化与帝国主义［M］. 李琨译. 北京：生活·读书·新知三联书店，2003.

［8］［美］爱德华·W. 萨义德. 赛义德自选集［M］.［加］谢少波，韩刚等译. 北京：中国社会科学出版社，1998.

［9］［英］戴维·莫利，凯文·罗宾斯. 认同的空间：全球媒介、电子世界景观与文化边界［M］. 司艳译. 南京：南京大学出版社，2001.

---

① 拉纳吉特·古哈语，转引自［英］巴特·穆尔—吉尔伯特. 后殖民理论——语境、实践、政治［M］. 陈仲丹译. 南京：南京大学出版社，2001. 263.

[10] [加尔各答] 加亚特里·斯皮瓦克．三位女性的文本以及对帝国主义的批判 [A]．[英] 巴特·穆尔—吉尔伯特等．后殖民批评 [M]．杨乃乔等译．北京：北京大学出版社，2001.

[11] [美] 爱德华·W. 萨义德．美国知识分子与中东政治 [A]．[美] 布鲁斯·罗宾斯．知识分子——美学、政治与学术 [M]．王文斌，林波等译．南京：江苏人民出版社，2002.

[12] Edward W. Said. *Identity, Authority and Freedom: The Potentate and the Traveler* [M]. London: University of Cape Town, 1991.

[13] [美] 厄尔·迈纳．比较诗学 [M]．王宇根，宋伟杰等译．北京：中央编译出版社，2004.

[14] [英] 马丁·J. 史密斯．文化——再造社会科学 [M]．张美川译．长春：吉林人民出版社，2005.

[15] [法] 弗朗兹·法农．黑皮肤，白面具 [M]．万冰译．南京：译林出版社，2005.

[16] Jean - Francois Lyotard. *The Postmodern Condition: A Report on Knowledge* [M]. Minneapolis: University of Minnesota Press, 1984.

[17] [英] 巴特·穆尔—吉尔伯特．后殖民理论——语境 实践 政治 [M]．陈仲丹译．南京：南京大学出版社，2001.

[18] 王敏．东方镜像、文化身份与话语行动——萨义德东方主义镜像批评探微 [J]．乐山师范学院学报，2006，21 (4)：39 ~ 43.

[19] [美] 阿里夫·德里克．跨国资本时代的后殖民批评 [M]．王宁等译．北京：北京大学出版社，2004.

东方镜像、文化身份与话语行动

——萨义德东方主义镜像批评探微

王　敏

绝对的他者是无法变成自我的。

——加亚特里·斯皮瓦克（Gayatri C. Spivak）①

为什么是东方而不是北方、南方？东方全都由西方东边那些伟大的文明组成，伊斯兰，印度，埃及，中国，日本。在西方还未殖民侵略之前，东方作为西方猜想的一个客观的地理对象，已经开启了并不知晓的欲望。航海的便利所带来的地理大发现激化了西方认识东方的热情，早先的探险家打着认识世界的名义开始了漫长的殖民想象的谋划。东方经由西方探险家的描述、传说、书籍和手稿终于超出了它对于西方的地理学含义。18 世纪中叶开始，欧洲的东方知识得以日益增长和系统化，这些信息丰富到足以让欧洲迷信自己对东方了若指掌的知识权威。这种迷信逐渐被殖民扩张以及对新异事物的兴趣所加强。庞大的东方学的知识体系开始建立，萨义德罗列了当时欧洲兴盛的人种学、比较解剖学、语言学、历史学，以及由小说家、诗人、翻译家和旅行家所创作出的数量可观的文学作品，借此来佐证东方学的范围及其最初作为一门学科的规范。这正是萨义德对东方主义的第一个定义，也是使其成其所是的历史

---

① ［加尔各答］加亚特里·斯皮瓦克．三位女性的文本以及对帝国主义的批判［A］．［英］巴特·穆尔—吉尔伯特等．后殖民批评［C］．杨乃乔等译．北京：北京大学出版社，2001. 243.

渊源，即作为一门专业化的学术知识研究学科的开始。这一学科以东方或与东方相关的知识作为研究考证的对象，相当于今天的区域研究，例如中亚研究之类。这个定义必不可少地引申出（西方学者总喜欢词源学的论证和体系建构）东方主义的另外两层含义：一是建立在东方与西方相对立基础上的有关东方的二元思维方式，二是通过对东方的有关陈述，对东方的观点进行"权威裁断"，并以"描述、教授、殖民、统治等方式来处理东方的一种机制"①，换言之就是西方君临东方的一种权力话语方式。而后两者正是萨义德对文化批评理论的贡献，同时也是本篇论文立足的原点及探讨的焦点。

当然笔者认为最好是将东方主义理解为一种权力话语方式，这也符合萨义德对这个概念指向性的定性，即作为一种反霸权主义的证据，它既"臆断又促进了西方的'我们'与东方的'他们'——同东方的、亚洲的渊源与传统有关的文化与人民——存在某种根本差异的意识"②。有差异就有权力运作的关系。西方向来是在与东方的比较中稳居强势权力的一方，因而他们对东方的话语表述自然自大地以自身文化的偏见与结构施加规则于"相形见绌"的对象之上，形成支配性的文化霸权表述。而"学术上、观念上、思维上的有关东西方之间的支配关系与霸权关系的话语模式统统在内"③，这使得东方主义成为真正的殖民话语。

1. 异化主体

为什么我们视欧洲自古希腊以来就成为世界文化的范本为理所应当？为什么欧洲人成了衡量世界各地所有人的标准？

马克思将古希腊文明定义为人类文明一个高不可及的范本，它存在于人类的童年时代，永不可复返。这成为欧洲中心主义喜闻乐道的历史知识，甚而是知识化的真理，强化了欧洲强势文化的固有姿态。以这种姿态睥睨东方的西方较劲地开始研究东方与东方人，并在预设差异的假定性中

---

① ［美］爱德华·W. 萨义德. 东方学［M］. 王宇根译. 北京：生活·读书·新知三联书店，1999. 4.

② ［美］约翰·费斯克. 关键概念——传播与文化研究词典［M］. 李彬译注. 北京：新华出版社，2004. 194.

③ 张兴成. 赛义德的后殖民理论与东方学［A］. 胡经之. 西方文艺理论名著教程（下）［M］. 北京：北京大学出版社，2003. 620.

将其作为一个衬托自己文化优越感的异类来研究。东方作为西方的研究对象，成了客体，虽然这个客体有着主体性，但这种主体性却是“被动的、非参与性的”①。正如萨义德所分析的，有关这个客体的一切知识都不是纯粹的知识，而是一种政治知识——虽然东方主义学者将其一再假装为纯粹的知识。这使得东方虽然能被赋予一种历史主体性（作为客观知识），却首先必然是非自动的、非自治的，以及无自己主权的，是在西方凝视下的一种异域形态。

比如阿卜杜勒—马利克（Abd al－Malik ibn Marwan）就曾指出关于东方的所有第一手资料都是从东方收集和征用而在欧洲的大都市积累起来的。想想大英博物馆展示的非西方的所有文化遗产，而本土学者不得不使用间接的资料来研究本民族的文化。这当然毫无疑问地与大多数东方国家都在懵懂的时期被西方列强殖民侵略过这一历史事实有关。这样“东方主义者所严重依赖的二手资料都‘深深沾染了各种族裔主义、种族主义及其各种变体’，其最不极端者也沾染了家长式作风，浸透了异国情调”②。以中国为例，国外汉学研究者每次所展示的资料都足以让国内国学研究者捶胸顿足，哑然无语，然而在“真相”面前却只能紧随其步伐，食其口遗。这无疑更加剧了主体性的丧失。

本土研究者根本不可能掌握本土知识的主权。而东方主义者恰恰能通过各种一手或二手的资料将东方文本化，从而提出或固定自身出入自由的主体立场，通过这种立场他们才能在解读对象之际获得意义。东方这个被剥夺了主体性的客体却要在东方主义者的历史书写中假装成某个被赋予的主体，不断地被改编到西方为其所虚构的任何话语形象中去。在此意义上，东方被西方表述为异化于自身的主体。

萨义德对此举过一个深刻的例子，即伊斯兰教被东方主义者浅显地看成基督教的“同性异形”体，从而成为基督教的异类被抨击和诋毁。这种言论声称穆罕默德之于伊斯兰教就如同基督之于基督教一样，所以伊斯兰教又可以被看作穆罕默德教，是基督教一个异化的主体。然而对伊斯兰教

---

① ［英］齐亚乌丁·萨达尔．东方主义［M］．马雪峰，苏敏译．长春：吉林人民出版社，2005.95.

② ［英］齐亚乌丁·萨达尔．东方主义［M］．马雪峰，苏敏译．长春：吉林人民出版社，2005.97.

有一点了解的人都知道伊斯兰教是反对偶像崇拜的。从这些例子中我们可以看出，东方主义者对东方的研究多少是恣意妄为的（因为掌握着翔实的资料，仿佛掐着历史的命脉所以有恃无恐），是服务于其核心立场，即西方的权威体系的。

让我们再回到此节开头所提出的问题，看看东方这个被异化的主体究竟能为回答这个问题提供怎样的见解。东方主义者总是沉迷于对东方远古的，他们称之为辉煌的历史传统的研究和描述中，他们正是“经由东方古老的文化和传统的吸引，……获得了完整的东方主义”①。他们永远强调古老的传统，仿佛东方已是一个基本僵化的过去，再也不会有所发展。问题是这对于欧洲标准有什么帮助呢？因为这表示过去就已包含了东方发展的全部可能。但欧洲不同，虽则它那伟大的希腊传统同样不可复返，但是欧洲仍是发展的、进步的。而东方的衰落业已成为一个不可避免的现象，即便复苏的民族文化也仅仅是一个伟大而有限的过去的延续，只能成为一种异国情调在旅游业或影视宣传上被称道。强烈的对东方古代传统的怀念暗示着西方的进步和变迁，同时希望东方固守其传统保持不变与落后，终致埋葬在古代历史中。这样我们就能明白为什么国外的学者总是津津乐道于中国的诗经楚辞、唐诗宋词的研究，却对当代文学不屑一顾，为什么汉学基本上围绕着生僻的古汉语和古老的传统文化大做文章，为什么东方主义者总是积极投身于对过去的语言（阿拉伯语、梵语）、宗教（摩尼教）的研究中（仿佛它们死了一般），为什么参赛角逐奥斯卡金像奖的中国电影又如意料之中的是个功夫片或者武侠片。

与东方的过去相比，东方主义者相信西方是先进的、优秀的、进步的、文明的；与西方的现在相比，东方被矮化为落伍的、滞后的、野蛮的、愚昧的。至此，这个逻辑基本可以成立了，东方作为相对于西方的异化主体是有待启蒙的，对此作为主体的西方责无旁贷。“殖民主义的罪恶得到开脱。”②

---

① ［英］齐亚乌丁·萨达尔．东方主义［M］．马雪峰，苏敏译．长春：吉林人民出版社，2005．10.

② ［英］齐亚乌丁·萨达尔．东方主义［M］．马雪峰，苏敏译．长春：吉林人民出版社，2005．97.

2. “他者”身份

萨义德列举了夏多布里昂（Chateaubriand）、内瓦尔（Nawal）等知名作家笔下的东方，这些描述洋溢着文采与激情的梦幻，东方在他们笔下“自古以来就代表着罗曼司、异国情调、美丽的风景、难忘的回忆、非凡的经历”[①]。当然诚如我们刚才所论述的，东方作为相对于西方的异化主体有助于欧洲将自己界定为与东方相参照的形象、观念、人性和经验，比如东方是被历史证明了的愚昧者，那么西方就要成为启蒙者。但是萨义德强调作为“欧洲文化的竞争者”，东方也是“欧洲最深奥、最常出现的他者（the other）形象之一”[②]。

这样的“他者”形象都是怎样被表述的？萨义德追溯到了荷马时代以及18世纪晚期西方扩张式的东方论述与形象建构上。他对比了东西方的差异，列举了东方让西方惊异的诸多现象。

西方凝视下的东方，充满了异国情调但同时又是罪孽的、充满性的愉悦（伊斯兰教徒可以娶好几个妻子，苏丹的王宫藏着数千名嫔妃，中国古代男人总是妻妾成群），神秘而古老（精于巫术和卜卦，不被理解的异教徒迷信仪式），保守而不可思议（裹着小脚的中国古代妇女，蒙着面纱的伊斯兰女性）。

东方主义者建构出的东方是“一个被动的，如孩子般的实体，可以被爱、被虐，可以被塑造、被遏制、被管理，以及被消灭”[③]。我们可以看到白人的男性意识所呈现的想象的病理特征，近乎邪恶的东方主义式的幻想。东方对西方来讲充满着性的吸引和对温顺美艳女子的幻想。诸如《蝴蝶夫人》、《樱花恋》、《后宫的规条》、《埃及艳后》这类影片都表现了这样的主题——东方是圣经中描述的伊甸园，是白人男性的欲望天堂。

但同时东方又是血腥的、恐怖的、贫穷的、蛮荒的（主要针对中东阿拉伯世界恐怖主义活动）。

---

① ［美］爱德华·W. 萨义德. 东方学［M］. 王宇根译. 北京：生活·读书·新知三联书店，1999. 1.

② ［美］爱德华·W. 萨义德. 东方学［M］. 王宇根译. 北京：生活·读书·新知三联书店，1999. 2.

③ ［英］齐亚乌丁·萨达尔. 东方主义［M］. 马雪峰，苏敏译. 长春：吉林人民出版社，2005. 9.

东方人被表述为缺乏理性、肮脏、好色、贪婪（犹太人对金钱财产的吝啬）、不可理喻、懒惰（中国人贪食鸦片）等，东方被小丑化、女性化，被西方人当作猎奇的对象。她有着“旺盛的生殖能力、她的主要象征是性感的女人、妻妾、暴君——在情色上极有迷惑力的——统治者。此外东方人像维多利亚时代的家庭妇女一样被囚限在沉默中，被囚限在无限制的生产致富中”①。总之东方有他们所能想象出的一切奇闻逸事，像是《天方夜谭》和《聊斋志异》被建构入了历史的实有中去。

这些“他者”形象并非源自东方经验的产物，它服务于西方主体立场，先在地存在于西方对东方的想象虚构中，并在西方独有的想象中被夸大进而强加给东方。这种被创造出来的“他者”形象似乎已经成为西方审美情趣中不可分割的一部分，而他们在随后的文化心理中被标签化、脸谱化，成了完全僵化、一成不变的刻板形象。东方主义者对这些“他者”形象的不厌其烦的复述，别有用心的引用与转述（当然有时也是纯粹的重复），必然会将这种虚构有时甚至是无知和自欺的断言上升到事实的层面，他们会说这是历史实有的事情。比如自从莎士比亚的《威尼斯商人》成名后，很多作品中对吝啬鬼的塑造都会首先出于对犹太拜金主义的联想。这种联想使得犹太人被贴上了善于经商、极度拜金的固有标签。

人们都有这样的经验，有时如果以事实的名义对传说进行声称，传说就会变得比事实重要，最终事实被淹没在虚构中。东方主义者对东方的表述使东方丧失了自我意识，自然也不会实现文化身份的认证，从而完全成为“他者”身份，成为一种缺场的在场。这些经验在马可·波罗（Marco Polo）对东方的形容，或是斯文·赫定（Sven Hedin）对中国西域的书写中都可以找到论据，而这些探险家们劫掠偷盗的文化遗物则成了支持其东方幻想的真实证据。

值得注意的是东方在被西方表述成为西方“他者”时，总是基于一个对位的原则。例如东方是缺乏理性的、保守的，西方就必定是理性的、进步的。因而，东方被西方彻底击溃，东方的这种“他者”身份极大地取悦了西方的自大心理，从而也证明了萨义德认为东方主义者都是自恋的这一

---

① ［美］爱德华·W. 萨义德. 东方主义的再思考［A］.［英］巴特·穆尔—吉尔伯特等. 后殖民批评［C］. 杨乃乔等译. 北京：北京大学出版社，2001. 212.

结论的正确性。因为东方作为西方的“他者”形象，其身份越偏离其自我认证，越被扭曲为其自我意识的对立面，越能在对位原则上放大西方的文化优越性。所以萨达尔说“东方总是他者的标尺，是表明西方文明之优越性的永远的证据，也永远在证明西方统治非西方的合理性”①。这样，“他者”身份作为强势文明对弱势文明的动情想象和文化塑形，也反映了殖民者对被殖民者权力话语关系的模式。

3. 镜像迷误

东方无法表述自己，它总是被表述，被西方的话语权威所慑服。萨义德在《东方学》中要表述的似乎就是这样一种现实，欧洲在殖民行动前后发明或者说虚构了东方和与其相关的想象，进而这种表述又作为一种工具被用于殖民主义的征服和控制中去了。前面我们探讨了东方主义所构建的异化主体和“他者”身份（这二者因为密切联系而显得有些相近），现在我们要考虑的是他们自身如何构成了东方主义庞大殖民话语的一部分，虽然这个结论我们早已了然于胸。

萨义德搜集了西方远征运动的大量资料，这些资料压缩过滤出了少量典型的模式：“旅行，历史，寓言，原型，有争议的接触。这些模式构成一组镜片，东方正是通过这些镜片而被感知，它们同时还塑造着东西接触的语言、感知和形式。”②

呈现在镜片中的形象已被我们论证不可能是东方自我意识到的形象，它是被西方经验所构建出的想象虚像。它总是被根据西方的经验所改编，或者是被根据西方的基督教道德（对伊斯兰教的无知曲解）篡改，或者是被西方的一系列判断和态度所控制（欧洲的伟大传统，所谓欧洲中心主义的真理）。东方始终与西方的某一方面相像，而且是与其缺陷的一方面趋同。这大概是殖民话语一个基本的特点，即总是着眼于被殖民者的出生，着眼于其文化身份，把“他们解释为一个退化堕落的群体”③。

---

① ［英］齐亚乌丁·萨达尔．东方主义［M］．马雪峰，苏敏译．长春：吉林人民出版社，2005. 170.

② ［美］爱德华·W. 萨义德．东方学［M］．王宇根译．北京：生活·读书·新知三联书店，1999. 74.

③ ［美］霍米·巴巴．他者的问题：刻板印象和殖民话语［A］．罗岗，顾铮．视觉文化读本［C］．桂林：广西师范大学出版社，2003. 219.

东方主义正是这样的殖民话语，它使得这个被表述的东方无力改写自己被“他者”化的身份——由于挫败感和民族自卑心理，丧失了对“他者”和“自我”的分辨及判断。拉康（Lacan Jacaueo）的镜像理论为我们提供了对此现象的理论分析：拉康认为儿童在镜像阶段可以通过镜子意识到自己和他人的存在，从而将自我与他人加以区分，于是在确立自我的同时也就确立了他人。自我一方面是和他人对立的，另一方面又和他人同一，所以拉康说“镜像阶段是一出戏剧”[①]。东方呈现在西方视野中的恰恰是不为自身所辨识的身份，即“他者”身份。换言之，东方的自我意识（主体性）完全被东方主义的表述所剥离。就像小孩站在镜子面前却识别不出自己的身份，别人给他一个幻象告诉他你是这个样子的，他也只好承认了，他识别不了自身也就分辨不出“他者”，于是自然会与“他者”趋同，表现为“他者”身份。我们暂时把这种现象称为镜像迷误。

谢少波在《抵抗的文化政治学》中对鲁迅的分析不妨拿来作为一个现成的例子。鲁迅的《阿Q正传》塑造了一个典型的镜像迷误对象——阿Q。阿Q悲剧的讽刺苗头象征性地指向在封建主义意识形态压制下麻痹的一种集体主体性，最后完全堕落成了极度无知的冷漠，被剥夺了对自我和“他者”的任何认识，以至于被还原到纯粹的生存和机械反应的主体性。谢少波对此评议道，在这部作品中“鲁迅本人所体现的臣属羞辱感构成了中国现代主义的真正动力，借用哈贝马斯的话说，这种现代主义意在打破‘历史连续’，‘反叛传统的规范功能’，并反抗‘一切规范’的东西”[②]。这种对抗性和痛切感证实了我前面的论述，五四新文化运动是在民族情感受挫、被迫承认本土文化的缺陷的前提下接受了西方现代化“殖民”，向这一“他者”身份认同。这是在反思传统中的一种有意识的建构，绝非自觉丧失主体意识的表现，但也不是一种自由选择，实在是没得选择。

我们界定这一现象是为了与萨义德表述的东方化东方（东方人）以及

① ［法］雅克·拉康．镜像阶段［A］．林少雄，吴小丽．影视理论文献导读（电视分册）［M］．上海：上海大学出版社，2005. 54.

② ［加拿大］谢少波．抵抗的文化政治学［M］．陈永国，汪民安译．北京：中国社会科学出版社，1999. 134.

相伴而来的东方人的东方主义相区分。如果说前者只是一时的镜像迷误，后两者就是镜像的镜像（姑且这么说，参见李鸥梵《双城记》中的表述）——自觉丧失主体性——一旦规模宏大，将真正构成民族主体的危机。

4. 刻板印象

萨义德并没有在镜像理论上走得更远，比如上一小节我提出的镜像迷误和镜像之镜像的区分在《东方学》中就不可能找到满意的答案。他注意到了东方化东方的存在（第一章第二节专门讨论），却没有进一步地细分，没有深入考察东方人的东方主义这一特殊的文化现象。而这一失误使其东方主义镜像分析难以完备，同时其反殖民主义立场也遭人质疑。霍米·巴巴就认为“萨义德的分析既揭示了殖民话语的特征，却又类似于殖民话语”①。

虽则萨义德也做出了隐性东方主义和显性东方主义之分，将“无意识的肯定”和“公认的知识”作了区分，但他的含混解释（主要是对福柯的权力和话语概念运用上的偏颇）无法解决被殖民者如何被主体化从而一跃成为殖民者，共同参与了殖民话语的权力运作这一困惑。这也正是我上一节所提的被殖民者自觉丧失主体性，主动参与对自己的“他者”身份的模仿，陷入镜像的镜像之中的现象。

萨义德在450多页的巨著中漏掉了对这一特殊现象的分析，即有没有东方人的东方主义，有没有东方化的东方人这一可能呢？换言之，东方主义在贬低他者的同时会不会为他者所迷呢？拉康的镜像理论很清楚地指出这是一个辩证统一的过程，所以这种可能是存在的，而这种人也是有的，我们可以形象地称其为“香蕉人”，也可以按照萨达尔的称法称这类人为“棕色皮肤的撒哈布先生”。外籍华人和海外流亡的人就是这样一类人。他们普遍都在遭受自我认证的危机。一如方汉文先生分析的，他们面临着姓名危机、种族认证危机和职业危机。

换言之，萨义德总在强调差异，但是在殖民话语中也存在对差异的否认。比如有些全盘西化的中国人，他们自愿被殖民者主体化，否认中西文

---

① ［美］霍米·巴巴．他者的问题：刻板印象和殖民话语［A］．罗岗，顾铮．视觉文化读本［C］．桂林：广西师范大学出版社，2003. 220.

化存在差异，心甘情愿按照西方对中国的东方想象塑造文化身份，而且很有可能这种否认还是无意识的。漠视这种复杂性的后果是萨义德的东方主义批评缺乏一种真正的对欧洲中心主义的抵抗。

相较而言霍米·巴巴的刻板印象概念弥补了萨义德在镜像批评上的不足。在《他者的问题：刻板印象和殖民话语》中，霍米·巴巴否定了萨义德浅显地将殖民权力意向性和单向性联系在一起的处理方式。就如刻板印象，不仅用来识别民族共同体、种族，还用来识别阶级、性别、职业甚至异端行为群体。既然一个人的主体性不是由一种而是多种主体位置所限定的，那么刻板印象也不可能被简单地标签化。刻板印象要受制于多种主体位置（种族、阶级、国籍、性别等），因而也会表现出一定程度的复杂性和多重性。这就像被殖民者虽是一个刻板印象，但是并不意味着他对殖民者只存在一种感情——更多时候是又恨又爱。我们就以萨义德为例，萨义德生在巴勒斯坦，长在黎巴嫩，又在美国进行学术研究。他的刻板印象是什么呢？单单是标签化的阿拉伯人就能概括得了的吗？从他的出身出发，他应该是反东方主义的，因为他是一个阿拉伯人，但是他又在美国接受西方精英式的教育，所以不可避免地认同西方高级文化从而部分地附和了东方主义，比如他认为伊斯兰教完全是想象虚构之物，但是从种族的刻板印象看他应该是一个伊斯兰教信徒。所以即便作为一个东方主义的批评家，他也不可能绝对地否定或绝对地认同东方主义。简言之，他也不可能完全肯定东西方文化的差异。

刻板印象的概念旨在说明主体性是可以分裂的，是有多重信仰的。基于分裂所形成的每一维度都会构成抵抗和认同的组成因素。比如既是宗教激进主义者又是女权主义者，既是后现代主义者又是种族主义者。因而殖民主义话语的权力运作也是非常复杂的，而非单一地完全由殖民者占主导权。有时他也会“免不了受到起异化作用的他者（或称为镜子）的干扰，他者把它的影像投射在主体身上”[①]（镜像的镜像，比如穿旗袍的美国人，学京剧的留学生，满口京腔的法国人或是打太极、跆拳道的英国人等等）。

---

① ［美］霍米·巴巴．他者的问题：刻板印象和殖民话语［A］．罗岗，顾铮．视觉文化读本［C］．桂林：广西师范大学出版社，2003．229．

但是一如斯皮瓦克所言，“任何一种谴责帝国主义的观点都不能把他者变成自我，因为，帝国主义事业已经历史地折射出，本应是完全的他者，最终却变成了巩固帝国主义自身驯化了的他者”①。

① ［美］爱德华·W. 萨义德. 东方学［M］. 王宇根译. 北京：生活·读书·新知三联书店，1999. 236.

族性、创伤与文化记忆

——四部半影像的碎片阅读

王　敏

创伤至少能以两种方式被经历……一是作为无法融入自己经验的记忆，二是作为无法与他人交流的灾难知识……

——埃维塔·罗奈尔（Evita Ronnel）

有人说过，每一场战争都是在重蹈前人的覆辙，每一场战争都在制造屠杀，繁衍创伤。人类战争可大致分为三大类：内战、国际战争、独立战争。人类无比讽刺地证明自己是一种连种内斗争都可以细化分类、量化分析，并赋以意义的高级动物。每一次屠杀都在控诉，每一次反思都在举证，但从未有哪次屠杀能得到真正的清算，也从未有哪一场屠杀能对下一次屠杀提前预警。我们如何解释，一方面我们在深刻反思两次世界大战酿下的人类种内屠杀的悲剧，一方面这个世界上类似的悲剧仍在无休无止地发生？这证明人类完全没有吸取教训的能力，或者像一位学者说的：人类历史的唯一教训，是人类不能从历史中吸取教训。正因为如此，这个世界每时每刻都充满了暴力，而有暴力的地方便遗落着各种可见与不可见的创伤。一如哪里有罪行，哪里便有忏悔一样，忏悔从来无法提前阻止罪行。哪里有屠杀，哪里便有创伤，而创伤也从未能事先预防屠杀。奇怪的是，我们从来都太关注暴力为何发生，却不懂得深思创伤如何治愈，这使得每一次暴力的发生都是一种创伤遗留的恶性循环。若我们在过去太过关注暴力，那么此次，借助于以下几部电影对灾难性历史的回溯，我们是否可以重新反思创伤事件的历史瞬间？反思我们的创伤经历，反思创伤之后的记忆甚或反思创伤本身？即便我们对创伤的经历与体验自身会无限指向失去意义的意义，会无限暴露主体缺席的在场，我们也需调整角度，重新审视。毕竟暴力已经发生，讨论暴力本身并无建构性意义，只会阻塞交流，走向闭合与拒绝，而探讨创伤虽则无法遏制暴力的再度发生，却至少能在某种程度上因其暗含被公开表述的诉求得以向众人开放。这意味着电影就是证词而非对记忆的简单回放或对创伤的再次经历，而观看电影的我们得以重新站到陪审席的位置，承担见证并为此而负责。

一、《印巴悲恋》：创伤与归化

印巴分治留给世界的是一个无休无止地被撕扯流血的伤口，谁也无法担保它不会旧疾复发。诚如马克斯·韦伯（Max Weber）所言，“民族是一种会充分地自我宣称有自己国家情感的共同体，由此，民族是一种通常趋于建立自己国家的共同体”（Weber，1948）[①]。基于这种政治诉求，民族纷争最后的结果总是要以领土界限的重新划分，以及新的民族主权国家的被认同而告终（或者我们该反思的是民族主权国家建构的合理性），而围绕着这个终极目标所进行的屠杀却美其名曰“民族独立战争”。“二战”结束，印度摆脱了英国长达350年的殖民统治，获得了独立，但分为了两个国体：伊斯兰教的巴基斯坦和印度教的印度。然而，世代因袭的宗教仇恨并没有因为两国的分立或者族裔主权的确认而有所缓解，历史所呈现的事实是杀戮不断。《印巴悲恋》以此为时代背景，讲述了分属两地的两个不同族裔的青年男女相爱的故事，他们的爱情跨越了宗教、族裔、仇恨，跨越了民族主义的限域，在印巴局势敏感的今天，他们的爱情超越了他们各自的极限。

分属对立阵营的两个男女义无反顾地相爱，这样的爱情故事有着悠久的传统，在不同的时代亦有不同的版本，似乎从《罗密欧与朱丽叶》（中国是《牛郎织女》）开始便奠定了这种故事模式的经典地位。过去是男女双方囿于门第、阶级、家仇、国恨……更多是因为经济悬殊，阶级不同，

---

① 转引自［英］安东尼·史密斯．民族主义：理论、意识形态、历史［M］．叶江译．上海：上海世纪出版集团·上海人民出版社，2006.26.

相爱却不能相守；今天，这种不被祝福的爱情受到阻挠更多肇始于文化差异，过去存在的爱情的对立面被改头换面为种族（爱上异类）、宗教（爱上异教徒）、血缘（爱上血亲），甚至性别（爱上同性）等因素。为何人们会对这种模式的爱情故事如此痴迷？也许，当有困难出现，当这个困难总指向绝望时，人们只能选择臣服于命运，或者寄希望于真爱和奇迹。但是，人们还是希望能有一种超越一切的力量，它能够取代每个人心中的上帝和神，发挥其拯救的功用，创造奇迹。爱情会是每个族裔心目中的神的普世面孔吗？爱情会是解决一切冲突的灵丹妙药吗？还是，在各种各样的文化差异中，只有爱情作为永生主义的一种存在能够弥合各种文化缝隙和意识形态罅隙？

在《印巴悲恋》中，爱情无疑充当了这样一个具有普世价值的角色，它促使一个族裔个体放弃自己的血缘族裔身份，向另一个族裔归化。它探讨所谓的族裔民族血缘纯洁性是否并非族裔本质固有，也并非不容冒犯。影片中，男主人公伊恩，一个信奉印度教的锡克人，刚从缅甸战场回到印度西北部的家乡庞加巴，安于做一个平凡的农夫。一次，一批伊斯兰教徒经由印度西部迁往巴基斯坦，少女纳西姆全家也在这批移民流中。当他们经过庞加巴，身心疲惫，席地休息时，被突然而至的印度教徒围堵，杀戮骤然降临。伊斯兰教徒仓皇逃遁，他们手无寸铁，难以抵挡住对方的长剑利刃，顿时尸横遍野。幸而，纳西姆逃过一劫，但她虽躲过了利刃，却失去了父亲，惊慌失措下与母兄走失。伊恩在密林深处发现了纳西姆，他救出她，并把她藏进自己家中。我深刻地记得这个细节，当伊恩将纳西姆藏匿于家中时，这两个分属不同族裔的年轻人并没有言语的交流，言语在这里仿佛更是一种打扰。他们回归了人类本性中单纯的异性相吸，强弱互补。当伊恩挡在自家门口，阻止闻风而来意图问讯的同族人时，在他的身后，瑟缩颤抖的纳西姆，既是伊恩施予援手救助的对象，成全了伊恩面对弱势个体的公义之举，又是伊恩反思族裔行为的甜蜜负荷，象征着伊恩面对族裔强权能否自由选择的情爱追求。这道门，跨出去是血统、族裔、亲人，跨进来是道义、爱情、爱人。一边是群体的身份，是个体的社会归属；另一边则是善的概念，个体的道德价值、信念、生活规划和利益。左边与右边，门内与门外，你更爱哪一个？你更忠诚于哪一个？“世间安得双全法，不负如来不负卿？”跨进与跨出同样艰难，对伊恩而言，显然不可能存在一个两全其美的“天使立场”。最终，伊恩力排众议，娶了纳西姆，这意味着这位异族少女成为与自己相关的“他者”的事实最终确立。这场戏还有一场后置的重场戏，只不过角色对换了：几年后，在苦思纳西姆但她久候不归的情况下，伊恩带着二人的孩子，历经千辛万苦，寻到纳西姆家，然而等待他的是相似的局面。屋内是相思欲狂、被软禁的妻子，屋外是势同水火、不共戴天的岳母和大舅子。同样的选择再次出现，只是这一次换到了纳西姆这边。

质言之，这里涉及的其实是个体是否能自由选择共同体的问题，同样的难题在后面的几部影片中反复出现，它让我们不断思考，对于一般个体而言，在面对某种艰难选择时，会不会存在一个具有双重忠诚的“天使立场”呢？对此，我们先不必忙于作答。

《印巴悲恋》中，伊恩的选择是交了一份归化的答卷。为了和纳西姆在一起，他选择向纳西姆的族裔归化，选择抹去自己的族裔属性，即使这在极端的民族主义者那里形同背叛。影片中，当纳西姆回家省亲而久候不归，伊恩想进入巴基斯坦国境去找妻子时，他被告知，除非他是伊斯兰教徒，否则不可以走过国境。为了重见妻子，伊恩走进清真寺，断然剪去作为自己族裔标志的长发，选择成为一个“伊斯兰教徒”。这一幕让人动容，同时，伊恩的选择也让人反思所谓的族裔共同体是否真如本尼迪克特·安德森所言，不过是一种想象的共同体，一种并非本质化的共同体。毕竟，伊恩仅仅是剪去了头发，换了一身伊斯兰教徒的装束，便换了一个族裔的阵营，这与古时女性借女扮男装（《花木兰》）之举，使男性忽略其女性特征，便于被男性群体接受的做法，并无二致。

遗憾的是，主动归化纳西姆族裔的伊恩并不为纳西姆的母兄所接受。当已经归化，“变身”为伊斯兰教徒的伊恩来到纳西姆家门前，恳求接妻子回家时，纳西姆的家人拒绝了来自一个异族，尤其是来自杀亲仇敌群体一员的主动归化，甚至当街对伊恩拳脚相向。绝望无助的伊恩在满是异教徒的街头跪下说：“我来自印度，我来寻找和平……可是我找到的只有分裂！找到纳西姆，我不能让她再这样生活。我得救她。但是你知道是谁救了我？是你妹妹！她给了我生命。她是我的一切！”有没有一种爱，能够超越文化属性、社会属性、宗教属性、族裔属性，甚至国家属性？伊恩对纳西姆的爱超越了他自己的族裔属性，他宁愿放弃自己的族裔身份向另一个族裔归化，也不放弃纳西姆。这是怎样纯粹的一份感情？发生在伊恩身上的悲剧，难道不是《广岛之恋》中那个爱上纳粹士兵的法国女孩的悲剧的重演？当他跪倒在地，任凭爱人的亲人拳脚相向，泪水与血水一起流出时，那泪水不知为何让我觉得似曾相识，想到另外一些眼泪来。《白蛇传》中白素贞忍痛离别许仙，被压雷峰塔底时滴下的泪水；《大话西游》中紫霞留在至尊宝心中的那颗情泪；《青蛇》中小青水漫金山挥剑刺许仙时落下的泪水；《倩女幽魂》中小倩松开宁采臣的手时落下的泪水……世间最苦难的爱情莫过于两个分属敌对群体的人之间的爱情：人与妖、人与鬼、我族与异族之间的爱情。这些“跨类”爱情在曾经的叙事中总是不得善终，爱与被爱双方总被各自所属的群体利益所牵制，罗密欧与朱丽叶的悲剧仍在不断地上演。

所幸，伊恩毕竟不是罗密欧，他还可以选择，他选择了向差异性群体归化，选择了先舍后得。在伊恩的眼里，伊斯兰教的神和印度教的神有什么区别呢？若他天生毫无选择地被挑选为印度教的信徒，是否能允许他改选成为一名伊斯兰教的信徒呢？从这个意义上讲，他既保持了民族视野也遵循了自由价值。就前者而言，依循着族裔道德；就后者而言，遵从了自由。虽然我们一时还无法论证清楚道德和自由哪个更接近人性。倘若族裔共同体如前所述，果真只是一种想象的共同体，那么实际上我们拥有选择一种新的族裔身份认同的权利，我们可以有选择自己的族裔归属的权利。同理，我们可以拥有选择自己社会归属、情感归属、国家归属的任意权。问题恰恰在于如何将这个任意权付诸实践。这就像一个人决定做一个强者，做一个至善至美的人，这个愿望是美好的，但它并不见得能实现，因而，我们说个体只能无限趋近选择一种新的族裔身份作为情感皈依的这个目标。同时，当一个族裔个体接近另一个族裔个体的文化，确实暗含促使其反思自己的文化并使之发生变异的可能。伊恩救了纳西姆，并在与其相处的过程中了解到了此与彼之不同，更在与异文化的甄别中反思本民族的文化。但选择身份恢复或者归化，仍需要新的条件促成。在伊恩这里，促使他向另一族裔归化的条件是他对纳西姆的爱。

当然，除了对纳西姆的爱，还有什么力量促使伊恩放弃了自己的族裔身份，转而向另一个族裔归化呢？众所周知，族裔间的排他性远比任何群体的排他性更为极端，没有一种族群之间的排他性会像族裔群体的排他性这么极端化。就职业领域而言，虽然也有一个被广泛认同的等级秩序，但铁匠会认为做一个高校教授比做一个铁匠更好，他会欢迎这种变化发生在自己的子女身上。就男女婚姻而言，虽则男子总不高兴入赘，怕招来闲言碎语，但他潜意识里也满足于少奋斗十年的诱惑和功名许诺。同样的道理在族裔群体间却行不通，即族裔间的排他性并非职业群体或者婚姻联盟可以比拟。古往今来，但凡遇到族裔冲突需要选择时，更多人的做法是保持中间立场，不左不右，少有像伊恩这样选择主动向另一方归化者。就此而言，伊恩的归化若非仅仅因为爱，会不会更多的是一种后创伤性反应呢?

乌里奇·拜厄（Uridge Beyer）认为，所谓创伤就是一种“未决经验”，一种有待解决却未解决的经验。在伊恩这里，他先是经历了缅甸战场的炮火飞烟，从战场返家，他唯一希冀的便是能够复归一个平凡人的生活。接着，他经历了印度教与伊斯兰教之间不同族裔信众的族裔屠杀，他的岳父死于自己族裔同胞的砍刀之下。这两桩“未决经验”使得他再次面临相似经验时下意识渴望能够对此前未决经验提供一种解决，一种纠正。换言之，伊恩经历了两次族裔屠杀，在这两次屠杀中，他都幸免于难，是被“裹挟”着胜利的胜利者，这两次经验作为伊恩的前史并未得到及时有效的解决。所以，当纳西姆被娘家人软禁家中时，伊恩获得了一次正面面对创伤的机会。他选择向妻子的族裔归化是他结合自己此前两次未决经验给出的处理方法。一般而言，个体倾向于把“归化行为看作是反对某种对他们来说很可贵的东西而选择一种不见得更好的东西。只有当个体把别的文化看作是优越于自己的文化的时候——就像我们在某些移民群体中发现的情况——他们才欢迎归化”①。弱势族裔的文化或许并不足以构成伊恩舍弃自己的族裔文化的动力，但是，受迫害者族裔被同情的立场却是优越于自己作为迫害者族裔遭人指控的立场的。因此，这一次，伊恩毫不犹豫地站到了受害者的阵营中，这恰巧是对此前他毫无选择被迫成为迫害者经验的一种纠正。因此伊恩的归化具有超越爱情的复杂含义，他的归化不仅是对纳西姆的爱的表达，也是对本族裔文化的一种反身思考，更是对自己创伤性体验的一种变形性批判，是对齐泽克（Slavoj Zizek）所谓“接受和服

① [以] 耶尔·塔米尔. 自由主义的民族主义 [M]. 陶东风译. 上海：上海世纪出版集团·上海译文出版社，2005. 18.

从我们出生地的习俗和法律，而不能质询其权威性”的这种教条观念的反思。

影片的结尾，纳西姆最终在母亲的帮助下逃了出来。在火车站，纳西姆和伊恩重逢了，可是当火车即将发车时，纳西姆的兄长也尾随而至，执意阻止妹妹离去，要拆散这对夫妻。在双方争执中，推搡拉扯间，伊恩摔下了天桥。伊恩最终死去了，这个结局让人欷歔不已。他的死重复了《广岛之恋》中那位纳粹军官的死亡，重复了《第四十一》中“蓝眼睛”的死亡。导演对结尾的去团圆化处理，在重复以往影片结局的同时，是否也婉转表达了对一个不可回溯的命运的哀悼？在族裔的排外仇杀中，总需要有一个个体成为那个替罪的羔羊，伊恩最终还是挣脱不了替罪羔羊的宿命。但是，究竟谁才有资格决定是“这一个”而非“那一个”成为替罪羔羊呢？

同时，伊恩之死也难免让人联想到，隶属于一个族裔的个体最终要以死证明自己向另一个族裔归化的诚意。问题是，“在现代世界已经很少有孤立的共同体，绝大多数个体都了解不止一种生活方式与民族共同体。正是由于这个原因，民族共同体努力排外——如果选择不是一种自主的抉择，那么排外也就没有必要”①。伊恩归化遭拒致其死亡，不免也呼应了上述这种对偏狭的族裔排外主义观的反诘。

让我难过的是，在族裔冲突问题上，难道创伤仍然只能产生创伤？难道归化并不能够解决创伤？难道我们最终既不能拥有双重的忠诚，也无法拥有单一绝对的忠诚？但我还是愿意相信，伊恩的归化仍然有一种超越死亡的价值，即当我们面对族裔冲突时，有必要想一想伊恩的选择。他的归化会提醒我们，我们完全可以选择一种与我们的父辈曾经认为“是”的东西完全没有联系的外来文化。我们的出生没法选择，并不代表我们的一生都无法选择。当然，在必要的时候，我们也可以放弃这个选择。

---

① ［以］耶尔·塔米尔．自由主义的民族主义［M］．陶东风译．上海：上海世纪出版集团·上海译文出版社，2005. 16.

二、《卢旺达饭店》：创伤与重述

1994 年 4 月 6 日凌晨，卢旺达胡图族总统朱韦纳尔·哈比亚利马纳在邻国坦桑尼亚参加完和平谈判后，其座机在返国途中被不明飞弹击落，机毁人亡。随后，胡图族激进分子迅速掌控了卢旺达政府。4 月 7 日，震惊世界的卢旺达大屠杀开始。胡图族激进分子绑架并杀害了女总理，图西族人乌维兰吉伊马纳和 3 名部长，同时组建了临时政府，图西族武装“卢旺达爱国阵线”拒绝承认临时政府的存在，宣布向首都进军，两派武装在前线激烈厮杀的同时，胡图族极端分子在全国范围内大肆残杀图西族与胡图族温和派，实行种族灭绝屠杀。根据国际红十字会的估算，在接下来的 100 天内，有约 80 万 ~100 万人[①]被杀害，数百万人无家可归。直到图西族领导的军队赢得了这场内战并开始掌权时，大屠杀才被制止。《卢旺达饭店》正是对这段淹没多时的历史的重新叙述，影片通过一位胡图族的酒店经理保罗以及和保罗一起亲历这场灾难的人之口重述了那段灾难历史。

这部影片依然再次提出了《印巴悲恋》中的那个两难命题，是否存在一个兼容双重忠诚的“天使立场”？在伊恩那里出现的两难选择依然作用于保罗身上，两个族裔仇杀中，作为屠杀者的族裔一分子，如何对待被屠杀的族裔（尤其当你的爱人属于被屠杀族裔时）？危机当头，他的面前始终有着两难选择，当他的妻子哭泣着要离开他时，当胡图族的民兵威胁着要当着他的面杀死图西族的邻居时，保罗要如何取舍呢？从族群主义的角度讲，“双重忠诚有时会导致个人的悲剧。设想一个将军必须决定三个部队中的一个将被送去参加一次危险的战争。作为一个父亲，这个将军具有保护儿子的责任，但是作为军事将领，他应该把最好的军队送去作战而不考虑自己的个人顾虑。通过作出正确的决策，将军的确可能发现自己处于悲剧性的境地：被迫把儿子送到难以保全性命的战场”[②]。保罗也是如此，

---

① 被害者的数字至今仍无法精确统计，存在着联合国官方确认的 50 万人，纪录片《与魔鬼握手》采信的 80 万人和卢旺达国内流传的 100 万人等多个版本，但无论是哪个死亡人数的统计版本，受害者 90% 以上为图西族人确信无疑。

② ［以］耶尔·塔米尔．自由主义的民族主义［M］．陶东风译．上海：上海世纪出版集团·上海译文出版社，2005. 111.

他极可能陷入同时不见容于两个族群的悲剧境地；但是若从人道主义的角度而言，的确存在一种如雨果所言绝对正确的“天使立场”能够兼容双重的忠诚、双重的身份。作为一名四星级国际餐厅的经理（或者这个岗位使得他要有超越立场），他有效调拨自己的金钱，发挥自己的才智，斡旋于胡图民兵、暴徒、军队以及政要之间，利用这家饭店，成功挽救了1 268个人的生命，其中包括图西族人和胡图族人。正如媒体评论所说：“当整个世界闭上了双眼，这个男人却敞开了他的怀抱……”这个怀抱是一个混血的怀抱，支撑他的也许是一个综合的上帝。

从1994年灾难发生的这一年到2004年这漫长的十年间，媒体保持着异乎寻常的沉默和麻木。事实在更多时候蜕变成了一个抽象的概念，真相被轻描淡写，人们只是惊讶地知会彼此这次灾难中死亡的人数，但隐匿在数字和图片的背后，有多少悲痛的声音被忽略，多少无助的生命被抛弃。一如苏珊·桑塔格（Susan Sontag）在《重点所在》中指出的：“隐匿——也可以称为缄默，或守口如瓶，或拒不透露。”直到《卢旺达饭店》于2004年9月首映，全世界震动了。我想起了德雷克·沃尔科特（Derek Walcott）的诗句：“我怎能面对屠杀而冷静，我怎能背对非洲而生活？”（《远离非洲》）——居然有人对自己的同类有如此大的仇恨，而这个世界上其他的人居然默许这份残忍持续了如此之久。

卢旺达屠杀以电影的方式呈现在全世界面前，在力图揭示真相的同时，仿佛也一下将那么多在场或不在场的“再现”聚集起来，它们以一种重现叙述的方式探究大屠杀的所有事实。只不过，这些面对镜头的叙述极力谨防把自己作为另一种使人缄默的形式强加于人，从而使必要的见证行动可能退变为一种移情窥视，以便这个巨大的伤口经由这些重述获取最有限的平抚。

2004年，为了拍摄这部电影，导演特里·乔治（Terry George）特意直飞比利时与战后在那里隐姓埋名的保罗会面，口述实录地了解了十年前的那段触目惊心的历史。当保罗陈述时，特里竭力压抑自己错综复杂的情绪：一方面，他感到些许难抑的兴奋，原因是当事人自身的经历足以构成胶片叙事的绝佳素材——惊险、动人，是一曲弘扬人性至善的圣歌；另一方面，他感到恐惧，恐惧的原因是这原本是一段全世界都应关注的事件，却被长时间地淡忘，大多数世人对此一无所知。他把保罗接到纽约家中，畅谈了五天五夜。勇敢的饭店主人再次回顾十年前的创伤往事，把自己的恐惧、孤单、无助和眼泪统统倾倒在乔治面前。他告诉乔治，自己亲眼看到那些被棍棒殴打的人们如何发抖哭喊，那些被美国军队遗弃的人们怎样抱住军人的腿跪地求救；他告诉乔治，路边堆满了腐臭的尸体，而狂暴的人群开着车，从这些尸体上颠簸而过；他告诉乔治，人们在怎样惨不忍睹的绝境中挣扎求生，早上在四十摄氏度的高温里躲避烟尘，晚上则裹着衬衫抵抗零摄氏度的严寒……这场延宕了十年之久的述说，终于得到了应有的倾诉。

影片一开始，导演借胡图族的电台播音叙述了卢旺达殖民统治时期的一段创伤历史：

亲爱的听众们，当人们问我为什么恨所有的图西人时，我说，“看看我们的历史吧”，图西人是比利时殖民者的帮凶。他们偷走了我们胡图人的土地，他们鞭打我们。现在，这些图西叛徒，他们又回来了。他们是蟑螂，他们是凶手。卢旺达是我们胡图人的土地。我们是多数，他们是少数的叛徒和入侵者。

图西族和胡图族之间的人种差异是西方殖民者为了便于统治，借助所谓的含米特假说人为建构出来的，为的是通过在原住民群内划分出等级高下，削弱群体内部的力量，以便殖民控制。结果是非洲民族自决赶走了西方殖民者，但是，胡图族和图西族仍然在按照殖民者原先界定他们的逻辑界定自身和对方。殖民者走了，殖民逻辑却留下了。运用这套逻辑，胡图族人和图西族人开始了几十年的相互仇杀，仇视不断升级，数以百万计的卢旺达人死于族群间的仇杀，数百万人沦为难民，无家可归。正如有些论者所言，殖民地人民的真正解放，不仅在于获得政治上的独立，更重要的还在于对被殖民者内化的殖民逻辑的解殖（decolonization）。同时，我们看到胡图族在重述过去的族裔创伤时，似乎也暗含了血债血偿的族群逻辑。问题是，承认一个民族被压迫难道代表被压迫民族便可以以此为实，压迫另一个民族？因为在过去，你们的祖辈杀害了我们的祖辈，所以，现在我们要以牙还牙？如果这个逻辑成立，人类末日也就行将不远了。以其人之道还治其人之身毕竟不是纠正错误、治愈创伤的有效手段，它唯一能起到的效用便是终于证明自己与犯错者是同一类的了。

我们再来看影片中主人公保罗是如何重述这段创伤体验的。值得玩味的是，影片并没有采用保罗的视点回溯过往，而是用全知全能的客观视点顺叙灾难的发生始末。即便如此，保罗仍然不得不重述自己的视觉性创伤：保罗因为要接纳更多的难民不得不屡次致电比利时，向餐厅老总转述发生在卢旺达的惨案。那一刻，话筒这头是亲历着屠杀的保罗，话筒那头是只能凭借保罗的叙述想象屠杀惨象的餐厅老总。对缺席者而言，谁也无法确定保罗以及保罗的家人到底见证了什么，他们只能不断地说"太可怕了"，但是这个太可怕本身既是意象又是幻象，很难被人真实地把握。对保罗而言，他亲历创伤，并不断重述它们，向一个人，两个人，一群人不断地重述它们，从而形成了一条潜在见证着的伦理链条。不仅如此，保罗还动员所有被困人群向自己的国外亲友重述惨剧的现场，他认为这是自救的唯一方法。影片中，他站在一片狼藉的饭店大厅，站在遭到世界遗弃的人们中间，慨言："没有人能救我们了。"他说："只有我们自己。你们中还有很多朋友有影响，你们必须告诉他们我们正在发生什么，向他们告别。但当你们告别的时候，告诉他们你们曾坚强地活着，告诉他们，你们都是自由的人，但是现在却即将死去。必须让他们为我们寻求自由，重要的是，我们要相信自己能熬下去。"保罗以及受困人群的重述，使得这个创伤事件本身变成了一个开放的见证结构。遗憾的是，这恐怕就会产生希利斯·米勒（J. Hillis Miller）所谓的增生的见证链——一个见证接着一个见证，卢旺达惨案最终也只能变成见证背后的见证，声音背后的声音。"这意味着对每一个独立的、无法言说的创伤事件，我们只是这条见证链上最近的，但不是最后的一环。"[①] 无论是餐厅老总、联合国部队，还是各个国家的外交部官员，抑或是当时卢旺达之外接到电话聆听一切的某个人，他们聆听着来自保罗和受困者的叙述，一次又一次，在震惊于真相之惨烈、创伤之伤痛的同时，也一次次疏离于这段难以接触的创伤记忆。正如前联合国秘书长安南所言，那一天，世界抛弃了卢旺达。

这让人想到卢旺达大屠杀发生后，那位联合国维和部队的将军在重述

① ［英］朱利安·沃尔弗雷斯．创伤及证词批评：见证、记忆和责任［A］．21世纪批评述介［C］．张琼，张冲译．南京：南京大学出版社，2009．169．

这段创伤事件时遭遇到的人性冲击。影片中的奥利弗将军在现实中正是亲眼目睹卢旺达惨剧发生的达莱尔将军。2003 年 10 月，达莱尔讲述卢旺达大屠杀的《与魔鬼握手》一书在加拿大出版。他认为这是一本关于失败的书：失败属于驻卢维和部队，因为胡图族极端分子在他们的眼皮底下杀死了一百万人；失败属于几个西方国家，它们有能力却没有及时制止屠杀的蔓延；失败也属于联合国，它没能给身处困境的少量蓝盔部队以支持。达莱尔在书中流露出深深的自责，作为驻扎当地的部队指挥官，他觉得自己是这失败集体中最大的失败者。大屠杀给达莱尔的精神造成了巨大创伤。在达莱尔看来，许多图西族人之所以在局势恶化的情况下没有选择逃离正是出于对维和部队的信任，但结果却遭到了背弃。资料显示，达莱尔回到加拿大后经常借酒精来麻醉自己，他经常无端发脾气，并两次试图自杀。人们曾在魁北克公园的长椅下找到他，他已经喝醉了，像刺猬一样蜷缩成一团。达莱尔经常会跟人提起卢旺达，也经常会加上这样一句话：其实只需要一支拥有五千精兵、授权明确的联合国部队就能够制止屠杀。对他而言，重述卢旺达大屠杀是化解创伤记忆的唯一之途，这多少让人想起痛失阿毛的祥林嫂来。达莱尔的悔恨以及他对联合国和几个拥有决策权的西方大国的不谅解在影片中得到了一个异常巧妙和间接的影射。

影片中有一个保罗目送联合国维和部队与西方记者“逃离”卢旺达的情景，那时，米勒·科林斯饭店中被世界遗弃的卢旺达平民在饭店门口向即将驶往机场的大巴行注目礼，镜头次第掠过车窗内一个个外国人的表情，有人如释重负，有人神情凝重，有人面带羞愧，有人轻轻地擦拭眼泪，但是也有人竟然抓起相机，将镜头对准将要坠入万劫不复的深渊的卢旺达人，这分明是察觉自己安全后的看客心理的一种表现，他们与那些冷漠的维和部队、西方势力，连同那些屠杀者又有何不同？下一个镜头则是影片中抨击力度最大的一个镜头了，在照相的男人身边，是一个表情漠然而神情倦怠的女人，在她的怀中，一只纯种的巴西狗正兴奋地东张西望。那一刻，人的生命比不上一条狗金贵。你决定为了一条和你有情感利益的狗牺牲一个活人存活的机会，这与西方世界为了经济利益而决定拒绝对卢旺达灾难施予援手有什么分别呢？或者，这就是这些旁观者的逻辑，为了一个可有可无的利益，可以牺牲掉成千上万条人命？德里达（Jacques Derrida）在《死亡的礼物》第三章中分析道：“……我永远无法为这样的牺牲而辩护，对此我必须一直缄口不语。无论我需要与否，我都无法为‘我宁愿为另一个而牺牲这一个人’找到理由……使我确定选择单一的一个、选择这一或另一的原因……最终还是无法弄清楚……就像我在每一个关头作出的无穷牺牲那样无法得到解释。这些单一代表着所有的另外一个，是他我的完全另外的形式：一个或某些另一个人，或地点、动物、语言。你怎么能够解释这样的事实，即你牺牲全世界所有的猫，就为了你每天早晨在家喂养了几年的这只猫，而每时每刻都有其他的猫死去。”① 是啊，你怎么能够解释这样的事实：当你在天堂的时候，世界的某一个角落正坠入地狱？诚如沙蕙所言，导演特里·乔治安排这样一场戏是“别有用心”的，就像苏珊·桑塔格所说的：“历史意味着冲突。历史意味着悲剧性的绝境。”“但是当人类陷入到疯狂的集体无意识当中，任何一缕悲悯的情感都显得那么珍贵，这个时候，背过身去的冷漠远比挥舞屠刀的残暴更让人绝望。”有什么比面对屠杀却选择背身而立更让人不寒而栗的呢？

同样绝望的情感在影片中还通过一个记者之口加以重述强化。影片中有一个细节，当外国驻卢旺达记者摄录下胡图族屠杀图西族的画面时，他满怀痛苦地对保罗讲，他不知是否该将这段视频放在互联网上，理由是，他觉得所有观看视频的人顶多会说，哦，好恐怖啊，然后低下头继续吃他们的饭。这个细节一方面展示，部分没有亲历卢旺达屠杀事件的个体，如片中的这位记者，在表达创伤加之于他难以抹去的标记时，会内心负疚，再次讲述这段创伤只会更加强主体作为灾难现场缺席者的愧疚感；另一方面，对另一些没有亲历卢旺达大屠杀事件的个体，比如那位抱着小狗的女士，比如那位拍照的男士，比如这位记者假设的观看到屠杀现场视频的观众，他们表达对没有亲历的创伤的反应，也只是更多地回应创伤的不可接触性。

影片中，关于创伤经验最直接的重述就是红十字会的护士阿御夫人叙述她赶到孤儿院，为了救助保罗和塔莎娜兄弟家的孩子时目睹到的创伤场景。这场戏中，导演给了她一个单人直拍镜头，她说：“当我到达孤儿院，部落民兵也在那儿，他们已经开始杀戮孩子，他们让我看，有个女孩，她

---

① Jacques Derrida. *The Gift of Death* (1992) [M]. David Wills (trans). Chicago: University of Chicago Press, 1995. pp. 70 – 71.

背上绑着个小妹妹，他们朝她砍去的一瞬间，她朝我大喊，‘求求你，别让他们杀我，我发誓我再也不做图西族人了’。”这声来自女孩的呐喊足以将全世界定罪为卢旺达大屠杀的同谋和帮凶。既然民族仅仅是一个想象的共同体，既然血统出身并不由人选择，既然含米特假说充分证明，所谓的种族差异不过是一种文化建构，究竟还有什么原因能使人们为了这个乌有之物彼此伤害，至死方休，灭族才罢？退一万步而言，倘若这世间真存在民族等级之分，有上帝的选民和非选民之分，那么，上帝的选民便能代上帝立言么？上帝的选民便能替天行道么？上帝的选民便能以上帝自诩么？怀特曾言：“毁灭并不比拯救更多一些不可避免性。”对遭遇了视觉创伤的阿彻夫人而言，也许，更多时候，拯救并不比毁灭更多一些不可避免性。

“创伤在自身内造成了一种切口，所以，实际上‘一’就成了‘二’，其途径是尼科拉·埃伯拉汉姆和玛利亚·托洛克所称的‘内部心理分离’。这两个自我分别是体验的自我和幸存的自我”，而当我们借助重述进行回忆时，意味着体验的自我和幸存的自我合二为一，创伤将会得到安抚。

值得一提的是，影片首映后，在电影的官方网站上，身为编剧和导演的特里·乔治写道：“在1994年后的十年时间里，世界各地的政客都曾前往卢旺达表达对当初事件的忏悔，并发誓决不让惨剧第二次发生。但在苏丹、刚果等地或者那些被上帝遗忘的地方，这种视生命如草芥的屠杀却从来没有停止过。在这些地方，像保罗和塔莎娜这样的人们所表现出来的人性的庄严和勇气，只会让我们无地自容。”

或许我们从反对种族歧视，反对种内屠杀，号召人权平等的角度概括这部电影的主旨并不准确。诚如德里达所言，任何名义的历史表征都会体现某种限度思考的危险，同时，更为危险的是，这种思维方式会让任何数字或者专有名词代替我们思考。这样做的恶果是，针对创伤性的事件，仿佛我们一旦用数字陈述完死亡人数或者用专有名词对罪行进行定性以后，我们便终结了一段创伤历史。如卢旺达大屠杀，一个月死亡100万人，这样类似的表述难道不值得我们反思吗？这种表述难道不是在完成一个意识形态语法对一个创伤事件的篡改吗？

三、《暴雨将至》：创伤、象征与宿命

电影取名叫《暴雨将至》，围绕这个电影标题，整部影片营造出一种暴雨即将来临，必有大事发生、天将乱常的气氛。这个信号首先借由影片开头的字幕传递：“当鸟群飞越过阴霾的天际时，人们鸦雀无言，我的血因等待而疼痛。”这句引言字幕使得“暴雨将至”一语双关，果然，到了影片的结尾，我们不仅看到暴雨倾盆而下，而且目睹了伴随暴雨而来的亚历山大的死亡。临死时亚历山大还在说：“看，快下雨了。”这多少为他的死亡增添了必然的成分，就像天要下雨一样，他的死亡似乎也是意料之中的，是宿命安排的一个创伤性场景。

细心统计，影片中涉及暴雨将至的言语共计六次之多，先后顺序分别是：片头神父对柯瑞说过；亚历山大在街上碰见情人安及其母亲时说过；亚历山大拜访汉娜家时汉娜父亲说过；亚历山大写信给情人安时说过；亚历山大在树下临死之前说过；片尾神父对柯瑞说过。“暴雨将至”这么频繁地从电影中多个人物口中说出，似乎从影片开始，我们就和人物一起踏上了一条宿命之旅。亚历山大将死去，萨米娜将死去，南斯拉夫将分裂，这一切不可避免，因为暴雨将至，暴雨成为接踵而至的一系列创伤事件的一个总象征。这不禁让人想起曹禺的名剧《雷雨》，其中也是不断重复着雷雨轰鸣。如果说两次三次的重复还能被归结为巧合，那么四次五次就只能看作是命运了，或者说是导演有意让我们借由他的重复来关注命运对创伤性事件的决定作用。一如齐泽克所言：“为了能与创伤打交道，我们使用象征。”

1. 三段小标题的宿命色彩

（1）标题一——“语言”。

柯瑞发了默誓，不能言语，因此之故，他可以不回答米特等人的追问，他藏匿了萨米娜，但是他可以不说，也不算撒谎，除了良心上感到当着上帝的面撒谎过意不去外。默誓保护了萨米娜，但是也折磨着柯瑞，柯瑞对这个阿尔巴尼亚少女产生了好感，但他只能给她拿来可以充饥的西红柿，只能在梦中含蓄地表白，他谨守诺言而不能说话。柯瑞最后破了誓言，因为主教在他的宿处发现了萨米娜，因此否认了他的神父资格，柯瑞

得以摆脱言语的禁锢，与萨米娜离开教堂，在路上向萨米娜表白。然而，这次表白也为萨米娜招来杀身之祸。萨米娜确定了柯瑞的心意后，要和柯瑞离开，她对祖父说柯瑞爱她，年轻的她不知道自己和柯瑞的跨民族之恋无法见容于当时一触即发的民族矛盾。当她向柯瑞（爱情）跑去时，她的哥哥亲自开枪射杀了她。临死的时候，她把食指放在唇边，就仿佛过去发了默誓在神像前做出同样举动的柯瑞一样，爱无须言语。在这一段落，我们看到挣脱言语束缚，试图用言语沟通的柯瑞最终无法用语言与他人沟通，他说话和不说话没有区别，萨米娜依然死在了他的面前，就像他在沉默时无助地目睹米特等人射杀无辜的猫咪一样，他依然什么也说不出。最终，当他蹲在临死的萨米娜身前想要说些什么时，萨米娜却回了他一个安静的手势。选择打破默誓的柯瑞仍然得归于沉默，柯瑞和萨米娜以沉默开始的缘分最终也以沉默结束。“语言”这个标题早已注定了柯瑞和萨米娜最终的命运走向。这种语言的隔阂不仅存在于能说和不能说之间，还存在于不同民族的语言文化差异之间。语言制造了混乱，能说不如不说。所以，萨米娜最后才微笑着用手示意柯瑞什么都不要说了，这个手势质疑了人类的语言，从而在象征层面寓指不同族群之间最终的不可交流，同时，将这个问题又一次扔回到了“巴别塔”时代。

（2）标题二——“面孔”。

这一段落提到了安对人物面孔的敏感。先是一扇看不清人脸的浴室玻璃，我们只能听到一个女人的哭声，后来我们知道这个女人是安。紧接着，安先是看到了一张张儿童的面孔，想到了自己腹中的孩子，接着她又看到了照片中柯瑞的脸。稍后，她和亚历山大在伦敦街头重逢，俩人在出租车中有一段谈话。亚历山大想回到马其顿，但是安却想要自己的孩子。亚历山大说：“我会变的……”安说：“你已经变了，看你的脸。”安这里所指的脸的改变是一种岁月流逝反映在脸上的痕迹，就像她在街头偶然看到唱歌的儿童，想象自己肚中的孩子出生、成长、改变容貌一样。但是安想拥有一张自己永远可以识别的面孔，她想有一个孩子，这样她至少可以在孩子的脸上识别出丈夫，在丈夫的脸上识别出孩子，她会以另一种方式留住时间。所以，她留在了伦敦。

标题“面孔”决定着这个段落的故事不仅会充满面孔的细节，而且会以“面孔”而告终。所以，最后我们看到安的丈夫尼克被意外枪击打烂的脸。安再也识别不出尼克的面孔。同样，匆匆赶到马其顿的安最终赶上的也不过是亚历山大的葬礼，即便她当时和亚历山大离开，等待她的也是被火葬的情人的脸。脸，是我们常识性识别不同个体的方法，我们对人脸的识别是我们掌握差异性个体的方式。脸的被毁，是这段创伤性事件的核心，一开始就被宿命性地埋下了伏笔（浴室玻璃门后那张若隐若现无法辨别的脸），寓指着记忆的不可复现，象征着某种历史性的断裂。个体身份的被抹杀，等于记忆和经验的消失，这也是心理创伤的来源之一。

（3）标题三——“照片”。

对亚历山大而言，他的照片杀了人。他在给安的信中倾诉：“上个星期，我告诉你我杀了人，我跟一个军人打交道，我向他抱怨没有刺激感，他说没问题，将囚犯带出了队伍，然后杀死了他。感觉如何，他问我。我明白了，我选择了另一边。我的相机杀死了一个人……”带着这样的负罪感，亚历山大逃回了马其顿，照片替他做了选择，他想在马其顿安度晚年。但是，旁观一个人的死亡，或者以记录一个生命的消失作为自己职业的荣誉，这种精神折磨让亚历山大始终处于负疚状态。类似的视觉崩溃，不禁让人想起鲁迅在日本仙台医学院就读时，观看中国人被日本人斩首的幻灯影片的情节。面对突如其来的视觉的创伤体验，究竟是选择有意规避，还是直面灾难和痛苦？

电影试图告诉我们：由照片引起的无意识最终引导着情节的发展。当汉娜指责亚历山大在两个民族的仇杀中只是隔岸观望，她说“你只是看”时，亚历山大就无法再独善其身了。他撕去了自己目睹他人持枪杀人的照片，他不再旁观，他要介入真实，摆脱作为一个旁观者无动于衷、遭人指责的地位。同时，这也让人深思，究竟是否存在一种能够逼近、模拟或者再现创伤累累的现实却又不使自己受伤的立场？亚历山大作出的选择恰恰是鲁迅当年未作的选择，鲁迅选择用笔记录下自己视觉的创伤经验，同时也暴露了自己冷漠的在场的缺席的身份，而亚历山大则撕毁了自己的记录，抹去了这个揭发自己无情的证据，并切实介入阻止仇杀的行动中去。可以说，从鲁迅到亚历山大的选择变化是一个由体验到经验转变的过程，是一个从鲁迅式的创伤性的、心理瘫痪的过程到祈求重建和修复的过程。

这一段落中出现的照片早就预示着死亡的来临。无论是亚历山大自己拍摄的照片中所记录的无辜军人的死亡，还是亚历山大与表弟一家合影时停留在脸上的苍蝇，甚至亚历山大撕毁照片的举动都预示着他即将面临死亡的厄运。

综上所述，影片中三个段落的标题决定着故事情节的发展，同时也为故事的解读提供线索。这可以说是这部电影在形式上的决定论构思。

2. 影片主题内容上的宿命色彩

影片中的一些细节强化了影片在内容上和主题上的宿命论色彩，比如两次出现却都被弹药炸死的小乌龟，一次出现在片头，马其顿的孩子们在玩弹药炸乌龟的游戏；另一次出现在安和尼克用餐的餐馆，养在鱼缸里的乌龟仍然难逃被枪弹击烂的命运。不限于地点，这个世界到处充满着暴力、怨憎，生在战乱之地的乌龟和养在和平之地的乌龟同样难逃被枪弹射杀的命运，这多少有着讽喻色彩了。再比如影片中两次出现的“时间不逝，圆圈不圆”的谶语，无论是在马其顿的神父嘴里，还是在伦敦的街头的墙壁上，它们都表明着同样的寓意。无所谓空间的隔离或者时间的差异，就像亚历山大对汉娜父亲所说的那样，这个世界其他地方的人和马其顿的人一样生活。所以远离战火的伦敦餐馆发生着和马其顿一样的命运悲剧，不同民族的仇杀仅仅源于一次小小的口角之争。马其顿是整个世界文化冲突的缩影，就此而言，在不在马其顿没什么不同，因为民族隔阂衍生的冲突哪里都存在。

宿命论和决定论的区别在于，宿命论认为无论个人努力与否，其结果都是命定的，而决定论则认为，虽然结果是命定的，但这结果必定包含着个人的努力或不努力。亚历山大努力过了，他以马其顿普通民众的身份，以一人的肉躯试图化解这片土地上的民族恩怨和家族仇恨，为此他付出了自己的生命。但是，我们看到他以生命为代价救出的女孩最终未能幸免于难，仍然死于自己亲人之手，而他的全部努力又被自己的侄子以不同的方式心有灵犀地继承。柯瑞枉顾世俗和宗教的差距，不顾种族之间的差异，以被开除神籍为代价不顾一切地爱上了萨米娜，救助萨米娜，但是仍然未能使萨米娜逃离死亡。这其中的轮回循环有着怎样令人悲恸的无奈力量！人力最终无法摆脱命运的轮回，就像要下的暴雨，只是早晚的事。这就好比西绪弗斯的神话，无论他多少次将石头滚至山顶，其结果都是必然的坠落；就像俄狄浦斯的命运，无论他多么小心翼翼地避开自己的厄运，最终仍然杀父娶母。人越是想加速离开自己既定的命运轨道，越是以更快的速度坠入这早已命定的人生轨迹中，如柯瑞和萨米娜、安和亚历山大均是如此。

无论他们如何努力，结果都是一样。无论影片的开头和结尾呈现怎样一种循环往复的关系，但是就像那句谚语告诉我们的——“时间不逝，圆圈不圆”，时间总是流逝的，圆圈也总是圆的。因而，影片的开头和结尾虽然留有很大的空间，给人以无限希望，但结果都是恒定不会改变的，即，无论萨米娜以活着的逃亡姿态在影片的结尾出现多少回，她最终仍是要回到影片开头的死亡中去。因为时间是线性流逝的，圆圈也必定是圆的。

暴雨必然降临，创伤因此而生，这就是宿命。就像影片反复强调的暴雨将至一样，无论人如何努力，暴雨总是要下的，它不以人的意志为转移。亚历山大也曾说：“和平是例外，没有规则”，但是他仍然义无反顾地为了这个例外付出了自己的生命。他明知命运不可违抗，他明知“暴雨将至”只是早晚而已，却依然以后背对着兄弟的枪口。就像颜纯钧先生分析的一样，曼彻夫斯基让试图阻止民族仇恨和冲突的亚历山大以死结束整部电影，将明知命运不可违抗却毅然选择了逆命运而行的亚历山大的死亡作为整部电影的结尾，这无异于表明民族冲突不能制止，战争自然不可避免。[①] 这就是南斯拉夫不可更改的民族命运了。同时，以亚历山大之死作结局还可以让整部电影的故事停止在萨米娜重新跑向修道院与柯瑞相逢的路上，以寄予曼彻夫斯基对未来的希望，告诉我们类似的悲剧仍可以被阻止。“导演用自己审美的手扼住了时间”[②]，但也正是这样一种美好的期望反而更加剧了我们对于宿命的认知，因为接下来要发生的事情我们早在电影开头就已知晓，等待着萨米娜的仍然是一触即发的灾难事件，结尾不是一个开放的结尾，而是一个创伤体验循环轮回的开始。

《暴雨将至》让亚历山大过去的某些内容（目睹犯人被枪杀）与民族过去的遗产（族裔禁婚仇杀）宿命地融而为一，个体的创伤体验与集体的创伤体验融合，说不清谁是谁的无意识，还是说这就是我们这个世界的创伤无意识？这是否也正好验证了凯西·卡茹丝的论点“创伤患者本身就是他们无法把握的历史症结”？这同时让我不无伤感地想到了《贫民窟的百

---

① 参见颜纯钧．电影的读解［M］．北京：中国电影出版社，2006. 298.

② 参见颜纯钧．电影的读解［M］．北京：中国电影出版社，2006. 298.

万富翁》中的那个选项“It's written”——命里写好的。

四、《再见，巴法纳》：创伤与证词

这是一个白人看守和一个黑人囚犯的故事，一位白人狱警回忆中的一位黑人总统的故事。影片围绕着南非黑人领袖纳尔逊·曼德拉和当年看守他的白人狱警詹姆斯·格雷戈里之间的情谊展开，从格雷戈里的视角对纳尔逊·曼德拉的监狱生活进行全面的叙述，从一个侧面向我们展示了种族隔离时代的南非，白人与黑人这两个族裔群体间的压迫与反抗。影片取材自真实故事，根据詹姆斯·格雷戈里的回忆录《再见，巴法纳：纳尔逊·曼德拉 我的看管犯 我的朋友》改编而成。与其说这部电影是通过线索人物詹姆斯·格雷戈里之口复述曼德拉的感人事迹，不如说该影片是一位白人狱警陈述一位黑人总统无辜服刑的间接证词。同时，这份“证词”也成了见证白人与黑人两个族裔间互相伤害的记录。这份“证词”通过一个个体回忆重新把握一段失却的历史，将一个为过去岁月所掩埋的伤口重新剥开敞向世界。

对格雷戈里而言，一旦明确他的叙述是他与曼德拉过去经历的一份证词，是一种创伤返归，那么这种返归和重述除了能将被遮蔽的伤口重新标记外，是否会构成对创伤性过往的干扰和再度创伤化？答案是肯定的，从影片题目“再见，巴法纳”的双关含义，便可求证。首先，“巴法纳”是科萨语“朋友”的意思，这也是为何选择格雷戈里做曼德拉的狱警的原因，他的语言优势方便监控曼德拉的一举一动。题目向科萨语的“朋友”说再见，喻指优越的白人文化终于正视黑人文化，将其视为与自己相平等的诸多文化之一，并将这个曾经被误读为低劣种族的文化看作“朋友”。从这个层面理解，格雷戈里的回忆建立在对过往创伤经验不认同的情感基调上。其次，“巴法纳”实际上也是格雷戈里幼年时一起成长的黑人伙伴的名字。这使得当格雷戈里说“再见，巴法纳”时，曼德拉的形象自然与童年伙伴相互重叠，那么，回溯格雷戈里对曼德拉实行监管的创伤事实，这句话自然也是对其童年经历的一次伤害。综上，这部电影尽管是以格雷戈里的视角切入，以他者自述的方式重现一段创伤经验，但创伤经历的主体却并非格雷戈里，而是曼德拉。格雷戈里要怎样从曼德拉的创伤经历开始作证呢？

也许有人会质疑，为何格雷戈里的见证行为不能与监管曼德拉的行为同步进行？即为何在这部影片中要用到自述他称，要让格雷戈里回忆追述与曼德拉的相处岁月？这提醒我们大多反思战争和屠杀的电影都用到了回忆和追述，用麦克尔·伯纳德—多纳米斯（Michael Bernard Donald Mis）和理查德·格莱泽（Richard Glaeser）的观点解释，见证行为只有在另一时间另一地点（而非经历创伤事件的地点和时间）才有可能进行……见证只有在它并不被完全感知或经历的情况下才能被人接触①。也就是说，格雷戈里对曼德拉创伤经验的见证只能发生在创伤既成事实之后。

从他人的创伤经历入手，必然会出现身份归属的棘手问题，格雷戈里毫无疑问地会陷入两难从命的尴尬境地，如卡普拉指出的那样，“当移情的虚拟经验让步于替代受害，当移情于受害者似乎成为一种身份时，困难就出现了”。影片中有一个细节，充分暴露了身份归属的难度。格雷戈里得知曼德拉的儿子遭遇“意外”车祸，不治而亡后，不得不向在监狱中的曼德拉告知这一信息。他明知这不是一桩意外，而是白人政府对曼德拉的警告，却仍不得不将其过滤成一桩意外传递给曼德拉，并将曼德拉的反应反馈给上级。那一刻，在监狱门的内外站立着的两个人，不是白人和黑人，不是狱警和囚犯，而是同样受伤的两位父亲。格雷戈里的情感归属敦促其要从一位父亲痛失爱子的立场体谅“犯人”，与此同时，他的狱警身份又使他无法忽视这是一位“罪有应得”的父亲的事实。最终，作为普遍人性共性的父亲角色代入了狱警一角，他再次肯定自己监管的也是一位父亲，于是，他冒险答应了曼德拉申请几分钟独处以便哀悼的要求，以致牵累自己受训。

格雷戈里的遭遇再次证明个体在背负集体创伤时必然会遭遇到个人认同的危机。他的尴尬立场作为他“证词”叙述中的先行结构一直存在。作为一位平凡的准尉，或者说作为一个普通家庭中的父亲和丈夫，他生在一个满是创伤的时代，他迫切希望可以建功立业，飞黄腾达，使家人能够过上更好的生活，这是他在作证曼德拉的创伤经历中总被质疑的立场。换言

① 参见［英］朱利安·沃尔弗雷斯．创伤及证词批评：见证、记忆和责任［A］．21世纪批评述介［C］．张琼，张冲译．南京：南京大学出版社，2009．169．

之，格雷戈里完全可以拒绝承担监管曼德拉一职，他本可以不必承受来自黑人一方（情感利益）和白人一方（族群利益）的双重指控。当然，影片的后半部分，当格雷戈里被自己的白人同胞耻笑和威胁时，他曾经动摇过，并离任一段时间。格雷戈里最终意识到，监管一位黑人领袖并不能为自己的事业和前途带来任何益处，反而会构成对自己童年经验的间接伤害。但是，他的妻子对他说："你不是说想成为历史的一部分吗?"这场戏可以看作这部影片的情感转折点，一个不可折返点，这意味着格雷戈里由无意识地接管这份看守的差事变成了有意识地见证一段历史。他以一个看守的身份目睹曼德拉书写当代南非的历史，自己也随曼德拉成为历史的一部分。他目睹了一段灾难历史的全过程，同样地他也被这段灾难历史所吞噬，谁能保证一个被动的监管者在变成一个主动的见证者时就不会为自己的角色所迷呢? 这便是当格雷戈里对出得监狱，重获自由的曼德拉说"再见，朋友"时，为何会让人感到他由一个被动的参与者的身份一跃而成一个主动的陈述者的身份的原因。同时，这句话也颇具象征含义，它象征着格雷戈里成功地将这段创伤记忆变成了个人的记忆，个人的创伤覆盖了民族的创伤。

张志扬的《创伤记忆——中国现代哲学的门槛》在哲学的范畴中讨论了个人记忆与民族记忆的关系和形而上意蕴，"所谓民族的苦难记忆或个体承担的创伤记忆，说到底是各种形式的暴力——自然的人为的、恶的善的、理性的非理性的、政治的道德的，包括话语的——从个人的在世结构的外层一直砍伐到个人临死之前的绝对孤独意识，像剥葱头一样，剥完为止，每剥一层都是孤独核心的显露。……这种孤独核心的强迫性意识叫做创伤记忆……所以，这种创伤记忆作为过去时的断口，界定着个人的现在时的生存限度，要么个人终其一生跨不过去，要么个人必须再创造自己的将来"①。作为创伤时代的创伤个体，格雷戈里无意将自己变成双重创伤的背负者——尽管，他显然已经无可选择地是了。而如若他要修复这段创伤记忆，就必须重新将个人的记忆转换成民族的记忆，终结一段过去，开始一段新生。因而，这就是这部电影的前史——改编自格雷戈里本人的亲笔

---

① 张志扬. 创伤记忆——中国现代哲学的门槛［M］. 上海：上海三联书店，1999. 161 ~ 162.

传记，他通过将自己的创伤体验记录下来变成证词的方式重新将个人的记忆传播出去，再次变成集体的记忆。诚然，创伤事件自身是难以表征的，我们必须借助一种媒介，无限接近创伤本身。证词可以起到接近并修复创伤的作用，毕竟对证词的反思，可以给我们提供一个返身回顾历史的新位置，通过重新认识对一个创伤事件的讲述，重新获得把握历史的方式。证词的功用是让创伤持续开放，邀约所有聆听者参与并重新评价，从而将个人的创伤记忆变成集体的记忆而淡化对主体的伤害。证词让每个人都分担一点创伤主体的疼痛，从而使得主体的痛不再只是其个人的境遇，避免使其陷入某种孤绝状态。

所以，格雷戈里写了传记，《朗读者》中的汉娜以读代写，《赎罪》中的布莱奥妮写了回忆录……而几乎所有反思电影，都热衷于选择以回忆的方式陈述往事。“文学就是证词，就是这东西，它把数不清的责任的重负放在了读者和批评行为肩上。……阅读就是见证文学回忆作品的行为，读者必须作出回应，必须作出可能的决定，以回应非个人回忆的证言。这里所包含的责任的确无法计算，因为在每一个见证行为中，对另一个事件的每一个回应都是独一无二的，我牺牲了无数的另一事件。”[①] “看”或者“见证”仅仅是一种输入，不可多次读取，在面对创伤时，我们需要将“看见”的和“见证到”的加以输出，以便邀约更多人读取，共同分担。对创伤性记忆，尤其是集体的创伤记忆，我们永远需要说出来。同时，也许，每次我们仰赖我们的视觉认知以为更接近真实时，我们需要下意识警觉谨防被驱使得更远。我们的日常生活和判断多大程度上受制于我们的视觉经验，它又多大程度左右我们生命的进程呢？每每想到这，我就不寒而栗。对“看”造成的伤害的弥补方式，那就是用笔书写，用心倾听。《再见，巴法纳》中格雷戈里的记忆和书写，《赎罪》中布莱奥尼最终将自己的童年经历，包括对姐姐的无心伤害的记录，都以一种证词输出的方式完成了对自我创伤性处境的全新认识和个体觉醒，他们的人生不再以“看”去感受，而是以心去领悟，以一种对“看”的间离克服了创伤记忆的自我繁殖。

---

① ［英］朱利安·沃尔弗雷斯．创伤及证词批评：见证、记忆和责任［A］．21世纪批评述介［C］．张琼，张冲译．南京：南京大学出版社，2009．175．

对担负创伤的人而言，他们借助证词重现创伤，或者说证词方式是一种合适的表征创伤的方式，倘若这些人的证词能够得以呼应，那么他们的创伤遭遇将得到可算计的控制，又或者，当他们的证词并不能引起他人的注意，那么“过去的某些东西永远留在那里，只不过它是以一个纠结不散的鬼怪或是频露痕迹的幽灵形式出现”①，创伤就会变成不能说的秘密，或者无人响应的自说自话，这就像《花样年华》中的梁朝伟，最终只能将一段创伤对一个树洞诉说，再封上洞口。我们的创伤承担者也只能一再重复类似的方式。何以使得我们将一个有创伤遭遇的主体变成一个创伤主体，是因为拒绝聆听还是因为拒绝陈述，或是因为二者都有？

结语：创伤与自愈，受害者的受害者？

以上，我们探讨的几部影片无一例外地都涉及创伤经验及针对创伤人物所采取的治愈方案，列表如下。同时也让我暴露自己观看这几部电影的时间背景，这让我难免更执着于对创伤经历如何自愈的关注。

电影	地点	主角	创伤性经历	治愈方案
《印巴悲恋》	印度和 巴基斯坦	伊恩 纳西姆	印度教徒对伊斯兰教徒的屠杀	归化论
《卢旺达饭店》	卢旺达	保罗一家	胡图族对图西族的屠杀	重述论
《暴雨将至》	马其顿	亚历山大 汉娜 柯瑞	信仰东正教的马其顿人和信仰伊斯兰教的阿尔巴尼亚人之间的屠杀	宿命论
《再见，巴法纳》	南非	纳尔逊·曼德拉 格雷戈里	白人对黑人的屠杀	证词论

① 卡普拉语，转见［英］朱利安·沃尔弗雷斯．创伤及证词批评：见证、记忆和责任［A］.21 世纪批评述介［C］．张琼，张冲译．南京：南京大学出版社，2009. 178.

就当代经历和个体经验，以及我个人的创伤体验而言，很难在上述影片中找到对症下药的治愈方案，这种隔靴搔痒的感觉甚至比将伤口置之不理更让人难受。我们无数次以为自己接近事实的真相，但每一次回忆都是创伤经验的强迫性再现。一个如屠杀这样的创伤事件，由于其极恐怖的性质，如何才能被表征而不造成二度伤害？如何才能用叙事加以合理呈现？比较负责的批评态度是既要认识到自己需要承担的责任，还得委婉地提出一个无止境的要求——良心召唤。但是，良心召唤的对象永远在暗处闪耀，路还很长，灯却已熄灭。如此而言，对于创伤经验的批评态度实则是很难实现的。那我们为何还要记录和言说，是为了在更有希望的将来争得证词的地位吗？还是将既已发生的灾难事实重新述说？在这种创伤经历中，我又曾目睹过多少在场的缺席者和缺席的在场者呢？他们构成了我表征创伤的难度。

民族就像亚当，不需要有肚脐。它是凭空出现的，就像纠纷女神扔下的那个金苹果。为何民族主义总是要创造一些民族，却又伤害另一些民族呢？为何总要左手执枪，右手执盾呢？为何总要在说世界上所有民族都是平等的同时，将另一个与自己平等的族裔赶尽杀绝呢？回想人类有史以来的屠杀，竟只剩下一个个惊人的数字——蒙古帝国扩张死亡人数：2 亿；太平天国运动死亡人数：1 000 万以上；五胡乱华死亡人数：1 000 万以上 ；“二战”期间，德国屠杀犹太人死亡人数：600 万；亚美尼亚大屠杀死亡人数：150 万 ；卢旺达大屠杀死亡人数：100 万……还有无法计量的各种形式屠杀的死亡人数，自人类有战争以来，死亡人数逾 75 亿！数字，我们的重复和回忆只剩这些抽象的数字，而我们道德的底线仅仅在于每天斗争于如何坚忍着不对这些数字麻木。

创伤对于经历者而言是记忆之中和心理之中的未经解决的经验；对于少部分未亲历者而言是记忆之外心理之中的事；对于大部分未亲历者而言是记忆之外也是心理之外的事。对于亲历创伤之人，讲述自己的悲伤是困难的，有那么多无法言说的词语，无法回忆的场景，无法流出的眼泪，“随着导致失却的创伤被吞了下去。吞了下去，存了起来。无法表达的伤悼在主体内心筑起一座秘密的坟墓……有时候……墓室幽灵会回来侵扰墓地看护人，向他发出奇怪的、无法理解的信号，使他行动古怪，或使他沉浸在令人意外的情绪之中”①。弗洛伊德说，创伤“被理解为不是留在身体上而是心灵上的伤口”，我写这篇文章亦仅仅是为了使“了解和不了解在创伤语言中相互交织”，所以才有了这四部电影的创伤性解读和创伤治愈性的阐释，也才有了这另外二分之一影像（文字）的不可言说——但并不代表要保持缄默。尽管创伤意味着对一段创伤事件的不可接触，但这绝不意味着要以缄默规避创伤本身，相对于缄默无语，我更愿意将对创伤的理解和批评视为一个积极的问题。因为只有这样，它才能够开放自己，以激进的方式“向即将发生的理解、与任何知识都无法相比的理解开放着”。

面对创伤，我们该有怎样的情绪？这创伤，对死者是一种暴力终结，对生者却是永无止境的精神中心的消失，从而产生无休无止的焦虑，甚至发展成为一种疯癫的惯性。蒂利希怎么说的？我们焦虑是因为感到自己的有限，那么这几夜，写作的这几夜，我前所未有地为自己的能力匮乏而深深自卑，自卑于在满是异乡人的他地，在同一面国旗下，同一片天空下的其他城市，我作为一个写作的存在者，却不止一次强烈意识到我自己可能有的非存在。②

倘若我们再次肯定以上几部电影乃至电影所涉及的直接或者间接的经验是人类经验所共有的体验，而创伤叙事则是对这份体验的一种告慰，那么今天在这里写下的这份记录也是在吁求更多的声音背后会有一种相对准确的叙述，能够对得起我们在“这片土地”，而非“那片土地”经受的这许多苦难。当然，诚如有些论者指出的，如此这般，这样的记录需要的不仅仅是一种讲述的能力，还需要一个允许这种讲述的环境。

以上对电影的阅读，或者再回忆，作为一种创伤叙述的痕迹所剩下的，就是杜特曼称之为“幸存的可能，另一种记忆和另一种允诺的可能，（它）依赖于某种不可读性”。从多年前无援的思想到今天体味到的无援的存在乃至经历的不可阅读，难免自贬，怎么活得一日不如一日呢？创伤于我终是一种无法融入记忆的经验，于倾听的“他者”也终是无法交流的灾难知识，创伤自身难以言说创伤。

---

① ［英］朱利安·沃尔弗雷斯．创伤及证词批评：见证、记忆和责任［A］．21世纪批评述介［C］．张琼，张冲译．南京：南京大学出版社，2009. 186.

② ［美］蒂利希．存在的勇气［M］．成穷，王作虹译．贵阳：贵州人民出版社，1998. 29.

直面创伤，希望太遥远了，而绝望就在眼前。所以，究竟是以史为鉴，负重前行，还是弃绝过去，开启新生？我只知道要拒绝曲终奏雅，拒绝做受害者的受害者。我写下这段文字也断然不是为了图解创伤，而是要像萨义德所说的那样，提醒每一个人，我们正在谈的是人，我们正在谈的是人的创伤，不是一个抽象的灾难性事件，也不是一个抽象的创伤自身。作为受害者，却绝不要做受害者的受害者。

“巴扎”（集市）里的族性认同与认同变形

王　敏

巴扎作为一种定时定点的集市，相当于北方的“集”，江南的“市”，两广的“墟”，云南的“街子”，川黔的“场”。早在2000多年以前西汉时期，西域一些主要城镇如疏勒（今喀什）由于社会生产力的发展和位于丝绸之路上的地理交通优势，已经出现了成行成列的作坊、摊档、店铺，形成了颇具规模的集市，当时称为“市列”，也就是后世巴扎的雏形了。在长期的历史流变过程中，巴扎与建构巴扎的原生族群间形成了张力复杂的共生关系。从历时角度来看，巴扎作为保存巴扎里原生族群的旧日时光与历史传统的文化空间，因其一定的区域封闭性，在强化原生族群族性认同方面有着重要的作用；而从共时层面来讲，巴扎作为原生族群与他族间贸易往来和文化接触的处所空间，因其一定的区域开放性与区域里人口的流动性，在消解原生族群共同体的文化边界方面也有着一定的影响，这种影响会造成族性认同的变形。换言之，巴扎在其原生族群的传统与当下、守旧与革新、集体记忆与个体经验间极为辩证地扮演着一个文化调和的角色。这种角色使得巴扎里的诸多事象貌似和谐共处于同一个框架、同一种橱窗之中，然而其后却包含着各种权力的互动、矛盾冲突以及它们之间的种种汇合。

下文笔者将从巴扎的主体构成、巴扎里的言语行为以及巴扎的处所空间与巴扎里原生族群族性的关系等方面逐一进行论述。

一、熟人世界与生人世界

巴扎最不可缺的主体之一便是巴扎里的人（包含卖者与买者）。由于巴扎历史悠久，巴扎里早期的人成分复杂：有贩夫走卒、地主、一般商人；有宗教人员、信众、土匪和帮会的信徒；有军官、江湖游医还有从事耕作的农民；有闲逛者、流浪汉、歌舞艺人……这些原住民的职业成分复杂，但他们之间是一种熟稔的关系，是巴扎里原生族群的内部组成，他们构成了巴扎主体中的熟人世界。后来，巴扎里来了大批的打工者、观光客、移民者，这些人构成了巴扎主体中的生人世界。熟人世界的贸易往来包含着一种通过血缘和附属纽带形成的扩展关系，即原生族群通过平价的商品贸易完成对相互之间亲戚们（包括堂亲和姻亲）的人情往来，建立更深度的熟悉关系。这种熟人世界的贸易往来会促进原生族群间人际的和睦，强化原生族群共同体的认知，进而在宗教和血统的扩展联系方面激发族性认同。相较而言，生人之间的贸易往来仅仅是一次供需交易，而不具备更多的社会文化含义。然而，巴扎里生人世界的迁入，将会打破巴扎既有的市场格局，随着熟人世界与生人世界贸易往来、商品接触的日渐频繁和深入，他们合并组合成一个新的世界，即半熟人与半生人世界。这使他们有时不得不从对方的文化身份出发思考问题，当原有的同一体向“他者”开放，原生族群熟人世界共同体的文化认知会被稀释，进而造成族性认同的动态改变。

二、坐贾与流商

我们单从卖者的角度来看巴扎的主体构成，也是一分为二的，即由坐贾与流商这两类不同的市场代理人构成。对此，布罗代尔曾生动地描述过集市里这两种差异主体的共生现象：“一些‘灰脚板’告别浪迹天涯的买卖方式，开一家小店铺定居，与工匠为邻。最早是一些‘什么都卖，但什么也不生产’的杂货店。因为最早的手工工匠，要离开店铺到集市出售产品，他的工作使他同店铺保持‘蜗牛与外壳’的关系，后来在集市歇业的日子也能在‘自家’门口售货。于是充当中间商的‘坐商’出现，他们周旋于生产者与购买者之间，仅从事买卖，而从不亲手（至少不是全部）制造他们提供的商品。集市（指早期的只有流商的集市）的开放时断时续，而店铺却几乎从不停止营业。”① 诚然，根据布罗代尔的说法，坐贾与行商之间有时是相对而言的概念，在这个集市里是行商的主体，在另一个集市里也许就是坐贾。

坐贾，顾名思义指的是巴扎里的固定店铺，这些店铺在经营中往往会成长为巴扎里的商业巨贾，随着时间的流逝积累自己的信誉资本从而成为巴扎里的老字号店铺。坐贾由于其经营的稳定性和信誉度在巴扎中往往极具市场号召力。巴扎里世代经营的铁匠铺、药铺、缝纫铺、土陶铺等都是坐贾的代表，这些坐贾由于其经销内容往往与原生族群的传统手艺相关，因而往往在一定程度上表征了原生族群的传统经验。传统之所以是传统，就在于它往往一经形成便具有难以遏制的“惯性的力量”。随着坐贾店铺的世代继承，以及坐贾经营技艺的家族传承，这种“惯性的力量”得以传递下来，并在合适的场合能够统一族群的认识进而达到族性认同的一致。因之，坐贾经营的商品之于原生族群而言，在使用价值外还具备一种原生族群内部文化的交换价值与认同价值。

对比而言，流商，也称作行商，则是巴扎里的流动商贩。他们由于经营的流动性和销售场所的不固定性而大大迥异于坐贾。在巴扎里，推着货车或者骑着三轮车、赶着驴车沿街叫卖的商贩，临街随意摆出的地摊都是流商的代表。他们大多肩挑背驮，早出晚归，步行往来穿梭于各个巴扎之间。流商对坐贾而言是巴扎里的新入者，更是市场贸易的挑战者，他们不但会造成巴扎空间聚合关系的重新规划，冲击巴扎里既有的市场格局，而且，他们作为相对于巴扎里原生族群的陌生人，不可能融入其传统生活与经验里，进而造成对原生族群价值观的冲击。例如行商的行为取向必然迥异于坐贾基于惯性的力量而服从于义务、面子、身份的行为取向，进而造成坐贾经营所形成的原有交往仪式的失落。行商与坐贾基于利益诉求以及市场竞争关系必然有不可避免的行为接触，他们彼此间的利益冲突、地位

① ［法］费尔南·布罗代尔. 十五至十八世纪的物质文明、经济与资本主义（第二卷：形形色色的交换）［M］. 施康强译. 北京：生活·读书·新知三联书店，1993. 42～46.

分化和生活方式差异造成的文化摩擦必然会影响巴扎里原生族群的族性认同，造成认同的变形。

三、不可译与可译

巴扎里的话语有多种形式，如问候声、吆喝声、闲聊声、吵骂声与讨价还价声等等。但是，总体而言可以分为不可翻译的话语与可以翻译的话语。

不可以翻译的话语主要存在于巴扎里原生族群内部，它们是日常随时可以发生的言语行为，是原生族群长期共处，进行互动的义务性行为时采用的本族群的族属语言，只在熟人世界内部流通，其强制性和无须协商性使得这种言语行为具有不可译性。比如说熟人之间的问候和打招呼，这是巴扎里原生族群内部一项默认的行为规范，作为其中的个体有必要履行和遵循这个行为规范，而族群之外的人则不必也无法遵守。在巴扎里，原生族群或者说熟人世界内部的打招呼、问候和闲聊是该族群个体间相互熟悉和深入了解的重要途径。这些每日看似见惯不怪的言语行为中有着关于原生族群族性不可翻译的文化信息，这些信息经过日积月累在原生族群内部形成“惯性的力量”和情感联系的纽带，最终成为有关整个巴扎的原生族群环境的知识库，进而归纳该族群的血统关系，定义该族群的族性归属和圈子意识。因此，这种只在单一族群内部义务性进行，不可译的话语行为实际上是划分族性边界、巩固族性认同的一种行为方式。

巴扎里还存在一种可以翻译的话语，存在于两个主体、多元族群以及两种文化间，具有交流和协商性，比如说巴扎里卖家与买家间的讨价还价声。作为巴扎原生族群的卖家面对作为巴扎里新入者的买家，可以毫不计较人情，任意抬高货物的价格，他们之间是一种生人间的交易，除了利益清算外没有维系情感的必要。陌生人之间或者说两个差异族群间的交易可以锱铢必较、相互算计和反复协商。这种讨价还价的话语行为因其信息传递的文化协商性而具有可译性。当可译的话语行为进入巴扎，叠加于不可译的话语行为之上时，当生人之间由于各自利益诉求的需要也能够模仿熟人之间义务性的问候和打招呼时，巴扎里原生族群内部不可译的信息便会变得可译、可读解，属于原生族群内部个体才能享受的特权变得可以让渡，该族群内部的原有的基于血缘家庭单位的族性认同关系便会发生变形。针对这种变形，最常见的表现就是巴扎里买卖关系中熟人世界的宰熟，与生人世界的VIP待遇。

四、边界与边界漂移

提及巴扎的边界，要从两个层面理解。一个是巴扎自身的地理边界或者说处所边界、物理边界，这种边界是肉眼可察的，是用来划定一定的地理空间范围的，具有相对的封闭性，主要通过在巴扎里的街道两边架篷盖进行画地标记。巴扎里的另一个边界是无形的社会文化边界，是由巴扎里的人群活动以及社会关系形成的文化边界，具有一定的开放性。巴扎的物理边界通过设定一个原生族群聚集的处所空间，强化了巴扎里原生族群的同一性，或者说族群自性，具有“门槛功用”，旨在进行文化分层与剥离，比如巴扎里熟人世界的关系缔结、圈子形成都是巴扎里原生族群区隔于非原生族群的门槛式存在。而巴扎的文化边界因为更多涉及人群的活动和交往，在划定边界的同时其实也划定了文化交汇的地区，或者“接触区域”。换言之，“文化边界”在充当文化壁垒的同时也充当着“文化碰撞的场所或文化接触的区域”①。巴扎里生人间的交易，流商与逛巴扎的人的穿梭往来，讨价还价中物品价值的减值与增值等又使得巴扎的边界产生临界效应，即巴扎的门槛会在多元文化接触与碰撞中不断浮动与位移。边界与边界的漂移使得巴扎里原生族群内原本清晰可见的族性边界变得模糊起来，原本单一的认同变得混合起来。

总之，一如笔者在前文所指出的那样，巴扎的文化边界的漂移使得其在建构原生族群族性认同的同时也在不断解构原生族群的族性认同，或者说建构族性认同的变形。这使得巴扎里的诸多事象貌似和谐实则矛盾地共处于同一个空间、同一种框架中：“一方面是对于在不同情形下品质合格的相邻物品的贬低，另一方面则是强调同一物品价格的昂贵；一方面是由于相同环境的夷平和整齐划一，另一方面，通过诸多印象的积累，个体得

---

① ［英］彼得·伯克. 什么是文化史［M］. 蔡玉辉译. 北京：北京大学出版社，2009. 140.

到前所未有的强调；一方面，个体只是整体的一个元素，只是更高的统一体的成员，另一方面，宣称同样的个体就是一个整体，一个统一体。”①

综上而言，本文从巴扎的主体构成、巴扎里的言语行为以及巴扎的处所空间与巴扎里原生族群族性的关系入手，分析了巴扎里原生族群族性认同与认同变形的辩证性建构过程，旨在揭示族群的族性认同实则内在地包含着一个动态性的变化过程，并非本质性的永恒存在。固有的、一成不变的“民族认同性与文化认同性只是在与世隔绝的原始部落（在当今这种原始部落是假设的）才可能形成一致”②。

① ［德］齐美尔．柏林贸易展［A］．薛毅．西方都市文化研究读本（第二卷）［C］．桂林：广西师范大学出版社，2008. 77.

② 《第欧根尼》中文精选版编辑委员会．文化认同性的变形［M］．北京：商务印书馆，2008. 13.

下　卷

全球化、本土性与当代西方民族主义理论

——北京大学博士生导师马戎教授访谈录

马 戎 邹 赞

【马戎简介】 马戎（1950— ），上海人，现为北京大学社会学系博士生导师。1987年获得美国布朗大学社会学专业博士学位，主修人口研究，辅修城市研究。曾担任北京大学社会学系系主任、社会学人类学研究所所长，主要研究方向为区域发展研究、人口迁移研究、城市化研究、民族关系研究、教育社会学、人口社会学、民族社会学。代表性论著有《西藏的人口与社会》、《民族与社会发展》、《社会学的应用研究》、《民族社会学——社会学的族群关系研究》等。

邹赞（以下简称"邹"）：我想从几个关于民族与民族主义的关键概念入手开始本次学术访谈。当代西方民族主义学者像埃里·凯杜里、安东尼·史密斯、霍布斯鲍姆、本尼迪克特·安德森等都对民族、民族主义及其二者之间的关系进行过探讨，不论是着眼于政治经济视角，还是专注于文化意识层面，共同之处都表现为对民族原生论调的驳斥。基于意识形态原因，中国学界长期流行的是斯大林的"民族"定义。作为专攻民族社会学的学者，您认为当代西方学界关于"民族"、"民族主义"的界定对于我们思考同类问题有什么样的启示意义？

马戎（以下简称"马"）：实际上，中国过去没有什么民族主义，汉字中也没有这样一个专用的名词，"民族"这个词来源于西欧。当然，欧洲学者也承认他们历史上也没有这个词。在中世纪，人们用tribe来表示各部落实体，俄语、英语、德语、法语、西班牙语、匈牙利语都有它们各自的对应词汇。那时候不可能有现代的"nation（民族）"的概念，也不可能有

“nationality” 的概念，那时的欧洲各地都是封建割据的世袭政权，是不同的王国、帝国、公爵领地。中国对欧洲贵族爵位的汉文翻译，应该是参考了历史上周朝的封爵名号（公、侯、伯、子、男），因为东周、西周各封地首领的爵位都是世袭的。近代翻译西欧的贵族制度时，就按照五等译成“公爵”、“侯爵”、“伯爵”、“子爵” 和 “男爵”。

到了17世纪，随着工场手工业的出现和劳动力的流动，资本主义开始萌芽，甚至出现了初期资本主义，欧洲这时候才出现要改造原来的封建世袭王国、帝国、领地的愿望。因为生产原料、劳动力、资金和产品等都不可能自由流动，都被限制在封建束缚之下，原来的封建世袭制束缚了资本主义的发展，所以出现了建立一种新的政体（民族国家）来取代封建世袭体制的社会要求，这个新思潮，就是“民族主义（nationalism）”。随着科学技术和民族主义思想的发展，特别是以卢梭为代表的“百科全书派” 提出了“社会契约论”，社会契约论提出了与传统的“君权神授” 不同的另外一种政权的合法性基础，这就是公民与政府官员之间的“契约”。公民选择了政府，政府执政时就必须履行与公民签订的契约，否则公民有权更换政府，这当然是反对世袭王权的。

既然反对世袭王权，就有必要用一种新的共同体形式加以取代，于是他们采用了“民族国家（nation-state）” 的概念来替代原来的帝国、王国这些传统的政治体制。当然，这个过程就是用一种与资本主义生产方式相适应的新政体来替代原有的封建世袭制，使得劳动力可以流动，商品可以流动，人变成自由人，“民族” 的概念于是就出现了。“民族主义” 运动的目的就是以“民族” 为单元建立新型国家。如果追溯的话，“民族” 最初的概念与早期希腊的城邦制和公民概念相关。这种推翻王权和建立民族国家的运动，就是民族主义运动。

西方学术界，包括共产主义运动领袖列宁和斯大林在内，都承认“民族” 是一个在近代工业化过程中出现的东西，不管当代西方民族主义理论把“民族” 看成是某种天然存在的形态（“原生论”），抑或是各种力量努力塑造的“想象的共同体” （“工具论”），他们首先都承认现代“民族国家” 是在中世纪以后即工业化进程中出现的。当然，要在一个群体的成员中建立某种共同的身份认同，与其他群体划清边界并自认是一个“民族”，这是需要某些历史上的认同基础的，如历史上共享的某种身份、语言、血缘、宗教、习俗等，不可能完全凭空去构建一个“民族”。

但是在这些“民族要素”的实际组合过程中，内部和外部都存在各类影响，通过不同的方向和力度在发挥作用，最终确定了一个“民族”的地理和人口边界，甚至影响着人们确定“民族”边界的标准。在“民族国家”的构建中，也会因当时的历史条件不同而出现不同的构建结果，新的国家也会具有不同的内部认同结构。譬如我们说语言是建立民族认同的一个重要因素，但是语言自身也是在不断改变的，新的民族国家的建立过程，实际上也就是一个在新的政治实体范围内的语言整合过程。安德森在《想象的共同体》一书中生动地描述了欧洲在民族主义运动过程中，各地原有的口头语言如何被书面文字整合的过程。在过去的封建割据年代，人们存在着地域和领主的小群体认同，但是在民族主义运动浪潮中，人们自由流动，参与了更广阔地域上的政治与经济活动，出现了更大范围的认同，如法国大革命期间出现了“大巴黎地区”的认同和“法兰西认同”，在不列颠群岛，过去是英格兰、威尔士、苏格兰等地区有各自的领主，各地的人们保持着小群体的认同，但是在资本主义和立宪政体建立后，传统的小群体、小地域认同得到扩展，并慢慢建立起一个“大不列颠”的新型国家认同。

当然，这种新式认同的建立都需要一个历史过程，不同的国家有不同的发展历史，国家观念形成的具体情况也不一样。比如说法国在大革命后整合成了一个新型的、生机勃勃的国家，而邻近的日耳曼各诸侯国在与法国进行的战争中遭遇惨败，保持了分散的诸侯领地，所以德国后来的民族主义运动就具有了自己的特点，它实际上是一个以日耳曼语言、基督新教为认同基础的各日耳曼诸侯逐步联合的过程。电视纪录片《大国崛起》介绍了欧洲早期新兴民族国家的发展历程，如荷兰各城邦在赶走西班牙国王的军队后就转变成联邦制，这就是最初的共和体制。1648 年欧洲各国签订的《威斯特伐利亚和约》是一个划时代的转折点，它确定了“民族国家”是国际法的主体，只有民族国家才有权力彼此之间缔结条约，彼此之间才需要遵守国际法则等“游戏规则”。欧洲的民族国家在其他地区遇到“非民族国家”如非洲、亚洲、拉丁美洲的当地传统政权时，就不必遵守彼此平等的“宣战”、“优待俘虏”、法庭审判、外交人员豁免等欧洲民族国家之间的“游戏规则”，所以欧洲的白人殖民者在亚非拉地区对土著居民大肆杀戮，把当地民众看作是未开化的劣等种族。欧洲民族国家的建立，实际上开拓了一个殖民主义的新纪元。

从这个阶段开始，就开启了欧洲的民族主义潮流，从西欧到东欧，各地的世袭封建政权逐渐以不同形式和不同途径在向民族国家这个目标转型。当然，这个过程当中出现了丰富多样的社会、经济、文化变迁过程，出现了口头语言和印刷语言之间的竞争与淘汰，语言的整合过程实际上也就是一个共同体的形成过程。安德森的《想象的共同体》举出了大量的欧洲社会与语言变迁的历史案例，用来描述如何借助于印刷文字而在原来彼此相对隔绝的口头语言群体之间慢慢形成一个新的语言共同体。他描述的实际上就是欧洲各个共同体的实际形成过程。而在殖民地发展的过程中，这个“共同体”被外部力量所构建的痕迹就更深了，因为主导的势力完全是外来的政权，在划定殖民地边界时外来殖民者完全不考虑当地的种族、宗教、语言和历史上的政治格局，考虑的主要是自己的军事实力能够占领多大的地域。殖民者作战的对手或者是当地的土著部落，或者是来争夺殖民地的其他西方列强，在战争中取胜的一方可强行划定自己统治的边界，或通过与其他列强的谈判来划分领地，之后便根据自己统治和管理的需要在这块土地上建立殖民政府，对这块土地上的居民进行新的政治、经济与文化整合。这种情况在非洲表现得更明显，现在许多非洲国家的边界就是原来殖民地的边界，其中一些边界是不考虑地形、河流、居民族属的直线，而这些直线的边界就是当年欧洲列强在争夺殖民地时谈判后划定的，殖民地的边界和权属划分与外来强权的建构作用紧密相连。在殖民地范围内最终建立起居民们的某种政治—文化认同的过程中，到底是外来文明与强权的构建因素多一些，还是本土性的传统、历史、语言作为认同基础更厚重一些？我觉得对这个问题的回答要取决于各个地区的实际情况，每个地区都有自己沦为殖民地的历史场景和演变历史，恐怕不存在一个统一的答案。

尽管在如何认识“民族”和“民族主义”的观点上各家相差甚远，但也还存在一些基本的共同点：第一，在中世纪及以前的人类历史上没有现代“民族（nation)”的概念；第二，民族主义的目标就是“一个民族，一个国家（one nation，one state)”，至于将“民族（nation)”的地域和人口边界划成多大，那就是不同地区根据各自的历史情境来决定了。比如“大不列颠帝国”，其实内部也是由好几块组成的，这其中的内部组合，肯定有它自己独特的路径。而德国的形成也有自己的途径，它一开始是借助日耳曼语，以血缘与语言为基础来进行组合的。不同国家有不同的建构路径，所以各国对于本国国籍认同的原则也不一样，如德国在构建时强调血缘和语言，所以入境的土耳其人及其子女就不能获得德国国籍，而作为移民建立的国家，美国是以出生地来确定国籍的。各国的国籍法与本国民族国家构建时的政治运动和理念密切相关，并依靠这些共同的纽带来维系共同体。各国在建国时的民族主义的动机差异很大，如法国强调公民权和共和制，德国强调血缘和语言。

邹：您刚才对现代民族概念以及民族主义在欧洲和北美的源起作了非常清晰的阐述，您重点谈到了共同体在不同历史情境下形成的独特路径。从某种意义上说，民族是一个现代的发明，它需要具备一定的基础，在工业化和其他外力的推动下最终形成。如果把关注的视线投向中国，又会是一种什么样的情况呢？

马：中国属于完全不同的另一类的文明体系，这一类文明实际上与欧洲的基督教文明迥然有别。欧洲基本上是基督教的世界，不管是新教、东正教还是天主教，甚至包括犹太教，都是同源的。至于中华文明，和这些一神教具有本质性的区别。我不认为儒学是一种宗教，孔子所讲的，都是为人处世的道理，是一个社会的基础性道德伦理。一神教都有创世的传说，人和人的社会是神造出来的，人死后如果不能进天堂就要下地狱，天堂很美好，地狱很恐怖。孔子对这些人世之外的神鬼不感兴趣，他讲“不知生，安知死”，“敬鬼神而远之”。孔子和其他中华文明重要思想家的观念中没有那些地狱、天堂之类，所以中国实际上是另外一种伦理社会，另外一种伦理文明。人们尊重孔子是把他当作一个“先师”，而不是当作基督教或伊斯兰教中的上帝、真主或他们的使者来尊重。在春秋战国和秦汉时期，孔子只是一个有影响的读书人和思想家。后来人们设立孔子“大圣先师”牌位，有了祭典仪式，建孔庙，这些很可能还是后来受到外部传入的佛教仪式的影响。

总之，中国具有一种不同于欧洲基督教文明的伦理文明，这也决定了中国历史上各政治实体即各个朝代的凝聚力不是依靠血缘和语言，而是依赖于共同的伦理体系来维系和巩固的。所以，我们的朝代更替和国家建立怎么能够简单地按照西方的（诸如西欧）那种情况去进行呢？清朝末年，当时李鸿章说中国发生了“历史上三千年未有之大变局”，中国遇到了来自欧洲的一个更强大的文明体系。于是，在中国绵延了几千年的分久必合、合久必分的朝代更替规律都不灵验了，因为中国现在如果再分裂，就不会再合起来了。如果是三国鼎立的那个时代，分裂久了就必然重新合并，因为那时的中原文明是东亚大陆上相对独立而且在政治、经济和文化方面都远远超过四周“蛮夷”的一个文明体系，周边的“蛮夷”或者派人来学习，或者找机会“入主中原”。到了鸦片战争以后，中国面临的国际形势完全不同了。一系列反侵略战争的割地赔款的惨痛教训告诉我们：中国已经不可能再自视为“天下”核心的“天朝”，也不可能继续沿袭以往的朝代更替模式，被打败的清政府只能按照列强的要求，设立外交部门来管理各国事务，接受各国派驻的大使，完全遵照国际规则来运作。这些变化启发我们：要转变传统理念，学习在与各国和不同文明体系的交往当中，如何处理好中国从一个传统多部族帝国转型为现代“民族国家”的问题。同时，西方的“民族”观念和“民族主义”也必然会影响中国那些具有不同文化传统的各边疆少数群体，中国传统的认同体系和群体概念已经不适应今天的国际、国内形势了，我们既不能继续几千年的“中华一统，改朝换代”的传统程序，也不能简单地把西方的“民族”概念用到满族、汉族、藏族等群体身上，因为那将导致中国的分裂。所以在晚清和民国初年的时候，中国的知识分子们开始讨论什么是“国族”，什么是“民族”。梁启超先生在这一过程当中就提出“大民族主义”（指中华民族全体）、“小民族主义”（指内部的汉、满、蒙古、回、藏等族），王桐龄等学者出版了好几本《中国民族史》，大家希望通过对“民族”和“国家”的重新诠释来解读中国未来的框架建构和如何继承历史的问题。

邹：“民族”一词同样是一个有趣的翻译问题，英文“nation”、“nationality”、“ethnic”似乎都在某种意义上关联着汉语中的“民族”。一般来说，“nation”通译为“民族”，港台学界译为“国族”，“nationality”译为“民族”，“ethnic group”译作“族群”。“民族”、“族群”两个概念在侧重点上应当有所不同，我注意到您曾经辨析过“nationalism”和“ethnosism”两个词的翻译，认为后者更贴近于中国语境中的“民族主义”，那么，区分“民族”与“族群”是否可以为阐明民族主义所承担的“整合”

与“崩解”的双刃剑功能提供一种有效的视角？

马：“nationalism” 现在普遍翻译为“民族主义”，已经很少有人再提“国族主义”。比如在翻译中，French nationalism 就不会被翻译成“法兰西国族主义”。应当说，近代以来的文献大都把 nationalism 译为“民族主义”，这一百多年来翻译出版的书太多了，假如我们今天把这个词的译法改动了，把 nationalism 翻译成“国族主义”，那么对于这百年来出版的文献，后人都无法理解了，而且包括英汉字典这些工具书也都必须随之修订再版，这个工程太大了。所以，我觉得既然已经把 nationalism 译成了“民族主义”，就最好保持不变，继续把 nation 和 nation - state 分别译为“民族”、“民族国家”，nationalism 译成“民族主义”，nationalist 译成“民族主义者”，这样我们百年来主要的文献用词和专用术语就不用变了。

但是保持这样的译法，问题会出在哪里？问题就出在如何在中国的现实场景下定义什么是“民族”。中国对汉、蒙古、满、回、藏等都称为“民族”，始作俑者是西方列强，他们觉得中国幅员辽阔，人口众多，而且在历次反对外国侵略的战争中抵抗很顽强，同时欧洲人又发现中国各个不同群体之间在语言、宗教方面差别很大，于是他们认为侵略和统治中国的最好办法，就是把中国人分化成很多“民族”，他们开始称蒙古人是“民族”，满人是“民族”，藏人是“民族”，并且开始资助和吸引各族上层集团的青年去各国“留学”，以培养民族分裂分子。当然列强最重视的还是煽动汉族“反满”的民族主义运动。当时，日本人一方面资助吸收满、蒙古贵族子女去日本留学，一方面资助汉人的“反满”运动，“驱除鞑虏，恢复中华”的口号，最早是由日本人建议的。列强的理想是鼓动汉人推翻清朝，建立汉人国家，其结果必然是中国的大分裂，列强可以顺势把中国边疆的各个地区纳入自己的势力范围。比如法国占领越南后，当时在云南和广西就有很大势力，沙俄控制着中亚和西伯利亚，非常希望把外蒙古、新疆和东北纳入自己的管辖范围，英国统治着印度和缅甸，也希望把西藏归入自己的势力范围。这些帝国主义国家的政府和它们的喉舌们一直在鼓吹“汉、满、蒙古、回、藏”都是独立的“民族”，应当独立建国。

面对帝国主义者的这些宣传和分裂活动，辛亥革命之前就有不少中国人意识到，这样把中华各族称为“民族”的说法是很成问题的，所以才开始提出了“国族”的概念，也就是说，如果汉是一个“民族”，那么整个中华、整个大清朝的臣民就是一个“国族”。“国族”这个概念是在中外人士已经把汉、满、蒙古、回、藏各族都称为“民族”的前提下才提出的，所以“国族”的概念在西方是没有一个严格的对应词汇的。中国人提出“国族”这个概念，只是为了对应西方已经将我们各群体都称为“民族”之后，对于中华整体的一种称谓。所以孙中山在《三民主义》第一讲中明确提出“中国的民族主义就是国族主义”。但是他在许多地方涉及反帝的内容时，仍然使用“民族主义”而不是“国族主义”，因为如果这样改了之后就叫不成“三民主义”了。但是他讲：中国人的民族主义就是国族主义。究竟在什么场合用“民族”和“民族主义”，什么场合用“国族”和“国族主义”，中华是“民族”还是“国族”，这里仍然有模糊之处。

到了蒋介石统治南京政府的时候，蒋介石对“民族”的提法和应用有些改变。这有可能是受到宋美龄的影响，因为宋美龄 8 岁远渡美国，在美国待了 10 年，英文比中文还好，她在美国的时候接触和感受的“民族”是 American Nation，我们称之为美利坚民族。美国有这么多来源不同的移民，有黑人、白人和黄种人，但是他们都同属于一个“民族（nation）”的成员。以此类推，尽管中国的汉、满、蒙古、回、藏各族之间有差别，当然也应当同属于一个 nation。美国是个民族，中国难道就不是个民族？所以那些留美人士，比如胡适和宋美龄，都很清楚中华是一个民族，他们的这些思想都会对蒋介石产生影响。蒋介石在重庆中正书局 1942 年出版的《中国之命运》一书中，就明确提出中华是一个民族，其他都是它的分支，或者叫宗支，而不能把它们都叫做民族。我觉得蒋介石的这个提法是符合世界上通用的“民族”概念的，他对“民族”这个概念的运用是恰当的。在历史上几千年的交往和融合中，我国许多民族之间共享许多文化，如经过清朝的几百年加上民国的磨合，满族人和汉族人之间差不多已经没有清晰的边界了，满族人的很多服饰和习惯都已经被汉族人接受了，民国建立后，汉族人没有恢复明朝服装，男女大致保持清代服装习俗，他们之间的边界基本上不可分了。如果你硬要把他们分为两个民族，鼓励满族人和汉族人对立，各建一个国家，这在逻辑辩证上是荒诞的，在政治上是有害和不可行的。所以在这种情况下，孙中山和民国政府试图整合中华民族的努力得到了很多人的支持，比如青海的回族军阀马步芳就明确否认“回回”是一个独立的“民族”，认为“回回”是中华民族的一部分。特别是在抗日战争时期，“中华民族”的认同意识在绝大多数国民中得到加强。《义勇军进行曲》也就是后来的国歌唱道“中华民族到了最危险的时刻”，在抗日战争中，“中华民族”这个旗帜联合了中华下属各族来共同抗日。这样的民族意识在当时很多表现抗日救亡图存的歌曲、电影、话剧里都有充分的反映。

1921 年成立的中国共产党在理论和意识形态方面受到苏联很大的影响。俄国是个落后的农业国，无产阶级很弱小，为了发动推翻沙皇政府的革命，俄国的布尔什维克党推行的一个夺权战略，就是宣布沙皇俄国是一个多民族国家，乌克兰人、哈萨克人等都是“民族”，都有独立建国的权力，鼓动他们与沙皇政府作斗争。十月革命后，他们顺延了这样一个“民族构建”的思路，在全国开展了“民族识别”，为大大小小的“民族”建立了加盟共和国、自治共和国等，把苏联建成一个联邦制国家。苏联共产党制定的这样一种对于国内各族的态度和“民族”概念的定位，也被中国共产党所学习，并套用来认识和解决中国的问题，从中共二大文件就开始讲汉、满、蒙古、回、藏等都是“民族”，都有独立的权力，应当以联邦制来建立新的国家。抗日战争取得胜利后，由于意识到联邦制有可能导致国家分裂，共产党把“联邦制”的提法改为“区域自治”，这当然是一个非常重要的政策和国家体制设计的转变。

解放后苏联是新中国的盟友，按照毛泽东的说法，“苏联是良师益友”；以意识形态分野的冷战更是将中苏连成一条阵线，美国则成了敌对方。这样的国际形势使新中国政府不得不在许多方面依赖苏联的援助与支持，也必然在许多方面学习苏联的国家建设、经济发展的经验，其中也包括对苏联民族理论和民族政策的效仿，诸如什么是民族，如何进行民族识别，有多少个官方认定的民族，每一个公民的身份中都登记了一个民族成分，建立民族干部的学校，对少数民族实行优惠政策等等。这些都是苏联的做法，中国人学过来的。在这种情况之下，就出现了把“民族”一词同时用于称呼中华民族和 56 个民族这样的现象。

我认为，把“民族”这一个词用在两个层面是有问题的，很容易导致理解上的混乱。例如我们现在对外宣传时，中华民族被规定翻译成 Chinese nation，56 个民族翻译成“nationality”。这两个词在英文中是有差别的，“nationality”通常又被翻译为“国籍”，因为按照现在国际通用的理解，

"nationality"就是"国籍"，我们出国到使馆办理签证，签证表上"国籍"的英文词就是"nationality"。这就说明我们的翻译与国际社会是不接轨的。后来外交部接受了国外一些亲华友好人士的建议，提出国家民委不能翻译成"State Commission of Nationality Affairs"，而建议译作"Ethnic Affairs"，后来国家民委就这样改了。Ethnic 是什么意思呢，它是美国人用来称呼国内具有特殊文化特征的少数群体的概念，称它们是"ethnic groups"。它的名词形式"ethnicity"（也有人译作"族群性"）是美国 20 世纪二三十年代开始使用的，60 年代收入美国字典，然后又被其他国家逐步借用。20 世纪 50 年代后，许多从台湾或香港到美国去留学的学生，他们在美国学习时要翻译一些术语，也把美国的教科书和一些出版物译成中文在港台出版。他们把 nation 译为"民族"，又把 ethnic group 译成"族群"，今天大陆学术界使用的"族群"一词有这样一个来历。

Ethnic group 虽然初创于美国，但后来欧洲各国和许多其他国家都在使用，主要用于称呼国内的少数群体（包括土著群体和移民群体），这其中有一个道理在里面。我们说，nationalism 带有很强的政治含义，带有"建国"的诉求，nation 的地理和人口边界都是很明晰和带有某种刚性的，而 ethnic group 则带有一种边界模糊性和灵活性，强调不同群体的文化特性和相互之间的灵活组合。比如说在不同的城市，根据人口中的族群人口结构和比例，它的族群的边界和称呼是可以改变的。譬如在美国中部，亚洲人很少，于是就成为 Asian Americans，一个有亚洲族源的组合群体，到了洛杉矶，亚洲人很多，华人、日本人、韩国人、菲律宾人、越南人都很多，所以就各自组成了自己的群体，形成了"唐人街"、"日本城"、"韩国城"等。所以在不同的城市，ethnic group 的边界和定义可以根据人口的结构和比例而改变，而且它更倾向于族源、宗教、语言这些习惯的特征，在任何时候都不带有"建立国家"、"要求民族身份和特殊政策"的政治性质。从这个意义上说，ethnic group（族群）跟中国现在所说的 56 个"民族"更加接近，也许并不完全一样，因为美国毕竟是个移民国家，但相比较而言，用 ethnic group 来称呼中国的 56 个"民族"显然比 nationality 更为合适，用 nationality 肯定是不行的。

中国有着非常独特的文明传统，所以外来词汇要严格对应进行翻译，特别是那些有着丰富文化内涵的词汇要翻译成外文，总是非常困难，我们在试图进行翻译时只能考虑哪个词和我们的实际情况更加接近。另外一个考虑，就是我们希望在选用词汇时可以体现出我们今后想要引导的发展方向。我很希望今后能够把中国的56个“民族”之间的边界逐步模糊化，把“汉族”、“满族”、“藏族”等词汇的社会含义和人们的理解慢慢地引导到如同美国的白人、黑人、亚裔、印第安人这些词汇的社会含义，同时不断强调各族人民的公民意识，以这样的方法来建构中华民族的一个整体认同，这是我们应当努力的大方向。

所以，我觉得与“民族”有关的这几个词汇的含义、几个术语的思想谱系，在不同国度和不同历史时期具有不同的说法：近代欧洲有一套关于“民族”和“民族主义”的说法，清末和中华民国有关于“国族”、“民族”的一套说法，国民党政府有一种说法，苏联共产党有一种说法，美国也有一套说法。采用不同的“民族”定义，对于国内“民族”的引导采用不同的思路，也必然导致不同的社会结果。大家都看到，苏联是以民族加盟共和国为单元解体的，那些处在低一个层次的民族自治共和国中，有些仍然在争取独立。而美国尽管在历史上的种族矛盾非常深刻，但是自“民权运动”以来种族关系已经明显改善。这两种结果不同的多种族、多民族大国的“民族”理论和实践，给中国人提供了两个值得思考的案例。“民族”概念中有一种潜意识，那就是“一个民族，一个国家（one nation, one state）”，把汉、满、蒙古、回、藏等群体都称作“民族”，这和中国几千年的社会传统不一致，也不符合未来社会发展的方向。我认为，美国的那种以公民意识来推动族群整合的思路大致代表了世界上多民族国家未来的发展模式。当然，美国也存在它自身的诸多问题，种族歧视和少数族群在社会竞争和争取发展机会中的劣势地位并没有完全改变，但是总体上是朝着一个良性互动的方向在发展。一个有黑人血统的人能够高票当选为美国总统，这还是可以显示出对黑人的歧视在逐步淡化。

邹：全球化与民族主义被认为是后冷战时代的两大核心议题，全球化常常被理解为西方现代性在全球范围的播撒，这可能产生两种后果：一种后果是如美籍日裔学者弗朗西斯·福山（Francis Fukuyama）所预言的“历史终结”，西方现代性席卷全球，其裹挟的意识形态将非西方地区本土性的差异性因素完全遮盖、收编，在后冷战时代，以美国为首的西方文化借助大众传播媒介，成功地把全球文化异化成一种同质化的单边文化样态；另一种后果是反对这种文化帝国主义的论调，认为以美国大众文化为代表的西方强势文化在削弱、侵袭其他地区的民族文化传统和文化认同的同时，也会遭遇到异质性的本土文化的强烈抵制，极有可能出现将外来文化进行有效的本土转换、为本土服务的局面，这其实也就是地方民族主义对全球化的抵抗。以上两种论调显然都有失偏颇，那么，您怎么看待全球化与民族主义之间的张力关系？

马：放眼当今世界，科技的发展必须标准化，商品生产也必须标准化，比如电器、药品等，没有标准化就没法进行商品流通，像青霉素这样的药品里含有什么成分，这是有全世界统一标准的，中国生产的青霉素与美国生产的一样。所以商品的发展、经济的发展必然会走向全球化。全球化涉及众多层面，诸如科技的、经济的、贸易的全球化。就文化领域而言，我们看到美国的好莱坞非常擅长通过电影将美国的意识形态向外传播，在文化交流方面体现出一种单向的传播，这是美国强势文化对其他地区的入侵。在许多方面，中国与美国之间的差距很大，非洲与美国之间就更大了。其实，当前许多国家社会发展的核心问题也许不是人权问题，譬如伊拉克面临的最重要的问题也许不是民主问题，而首先是民众安居乐业的问题。美国把原来一个大致能够维持社会秩序的政府给摧毁了，萨达姆政府毫无疑问是一个专制政权，但伊拉克人在“获得”民主的同时，基本生存都得不到保障，情况比以前更惨。所以，在经济、科技、贸易全球化的同时，必然会伴随着西方价值观念的全球播撒。我们国家近年在海外开办孔子学院，也是希望把中国文化介绍出去，我们采取的是一种文化交流的方式。如果像美国那样用武力向其他国家推广自己的价值观念和民主政治，势必会遭遇到本土传统文化的抵抗，而且很可能脱离当地社会的实际情况，结果是事与愿违，造成社会动乱和失序。这种对外来文化和意识形态的抵制当然要打着“民族主义”的旗号，以保护本土民族文化、民族社会及其具体利益的名义。所以，全球化与地方民族主义是并行和交替的，二者处在不断的互动、博弈、磨合过程当中，一方面促成了科技、经济、贸易的全球化，一方面又延续继承了各地的文化传统和独特风俗。显然，二者之间会形成某种并生共存的关系。

邹：根据安东尼·史密斯（Anthony D. Smith）等人的描述，当代西方民族主义理论大致包括四种范式：原生主义、现代主义、族群—象征主义和后现代主义。“原生主义”又被理解为“永存主义”，其思想源头可以追溯到浪漫主义文学之父——卢梭，他们主张民族先于民族主义而存在，侧重血缘纽带在民族形成过程中的核心作用。即便在当代西方学界，持“原生主义”论调的学者仍旧存在，您认为该研究范式所存在的基本症结是什么？

马：在世界各地，不管是初始性的、原发性的、构建性的民族主义概念，还是像中国这种从外面引进来的“民族”概念，由于世界各地的文明是多样的，发展是不同步的，所以各个地方的民族主义构建的要素也是不一样的。我觉得多种模式、多种提法恰恰反映了“民族”现象的多样性和多面性。在某种意义上说，拿一种模式去解释世界各地“民族”的形成往往是不够的，对当地“民族”现象及其演变的分析和解读，往往需要更多的证据和历史资料来支持。以印度尼西亚为例，可能原生论、工具论等研究范式都解释不清楚。我觉得在具体到某个国家时，不应当说哪个范式对，哪个范式错，在研究和分析中我们可以同时运用多种范式，这恰恰反映了源起于西欧的民族主义概念在被传播和应用于其他地区时，它对当地“民族国家”构建历程所发生的作用是不同的，这是因为不同国家的社会基础和文化传统完全不同，发展路径和模式也是迥然有别的。这些范式反映了不同地区的各色模式，中国也有中国的模式，大家都不一样。

邹：20 世纪 60 年代，“现代主义”的民族主义研究范式兴起，汤姆·奈恩、厄内斯特·盖尔纳、本尼迪克特·安德森是其中的重要代表。他们分别从社会经济、政治和文化层面考察民族是怎样被建构而成的。有趣的是，有赖于台湾学者吴叡人的译介，安德森的《想象的共同体》在中国大陆的人文社科领域享有盛誉。不可否认，“想象的共同体”理论为人们从文化意识层面思考民族与民族主义问题提供了新颖的视角，但正如杜赞奇、查特吉等学者的批评，安德森的理论也存在诸多纰漏。您如何看待安德森关于民族是“想象的政治共同体”的设想？联系世界近现代史的历史进程，该理论的适用性如何？

马：任何一个作家或学者在做个案研究时，他所选用的肯定是他所认为的最合适的方法，通过把前人忽视的问题突显出来加以讨论，从而提出新的解释和新的概念工具。这样的研究有助于补充我们的知识，我们不能求全责备地去批评，那是不公正的。实际上，安德森的研究也是民族主义理论探讨的一个蓝本，他研究了一些完全被帝国主义打碎原有秩序的地域和国家，详细追溯和考察了先后四波民族主义浪潮，他提出的关于“朝圣之旅”的概念和对印刷资本主义的充分重视等视角都非常新颖。无论如何，毫无根基、毫无文化渊源的外来力量要想在一个武力征服的地区建立他们的统治秩序，就必须在当地民众中建构一种认同，通过培训教师和官员，逐渐在当地社会里构建起一种新的政治认同。安德森关于“民族”是“想象的政治共同体”的提法肯定是功不可没的。印度尼西亚有上百个部落，人种不同，语言不同，宗教不同，交通也是彼此隔绝的，它为什么最后能成为一个国家、建构起一种认同，这是非常值得研究的。印度尼西亚和沙捞越、文莱、沙巴等地区之间的边界都是根据殖民主义扩张时期各宗主国的实力来划分的，没有考虑当地的经济、地理气候和文化，这些疆界是由外来者强行构建的，但是现在疆界两边的人们都接受了这些边界，各自构建了不同的政治认同。安德森对印度尼西亚“民族”构建过程的解释非常好，也适用于非洲和东南亚的一些地区，但是完全不能用来解释欧洲和中国。

邹：这本书在出版之后，立刻引起学界的关注，这是不是跟它所产生的特定语境有关，比如说，耦合了民族主义和全球新自由主义崛起的政治文化因素？

马：这倒也有可能，不过我不倾向于这样的理解。这本书的一个重要研究对象是印度尼西亚，人们常说印度尼西亚是个 nation - state，但是道理在哪里呢？为什么会产生一种认同？别的理论都解释不了，安德森的理论恰到好处地解答了印度尼西亚之所以可以成为一个民族国家的原因，他的视野涉及殖民地历史、印刷资本主义等。

邹：20 世纪 80 年代，安东尼·史密斯等学者开始反思“原生主义”和“现代主义”，他们反对永存主义的血缘中心论，认可“民族是一个现代社会的产物”，但又反对建构主义者对于族群历史的过分忽视。应当说，这一研究脉系旨在突显民族的族群性和历史性，通过一系列的情感符号和历史记忆，将勾连民族情感结构的元素日常生活化，我个人以为“族群—象征”主义的研究范式更多地适用于少数民族文学批评和大众传媒研究。

马：我想再次声明，我不希望把各国国内的少数群体叫成民族，我认为称作“族群（ethnic group）”要恰当得多。比如说美国的黑人群体，当然他们有自身的体征特点，但是社会可以更多地关注他们的文化特点，包括黑人音乐、舞蹈、文学等，黑人的英语表达有口音，与白人略有差别，但这些差别是文化上的，不应该放在民族主义的框架里来理解。所以我也不主张用民族主义来描述中国的56个民族，这是我的基本观点。各国的少数群体之间存在差别，需要相互交流和彼此学习。如印度有锡克人、孟加拉人、泰米尔人等，各群体之间有文化交流；美国有黑人、华人、印第安人及西班牙语裔等，各群体之间也有彼此的文化交流。另外，世界这么大，不要试图用一种范式去批判另外一种范式，不同的地区会出现不同的模式，多种范式对应着多样化的社会情境。我不排斥任何模式，只要是通过田野调查，有翔实可信的依据，这样的研究成果就会有意义。别人的模式或许对我们有借鉴作用，但是照抄照搬是行不通的。所以，我认为在中国的社会科学界，不应该用一种范式机械地排斥其他模式，各种文明的发展是不同步的，而且有强势弱势之分，多元并存是一种合理、必然的情势。

邹：随着后现代主义、文化研究等理论话语的羼入，当代西方民族主义理论走向一种“后现代”的研究范式：一方面，女性主义、同性恋、青年亚文化研究等观照视角延展了民族主义的理论空间；另一方面，后现代对微观政治和话语分析的强调，使得民族主义理论从宏大叙事转向微观话语，深化了民族主义的关注对象，伊瓦—戴维斯（Nira Yuval - Davis）、帕尔塔·查特吉（Partha Chatterjee）和霍米·巴巴（Homi K. Bhabha）堪称代表，成果主要集中在后殖民理论、空间批评等领域。您觉得“后现代”民族主义研究范式的理论生命力如何，有什么值得我们警惕的吗？

马：后现代是一种思潮，这种思潮本身就难以界说，我是一个做实证研究的，对后现代理论不太熟悉。但是我觉得发明或者提倡后现代理论的这些人都是聪明人，当然，他们的有些批评也是有道理的，有些观点我们可以看看。但是，如果我们只解构而不建构，那么对于我们解决当前社会中存在的问题不会有什么实质性的帮助。而且，后现代理论在美国社会学界也不是主流。总之，我觉得后现代主义对我所做的研究没有什么用处，但是我也不否定它，它也是人类思想发展的一个过程，否定之否定嘛。后现代理论不符合我的研究风格，我还是强调做实地调查，要在前人研究的基础上提出一个理论框架，通过调查分析去验证，最后讨论一个在今后如何改进我们研究工作的方法和思路。

邹：处理主权国家内部各族群之间的关系一般有两条途径：政治化和文化化。近代欧洲的民族主义运动主要倾向于前者，民族主义往往作为一种意识形态，成为脱离封建领主、建构现代民族国家的思想武器。美国、加拿大等新兴移民国家则诉诸多元文化视角，将不同族群看成是差异性的文化群体。您曾经提出，少数族群问题的“去政治化”或许可以成为理解国内民族关系的新思路，这种“去政治化”的理念是更多地受到了欧美多元文化主义语境中的族群关系的影响，还是主要着眼于本土文化传统中的“天下”与“家—国”思想呢？如果以变化的眼光看，这种“去政治化”的尝试是否能够有效地应对国际情势风云变幻下中国国内各民族之间的关系呢？

马：我自己对民族问题的研究，主要还是受到西方尤其是美国对族群关系理解的启发。以美国的实践为例，由于认识到世界上有些地方把族群问题政治化，所以美国结合自身的社会历史背景，提出要注意将族群关系“去政治化”。我觉得我们长期以来把中国少数民族问题过于政治化了，这实际上会由于人为制造的制度政策因素而在各族群关系之中设置很多隔阂与壁垒。不要说满族和汉族之间已经没有什么太大的差别，就是回族和汉族之间又有什么本质性的差别呢？所谓的差别是否主要还是宗教信仰和生活习俗，政治利益上有什么分歧呢？在历史上，维吾尔族与汉族曾有许多交往。譬如新疆东部的哈密地区，当地的维吾尔族在汉朝时就开始与汉族通婚，在外貌上和汉族相似。在清朝建省之前，哈密地区属于甘肃，1884年建省时才划入新疆的。所以非要说汉族与维吾尔族在本质上就是不一样，我认为也是说不过去的。中国在几千年的发展过程中形成了一部多民族融合、多民族通婚的历史，各民族之间的差别其实没有那么大。倘若非要弄成不同政治利益、不同政治色彩，成为争权力、争资源的群体，那就既不符合中国的传统，也不符合人类发展的前景了。此外，美国在处理族群关系时往往采取的是优惠政策与强调公平并举，理论上强调公平和平等，实际操作中对黑人和少数族裔在教育和就业方面加以照顾。我们也不要把少数族群的政治利益说得跟汉族的有多大差别，究其实，大家都应认同自己是中华民族的公民，我们共同面临的是国际性的竞争。

邹：如果我们的政治机制能够真正有效地推行各族群关系的“文化

化”、“去政治化”，那肯定是一个值得期待的理论框架。但也有一些学者担忧“去政治化”会削弱或者淡化本民族的认同意识，这是否是基于另一套理论话语的考虑？

马：你的理解是对的，要弄清楚族群关系“去政治化”的真正内涵，就必须结合具体的历史情境，厘清“民族”、“族群”、“民族主义”等关键概念。我的这种提法有一个前提，那就是汉人占人口总数的90%，汉人一定要不断反省和批判大汉族主义，真正从内心平等地对待其他民族，把少数民族成员各方面的利益都照顾好。如果能够真正做到这一点，其他民族就会从情感上慢慢接受你，隔阂就会慢慢淡化和消失。孔夫子曾说，“远人不服，则修文德以来之”。要充分尊重与自己语言、宗教、文化传统不同的群体，把他们当作自己的兄弟姐妹来关心和爱护，而不是去歧视和压迫他们，要施予仁政，这样这些群体就会尊重你、与你同心同德。

邹：台湾学者王明柯在中国西南地区也做了一些田野工作，对于他提出的“华夏边缘”观点，您怎么看待？谢谢。

马：这本书我知道，我也买了，但是没有系统地看。他是研究历史的学者。华夏文明在传播当中，肯定会有边缘和中心之分，边缘地区的政治经济和文化发展肯定具有自己的特点，这是毫无疑问的。他所说的藏彝走廊那一带的几种文明或是几种经济方式，是草原牧区和农耕地区互相接触、交往的地方，所以这些地方会出现民族之间的交往，在迁移、通婚和文化交流中会逐渐衍生出很多小群体。这体现的是两个大板块之间的交流、分裂和融合，可以反映出中国社会历史上各种不同的社会发展模式，也反映了中华文明的一个特点。但王明柯基本上不是从现代政治国家这一角度看问题，他的立足点是文化交流和历史上的族群迁移。而在族群关系问题上，我认为我们当前面临的最大问题就是民族问题的政治化。随着中国的崛起，西方敌对势力会愈加牵制中国，希望中国在民族关系上出乱子。至于华夏边缘在过去的三五百年内怎么流动、怎么互相学习和文化融合，这可以慢慢研究。

跨文化研究范式与作为现代学术方法的“比较”

——北京大学博士生导师陈跃红教授访谈录

陈跃红　邹　赞

【陈跃红简介】 陈跃红（1954— ），贵州贵阳人，北京大学教授、博士生导师，北京大学中文系副系主任，比较文学与比较文化研究所副所长，跨文化研究中心主任，中国比较文学学会副会长兼秘书长，中国比较文学教学研究会副会长。历任韩国忠南大学交换教授、台湾实践大学客座教授、香港大学和荷兰莱顿大学访问学者等。专业擅长领域：比较文学理论、比较诗学、西方中国文学研究的理论与方法、中外文学关系研究。论著主要包括《比较诗学导论》、《欧洲田野笔记》、《比较文学原理》（合著）、《比较文学》（合著），在《中国社会科学》、《文学评论》、《中国比较文学》、《北京大学学报》等刊物发表专业学术论文四十余篇。

邹赞（以下简称邹）：陈老师您好，您多年来从事比较诗学研究，并坚持为北大中文系本科生开设“比较文学原理”课，为研究生开设“比较诗学”课。您的课程非常注重培养学生的方法论意识，尤其是在进行比较文学论文的选题时，您强调要首先追问“比较”的有效性，“不比较可以吗?”这已经成为大家耳熟能详的经典语。随着全球化的日益深入，不同文学/文化间的交流对话也越来越频繁，为了防止不必要的误读与隔阂，很有必要构建起真正的“比较”学科意识和比较文学方法论。然而不容乐观的是，原本学理性十分严谨的比较文学在中国当前的学术实践中却被极端简化、扭曲了，人们随便拿起两个作家、几个文本乱比一通就以为是比较文学。您觉得造成这种混乱局面的原因是什么?

陈跃红（以下简称陈）：你提的问题具有重要的现实意义，“方法”从来不是某些人所认为的虚的东西，它是一套在学术实践中逐渐形成的思维和问题追问结构，与学术史、学科史的研究紧密相关，我们做任何研究都要对方法的学术普适性与学科特殊性进行追问，从某种意义上讲，方法即研究的灵魂。比较文学之“比较”从来就不是一种纯粹的比较，它是一种多元的文化对话。作为跨文化研究范式的比较文学，首先就应当跳出单边文化的立场，要以包容“他者”文化的心态来确立自我与参照系之间的精神逻辑关联，从这一意义上说，跨文化研究范式的建立与作为现代学术方法意义上的“比较”是分不开的。

“比较”是人类习以为常的思维习惯，比如日常生活中的美与不美就是通过比较而得出来的评判。正因为“比较”的相对性太强，因而往往造成很大的误区。许多人认为“比较”就是人类与生俱来的自发意识，不需要讨论。比较文学曾一度在中国兴盛到有些泛滥，一个重要的原因就是人们认为做比较文学很容易。学术界曾流行这样的说法：如果做不了中国文学，也做不了外国文学，那就去做比较文学，因为比较文学不外乎就是给中国人讲外国文学，给外国人讲中国文学。这种认为比较文学不需要学习、“比较”可以无师自通的观念在学界比比皆是，例如对外语系科从事外国文学研究的学者而言，一个中国人以中国式思维去阅读和研究莎士比亚或乔叟，就认定是天然的比较文学。中文系老师教外国文学，多年来一直很少去读外文原典，他们往往接触的是用汉语翻译表述出来的世界文学故事。尽管傅雷的译作将巴黎外省生活表现得活灵活现，但由于读者接受的不是法文原著，译介过程中又肯定存在误读和意义的变形，傅雷笔下的巴黎外省与巴尔扎克的描述也就必然有差异。典型的例子还有林纾翻译的《茶花女》，茶花女的形象几乎被改造成《陌上桑》里秦罗敷的翻版。这由此也容易产生一种误识：阅读研究中文翻译过来的外国文学作品，仿佛本身就处于比较文学的场域中，无须进行内在逻辑的追问，甚至科班学习比较文学的一些学者，也以为只要通晓两种以上语言、具有相应的文化修养，最好有一定的国外生活经历，就可以理所当然地从事比较文学研究，这几乎成为学界压倒性的看法。诚然，精通数门外语并拥有国外生活体验是从事比较文学研究的优势，但它们还远远没有解决这一学科研究的根本理念和方法问题。

邹：我非常赞同您的观点，学术方法上无师自通的理念导致了比较文学的庸俗化倾向，既然比较文学的“比较”不是望文生义的比附，那么判定一个比较文学论题是否成立就应当具备一套严谨的问题价值前提和方法逻辑标准，您认为应该如何去定位作为跨文化研究范式和现代学术方法的“比较”？

陈：首先，我们不能把“比较”一词简约化为常识性直觉判断的层面，“比较”一定要与价值追求、问题意识和学术目标结合在一起。那种“X 比 Y”的比附之所以导致了比较文学学术中大量的“1 + 1 = 2”式无效研究，也极易导致把文化差异当成结论的研究，问题常常就出在这些地方。“比较”的价值就在于要有“1 + 1 > 2”的判断，要保证其中存在不作比较就发现不了的学术命题，于是，这里面就必然会涉及一系列问题价值判断和方法学上的问题。

要深入追问“比较”的意义，必须进行四个层面的思考。首先必须要问“为什么要比较”、“不比较可以吗”，如果不比较也可以，那就没有比较的必要了。例如，专治古代文学的老师在研究杜甫诗歌的格律时，就没有必要去考察当代诗歌的发展现状，也不用去追溯西方文艺复兴之后诗歌的韵律情况。其次，如果决定要比较，就必须回答“在什么层面上去比较”这一问题，是在思想史、学术史、学科史，还是在某一主题或者审美意义上去比较？再次，鉴于比较文学的发展已经跨越三个世纪达 100 多年的历史，它在不同时期已经发展出了各种相应的研究范式和方法路径，因此我们在进行比较时，必须明白是在什么样的学理和方法论指导下展开的。如果是阐发研究，就应当警惕阐发研究所可能导致的危险性，人们常常以为阐发研究就是借用一种外来理论来分析处理本土的个案，这种认识显然是失之偏颇的。事实上，对外来理论资源的借用，存在着萨义德所谓的“理论旅行”问题，理论都产生于某种特定的语境（context）之中。比如女性主义在很大程度上是白人中产阶级在沙龙中生发出来的话语资源，如果照搬这样的理论来处理中国西部农村女性的自杀问题，就肯定存在陷阱。欧美女性主义理论所应答的焦虑往往是娜拉出走后的焦虑，旨在追求爱情的丰富性，更倾向于形而上层面的思考，而中国西部农村女性的自杀现象常常与生存联系在一起，很少关涉内在的精神层面。我通过这样的例子仅仅是企图说明：“比较”不是无师自通的，我们在“比较”的分析实践中必须高度重视文化差异与逻辑结构上的不同，避免挪用外来理论话语资源所可能导致的陷阱。最后，在当下中国语境中做比较文学研究，还要充分考虑今天的比较与以往的比较的语境和前提条件有什么不同，确定我们是基于哪种主体的价值观念和问题意识去比较。比较文学在历经100多年的发展过程中，形成了影响研究、平行研究、阐发研究、比较诗学以及诸如形象学、主题学等诸多范式，这种“范式化”特征也恰好说明了这门学科的科学性和方法系统性。另外，这些范式却又都是西方比较文学已经界定的研究方法，与我们当下的学术研究存在着时空上的差异。所以我们在分析当下中国的现实问题时，要注意到研究语境已经发生了变化，要质疑原来的方法是否依然有效，要对自身所处的语境与传统的研究范式进行二次整合，其中包括对价值立场的修改。

邹：您前面提到了所谓一般认识论意义上的“比较”问题，根据拉康的“镜像阶段”理论，人类个体身份的确证首先是以自身作为参照系的。比较文学是从跨文化、跨族群、跨语言的角度来讨论文学，由于种族、语言、文化和宗教上的差异，不同群体的文化价值观念彼此相距甚远，因此在“比较”的意义上容易剑走偏锋：一是完全搁置自身的参照系，把“非我族类”的一切都合法化；一是将自身孤立起来，对其他的参照系视而不见，这样又可能导致盲目自大的文化沙文主义。您认为这里所谓以自身为参照系所进行的“比较”，对于我们今天理解“何谓比较”有着怎样的启示意义？

陈：一般认识论意义上的“比较”，其初始阶段就是和自己“比较”，如婴儿的“镜像”阶段，首先看到的是镜中的自我，然后看见父母族类，于是开始意识到自己的存在。只有通过比较，人类才能感知到自身的存在性，这种比较仅仅是解决人和事物的类的认同和相对差异性的工具，但是它构成了人认识世界的基本方法依据。远古时期，人类生活在彼此隔绝的氏族群落中，有意识的部族交往尚未形成，人们在进行比较时不外乎出现两种情况：其一，以自己的族群为参照系进行比较；其二，以自身的文化为参照系进行比较。这两种“比较”都存在同样的误区，即缺乏真正的“他者”参照系，自身的参照系被神圣化地搁置。这种一般认识论意义上的“比较”很难构成比较文学方法论意义上的“比较”，但它启发我们一定要学会寻找适当的参照系，在“他者”镜像中去获悉和确认自我文化的核心价值，并注重文化间的交流与相互尊重。这同时也表明：比较是一种不断变化和生成的认识论，是一种复杂的知识结构，需要认真学习。

邹：我们不妨从历时维度追溯“比较”意识的变迁。西方文化的源头是所谓的“二希”传统，古希腊罗马是一个创建文化元话语的轴心时代，其建构起来的价值观念在当时具有绝对的原创和主导地位，像《诗学》、《理想国》、《论崇高》等文艺理论经典著作都诞生在那个时期，可以说，轴心时代的“比较”完全是“单边”意义上的，与我们今天所说的“比较”大相径庭，但我觉得前者对后者应当具有某种程度上的启示意义。

陈：古希腊罗马时期，也包括中国、印度、阿拉伯的古典时期，都是属于单一文化相对发达的时代，也就是人们常说的轴心文化时代。在这种时代所形成的任何一种孤立发展的文化体系，都十分坚定和固执地认为，只有他们才是世界和真理的代表，譬如：柏拉图的“理念”、基督教社会的“上帝”和“三位一体”、黑格尔的“绝对精神”、伊斯兰教的“真主”即真理、中国思想诸家的“道”即是真理的最高体现等等。在这里的所谓“比较”，价值判断已经被先行地确定，那就是：上帝伟大，真主即真理，道之永恒不可改变，一切只是理念的模仿之模仿，如此等等。在这样的价值理念支配下，比较的结果也早已不言而喻，就算你的比较是跨语言、跨文化的比较又怎么样，结论并不会有什么真正的改变。所以，在这种语境下，其实并不需要什么真正平等的对话和比较。因为，既然是平等的比较，就意味着承认这个世界上有着和自己价值相类似的参照系，有着与另外一种文化平起平坐的权利，可以相互分享真理的地位。

因此，我们在回溯轴心时代的“比较”意识对于跨文化研究范式的“比较”的启示意义时，应该强调两个面向：其一，要对轴心时代建构起来的价值观念率先加以解构，解构那种“真理先行”的文化中心主义，对于那些拥有文化关键词和历史价值深度模式的民族，尤其应该防止步入这一误区；其二，轴心时代的“比较”与我们今天所说的“比较”依然相去甚远，不可盲目崇信。

邹：那么，我们沿历史的路径走下来，到了近代西方文化扩张时代，学术与意识形态的关联愈加紧密，文学成为西方国家兜售价值观念的重要载体，在西方文化掌握绝对话语霸权的情况下，文学/文化思潮的“理论旅行”具有什么样的新特点？

陈：近代各种比较学科的兴起，是和西方资本主义在世界范围内的崛起密切相关的，这些学科的催生与那个时代的资本主义精神、思想、经济理念和科学技术发展是分不开的。这类学科的兴起和发展，有助于人类超越自身民族文化的视野局限去认识和吸收“他者”的文化。正如韦勒克（René Wellek）曾经说过的，“比较文学的兴起是为反对大部分19世纪学术研究中狭隘的民族主义，抵制法、德、意、英等各国文学的许多文学史家的孤立主义”（René Wellek：《比较文学的危机》）。但是，资本和文化的扩展也同时衍生出一些不好的副产品，一个是社会存在形态上的西方殖民主义，另一个则是文化意识形态上的西方中心主义。这种文化中心主义恶性膨胀的结果，就是把文艺复兴和启蒙时代以来一直存在的、对东方和其他地区文化的学习态度扫荡殆尽，变成一种视西方逻各斯理性中心主义为权威至上的文化扩张主义。

建构在这种学术立场上的所谓“比较”，似乎与生俱来地会受到西方文化自我中心主义的影响。这种思想的一个明显特征就是，假定西方的一切都是先进的，而非西方社会的一切都是落后的，因此必须加以启蒙和教诲，其目的自然是想要泯灭非西方文化的本性和特点，抽空他们的文化精髓，然后将他们的一切都纳入到西方文化的价值体系里去。直至今天，在比较文学这一移植来的学科的理论预设、研究范式和方法论原则中，多少都可以找到它的痕迹。西方文学意图建立所谓的“总体文学”，其内在实质是想把西方的个体化的文化普适化，其价值目标基本上是以欧洲的文学传统作为范本来展开，其所谓的“世界文学”，实际上多数指的是西方文学，这样的“比较”与我们今日所理解的现代意义上的“比较”精神仍然相去甚远。

邹：当世界进入一个多元文化时代，全球性的文化/文学交往与对话众声喧哗，一方面，西方学者试图套用他们的模式来研究中国文学，比如刘若愚对中国文论的考察、蒲安迪对明代四大奇书的研究和宇文所安对唐诗宋词的阐释，虽然不乏新意，但总是难以摆脱理解上的隔膜；另一方面，国内也有学者跃跃欲试，高谈阔论中国文论世界化，期望以中国古代文论的某些核心概念去套解西方小说。这两种做法似乎都未能处理好“自我”与“他者”的位置关系，您认为多元文化时代的“比较”面临着怎样的困境，对中国比较文学的突围有何启示？

陈：首先，处于今日多元文化时代，比较研究面临着更复杂的阐释挑战，学术史的深度研究证明，不同文化之间存在一种共创的历史渗透和生长关系，因此文化之间应该是“和而不同”的。对于追求文化“现代化”的“后发”国家而言，必须在坚定地拆除“自我”与“他者”双重中心主义的基础上去进行比较，在文化共创的历史价值维度基础上去区分文化是非、文化贡献和参与意义。西方学者套用西方理论来研究中国文学，或多或少给人一种“隔”的感觉，这其实是因为他们站在西方学术话语的主体性立场发言，作为研究对象的中国文学成了参照系，二者并没有形成平等对话的互为主体关系。内地以及港台学者也有尝试用《文心雕龙》、《诗品》、《沧浪诗话》中的文论话语和分析思路去阐释西方小说的，这往往又确证了另一种自我的主体性姿态，忽略了他者的主体性，起到的效果只能是一厢情愿的自说自话。两种情况都说明了自我与他者应该“互为主体”，但并不“互为替代”，要学会从对方的角度去思考问题。

其次，多元文化时代的比较也面临一些困境，比如理论的失效问题。理论一旦走出了自身的文化疆界，必然面临着双重失效的处境（理论运用失效、逻辑关系演绎失效），理论的语境化决定了它的阐释效用，刘若愚用艾布拉姆斯的四要素理论套解中国文论，或者我们的学者用“言不尽意”等关键词去解读康拉德的小说，都存在理论方法与阐释对象的文化错位险境。另外还有所谓“通约性”的困扰，多年以来都有人试图寻找覆盖所有文化的统一批评理论，其实是另外一个误区，一个更大的中心主义陷阱。要解决这些困境，除了深入平等对话，以他者的处境为自己的处境，把自己作为问题，引入多种参照系，达成一种多边对话、众声喧哗的效果，在理解—比较—对话—分梳—共创的联动中去寻找机会之外，目前还找不到更好的办法。

至于有什么启发意义，我想至少可以有三点思路。首先，我们进行文化交流时要充分考虑到“需求”，仔细揣摩对方是否真的需要，以近年来兴起的汉语热为例，人们对中国语言文字的学习兴趣倍增，但真正想研究中国问题的实在太少，我们大规模组织专家学者翻译中国文化经典，出发点很好，但也应该考虑清楚对方的需求心理。其次，应该质疑、反思“越是民族的，就越是世界的”这一论调，越是民族的，不一定越是世界的，中国文学必然要与世界其他各国文学交融碰撞，只有经过选择、改造之后的民族文学经典，才能真正融入世界文学的河流。再次，我们要警惕西方学者在研究中国问题时出现的偏差和误解，同时也要提防自身对“他者”

文化的偏见，我曾经将其归纳为三面镜子，即意识形态的偏光镜、考古学的放大镜、扭曲变形的哈哈镜。我们要时时回看真实历史和现场中本真的我，而不是存在各种各样偏差的镜中自我。

邹：随着当代西方文艺理论的长驱直入，种种半生不熟的文论话语充斥着学术界，加之中国古代文论的核心范畴尚未经过有效的现代转换，于是有学者提出“中国文论失语症”问题，并且引发了关于中国文论究竟是否“失语”的论争。如果从“比较”的有效性角度出发，您认为“失语症”的提法是否妥帖？它的根本症结是什么？

陈：我一直不太喜欢这种说法。跨文化比较和共创生成意义上的中国现代文论发展，在近代已经有了自己的理论“小传统”，而且已经成为本土和海外中国学界的研究对象。至于它的形态如何，问题所在如何，学理和话语偏重如何，都可以讨论，但是，传统并没有完全在近代文论和文化历史的生成中缺席，只是呈现方式不同罢了。“失语症”的判断存在机械和简单表面之嫌。

邹：比较文学方法的跨学科挪用也已经成为一大趋势，如比较经济学、比较法学、比较政治学，跨文化广告研究、跨文化传播策略、跨文化媒介经营管理等，但这种方法的借用对于相关学科而言常常是无意识、不自觉的比较。那么，是否有可能建构起一套完善的人文和社会科学比较方法论，使得作为现代学术方法的“比较”为其他学科所用呢？

陈：这的确是一个很有趣也很有跨学科意义的问题，我曾经和来北大访学的苏州大学马中红老师合作发表过一篇学术对话，题目就是“网谈录：比较文学方法的跨学科应用及其前景”。我至今还记得她以阿迪达斯球鞋的广告为例，分析了广告跨文化传播中的文化麻痹和文化过敏问题，非常有启发性。我们生活在一个全球化的交流时代，跨国交往的频率越来越高，交往的空间也越来越广阔，它已经深入到了人类社会的每一个角落。仅从我们人文社科的角度去看，这种交流之间的文化误读和文化理解的问题，已经成了最普遍也是最亟待解决的问题。也就是从这个意义上来讲，跨文化的比较研究将不再是比较文学学科的专利，而是我们这个时代几乎所有学科的内在需求。值得强调的是，尽管比较文学学科本身常常受到质疑，但是它在研究方法论和研究类型方面的结构系统性和严谨性，却不是一般的学科所能比拟的。所以，如果你能挪用比较文学学科的方法，尝试去做其他人文社会科学学科的跨文化比较研究课题，肯定大有可为。

邹：这样的例子在文化研究领域也十分普遍，比如人们常常引证罗兰·巴特对一个黑人士兵向法国国旗敬礼的封面图像的分析，还有大量的关于芭比娃娃、好莱坞电影和时尚广告的文化分析，基本的研究路径都是敞开文化文本，解读其中隐含的、深层次的性别、阶级和种族主义意识形态，我想这些研究大都普遍采用了跨文化比较的视角。

陈：是的，例如人们往往都会把一些品牌广告的反种族主义表达读解为某种种族主义意识形态的象征话语，西方公司如果用非西方地域形象和少数族裔形象做广告，多数会被批评为“东方主义”隐晦的霸权话语，这在全球化时代的文化传播中表现得尤为突出。这种误读和误解的造成，正是由于我们骨子里的文化部落主义思想在作怪，也是因为我们对“他者”文化和艺术的个性特征缺乏了解，不能站在跨文化的立场上去理性地看待问题。于是，在面对跨文化传播现象时，如何卸掉历史留给我们的文化和意识形态包袱、消除文化偏见、包容非我文化的特异性、站在“和而不同”的立场去实现不同文化之间的交流和对话，就成了现实赋予我们的课题。很显然，文化误读的普遍性存在必然导致对这种现象的读解和认知的理论方法在不同学科具有类同的价值。从这个意义上讲，将比较文学/文化的研究理念和方法，有机地应用于相应的人文社科领域并不存在特别的困难和陷阱，或者说，对于问题的解读更加有所助益。当然，事情也未必那么简单，这当中，同样也有文化差异和文化类同的比较研究问题，同时也牵涉到现代文化研究中的话语与权力的运作等等。不过，可以肯定，比较文学在它的过去和现在的发展过程中所形成的研究理念、范式和方法，对于非比较文学的诸种学科都应该有很好的借鉴和参照意义。

当然，一个学科的方法和研究范式，在往其他学科挪用时，一定要考虑它的可行性和问题适应性，并不是所有的方法和原则都可以简单搬用的，尤其要警惕其中的文化陷阱。一套成熟的跨文化比较研究范式的建立，将会有助于比较文学方法的跨学科挪用，相信我们以后肯定还会见识到更多以“跨文化”或“比较”命名的新的学科分支和研究课题。可见比较文学学科一点也不寂寞啊！这至少是由中国文化在近代以来的命运和问题意识所决定的，跨文化比较和对话，无疑是这个时代中国学术研究的某种“宿命”。

邹：您长期耕耘在比较诗学领域，并取得了令人瞩目的学术成果，请您推荐几本比较诗学方面的权威读本，谢谢。

陈：呵呵，这个问题如果在15年前我很容易回答，因为国内外出版成果都不多，到了今天就麻烦了，我课堂上给咱们研究生开出的参考书就近百种。我在北大出版社印的那本《比较诗学导论》的附录也列了几十种。如果硬要推荐几本，我觉得钱钟书的《管锥编》、叶维廉的《比较诗学》、刘若愚的《中国文学理论》、张隆溪的《道与逻各斯》、张法的《中西美学与文化精神》、宇文所安的《中国文论：英译与评论》都不错，至于供查阅的辞书类，乐黛云等主编的《世界诗学大辞典》至今仍很有参考价值。

怪诞与真实

——买买提明·吾守尔访谈录

买买提明·吾守尔　张春梅

【买买提明·吾守尔简介】 买买提明·吾守尔，出生于20世纪40年代，新疆伊犁人。曾任伊犁文联副主席，新疆作家协会主席。从1965年开始发表小说，已出版7本中短篇小说集和一部长篇小说。不少优秀之作被译成英语和中亚诸国语言，深受读者欢迎。王蒙先生这样评价：买买提明·吾守尔的小说，扎根于新疆维吾尔族人民的生活，生动活泼、幽默风趣、含蓄蕴藉，读之令人发出会心的微笑，若有所悟，若有所思，颇有余味。

张春梅： 吾守尔老师，您好！很感谢您能提供这样一个对话的机会。您是我做新疆民族研究相关课题时遇到的第一位维吾尔族作家，为了能对您多了解一些，我找来所有已经译成汉文的作品来读，如《燃烧的河流》、《镶金牙的狗》、《胡子的风波》、《江达克村的库纳洪》，还有关于社员库纳洪、掘墓人库纳洪的系列故事等。看完这些作品之后，我就在想，所能见到的其他的维吾尔族作家，很少有像您这样去写作的，好像他们没有注意到这些社会现实，所以我就想问，您写出这样的作品，是不是和您在“文革”中的创作经历有关系？为什么想用这种方式来写作呢？

吾守尔： 我们年轻时可以读到的作品不是很多，特别是国外作品当时翻译过来的很少，当时翻译过来的有苏联的，还有很多阿拉伯作家作品，再有就是印度的，都是翻译过来的作品，像苏联的《爱情与责任》。这些作品，包括阿拉伯的、印度的，都是短篇小说集子，这些集子呢，给我们的影响是最大的。

张春梅： 这给我的启发很大，很多作家都没有提过印度小说、阿拉伯小说对他们有影响。

吾守尔：这些作品首先是被翻译成俄文，然后从俄文被翻译成维吾尔文，当时的翻译家们水平特别高，主要是翻译成俄文的那些翻译家水平特别高，再加上翻译成维吾尔文作品的水平也很高，这些作品就很有可读性。当时我所看的那些作品当中，尽管作品都非常好、非常精彩，但是那些作品当中把动物拟人化的创作手法，基本上还是没有的。我通过看这些作品，再对照当时我们自己的这些作家，就觉得，我们的作家创作思维太狭隘了，政治口号式的文学作品比较多，刻意地去刻画一个虚拟的人物，离生活很远，没有生活的根基，他们创作的思维和路子很窄，所以这样的作品就没有什么生命力。

张春梅：您怎么看待自己的写作方式？

吾守尔：我的创作手法分两种，一种是传统的创作手法，就是《燃烧的河流》，然后就是像那几个你刚提到的，用的是另外一种创作手法。我只是写人，写活生生的人，写一个个事件，写发生在我们身边的生活。

张春梅：在您的写作生涯中，对您影响最大的作家或作品都有哪些？您最喜欢什么风格的文学？为什么？

吾守尔：赵树理。我们当时接触的西方的作品影响较大，国内作品翻译出来的很少。翻译的有赵树理和鲁迅的，而且翻译得也不好，所以相比之下外国的文学对我的影响比较大，国内的作家鲁迅的杂文对我的影响也比较大。

张春梅：您的作品中涉及很多现实的问题，用一些很烦琐的形式来表达，比如《国王与乌鸦》，还有就是涉及民族性的问题，像《镶金牙的狗》、《胡子的风波》，尤其是《胡子的风波》和政治有关系，还有就是普通百姓的生活，比如像库纳洪系列，各个不同的库纳洪，都涉及普通百姓的生活，您怎么看待政治和创作之间的关系？

吾守尔：我们作家创作作品不是要批评某种政治，文学的作品不是这样，文学的目的是要写人、写事件、写情节，至于作品在写人物、写情节、写事件乃至整个作品出来以后，牵扯到什么样的社会问题，看到了什么，乃至和政治上的什么问题比较接近，那不是作者想刻意去写的。

张春梅：但是您总会碰到政治的问题啊，如果碰到政治的东西怎么办呢？怎样避开呢？

吾守尔：写作当中，并不是说想有政治上的东西，只不过在写作的过程当中碰到了这些问题，在创作之前、创作完以后都没有意识到，当我的作品发表以后，一些评论家把政治加到上面，对作品进行分析的时候说如此如此，我反过来看他们的评论，就觉得，我怎么没想到这些问题，就重新看自己的作品。很多是评论引导的。

张春梅：但是我有点不同意，在《胡子的风波》里明显地带有政治语境，为什么人们对胡子都这么害怕？就是因为他牵扯到一起案件，有政府介入啊。

吾守尔：实际上胡子和事件没有关系的，胡子本身是人，是男性的一种标志。

张春梅：但是和人的生活连到一起了。

吾守尔：实际上《胡子的风波》写的是“文革”时候一些荒诞的事情，主要是针对“文革”期间颠倒黑白的这种现象，很可笑，我们现在回忆那个时期，有很多类似可笑的事情。

张春梅：把胡子和罪行联系到了一起是特殊时期的特殊现象，这是对已经过去的事情的一种回顾。您觉得现在还有类似“文革”时期这样可笑的事情吗？

吾守尔：这样的事现在也有。《小说选刊》一般选的都是非常好的小说，而且必须有一些大腕人物推荐。当时《胡子的风波》也是王蒙先生推荐到那去的，王蒙毕竟在新疆生活了十六年，他对维吾尔语是比较精通的，另外他对整个维吾尔民族的生活习性、性格，都是比较了解的，他也知道我们这里类似的事情非常多，荒诞的事情也很多，所以王蒙先生推荐这部作品也是有用意的。

张春梅：在《国王与乌鸦》中，我们看到，您的小说延续着前期的现实主义关怀，而尤为难能可贵的，是您作品的批判性和当下价值。这篇短短的小说，包含了数种现实问题，其中尤其让我感兴趣的是集中了不同的文学工作者形象：闲得无聊的所谓批评家、目中无人的诗人、来自“国外”的诗人、机器诗人。您作为一个知名作家，对于“诗人”这个称呼是怎样认识的，您认为一个优秀诗人应具有哪些品质？批评家呢？

吾守尔：我们现在的评论跟不上文学的发展，尽管我们有一些不错的文学翻译家和文学评论家，但是总的来讲是跟不上文学的发展的，特别是改革开放以后，维吾尔族文学有一种巨大的跨越，有一种辉煌，但是文学评论却跟不上这种辉煌。能有这么大的一个跨越，这么大的一个发展，是因为在“文革”期间，在改革开放以前，我们作家几乎处在一个窒息的状态，改革开放一下把这个气门给打开了，通畅了，进入了许多新鲜空气，我们的创作空间就大了。于是文学创作突飞猛进，把文学评论一下子甩到后面去了。所以文学评论跟不上文学创作的发展。我们的文学评论家善于把我们的作品跟国外的作品联系起来，但我们写的其实就是我们的生活，我们自己的环境，土生土长的这样一个生活环境。这样刻意地、牵强地与外国文学所写的一些东西联系起来很不现实，好像我们没有读外国的某一种作品，我们就写不出来现在的东西，既然我们有丰富的生活，为什么我们写不出来？只是我们的文艺评论家没有意识到这点，所以就事论事，也不是说没有好的文学评论家，只是好的文学评论家太少了。

张春梅：您说的这些对我启发很大。您是怎么看待一个好的文学作品的？

吾守尔：写出一部好的作品很难，就像能把一首好歌唱好一样，其实生活本身就是一部作品。好的作品读起来，行云流水，能一口气读完，如果读者能很快消化并且接受就是好的作品。我不知道你们有什么样的作品，我们的作家喜欢写朦胧的东西，而朦胧也要恰到好处，你从朦胧中如果能看到深层的东西就好，但不能太朦胧了，否则就什么都看不懂，更谈不上什么美。我们有些作品就是这样，有的看不懂，有的又写得太明白了，像白开水一样。

张春梅：阅读您的作品，不难发现“苏永成”的身影。您的作品基本上都是他翻译的。您对他的翻译满意吗？您怎样看待自己的文学创作与他的翻译之间的关系？

吾守尔：我不好评论，因为文学翻译本身取决于译者的水平，但是译者水平的高低是客观存在的。总的来讲，任何一部作品在翻译的过程中肯定有一些折扣，因为它从一种文化环境转移到另一种语境，肯定会有丢失，有些是无法进行弥补的，这和翻译人的水平有关。有的译作可能接近原著，语言精练，但是要说完全符合还很难，现在这样高水平的翻译家还没有。比如在《这不是梦》中，主人公托合提是外来人，当地人们看不起他，喜欢戏弄他，很直接地叫他托合代克，在汉语表达中可能听不出有什么区别，但是维吾尔族人一听就知道是在损他，但你说翻译怎么翻，有些拟声词、虚词、叹词是很难表现的。

狄力木拉提（翻译）：苏联的作品中也会有很多，作者会打括号，指小名，但是其实不是。有些在翻译的过程中很难表达，所以就有些东西丢失了。有些东西是在本民族中都知道的，有些注解的东西你的原作中根本不需要注解，需要加注的是一些生词。

张春梅：您认为加这样的注释好吗？

狄力木拉提：如果读者能看懂的话，最好是不要加注释，如我们清真寺里的阿訇，就没有必要加注，其实你理解一下，猜也能猜出来就是庙里的和尚住持一类，是神职人员，就根本没有必要去加注解了。但是如果在词句中真的看不出来还是要加的。

张春梅：在您的作品中只写到了维吾尔族，您有没有想过写一些别的民族？

吾守尔：我认为写作品就是要写你最熟悉的生活，不熟悉的很难写好，可能是我对别的民族的生活还不是很了解，但在我的作品中还是有个别角色是别的民族的。

张春梅：您对周吉、王洛宾所作的文化交流怎么看？

吾守尔：王洛宾不是很了解，但周吉对介绍整理这些文化有很大的贡献。

张春梅：您觉得沈苇的《新柔巴依》写得如何？

吾守尔：沈苇我很熟，但他的作品我看得不多，因为翻译得太少了，他的游记写得很不错，很有味道。沈苇的诗也是在零星翻译，这样的汉族作家很少，直接用维吾尔族的体式进行创作。我个人的意见是现在有些作家是站在门外写门里的事，其实他对于民族文化什么都不懂，就像我要去你家找你，我要走进去，要有沟通和交流才能成为朋友，而要沟通就是要走进对方的世界。沈苇已经走进来了，已经被认可了，王蒙也被认可了，被理解了，有心灵的沟通，可以看到他是我们的朋友，沈苇现在也是这样。但对其他的作者我还不能妄加评论，他们只是游玩之后写了很多很肤浅的东西，有些甚至伤害到了本地人的感情，而并没有起到促进文化交流的作用。

张春梅：那您怎么想起来把那些动物拟人化呢？

吾守尔：在维吾尔族的民间故事里面，很多故事就是把动物拟人化的，动物用人的语言去讲述一些它们的道理，我们借助这些道理来丰富自己的生活，很多古人也是借助动物的语言来表达自己的意愿。

张春梅：有点像寓言故事。

吾守尔：是这样，如果说我们能把它灵活把握的话，可以让动物转换成人的形象，那么人是不是也可以转换成动物的形象？

张春梅：这个怪诞的形式，除了维吾尔族民间故事之外，有没有和您自己的生活经历有关系的？维吾尔族日常生活当中是不是也有这样一些日常表现？

吾守尔：这个实际上得益于民间故事，民间故事的产生也应该有扎实的生活基础。实际上维吾尔民族呢，本来就很有幽默感，伊犁的恰克恰克是最典型的，甚至在他们生活的每一个方面每一个角落，都可以把很平淡的一句话用幽默的形式表现出来。那么，我做的就是把这种生活当中的幽默、语言上的幽默，这样一种浪漫的东西，引入文学。

张春梅：伊犁的恰克恰克有没有什么例子？好玩的、幽默的例子？

吾守尔：这是形成比较完备内容的一种玩笑，也是一种笑话。但是这种笑话没有固定的模式，不像相声段子，我今天到这里讲一下，那里讲一下，90%以上没有重复性，都是即兴发挥。它实际上是这样的，咱们打个比方，伊犁每个人都有绰号，每个人的绰号都是动物性的，比如说羊，这些绰号实际上每次都在你来我往的语言交流中也就是恰克恰克的交流中出现，实际上平时伊犁很多人都是用一种比较幽默的方式你来我往，你攻击我，我攻击你，但都是善意的，是为了活跃气氛，增进彼此之间的感情。有个关于两个作家的故事，有一个维吾尔族的大诗人，他的外号叫做牛，还有一位音乐家他的外号叫瞎子。有一回，这个大作家到音乐家家里，没有敲门就进去了，音乐家就对大作家说："哎，你咋一头就顶进来了？"另外那个人就说："我没办法，眼睛看不见。"类似这样的例子在伊犁和维吾尔族人的日常语言交流中特别是维吾尔族作家中非常多，恰克恰克成了家常便饭，涉足生活的每一个层面。以至于，某一个人父亲去世了，准备下葬，那儿都可以成为一个很好的说笑的场所。但这并不是玩世不恭，也不是对死者的不尊重，而是一种浪漫，与其用悲哀送人走还不如用笑声，这也是一种生活哲学。

张春梅：您刚提到维吾尔族送葬时候也可以说笑，那么维吾尔族人是怎样看待生死的呢？

吾守尔：我们把生死看作一种很自然的事情，没有必要过度悲伤，这个世界上也没有过度的喜事，任何事都很平淡。生与死是一个很大的课题，我们每个人都要面临这个问题，另外呢，对生死的看法，在同一个民族当中也有不同，这个跟民族的修养及展现的生活理念有关系。但不管怎么样，维吾尔族人把死看得很平淡，谁都要死，不管是帝王将相，还是平民百姓。死，本身就是真主安排的一个命令、一个归宿，所以呢，不应该把它看得太重，因为我们每个人都要去那儿，你只要生下来就要去那儿，那儿才是你的终结，没有必要伤心，反正都要去，所以就把这个看得比较淡，这样也就产生了我们刚才所说的恰克恰克。

张春梅：那么这种生死观影响了维吾尔族人的民族性格吗？

吾守尔：有些类似宗教的观点，就算你不从宗教的观点和角度去看，从别的角度，从辩证唯物主义的角度去看，生死就是这么一回事，你说哪种观点把生与死单独拿出来看？只是在这个宗教里面已经决定它的属性，我们面对的就是这个东西，所以肯定或多或少影响了一个民族的性格。

张春梅：我就觉得你们有的观点，看起来很乐观很幽默，能用一种既严肃又幽默的方式来表达，在作品中好像也可以感受到这一点。

吾守尔：我们宗教里面有这样一种观点，就是对人的死亡不能过于悲伤，这是我们所不愿意看到的，你过于悲伤等于你不满主的安排，就比如说，你想违背主的意愿，这是不可能的，所以不能过分悲伤，应该顺从天意，我们就说顺从真主。

张春梅：尽管您常用怪诞的手法来呈现生活中的许多极富讽刺性的场面，但您作品的基础还是对现实的关心。现实中大概有这么几个因素始终是围绕在您创作中的，一是政治，二是民族性格，三是普通百姓的生活，您注重在这三者之间挖掘人性深处的真实面，这使您的作品始终是现实主义的。您是怎么看待政治、民族性和日常生活之间的关系的呢？

吾守尔：很多作家喜欢写大的历史事件，写大的历史背景，比如说有的人喜欢写过去的战争年代，有些维吾尔族作家写山区革命的历史，我不写那些，我主要写生活，最平凡的生活。一个好的作家，可以把大事件写小，也可以把小事件写大。生活是创作的源泉，取之不尽的，所以说平常的生活就是一个很好的材料，我在这里的生活经历也很丰富，写不完，太多了。大事也就那么几件，但是生活是无限的。

张春梅：那您还应该接着写。还有一个就是我看您的作品虽然有荒诞，就是很怪诞的、奇怪的东西，但是基础背景还是现实主义，现实主义构成您写作的基调，而叙事中的现代意识又赋予您的作品传统意义之外的创新。对人的欲望的“温柔的反讽”，就是现代性的典型表征。对于欲望的描写，是怎样进入您的视野的？

吾守尔：这是取自生活的，是生活的一个侧面，生活中本来离奇荒诞的事情就很多，并不是我们要刻意地去写，只是我们发现了许多离奇古怪的东西。我们生活中充满了这些东西。当我们写完以后，刚才也讲，有许多评论家，一会儿跟外头的黑色幽默联系起来，或和别人的创作手法联系起来，其实那些和我们所创作的东西没有任何关系，我们还是我们的生活，我们不可能面对他们所面对的生活，人类都有共性，但是我们写的是我们，你怎么写只是一个中间的媒介，指的就是一个载体，你借助的是西方的一个载体，但内容还是自己的生活。怎么创作是一个载体，但是反映的生活是我们自己的，就像赵本山所说的，土得掉渣的东西，是我们自己的东西。

张春梅：您怎样评价自己在新疆文学发展和维吾尔文学发展中的贡献？

吾守尔：我们的创作时机很好，刚好赶上改革开放，这是我们的福气。我无非是把文学的路子拓宽了，视野拓展了，在前人基础上创作了一些作品，为后来的文学开辟了新领域的空间，其实老一辈的作家也为我们开辟了广阔的道路。

张春梅：维吾尔文学显然是有自己丰厚的文化积淀的。但地域文化必然要与民族文化以及世界文化结合起来方能真正使其具有世界性的宽广含义并走向世界。您觉得维吾尔文学未来的发展方向是什么？应该在哪些方面多做努力？

吾守尔：对于民族的文学发展，翻译很重要，如果这个渠道不畅通的话，接触外来的文学信息、新鲜东西的机会就会很少。尽管我们现在已经发展到了这个水平，但同时，我们也要将我们的成熟的东西传达出去。如果可以被更多的人知道、认可，我们也可以获得更多的动力、更多的启发。近些年“汉翻民”的优秀作品力度还是不够，而且有下降的趋势。中国90年代翻译的作品，中国四大名著，国外作品，这对维吾尔文学有很大的推动作用，如《三国演义》、《红楼梦》可以说是家喻户晓的，其翻译水平几乎达到了像母语创作的程度，这肯定对文学有推动的作用。但是现在呢，好的翻译者不多。我们都应该为文化的沟通做一些事，政府应加大投入，不论是国内国外的文学都应该翻译过来。但现在的投入还很不够，有很多都是个人行为，政府的行为较少。实际上，我们应该意识到民族与民族之间的交流的重要性，少了这一环节，什么都不用提了。文学作品是最好的方式，它可以体现民族个性、所思所想，包括生活状况。我们把话题引到民族团结上也是一样，如果民族之间根本不了解，又谈何团结？这应该引起足够的重视。

张春梅：那么，新疆文学的发展情况是怎样的呢？

吾守尔：新疆文学的发展也是一样的，有引进才能有自身的发展，第一，要发展翻译事业；第二，要对作家的创作有足够的重视；第三，文化要通过正确的渠道去培养，不能硬搬，新的文学发展也要立足本土。

张春梅：20世纪80年代曾经掀起西部文学热，您认为西部文学有何特点？

吾守尔：改革开放之后，整个西部文学分为两部分：一是汉族作家，他们在内地的名气比较大，但是在西部的名气不是很大，不过后来有一批作家成长起来如赵光明、董立勃等；二是少数民族作家，如维吾尔族、哈萨克族作家群中，有很多是在改革开放后宽泛的环境影响下脱颖而出的。其实相比之下周边国家的文学刊物根本不如我们西部的多，如哈萨克斯坦、乌兹别克斯坦等，它们的文学空间越变越小，所以在这样的情况下崛起的新疆文学，尤其对中亚的这些少数民族影响特别大，这些少数民族作家作品在周边国家还是很受欢迎的。所以从这个角度讲，我们的文学还是很有成就的。

张春梅：虽然谈话时间不长，但对我的帮助很大，希望还有机会跟您谈谈与文学有关的事情。谢谢！

现代寓言一种

——朱马拜·比拉勒访谈录

朱马拜·比拉勒　张春梅

【朱马拜·比拉勒简介】朱马拜·比拉勒，生于20世纪40年代，新疆额敏县人，60年代就读于新疆大学中文系。1956年开始文学创作，先后出版《深山新貌》、《原野小鸟》、《同代人》等4部长篇小说，6部中短篇小说集和散文集，短篇小说《白马》、《蓝雪》等被译成汉文。作品曾多次获奖。2006年发表的《寡妇》是他进入21世纪的杰作。

张春梅：叶尔克西老师和您都是哈萨克族的著名作家。叶尔克西老师既从事写作，同时也是知名的翻译家，您的作品如《蓝雪》、《寡妇》等都是由她翻译的。您在文学创作上取得今天的成就是否与她的翻译有关呢?

朱马拜：我很早就开始写作，作为一个新疆作家，我对现代文学的研究较早，也可以说是领路人。以前叶尔克西也是写现代作品的，走的也是同样的路径，我们在文学方式上比较接近。她一般不翻译别人的作品，可能和这个有关。我想，如果没有叶尔克西的翻译，我也不会取得今天这样的成就，作品也不会为这样多的人所知。

张春梅：您的作品中有很多具有民族特色的语言表达，比如：像羊腰子一样，两条腿像光滑的鱼等，很想知道，这些是叶尔克西的翻译还是您的原著中本来就有?

朱马拜：这在我的原著中就有。我们俩都是哈萨克族，对原来的生活方式既熟知又非常感兴趣，她的翻译和我所要表达的契合，没有埋没原来的表达。

张春梅：您的作品遇上她的翻译真是天作之合、相得益彰啊！在同叶尔克西老师交谈的时候，她曾经说过，朱马拜老师自己都没有意识到自己的作品有那么丰富的内涵，有那么深刻的意义。对这一评价您能认同吗？您是怎么写出这种深刻性的？在您写作的生涯中最能体现自己的表达方式是什么？

朱马拜：我原来就对写作有一种感觉，或者说是直觉吧，就是作品一定要多层次，或许正是这种多层次使文字表达不那么单一，含义不那么单薄。这种多层次的写作直到现在都是我一直坚持的写作原则。要完成多层次、复杂的写作，我要多努力，我认为写作要像皮牙子、莲花白一样，你把它的皮丢了，但是里面的芯是甜的，小说也不能是单纯的，光讲故事，这样是没意思的，应该写对人类、对读者有用的、复杂的。我的写作都很复杂，我喜欢复杂的，而不是靠故事来吸引读者，要让读者不断地读下去。

张春梅：那在《寡妇》中最甜的东西是什么？

朱马拜：《寡妇》里面最甜的，应该是哈萨克民族里最延伸、最清白的道德。

张春梅：在您现有的作品中，您认为成功的人物形象有哪些？

朱马拜：我写过十几个长篇，部落的头是最成功的，无论是十月革命还是马仲英暴乱，哈萨克民族几百年以来都是依仗着这个部落头，所以部落的头是人们的精神领袖。我写了不少部落头。《同代人》里也有一个形象是很成功的。这部作品通过早上 8 点到 10 点他们下班这一过程，写这几个小时内他们的眼睛看到的东西，他们在路上碰到的人，反映出 30 年来的变化，写了 20 万字。这可能算是一种意识流小说，里面没有对话，也没有主要的人。我最反对写优秀的人、叛变的人，是人就总有他的优点和不足。我的小说中可以说没有坏人，好人也有不足。

张春梅：无论是政治，还是民族问题，在社会语境或是文学表达中都是很敏感的问题。在写作中，政治因素是否影响到您？您又是怎样在叙述中规避这些而形成自己叙述的特点的？

朱马拜：政治和文学是两回事，当然也会相互影响，但要如何表达二者之间的关系要看作家的能力。写作时要考虑文学的事情，而非有意去写政治。如《寡妇》中写到“二战”时巴兰沙家族的逃亡，这是有政治背景的，但我是放在文学的框架中写人的情感和心理。要是作品中有政治的术语或名词就不是我的东西了。

张春梅：您在作品中特别强调原来的生活方式，在这里，您想要表达什么？

朱马拜：说实话，原来的生活方式我觉得好，解放的时候，我很小，没有印象。但是作为一个新疆作家，作为一个人类，世界有了新的变化。世界上有好多国家有两个界限，社会主义、资本主义把人分成两类。哈萨克民族本以部落为主，汉族则以姓氏划分，但在世界急剧变化的过程中，民族发生了变化，社会发展把原来的生活方式冲掉了。

张春梅：对于“原来的生活方式”，您能具体说说吗？

朱马拜：比如说有好多个部落，你是一个部落的头，其他的部落也各有一个头来管，这样个人的生活就由不同的组织来管。比如寡妇，她干活，割麦子，有人管；她的丈夫死了，家里有事部落管，实在不行啊，还有清真寺管。每个部落有一个清真寺，哈萨克人种的麦子嘛，一小部分给清真寺，牲畜也有部分给清真寺。清真寺拿这些东西具体做什么用？如果有穷人无依无靠，清真寺管他，给他吃的、穿的，就这样，这就是部落存在的好处。再一个，现在有个概念，只要是解放以前的，就是不好的（嗯，对，好像说万恶的旧社会），这不应该。对于这个问题，我有不一样的看法，不管怎么说，旧社会是新社会的母亲，再穷，再丑，我们也是从那个基础上过来的，在那个基础上建立起新社会的。我的父母亲是文盲，很穷，可是我呢，是一个作家，我就能看不起他们吗？我通过我的部落，我的爸爸、伯伯去了解我原来的生活，去表达我现在的生活。

张春梅：也就是说，原有的生活方式的书写是在表达对传统的尊重。我们现在的新生活好，但过去的生活也曾有存在的价值，不能一味否定。我们一再强调古为今用，就是要从过去的生活方式和认识方式中找到合理的有价值的内容。

朱马拜：对，对，就是这样。不能因为有了现在优越的生活，就忘记了自己的过去。

张春梅：您在《蓝雪》中讲到新寡的女人胡尔丽海莺，她的爱情受到了呛水习俗的惩罚，后来又得到族人祝福实现了爱情的圆满。这里面既有荒诞，又有人群的智慧，同时将习俗与个人意识夹杂在一起。因是短篇小说，所以在短小的篇幅之中出现巨大变化，就显得缺少一些过渡的基础。而在您近期作品《寡妇》里面，又安排了一个具有同样遭际的寡居女人，但处理完全不同，却更震撼人心，写出了生的艰难。您基本上抛弃了名称的限定，而使读者的视线始终围绕在特性鲜明的寡妇身上。在这个寡妇身上，有着太多的地理风俗人情，您写到一些生活方式上的传统，还有一些习俗上的，比如说婚恋观、婚姻制度，在这种特有的婚姻制度下那个小寡妇既然是家族的媳妇，就只管把孩子带大，而一辈子没有再找丈夫。请问您站在当下对当时的婚恋观有怎样的看法？

朱马拜：你提到短篇小说《蓝雪》，其中的女主人公胡尔丽海莺早早死了丈夫，之后不久她有了自己心爱的男人。可是依照这个家族的规定，寡妇一年之内不能出嫁，不能看别人，等她丈夫死了满一年那一天，做个乃麻子，然后家族会给她自由。这个自由是你有选择的权利，是待在这个家族守寡，还是出嫁。这是部落采取的措施，是保护这个家族的规矩，是维系家族的生活方式。胡尔丽海莺遭受呛水的惩罚，是因为她未按照家族的规矩，当亡灵还没有安息，没满一年就有了新爱。不过这一对新人也是真心相爱的，所以最后他们得到了家族的祝福。

张春梅：对，在这种惩罚和祝福之间有一种让人既紧张又轻松的东西，实施的呛水之举是保护家族传统的一种方式。但是这种严肃的背后又有一种温柔、亲情、关怀在里头，最后大家纷纷祝福这对新人，让人觉得特别可心。在《寡妇》里，表达的东西要更厚重一些，更深刻一些。她在不知不觉糊里糊涂的状况下就听从了家族的安排——终生守寡，这时候，这种家族规矩就不是一种轻松的可以破解的刑罚，而是伴随自己一生的锁链。从《寡妇》看，这种家族观念对那时的年轻人，尤其是女性以及死去丈夫的女性影响特别大，她们始终要背负家族的重任。过去如此严格吗？

朱马拜：是，那时候严格得很，比如哈萨克族人，新媳妇一进门，老人不能见媳妇。她们头上不是有头巾嘛，就遮着，出去也要侧着身子，很尊重长辈。还要倒茶啊，做饭啊等等，她们必须学会这家的规矩。

张春梅：您怎么看阿肯弹唱？

朱马拜：我的观念可能落后一点，阿肯弹唱应该成为一种民族文化特征，但目前的阿肯弹唱更多的是在表达现在的东西，迎合当前的东西。当然，在他们的热闹之中也很有智慧，有天才。

张春梅：您对女阿肯怎么看？

朱马拜：阿肯们的表达方式很尖锐，这是男女平等的体现。在旧社会，我们的爱情是非常自由的，当姑娘喜欢谁时，母亲、嫂子就会去给小伙子做工作，介绍情况，不会有强迫的东西，小伙子也一样，几代人的沟通很畅通，感觉很亲切。其实男女平等是阶级斗争的产物。

张春梅：所以出现女阿肯是很自然的事，聪明的姑娘是家里人的骄傲。哈萨克族在性别审美上有何不同特点？

朱马拜：男人、女人从体质上就很不同。女人细致、柔弱，男人粗糙。哈萨克族女人最好的品质是自重和尊重他人，男人则很大大咧咧、粗糙。男人的价值低一点，女人的地位高，为家族牺牲了很多。

张春梅：小寡妇生活的年代和胡尔丽海莺是一个年代吗？

朱马拜：是一个年代。

张春梅：那么，为什么两个人的结局差了很多？比如《寡妇》里那个代表家族威信的老太太，她有丰富的人生经历，经历过家族历年大事。正是她的发言和默许使小寡妇的守寡成为定局。小寡妇看似有选择的权利，但那不过是个形式而已。她的命运早已被家族确定，一个有孩子的女人，只有一个人带大孩子，才能赢得家族的荣誉，这似乎是不证自明的。这时，很明显出现一对矛盾，就是家族的荣誉和个人的情感需要的权衡问题。对此您是怎么看的？您觉得哪个更重要？

朱马拜：那当然是家族的更重要，因为那是一个家族，也可以说是一个民族。

张春梅：嗯，您这样说倒让我明白一个道理，就是《寡妇》里的法官自老婆死后一直找不到一个让他满意的女人，这其实也有家族的荣誉在里头，他既想找一个年轻漂亮的续弦，又始终想在这种外貌之中找到让家族增辉的品德。但是，法官是一个生活在城市的男人，他始终享有婚姻的主动权，男人和女人在婚姻的选择上就这么不一样吗？

朱马拜：不一样。首先他们虽然是一个部落的，都是巴兰沙家族的，但两人生活在不同的年代，面对同一个问题有着不同的认识和解决办法。其次，他是法官，是当官的，而且接受了现代的社会方式和生活方式。

张春梅：您认为这种现代生活方式好不好？

朱马拜：这个问题我确实有自己的考虑，在《寡妇》中我指出一个事实，我们这个民族为什么寡妇多，因为男人喝酒，骑摩托车，还有就是容易冲动动刀子，有很多穷光蛋等等，这些男人都早早死了，留下孤儿寡母。因此，我就通过法官的生活打个问号，还照这种生活方式下去，这个部落将怎么办？这个法官虽然不喝酒，但是他在老婆活着的时候就出轨了，这给老婆的打击是很大的。这也是现在常遇到的问题。

张春梅：啊，原来您是在借《寡妇》思考寡妇增多的社会问题。当原本的生活方式改变以后，他们不适应现在的生活方式，于是就出现了一系列的社会问题，比如酗酒啊，骑摩托车啊，对婚姻不忠等等。如果这个部落中的男人都过早死亡，只剩下女人的时候，传统就很难保留下来，这也是一个草原文明向城市文明过渡的问题。法官最终没有找到满意的新娘而走向死亡，就是一个更复杂的现实，其中糅合的东西更多。那么您是怎么看待游牧文化及其和城市文明的关系的呢？

朱马拜：游牧文化逐渐地退出了社会。现在的文化中有新鲜的东西，但传统文化中好的地方我们要保护。

张春梅：比如呢？有哪些新鲜的？

朱马拜：比如这个家族的、民族的、社会的要保存下来的，还有道德上的，像法官这样的男人的作为就应该抵制。在现在这个社会，21 世纪，开放了，女人开放了，男人头晕了，见一个爱一个，这也从反面说明了传统的清白美德的重要性，这是应该保存的。

张春梅：那您现在在城市生活，而且从事写作，是否想过用草原文明来补充现实的不足？想不想回到原来的生活？

朱马拜：想，因为这个民族几千年的灵魂仍在，就是要保存原来的生活方式，这和草原是紧密连在一起的。

张春梅：也就是说这种文明在城市中是感受不到的。那您在城市中感受最深的是什么？

朱马拜：我感受最深的是新的文化和人们之间的关系，经济中心让人际关系变得冷冰冰的。这和我在小说中写到的部落中和部落间的关系差得很远。目前人的道德、人们的廉耻心好像不在了。我的创作最关注人的道德修养。

张春梅：是的，您的作品中写游牧文化中的小寡妇更吸引我，感觉草原环境更美；但是看法官的生活就让人感到灰暗，好像把人困死在里面了，这第一种生活方式是不是也是您心里的寄托？

朱马拜：没错，这是一种清白的道德。

张春梅：我非常喜欢《寡妇》这个故事。我用三种方式来读《寡妇》，单章嘛，是小寡妇的故事，偶数章就是法官的故事，这个人的故事读完我再读其他人的故事，再从头到尾连起来读一遍，都可以，这种叙述的方式从结构的方面来讲，您当时有没有自己的想法？您怎么想到这样安排情节呢？

朱马拜：我虽然读了一些文学教材，但是最后发现任何教材我都不需要，我要自由地写，放开写，不想被束缚。《寡妇》里的两条线索就是按照我的想法安排的，同一个家族，在不同的社会环境下会有不同的生活方式和展现出不同的生存情况，所以，写一个家族就有了两条不同的线索。

张春梅：您是怎么想到写这样一个故事的？

朱马拜：刚才说过，我经常到塔城农村转转，发现现在开放了，但是有的民族不习惯了，虽然年轻人习惯，但大多数人对付不了新社会新潮流，最后哈萨克民族的生活跟不上社会的脚步了。但目前看来，现在是跟上了，连开始新生活的老人们也慢慢习惯了。

张春梅：叶尔克西老师曾经提到她注意到的一个细节，就是现在有许多哈萨克族青年出来打工，华凌市场[①]打工的哈萨克族占多数，您对此怎么看？

朱马拜：这是一个潮流，建设四个现代化是大潮流。在这股潮流中，一个民族，一个家族，如果在这个潮流中退缩了，人类只能渐渐被吞噬。但人类要生存、要发展，不能被消灭，就必须与时俱进。大家就出来打工，哈萨克民族也开始经商，边疆宾馆[②]就有很多哈萨克族商人，这是一个潮流，哈萨克家族、民族都适应了，和别的民族一样。

张春梅：我自己有一种感触，就是在您的作品中写到了草原文明和城市文明两种文化，但是您在写作的过程中，不仅受到两种文化，也受到20世纪现代派作家的影响，这使您的写作资源相当丰富，那您觉得这么多的资源它们之间的关系怎样？换句话说，您受到这么多因素的影响，哪些因素促使您成为作家？

朱马拜：哈萨克民族开始对现在的潮流不适应，因为哈萨克民族原来

---

① 华凌市场是新疆乌鲁木齐最大的商品集散地。
② 新疆乌鲁木齐一著名外贸批发市场。

是游牧民族，是草原文明养大的。我是这样想的，现在我们定居下来了，其实解放前我们就已经定居下来了，那时候地盘大，冬天到冬牧场放羊，夏天到夏牧场，还有种麦子的，周而复始地生活。现在，我没看见过哈萨克族里面有100岁的老人，80岁的也很少很少，只活到五六十岁的人居多。这是因为地盘小了，原来哈萨克族人像天鹅，现在空气被污染了，和以前的感觉不一样了，不适应现在的生活方式是生活中的命运使然。

张春梅：这可能是过程中的命运吧，那么您个人呢？您怎么就写东西去了，当作家去了？

朱马拜：刚开始我不自觉地读了一些小说，后来自觉地读了一些小说，外国的，中国的，鲁迅的，巴金的。当我考虑到这个民族的命运，这个社会的命运，就想成为一个作家，就想写写我们这个社会的变化。

张春梅：您的作品是叶老师翻译成汉语的，而汉语对作品的传播作用很大，我们想问您对汉文化和哈萨克文化的关系怎么看？

朱马拜：汉民族是一个很古老的民族，也是一个发达的民族，汉文化是几千年来流传下来的文化，产生了很大的影响。鲁迅和巴金的作品我都喜欢看，特别是巴金的，外国的夏洛霍普和托尔斯泰也对我有很大的影响。哈萨克民族生活游牧的地方大、视野广，见过一些世面，又受到了俄国文化的影响，所以受到的陶冶很多。

张春梅：那么他们具体给您什么影响？比如说巴金？

朱马拜：巴金的《早春二月》里面有一个寡妇，后来和一个同学结婚的，这个同学是为了他的好朋友和这个寡妇结婚的，这不是真正的爱情，是人道主义，这是为了家庭牺牲了个人感情，在《寡妇》中也有类似的情感。

张春梅：那么鲁迅呢？

朱马拜：他暴露社会，暴露人的内心。我的作品暴露社会含蓄一些。比如在《棕牛》中，小牛被另一群牛踩死了，原来的东西很好，最后通过外界的影响，如阶级斗争，如自相残杀，把这样一个很团结的家族分裂了。我暴露的东西很朦胧。我写的是牛，是用牛来喻人。

张春梅：我读了不少新疆作家的作品，董立勃老师写过一些农村的题材，还有刘亮程老师也在倾力写自己“一个人的村庄”，他们也写到历史、传统、现实之间的关系，但《寡妇》给我的触动可能更大，您表达得很简单，一般人物名字都不出现，这是为什么？

朱马拜：因为我是一个独立的作家，我要创作出一条自己的路。首先，寡妇的名字没有出现；第二，人物的对话不多；第三就是词句很长很长。我有个奋斗目标，就是一点点打破过去的小说路子。从三个方面打破：一是没有主要的人物，二是对话不多，三是词句安排复杂。

张春梅：但是您毕竟要塑造人物，您写作若不通过许多对话描述人物的话，那您用什么写啊？

朱马拜：内心，塑造人物主要通过内心活动来帮助。

张春梅：哦，写内心，通过阅读您的作品，我觉得还有一点，就是行为，通过人的行为来表现。比如说小寡妇刚刚出场就是家族长者在谈话，出来之后就是一系列动作，"她走路鞠躬"，"她恍恍惚惚就同意了"，就说"我不结婚了"，"要把这孩子养大"等等。那种一个人的命运在瞬息之间已经注定的感觉通过"鞠躬"、"（神情）恍恍惚惚"等行为表现了出来，说明行为在表现人物内心中的作用也挺大的。

朱马拜：对。你说得非常正确。还有一个，《寡妇》里面还有几个蛾子，就是飞蛾。伊斯兰国家有个传说，人临死前，人的灵魂会闪过在他的跟前，或者会出现一只狗，狗把这个吃了，那狗的身体里面就是他的灵魂，最后法官还没有找到自己想要的女人，而那个蛾子开始停留在法官经常看的那张画像上，最后落到了他的头上。

张春梅：哦，也就是说，您原来的版本上没有写那个法官已经死了，只写了那只蛾子飞到他的头上。那叶尔克西老师翻译的时候，显然是做了改动的，译本上说法官死了，不到一个月就死了。

朱马拜：那，那只蛾子有吗？就是蛾子叮到他的头上。

张春梅：那只蛾子特别喜欢在那张半裸着的美女画像上停着，这预示着法官对完美配偶的追求之梦在蛾子与美女的联系之间即将崩溃，美女的灵魂就已经在他的跟前，就像那只狗与灵魂的关系一样很近了，而且必死无疑。在阅读中，我还发现像蛾子这样的象征物。就比如说蛾子停留在半裸的画像上，电灯上面飞有很多小飞虫，显得特别躁动。您当时是否想表达那个男人的心里特别焦躁？

朱马拜：对，对。这样写，可以看出墙上的这个画像又漂亮又温柔。这个画像的背面是另一个女人的画像，我有意识地用这两个画面进行对比。这另一个画像就是前面出来的小寡妇，是潜在的对比。

张春梅： 作品中提到这两张画像上每个人都有一颗痣，那小寡妇和画像像不像呢？

朱马拜： 不像，画像上的女人是现在社会里开放的女人，而小寡妇是一个内敛的、干净的传统女性代表。

张春梅： 小寡妇最后挺惨的，财产被瓜分了，但是作品中多次提到她千方百计留下了一口锅，请问这口锅有什么象征意义？在开篇时也介绍过这口锅。

朱马拜： 一个家要有一个宝贵的东西留给后代，巴兰沙家族的锅是几百年前家族辉煌的见证，是原来的精神，是个象征物。哈萨克族有个说法，家里有五个孩子，第一个孩子自己出去，最小的孩子继承家族。锅是家族的象征，所以小寡妇把锅留了下来。她虽然没有死，但是她经历了死亡。

张春梅： 这部作品涉及了死亡，后来那个象征性的蛾子离法官那么近，最后叮到他的头上，这就等于说灵魂已经出窍，那么法官实际离死也不远了。那么你们哈萨克民族的生死观是什么？具有什么样的特点呢？

朱马拜： 有一个古老的传说，一个人生下来时，他的命运就已经定了，你活到多少岁，20 岁还是 60 岁，是由命运来安排的，也就是说命运决定了人生。这是命运安排的，早晚都要死。所以哈萨克族对生死就很豁达，很淡然。

张春梅： 新疆自 80 年代以来出现“散文热”，这股热潮迄今为止仍然居高不下，而散文成为新疆作家钟爱的文学书写形式。请问，您对这种持续的“热”以及作家们对散文这种形式的自觉不自觉的选择有何看法？

朱马拜： 首先，散文对人的影响比之小说震动要大；其次，小说在经济挂帅的时代是需要花费时间的；再次，诗歌介入人类时间太短，新路很难开辟，小说结构宽，作者自由。小说无论长篇还是短篇，是需要一个轨道的，相比之下散文更散。

张春梅： 您认为近 30 年来新疆文学有些什么变化？

朱马拜： 通过中国作协大会第五、六、七届看，以前除了艾青、王蒙之外，新疆文学起点很低。但是六代会以后，新疆的发展就很快了，新疆文学出来了。因为改革开放的原因，内地人也来到新疆。新疆也出了很多大作家和诗人，如董立勃、刘亮程、周涛等，他们已经跟上了全国的创作步伐，而且用各自的方式表现了不同的新疆，表达了不同的希望，这是新文艺政策在新疆实行的结果。在这些作家中，我最喜欢赵光明，他的品质很好，作品的层次很多，很关注老百姓的生活。哈萨克族作家中的艾克拜尔·米吉提和叶尔克西，给哈萨克族小说带来了国内文学的新东西，并介绍了世界文学。如果你上山时看见有一条小河、一块土地，他们同时写，两人可以写出不同的东西来。

张春梅：谢谢。

跨语际的成功实践

——艾克拜尔·米吉提访谈录

艾克拜尔·米吉提　张春梅

【艾克拜尔·米吉提简介】 艾克拜尔·米吉提，著名作家、翻译家、编辑家、学者。20世纪50年代出生，新疆霍城县人。下过乡，插过队，当过新闻干事、宣传干事。1979年开始文学创作。处女作《努尔曼老汉和猎狗巴力斯》荣获1979年全国优秀短篇小说奖。作品被译为多种文字。未到不惑之年即享受国务院特殊津贴，2007年被评为全国新闻出版业领军人才。2009年，集小说创作、评论、学术研究为一体的《艾克拜尔作品集》问世。

张春梅： 艾克拜尔老师，您好！在《走动的石人——哈萨克当代短篇小说选》中，陈柏中老师评价您“足以代表新时代哈萨克族作家勇于探索的锐气和已经取得的成就”，对此是得到大家的认同的。这个小说集以您的作品命名，也足见对您成绩的充分肯定。不知您是怎么理解“走动的石人”这一命名的？

艾克拜尔： “走动的石人”是我一篇短篇小说的篇名，后来被选家作为“哈萨克当代短篇小说选”的书名，并被评论家们所赏识。这篇小说是我20多年前写的，之后我一直做历史文化研究、文学翻译、散文创作和主编几家文学刊物。当然，更多的是被各种工作所掣肘。20年后，去年我又开始小说创作，《群山与莽原》便是我的新作（原载《黄河文学》，《小说选刊》作了选载），我很喜欢它。《走动的石人》是我深思熟虑后确定的篇名，小说内涵已经在文本中释放，无须赘述（这是一个“接受美学”范畴问题，似乎不存在由作者我怎么“理解”的问题，似应是读者和评论家怎么理解的问题）。

张春梅：《走动的石人》这部作品至今读来仍然觉得富含着多重文化意义。这一“石人”跨越千年与一个现代哈萨克族人在梦中赫然相遇，由此特殊境遇引出传统与现代、科学理性与信仰、动与静等多元存在。对于传统/现代、城/乡的关系，您怎么看？您是站在什么立场上？

艾克拜尔：一言难尽。我想说的，我想表达的，以及作者“立场”均已蕴含于文本中。它涵盖了历史与现实、传统与现代、城市与乡村、文化与差异、价值与判断、科学与理性、信仰与追求、割裂与摒弃、发现与探索、动与静等多重复杂成因。历史的石人（它是真实的客体存在）与现实的真人并存（被主人公从山坡上搬来作为大门门柱），显然这位主人公迷失了对这位石人的文化认同和敬畏，出现了价值判断的断裂，所以引发了他的轻率、他的惶恐、他的痛苦、他的迷惘，由此牵引出一系列的故事。而这一点，似乎也是许多现代人共同的感知和心路历程。传统文化似乎与我们渐行渐远，甚或变得隔膜起来，而新的文化积淀尚没有夯实，还在形成中，有时甚至显得相当脆弱。但是，犹如那座跨河而建的桥梁，虽被洪水冲毁，我们依然要致力于构建它，因为生活需要它。当然，现实生活中也存在诸多的诱惑和歧路，我们该怎样面对？

张春梅：发表于1987年的《四人集》，集中了当时中国民族文学创作领域具有代表性的四位作家：张承志、乌热尔图、扎西达娃和您。文中收集了张承志的《黄泥小屋》、乌热尔图的《雪》、扎西达娃的《西藏——隐秘岁月》，这些作品都在全国有很大影响，而您只是选择了篇幅非常短小的《红牛犊》。请问，您是怎么考虑选择这篇的？对于《四人集》的编选，您的个人看法如何？您怎么评价自己在当时文坛的位置？

艾克拜尔：这是一个偶然。生活中有时偶然性会成为结果的促因。所谓《四人集》是中国文联出版公司1987年出版的一本合集。正如你所说，其中收录了张承志、乌热尔图、扎西达娃和我的作品。他们几位无疑都是我国最优秀的当代少数民族作家之一。当时责编向我索稿时，我说给你一篇新作吧，便给了这篇《红牛犊》。其实我完全可以给她1979年获得全国优秀短篇小说奖的处女作《努尔曼老汉和猎狗巴力斯》，抑或是后来广为读者喜爱的《哦，十五岁的哈丽黛哟……》、《瘸腿野马》、《遗恨》、《车祸》、《木筏》等，但是，至少我在那时认为，一个负责任的作家应当向他的读者不断奉献新作。所以，我向责编推荐了这篇创作于 1987 年的《红牛犊》。这就是最为直接的动机和成因。

我在当时文坛的地位自有公论，本不应该由我自己来说。但是，作为研究者，你既然提出了这样的问题，为了便于你的研究，我就得提供一些客观事实：我于 1979 年获得第二届全国优秀短篇小说奖的时候，当今问鼎文坛的一批著名作家和我同期得奖，而在我们四人当中，只有张承志 1978 年以其短篇小说《骑手为什么歌唱母亲》获得全国第一届优秀短篇小说奖；我在 1980 年 3 月参加了“文革”后首开的第五期文学讲习所学习；1981 年 10 月，由于我当时的文学影响和创作实力，被从新疆伊犁哈萨克州党委宣传部调任刚刚创办的中国作协《民族文学》杂志社小说编辑；1982 年 2 月成为中国作家协会会员；1984 年 5 月，我的第一本中短篇小说集《哦，十五岁的哈丽黛哟……》由人民文学出版社出版，而当时，除了张承志，其他两位尚未结集出书；1984 年 12 月，作为中直机关特邀代表参加了全国第四次作代会；1985 年 4 月调任《中国作家》编辑；1985 年 5 月，具体负责第二届全国少数民族文学奖评奖活动，同年 10 月任新创立的中国作协创联部民族文学处首任副处长，建立该处工作机制，迄今沿用；同时，我撰写了一批关于少数民族作家作品的评论文章。从文学创作、文学评论、文学编辑到文学组织工作、社会活动等各方面，我在 20 世纪 80 年代文坛都具有广泛影响。

张春梅：我是今年才有机会拜读您的《红牛犊》，虽然距离写作时间已 20 年有余，但仍然能够感到作者强烈的民族寄托和道德意识，而红牛犊也自然承担了丰富的情感、民族意识和草原性格。这些都使红牛犊具有丰富的象征意义。在阅读过程中，我自然联想起同是哈萨克族作家的叶尔克西、哈依夏、夏木斯·胡马尔等，他们的作品充满了对以草原为中介的传统的热爱，在喧嚣的岁月中带给读者一方净土和精神的栖居地。《红牛犊》中对叼羊场景的描写、酒席间客人对“我”的颇富象征意义的询问、结局处家人的笑声，既有传统，又有对人性的质朴认知，同时充满深切的民族感。这一切都是从淡处写来，却意味深长。站在 20 多年后的今天，您对于传统的文学书写和传统文化有什么不同的理解？

艾克拜尔： 因为社会分工的细化和精细的专业化，使现代人的生活感觉变得支离破碎，真正复现了“盲人摸象”的原初情结。所以，无可避免地，当代作家的书写出现了支离破碎的感觉。很多情况下，由于对生活拥有的局限、对社会认知的局限、对自身知识积累的局限等诸多制约因素，很多当代作家已难于驾驭全景式写作的传统文学创作模式，从而“向内转”，似乎出现了对“传统的文学书写”的断裂层。而这个瞬息万变的信息时代，也对“传统文化”带来严重挑战。但这只是漫漫历史长河中一个稍纵即逝的短暂过程。我们必须经历它，坦然面对它。最终，传统文化依然会放光芒。因为，生活的逻辑大致如此：最新的东西不一定最好，经得起时光淘洗的东西才具有终极价值。但是，这并不排斥人们追求时尚。人们丰富的情感世界和精神需求，亦给时尚的东西预留了足够的空间。显然，时尚的最终得益者往往是商业，而商业又是社会运行不可或缺的润滑剂和社会进步的助推力之一。当然，就像消费品会耗尽它的使用价值一样，时尚的东西也会不断地消耗殆尽，并由此不断更新换代。于是，人们的精神追求与终极价值取向，决定了在解决了温饱、解决了小康、解决了富裕问题之后，依然会回归丰富和发展了的传统文化。信息时代的所有现代工具和超现代工具，将自觉适应这种回归的需求。文学亦然。虽然文学在形式上会有诸种变化，但在精神追求上、终极价值取向上，依然会回归到发展了的传统文化。

而对于“在喧嚣的岁月中带给读者一方净土和精神的栖居地”，也是一种移情体现。在以往孔孟礼教桎梏人心的时期，很多人喜欢以少数民族题材为背景的爱情作品，因为它可以直抒胸臆，表达爱情，显得畅快淋漓。而现在，爱情似乎成为人们戏谑和调侃的对象，似乎只留下了赤裸裸的性而已，这类作品不免被读者认为“稚嫩”而遭疏离。不过，随着中国社会由传统的农业社会向现代工业信息社会过渡，那种在农业社会被视为理想之境的田园诗般的环境已渐行渐远，甚或成为某种记忆。工业污染已然下乡，城市是钢筋水泥的森林、汽车喇叭的喧嚣世界，所以人们试图寻觅“一方净土和精神的栖居地”，以抚慰自己莫名孤落的心境。在以人为本的时代，如果这些作品能够解决一时之需，恐怕也算是实现了它的生存价值。

张春梅：您无疑拥有复杂的文化身份：作家、研究者、哈萨克族、汉语书写、新疆文化、内地文化等。或者正是不同身份所带来的文化体验才赋予了您的创作与研究的综合视角和独特性，而这些都使您在哈萨克文学史中成为不可忽视的存在。请问您，这些身份是怎样互相作用于您的文化视野的？

艾克拜尔：这很有趣。我曾在“文革”“停课闹革命”期间无学可上，去草原放过一年羊，在城里学过一年木匠。当我还是一位插队知青的时候除了种地还当过兽医、业余宣传队员、基层翻译。后来当过公社党委新闻干事。准确地说，我的文字生涯是由最初的新闻写作开始的。大学毕业后，又在伊犁哈萨克州党委宣传部工作过。后来从事文学创作，便由此步入文坛，久居京城。如前所述，我做过编辑、文学评论、文学翻译、文学组织工作，并进行历史研究、文化研究。我作为政协委员，参政议政、关注时政、研究社会，又负责从事出版集团文化产业转企改制工作，主编我国最大的文学期刊《中国作家》，凡此种种，对于我的“创作与研究的综合视角和独特性”提供了不可或缺的认知体验经历。但是，我不认为是我的这些特殊经历和身份才使我“在哈萨克文学史中成为不可忽视的存在”。我认为恰恰是我的作品的文学价值确立了其应有的文学地位。我不是一个狭隘的民族本位主义者，迄今为止我所从事的都是为了促进我国56个民族文学共同繁荣发展的崇高事业。而这一切，不仅需要一个开阔的文化视野，更需要一个坦荡的文化胸襟。或许正因为如此，我才可以拥有他人无法获得的文学视角。

张春梅：近些年来您似乎写作少了，而在民族文学的整体发展上投入了更多的精力。如果让您现在评价一下自己以前的写作，会是怎样？

艾克拜尔：我觉得这依然是一个过去时态问题。事实上，我的总体写作量并没有减少。让人们产生错觉是由于我的小说创作停顿了一段时期，如前所述，我有整整20年没有发表小说，所以让你觉得我“似乎写作少了”。其实不然，我新近出版的4卷本作品集中，差不多有3卷的内容是近些年完成的，只不过这是在小说创作领域以外的收获。我觉得，即便以小说为例，仅举微型小说《角度——目标》，发表于1983年第2期《小说界》，当年就被《小说选刊》（1983年第7期）转载；之后就被译成哈萨克文、朝鲜文、维吾尔文和保加利亚文、德文等诸多文字；进入新世纪以后，又被《金山》(2004年第10期)、《广东第二课堂》(2006年7—8月号）转载；甚至被《读者》作为“卷首语”（2006年第21期）推出；而在网上更是广为传播，在“作文网”上作为名著导读推出，并加以点评，甚至为许多私人博客收藏。

90年代初期写的散文《黑海·金沙滩》，在收入多种选本后，进入新世纪以来被《作家文摘·典藏》（2006年12月号总第6期）、《意林》(2007年第1期）选载，2008年又收入《意林：历练人生的238个智慧故事（标杆集)》。前些日子，京城一位评论家说，他重读《努尔曼老汉和猎狗巴力斯》，认为这是一篇最早的反腐倡廉作品，我自己都被他的这一发现感到吃惊。简而言之，我的作品迄今读来仍有它的意境和价值。因为那些作品不是简单的应景文字或是商业炒作作品，是有其独特内涵和追求的。

张春梅：2009年在新疆举行的王蒙写新疆作品研讨会上，有幸听到您的发言，也知道了您与王蒙的师承渊源，非常羡慕。在一个人发展的道路上，能够有名师指点何其幸运！您现在回想自己的创作和文学事业的发展，距离初涉文坛之时，是否对文学有了不同的理解？您如何看待王蒙与新疆的关系？

艾克拜尔：关于我对王蒙老师和新疆的关系的认识，我写过两篇文章《王蒙的文学智慧与语言风格探源》、《文学描述与文化记忆——读王蒙新疆题材作品有感》，随笔《王蒙师剪影》也可参阅。另外，在我的一些创作谈话中也多次谈到这方面的感触和收获。

王蒙和新疆的关系，恰恰应了那个古老的典故：“塞翁失马，焉知非福。”他是在那个特殊时代，不得不举家来到新疆，甚或直接下到伊犁巴彦岱的一个生产队，在这里开始了一种陌生而全新的生活。他手举着用新文字出版的“红宝书”（毛主席语录），向维吾尔族社员们教授拉丁化的维吾尔新文字，同时又在田间地头劳作时，在吃着奶茶泡馕的间隙，向生活学习维吾尔语，熟悉一个民族的文化，并由此尊重他们，及至被这个民族文化的母体——一个民族从心灵上接受了他，爱戴他，推崇他。本来是到农民中间接受监督改造的他，后来成了这些农民真正的朋友。这便是坏事变成了好事，对立统一的矛盾原则使矛盾着的客体发生了主次转换。现在，王蒙已经成为新疆不可或缺的文化符号和历史记忆之一。

张春梅：阿拜被称为“哈萨克文学之父、世界哈萨克文学的奠基人”，他不仅在哈萨克的世界里享有盛誉，而且带来了一种世界精神和民族精神。您对阿拜作何评价？您喜欢他的写作风格吗？

艾克拜尔：我曾翻译过阿拜的著作《阿拜箴言录》。阿拜的全称是阿拜·库南拜乌勒。在我看来《阿拜箴言录》亦可更名为“丑陋的哈萨克人”。在《阿拜箴言录》中，阿拜以犀利的语言、尖锐的思想锋芒、深沉的感情、睿智的智慧，无情地揭露和鞭挞了哈萨克民族的劣根性，这一点至关重要。他力图使这个沉沉昏睡、已然麻木于世俗世界的民族警醒过来，积极面对多种文化的撞击，迎面赶上迅猛发展的科学时代，成为以科技文化为主导的人类大家庭中积极向上的一员。他的这种胆魄和勇气，他的这种警醒睿智和深邃的目光，使他的著作远远超出了本民族的界限，成为留给世人的一部珍贵文化遗产。

阿拜的诗别具一格，甚至形成了哈萨克近代诗歌创作中的格律模式，被称为“阿拜的赛格孜阿亚克诗体”，翻译过来是“阿拜式八行体诗”。其结构严谨，对仗工整，长短有致，诗韵讲究，诗句优美，富有内涵，他的诗句甚至成为格言在民间传播。

阿拜还是一位作曲家。由他自己作词谱曲的歌曲有二十多首，迄今广为传唱。其中《无风的夜，明亮的月》这首大调歌曲，迄今都是哈萨克男高音歌唱家们必唱的保留歌曲。

1995 年在阿拜诞辰 150 周年之际，联合国将阿拜认定为世界文化名人予以纪念。同年，民族出版社出版《阿拜箴言录》汉哈对照版本，在我代为执笔的该书前言中曾将阿拜·库南拜乌勒评价为“哈萨克伟大诗人、思想家，哈萨克近代文学的奠基者”。无疑，阿拜在哈萨克文学史上的地位十分重要，且享有世界声誉。但是，部分学者称他为“哈萨克文学之父、世界哈萨克文学的奠基人”有其一定的认识局限性。因为，在阿拜之前，哈萨克书面文学便已存在。20 世纪阿拜之所以在苏联得到如此推认，一方面是因为他的思想的批判锋芒，从某种角度可以作为在 20 世纪盛行于世的“阶级斗争”学说的诠释注脚，从另一方面而言，又与时时作祟的沙俄沙文主义思想有关。他们极力试图割裂除俄罗斯以外的民族历史文化渊源，否认或漠视这些民族历史文化的传承性。一切历史只能从他们那里开始说起，甚至在昔日的俄语中“哈萨克”这一名称都不曾存在，被称为“吉尔吉斯”，而现今的吉尔吉斯（柯尔克孜族）被称为“喀刺吉尔吉斯”。所以，他们切断历史，将阿拜推崇为“哈萨克文学之父，世界哈萨克文学的奠基人”。我认为如果用前置词和附加词加以限定，称其为“近代哈萨克书面文学之父、近代世界哈萨克书面文学的奠基人”更为贴切些。

以我有限的视野所及，在历史上，哈萨克族多次更换过文字，其书面文学作家在不同时期所选择的书面语言也各有不同（而书面语言与口头语言不一乃至脱离，这在人类历史上比比皆是，包括古汉语作为书面语言，也是与老百姓的口头语言脱离的，及至“五四”新文化运动以后，新的书面语言“白话文”，才拉近了与口头语言的距离）。从最早的文字，到后来的鄂尔浑—叶尼塞文、回鹘文，再到信奉伊斯兰教以后改用阿拉伯文—波斯文—察合台文，及至后来衍生出以阿拉伯文为基础的老文字（其最后的正字法于 1925 年由阿赫迈德·巴依图尔逊诺夫确立），我国的哈萨克族迄今仍在沿用。而在哈萨克斯坦，在 20 世纪 30 年代一度用过拉丁字母，1940 年始用现在的基里尔字母为基础的文字。我国在 1959 年制定过以拉丁字母为基础的新文字，并于 1962 年至 1982 年试行 20 年，之后重归老文字。在不同的文字使用时期，应当说都出现过书面文学作家。而阿拜则是近代使用老文字时期的代表性书面文学作家。

更为有趣的是，在元朝时，就有过出自哈萨克康里部落的康里巎巎（字子山）及其父不忽木、其子拜珠等祖孙三代用汉语创作的诗人重臣，子山其人还是在中国书法史上占有地位的书法家。在元代，出自现今哈萨克钦察、札刺亦儿、哈刺鲁（葛逻禄）等部的诗人学士很多。但这是一段似乎被尘封的历史。所以，对于哈萨克文学史，恐怕要作一次重新梳理，才能真正在世人面前展现其较为完整的轮廓。

张春梅：跨语言的书写对于您的创作而言具有什么意义？您从一个哈萨克族学者的视角看中华文化，一定是有独到之处的，很想知道您如何看待这种文化之间的对话与交流？您怎么看待“双语写作”？

艾克拜尔：文学首先是语言的艺术。只要一种语言存在，一种民间口述文学就会相伴而生；而只要记录一种语言的文字存在，凭借这种文字表述的书面文学文本便将获得永生。当然，古往今来，口头文学是凭借母语而沿传的；而书面文学，却往往可以跨越母语的界限。这种实例在人类历史上反复出现。而到了现当代，由于教育的普及，跨语言写作更是成为可能。我也要感谢我的父母，是他们在我混沌之初以深邃的目光选择了让我学习汉语。现在，我作为一名哈萨克族作家，却用汉语来创作，并被文坛和社会认可。我认为，作为一名书面文学作家，只要选择了一种书面语言文字进行创作，不管它属不属于你的母语，你都要忠实地站在你所驾驭的这一书面语言文字立场上，恪守它、捍卫它，如有可能，要丰富它、发展它，要为这种语言奉献毕生的精力和努力。一种语言就是一片海洋，每一个作家或如涓涓细流，或如恣肆洪流，终究要汇入这片大海中去。自我接手主编《中国作家》，我便向全体编辑同仁提出要齐心协力共同把《中国作家》打造成中文阅读时代的第一品牌文学期刊，让所有喜爱中文的读者，都能从这里寻觅到他最爱的美丽的中文作品。顺便说一句，当一种语言跨越了民族和国家的界限以后，它不仅属于称其为母语的族群，它同样属于所有驾驭它热爱它的人们。

当然，“双语写作”是一种文明的体现，它古代有之、近代有之、现代有之、当代有之，将来还会有之。对于一个特定个体来说，它也是一种能力的展示。而在客观效应上，“双语写作”能进一步促进社会文明，提高个人的综合素质，使文化的沟通与交融更为便捷，也使社会变得和谐。

张春梅：您一直都在从事民族文学的发展研究工作，对新疆文学的发展历史和发展现状必有更整体而宏观的把握，请问您对新疆多民族的文学创作状况怎么看？这么多年来，新疆文学发展中最大的变化在哪里？

艾克拜尔：新疆文学的发展历史和发展现状是一个从无到有、从小到大的过程，或者说是阶段性发展的历史，其起伏曲线清晰。最大的变化是所有文学体裁都拥有了作者。

张春梅：新疆文学在国内的地位，恐怕离不开始自80年代的“散文热”，至今散文仍是众作家青睐的写作方式，您对这种倾向以及“散文热”有何看法？

艾克拜尔：这是一种令人欢喜的说法。我心和他们一样欢喜。

张春梅：如果让您用几个词来描绘新疆文化的话，那么这几个关键词是什么？

艾克拜尔：丰富多彩、绚丽灿烂、充满生机与活力。

张春梅：您无疑是民族文学方面的专家，对于中国多民族文学发展的状况与趋势有自己的认识。近年来关纪新等研究者大力提倡“多民族文学一体观”，您对此怎么看？

艾克拜尔：随着新中国的建立，党和国家制定和贯彻实施一系列优越的民族政策，赋予各民族人民当家做主和平等发展的权利。与此同时，国家也全面开展了科学的民族识别活动，历史上处于母系氏族社会、奴隶社会，过着巢居、穴居生活，采用刀耕火种等原始生产方式，社会发展形态相对滞后的少数民族，得到了特别扶持和关注。党和政府帮助他们制定自己的试行文字，普遍推行全民扫盲和在边远地区普及教育，使这些千百年来无缘书面文学的民族，第一次拥有识文断字的人，从而为出现第一代书面文学作家奠定了历史性基础。如果说，在新中国建立后的最初阶段，一部分历史上具有书面文学传统的少数民族开始涌现出新的一批书面文学作家，随着历史的发展和时代的进步，80 年代开始，许多历史上没有书面文学传统的少数民族开始出现第一代书面文学作家。1987 年 9 月，由中国作家协会和国家民委在内蒙古呼和浩特市共同举办人口 10 万以下的 22 个少数民族作者文学创作笔会，开启了新时期少数民族文学发展又一新的篇章。在短短 30 年的时间内，他们拥有了自己第一代书面文学作家。应当说，这是中国几千年文明史上的一次飞跃，也是人类文明史上一次奇迹。在新世纪、新阶段少数民族文学创作更是异军突起，有了新的突破和发展。少数民族作家创作视野更为开阔，文学准备更为从容。很多作家从简单的模仿走向自觉自主的成熟创作道路。显然，与共和国伴生的少数民族文学迈过 60 年发展历程，取得了辉煌成就。60 年来形成了一支多民族、多语种、多门类、多梯队的少数民族作家队伍，55 个少数民族历史性地都拥有了自己的书面文学作家，涌现出一大批无愧于伟大时代的优秀文学作品，少数民族文学创作事业达到了空前繁荣。

张春梅：阿肯弹唱是哈萨克族非常富有民族性和文化性的文化样式。我曾在一些场合看到过阿肯弹唱，并读过一些经典的弹唱片段，很为其中的智慧所折服。还有一点让我很敬佩，那就是许多的女性阿肯非常受人尊崇，这在其他文化中是很少看到的。您怎么看待阿肯弹唱？

艾克拜尔：哈萨克族阿依特斯曾经被译为“阿肯弹唱”，是哈萨克族古老的民间艺术形态之一，也是一种独特的文化现象。它既有民间口述韵文体文学特性，又有民族民间音乐特性，其表现形式丰富多样，群众参与程度非常高，深受哈萨克族人民喜爱，也得到社会广泛认同，是多元一体中华民族共同文化的重要内涵之一。就像你提到的，在哈萨克族历史文化积淀中，阿依特斯文化体现了哈萨克族对于女性的尊重——她们可以自由参加与男性面对面的对唱——阿依特斯活动。阿肯与哈萨克族人民之间形成一种亲密无间、血脉相连、充满互动的关系，从而构成阿依特斯文化的核心和纽带。

张春梅：您怎样评价苏北海的《哈萨克族文化史》？

艾克拜尔：应当说，这是我国学者撰写的第一部哈萨克族文化史，具有系统性和珍贵文献价值，也是苏北海先生呕心沥血之作。

张春梅：关于"民族文学"有过多种认识，但我觉得既然是文学，那么最根本的问题还应该落脚在作品上，也就是作品中应有民族文化的独特书写，反映出该民族特有的精神气质。您认为哈萨克族文学的民族性体现在哪些方面？

艾克拜尔：我想这是一座山的两个方面，即其阳坡与阴坡同体现象。倘使一座山只有阳坡而无阴坡（反之亦然），那就不成其为山，即不是立体的山。那么，理论思索抑或评论归纳与创作实践，犹如一座山的两面，既是互为一体，相附相依的；又是各得其所，各自发展着的。从某种意义上说，作为作家，只要忠于生活、忠于现实、忠实写作，作品文本所涵盖的内容，便足以体现"民族文化的独特书写"、"民族特有的精神气质"、"文学的民族性"等内容。写得好了，或许还会给学者们提供更多的认识价值和评论的注脚。

张春梅：进入21世纪以来，文学界掀起了一阵讨论的热潮，其中之一是关于"日常生活审美化"的讨论，中心就是在北京。这个讨论隐含着强烈的关于"文学向何处去"的焦虑，伴随着"美女作家"、"下半身写作"、"私人化写作"的此起彼伏而愈加强烈。很想知道，您对当下的文学语境和文学前景怎么看？

艾克拜尔：所谓"日常生活审美化"（The Aestheticization of Everyday Life）理论指向明确。它指的是那些亚艺术文化，正在消解艺术与日常生活之间的界限；指的是将生活转化为艺术作品的谋划，致力于把生活与艺术品位相衔接，试图建构一种标新立异的生活方式；指的是当代社会日常生活中的消费文化，引得审美活动与日常生活的界限模糊化乃至消失，借助大众传播工具和文化工业链条，使得审美普及化、大众化。由是审美活动已经超出所谓纯艺术的范畴，渗透到大众日常生活之中。显然，小说、诗歌、散文、戏剧、绘画等经典的艺术门类已经不再占据大众文化生活中心地位，而是被一些新兴的审美、艺术活动——如广告、流行音乐（歌曲）、时装、电视连续剧、居室装修等所主导。审美活动越来越失去其原有的精神价值的独特性和唯一性，而成为大众生活的直接存在形式。由此引发我们不得不思考“日常生活审美化”对美学学科、美学观念、美学研究方法造成的冲击。较早对“日常生活审美化”现象进行研究并作出理论概括的是英国诺丁汉特伦特大学社会学与传播学教授迈克·费瑟斯通（Mike Featherstone）。他在1998年4月新奥尔良的“大众文化协会大会”（Popular Culture Association Conference）上作了题为“日常生活的审美呈现”（*The Aestheticization of Everyday Life*）的讲演，提出“日常生活审美化”的命题。而“美女作家”、“下半身写作”、“私人化写作”其实与“日常生活审美化”争论并无直接关联。“美女作家”甚至只是我国文坛出现的一种现象，被一些人以这种方式加以概括，并非理论发现，亦无理论建树。“下半身写作”、“私人化写作”却又早于这一争论产生，其实是对个别作家创作行为的主体表述或客体概括（亦不乏其调侃的意味），从某种角度而言它只适于作曾经一度流行的“消解主流意识形态”潮流的外延罢了。我认为当下的文学创作主流依然是现实主义的，文学语境正在整体回归传统。因为文学毕竟是语言的艺术，这一特性决定了它的发展轨迹。更为重要的是，2008年以来，我们的社会所经历的雨雪冰冻灾害和“5·12”汶川大地震救助，北京奥运会、残奥会的成功举办，以及由美国次贷危机引发的全球金融风暴和经济危机，中国经济的强势发展，均使我们一度试图认定的理念发生了根本扭转，文化自信心正在前所未有地提升，作家的认知角度也在发生静悄悄的自觉转换，由此可以断定，我们的文学前景会更加灿烂辉煌。

张春梅：我自2007年博士毕业以来，就开始大量接触新疆文学。新疆无疑是有着丰富的文化资源的，其中有很多还有待挖掘，文学研究就是其中一个很重要的而又一直未曾有所突破的环节。我一直很努力，想要作出一点成绩。很想听听您对后学者的建议。谢谢。

艾克拜尔：当然，这里有一个前提，“新疆文学”这个概念的内涵和外延的确定。我认为，今天的“新疆文学”，既涵盖了在新疆生活过和土生土长的汉族作家的创作，也包含了新疆维吾尔族、哈萨克族、柯尔克孜族、内蒙古族等几个具有本民族母语创作作家群体的创作，还有用汉语创作的少数民族作家的创作，以及借助其他民族语言创作的少数民族作家的创作（也许还不够全面）。那么，对于汉族作家的创作研究，即包含了对历史上的边塞诗人和现当代的作品文本和作家研究。而对于少数民族作家作品文本和作家研究，除了研究用汉语创作的少数民族作家创作作品，这里还有一个客观障碍——是几十年来无法突破的一个客观存在：汉族研究者对新疆少数民族母语创作或借助他民族语言创作作品的原文阅读能力不足，只能借助有限的翻译文本和后来出现的直接用汉语创作的作品来加以研究和评判，得出的结论不免有所局限。首先是对特定民族文学创作尚未作出整体科学判断，且由此得出的结论有时会失之偏颇。当然，这些问题的解决尚待时日，有时仅靠一两代人的努力恐怕难以突破。但每一代人都以学人的良知和不懈的追求做好基础性梳理工作，能为后来者取得新的突破奠定良好的科学基础。这一点足可以赢得令世人瞩目的成绩。

张春梅：在您的小说中，常见注释与正文之间营构出富有意味的互文空间。因作者本人在母语和汉语之间拥有游刃有余的能力，故叙述畅通，少有翻译文本的“隔”。但其实在汉语叙事/民族话语、哈语原著/汉语译文等二元领域还有很多可商榷的、游移的段落。不知您怎样看待这两对范畴的关系？您心目中理想的翻译如何？

艾克拜尔：有一种说法曰：“美文不可译。”这似乎是应当成立的。我认为，更多的情况下，对于音素文字和象形文字之间或其他语言间的韵文体翻译要相对困难一些，但也不完全是。在众所周知的乐府民歌中，那首《敕勒川》迄今被认为是经典的翻译民歌。的确如此。它把音素文字语言十分传神地转化为象形文字语言，读来既朗朗上口，又传达了特殊的生活和地理空间的信息。其实，这样的翻译范本不乏其例。……

我认为，在你所提出的“汉语叙事/民族话语、哈语原著/汉语译文等二元领域”，“这两对范畴的关系”是一个恒定存在对立统一的关系。它们就像一条河流的两岸，同样芳草萋萋，同样鲜花盛开，同样林木茂密。它们隔河相望，彼此遥遥欣赏。所或缺的就是连接两岸的一座桥梁。翻译就是这座桥梁，真正好的文学翻译则是连接两岸的金桥，它能使隔在两岸的心灵世界相通相融。这就是文学的力量，也是翻译的力量。

张春梅：您80年代的作品显然是受到当时社会、政治、文化气候影响的，鲜明的“反思”意识和现实主义关怀处处可见。时隔多年，时代语境在发生变化，“反思”的着眼点也在变动，您现在的关注点主要在什么地方？回顾当初的写作，有什么不同感受？

艾克拜尔：的确，我于20世纪70年代末步入文坛时，那确实是一个反思的时代。十年“文革”动乱刚刚结束，国民经济已经濒临崩溃的边缘，“四人帮”的倒行逆施给党和国家带来深重灾难。百废待兴，百业待举。更为严酷的是，多年的极左路线遗毒成为人们思想的桎梏，而在此背景下“两个凡是”又成为新的“定论”，干扰着加快实现新时期总任务的步伐。正是在这样一个历史背景下，彻底清算“四人帮”的罪行，拨乱反正，掀起“实践是检验真理的唯一标准”大讨论，党的十一届三中全会召开，明确党的思想路线，解放思想，实事求是，团结一致向前看，成为当时的历史洪流。全党工作从“以阶级斗争为纲”转移到以经济建设为中心，形成“一个中心，两个基本点”的基本路线。这一切，促成了我和我那一代（包括绝大多数前辈）作家的反思文学特征。而我们的文学反思，处处体现着现实主义精神。这在我们的作品中也随处可见。随着世纪更替，时代语境也的确发生了变化。社会“反思”的视角也在转换方向，比如关注技术对于人类社会的冲击，反思生态失衡，反思金融危机等等。我认为恐怕还应该反思文学自身。有些作品已经很难看到现实主义精神，个中成因是多方面的。但是，当一个作家失去面向现实的勇气抑或是能力时，只能被自我边缘化或被社会边缘化。现实生活永远是文学创作不竭的源泉。

张春梅：像您其他作品一样，《努尔曼老汉和猎狗巴力斯》中也常有民谚出现，其中有这么一句有丰富含义：只要你不死，总能够喝上金碗里的水。“金碗”、“水”与人的生存连在一起，那么，什么样的碗才是“金碗”，“金碗里的水”是怎样的“水”？它们对于生存的理解有何意义？

艾克拜尔：这都是比喻、隐喻和象征。“金碗”既有具象意义，它就是金碗，而金子在人类社会文化史上的地位，象征着财富、地位，也是对最珍贵的物品的比喻。从世俗意义来讲，获得“金碗”的人，说明他拥有了非同寻常的财富，自然，能用“金碗”喝水的人，想必他的生存质量会很高。但是，在这一句哈萨克族民谚里所包含的内容远不止这些，它还有更深层次的隐喻和象征。即，“金碗”实际是现实世界的隐喻，也是对理想世界的象征；而“水”是一种对于生命延续的隐喻，也是对生存下去的象征。因此，就像这一句哈萨克族民谚所表述的，“只要你不死，总能够喝上金碗里的水”。也就是说，只要你不死，这个世界总是充满了希望。这句话比起汉语民谚“好死不如赖活着”，从某种意义上讲具有更为深层的生命体悟与人文意义。当然，在这里需要多提一句的是，翻译的重要性！这句话由笔者翻译过来时，完全成了不露痕迹的汉语语言，所以才能这样打动读者，引起研究者的关注。

多元文化的对接

——叶尔克西·胡尔曼别克访谈录

叶尔克西·胡尔曼别克　张春梅

【叶尔克西·胡尔曼别克简介】 叶尔克西·胡尔曼别克，多年来一直用汉语进行创作，有一定的牧民生活经历，草原、毡房、牧场是她作品中主要的元素。她在新疆文坛拥有多重身份，既是哈萨克族作家中的佼佼者，又是成绩卓著的翻译家，同时兼善批评和理论研究，还曾有过在某县担任挂职县级领导的经历。近年她在影视创作与拍摄中寻觅到了另一番天地。

张春梅： 叶尔克西老师，您好！很高兴见到您，很喜欢您的作品。最近在重读您的散文集《永生羊》，希望能借这个机会讨论一些相关问题。我们了解到“羊”这一原型在伊斯兰教中有赎罪之意，而您的这本书取名“永生羊”，请问“永生羊”有何特殊的意义？

叶尔克西： 羊在伊斯兰教中确实有赎罪的意思。但是我写的这本书和宗教没有关系，我是从我们哈萨克民族自身文化思索出发而写出这本书的。大家都知道哈萨克族是一个游牧民族，他们的文化、生活方式都受到游牧文化的影响。民族的不断迁移完成了哈萨克民族的生产生活及文化形态，而民族的文化脉络和文化指向都显示出这个民族的历史。我们哈萨克民族的先祖包括塞人、乌孙人、阿兰人等早期游牧民族，这些早期游牧民族后来又不断和部分匈奴人、突厥人发展融合，形成了今天的哈萨克族人。中国哈萨克族是中国游牧民族中保存传统文化最为完整的民族之一，牛、羊、骆驼和马是哈萨克民族最基本的生产工具，保存下了很多与游牧文化有关的内容，包括对生命的认识和感悟，所以我就用“永生羊”来命名这本书。

张春梅：父亲所说的“为一只羊掉眼泪不值得”和宰羊与吃羊时内心的感受之间有怎样潜在的心理逻辑？

叶尔克西：对。我在散文集《永生羊》里写到哈萨克族人在宰羊时常说的话：“你死没有罪过，我们生不为挨饿”，是因为，我发现哈萨克族传统的生命价值观中，确实认为羊和其他动物是没有罪过的，动物不需要替人受过，但是人却要用它们的生命来保证自己的生存，所以，就有了这种内心的悖论。我想，这也是人对世界的一种认知吧。为了生存下去，人们驯化了动物，或者说驯化了牲口；为了生存下去，人们又吃了它们。这是一种残酷的悖论，也是自然法则。既然是自然法则，高智商的人便不会认为自己做错了什么，他们会对生命作一种阐释，从而找到一种对生命的慰藉感。这是生命教化给人的，所以人在宰羊时心里会默默祈求它们的原谅。其实那些岩画和现实生活联系得非常紧密，内容多是动物，是人们自然而然形成的对生命和大自然的一种敬畏感。学者们说，那就是原始宗教，这些都很有意思。为了生存人吃了它们，但是还会有新的羊产生，循环往复，就像宗教的理解。

张春梅：哈萨克民族历史上是游牧民族，经常会转场，从冬牧场转到夏牧场。您在书中也提到过，这在民族心理上有什么重大意义？

叶尔克西：从冬牧场转到夏牧场，不仅符合了自然的规律，也是对草地的保护，是一种互惠行为。我的书中也提到过，在转场时，站在行进中的羊群旁，你会看到刚从夏牧场上下来的羊是跳跃着的，非常鲜活。当你看到这样壮观的景象时，就会产生一种对生命的敬畏。有的羊很弱，我们要把它宰杀了，会为它举行仪式。哈萨克民族的仪式感很强，什么事都要做点仪式，我想这应该是体现出了人类理性的情感，这种仪式也是弘扬民族精神的一种方式。由个体到群体，表现了人与天地、生命所包含的一切大爱。再一个，不断地迁徙，让人总是处在悲欢离合的体验中，“离”与“合”多了，一定让人变得深刻，内心世界沧桑、苍凉，又悲壮。对人生的理解和感悟，也会很深很深。

张春梅：我感觉，哈萨克族开口就能唱歌，有人去世后，人们也会给逝者唱，是这样吗？

叶尔克西：这是哈萨克族的一个传统。在有人去世后，他的亲人会进行“哭丧”。事实上，这也是迁徙生活提供给哈萨克族的认知，就是那种沧桑感。离别教给了人痛苦，同时也教给了人克制和表达。唱，是最好的表达。孩子出生时唱，人走的时候也唱，尤其是人走的时候，虽然亲人们会哭，但是都很节制，然后会把自己的思念唱给友人听。这是一种对逝者的怀念。这种唱，会延续一段时间，可以唱到一年（当然，这是在过去，现在少了）。此外，哈萨克族人还会把他的衣服挂起来，把马鞍放在他的坐骑上，等到年祭时，把马祭给他。而且，如果你们仔细观察，可以发现哈萨克族的墓地是一片片地造在一起的，造型就像一个个小房子。造这些“房子”，我想它的主要功能除了避免坟茔遭牛羊踩踏，保护入殓者的尊严和平静之外，它还能消除现世人们的恐惧感。过去，常有人在夜晚赶路时住在墓地里。这也因为，在哈萨克族人传统的生命价值观中，他们并不认为死亡是可怕的，死者只是跨越了生死的界限。所以，我想，这也是因为哈萨克这个民族对死亡的理解到了更高一个境界，可以很坦然地面对死亡了。事实上，生与死的距离只有一步之差而已，逝者也只不过比我们更早一步去了那个世界。

张春梅：有许多哈萨克族人离开草原后，因为生活方式的改变，精神上会产生不同程度的焦虑。您的书中也表现出草原文明与城市文明、传统生活与城市生活的差异，您是否也对此有所焦虑或者想表达些什么？

叶尔克西：我在写作的时候，并没有想太刻意去表达这种焦虑，如果说有焦虑，那可能更多的是对草原生活的一种热爱吧。都说“四十不惑”，我现在已经是四十多岁的人，阅历已经教给了我一种辨别，那就是我们都在改变：别人改变了，自己改变了，别人和自己的距离，以及自己和自己的距离，或远或近，都在改变，我们别无选择，这是宿命。所以，我想既然已经到了不惑之年，那就应该首先从心灵上寻找一些纯粹的东西，弥补自己失去的和怀念曾经度过的岁月；其次，希望去发现一些有价值的东西；再次，人都有习惯的定式，有些东西变了，有些东西没有变，我们不能因为“变”而否认一些“没变”，我们哈萨克民族就保留着一些东西，就像人类精神世界中的伦理、人性和道德。除此之外，人与人之间正逐渐走远，这也是我所关注的。

张春梅：您刚提到了“变”与“不变”，您是怎样看待二者之间的关系的？

叶尔克西：变是指人的生活方式，如今有许多哈萨克族人已经定居下来，由原来的游牧生活变成安定的都市生活。按理说，不变的应该是人与人之间的关系，但是由于传统变迁和现代化，人与人之间的距离变得越来越远，许多人因此而产生了焦虑感；不变的还应该是文字的表达方式、法律和道德规范。

张春梅：哈萨克民族擅长唱歌，用冬不拉演奏“小调式的东西”、“阿肯弹唱”等一直都没变过，有很多作家在作品中强调它们是不能离弃的，为什么不能离弃？

叶尔克西：首先，从形式上看，冬不拉有两根弦，相对于西洋乐器比较简单，很容易学习掌握，在民间有很广的普及率，是哈萨克民族文化的符号。其次，冬不拉演奏起来容易唤起哈萨克民族的文化认同感，不仅是人们生活上的认同，更是心灵上的认同，而且冬不拉乐曲本身就给人带来慰藉。哈萨克族是一个典型的游牧民族，很多人身上有一种天生的寻根意识，冬不拉的演奏满足了他们思念的感情，不仅得到文化身份的认同，还得到一种情感的宣泄。在跨文化的角度上，冬不拉作为哈萨克族典型的乐器更是起到宣传和弘扬民族精神的作用。中国是一个多民族的国家，冬不拉在多民族元素中占有重要的地位。所以它们是不能离弃的。

张春梅：在新中国成立60年之际，作为一个哈萨克族作家来介绍本民族的发展，您有什么感想？

叶尔克西：新中国成立已经60年了，无论哪个民族的社会生活和精神生活都发生了翻天覆地的变化，这点谁都清楚。但是，作为当下的一名作家，最重要的是不能还像过去那样，块状地、粗线条地、图解地去介绍本民族生活发生的变迁。因为这是远远不够的。如果，你还在以块状的方式讲解自己，那么在今天这样一个后技术时代，在信息越来越普及的时候，只会引起别人的误读，还以为你的民族仍然住在毡房里，依然会私奔，那实在有点对不起生活。作为一个哈萨克族作家，我觉得我有义务去消除这些误解，也希望用细腻的方式，用我自己的方式来描绘哈萨克民族的生活。比如说我在剧本《永生羊》里也写了私奔，但我想表达的东西绝不仅仅是私奔，我想表达一个哈萨克族妇女内心世界里更细腻的东西，当爱情和扶养孩子的责任放在一起时，她选择了孩子。

张春梅：有些作家会放大一些美好的地方，来美化本民族，您怎样看？

叶尔克西：别人我不是很清楚，我只知道我对本民族的欣赏力其实还远远不够，所以，在“美化”或“不美化”的问题上，我还没有足够的发言权。每个写东西的人，都有自己对生活的理解，有自己的个人经验，有自己的表达，美化什么，丑化什么，自然也会有他自己的选择，这就要看你要放大的东西是什么，有没有价值了。有些美好的东西，确实是会很孱弱地深藏在生活的角落里、常态里。如果你放大了，对民族品格的提升和民族外在形象有益，那何乐而不为呢？从一定意义上讲，艺术的本事，就在于可以放大。当然有的时候，由于民族共同的心理素质使然，我们会过分强调民族性，有些东西碰不得，动不得，摸不得。这样不好，会让人产生距离感。什么事情都有两面性，每个民族中都有美好的一面和丑陋的一面，它们是存在在那里的，不论哪一面我们都要认真地看待。至于所谓的“美化”，只要不是建立在虚假的美化基础上，那就是好的。

张春梅：民族交流的方式够不够？是否需要语言的对接？

叶尔克西：如果你是指新疆多民族文化交流够不够，那我可以说，族际的交流很好，但还远远不够。因为语言的不同，会影响交流的质量。我们太需要更多的对接了。我们应该交流文化中不同的东西，也要交流共同的东西，走进彼此的心灵。这一点很重要。我写作时多寻求人类共同的东西，只是用了不同的民族心理、民族文化、民族生活提供给我的写作资源。我通过作品，感受到不同民族的读者之间那种微妙的心灵的融合。就是那种，我拥有的写作资源，你可能没有，而我通过它们让你理解了我，读懂了我。这多好啊。如果你的语言表达得不好，那就一定会使理解产生偏差，浪费资源。

张春梅：用过去的生活方式来表达现在是否有些单调？是否想过立足于现在？

叶尔克西：当然，我经常在想这些问题，本能地想，因为，我毕竟生活在当下。我的第一篇小说《额尔齐斯河的小调》写的就是对城市的看法，对原来生活的否定。而在《永生羊》里却又给游牧生活唱了一首挽歌：现在牧民都已经定居了，人们的生活越来越趋向经济化，早年在《额尔齐斯河的小调》里被我怀疑和否定的游牧生活，差不多已经被现实抹掉了。以前人们对自然的态度是纯粹的，抛开了现实社会的繁杂；而哈萨克族人来到城市定居，他们努力地融入这个社会。所以立足现实是很重要的。

张春梅：如何看待跨文化写作？

叶尔克西：哈萨克族地处中亚，是在欧亚文化的大通道上，而且，历史上又是一个以游牧生产生活为主的民族，所以，跨文化现象其实从很早就开始了，这是个很好的事情，因为跨文化的状态造就了哈萨克民族开放的文化品格。哈萨克族民间文学受阿拉伯文化、波斯文化的很大影响，后来又受俄罗斯文化和欧洲文化影响，历史上，哈萨克族也信仰多种宗教，20 世纪以来，跨文化现象对哈萨克民族的影响应该说是越来越大、越来越深、越来越广泛。也就是说，哈萨克族一直是处在跨文化状态中的一个民族。我们所讲的跨文化写作，应该是这种现象的一种细化。我觉得我这一生能做一个跨文化的写作者，很荣幸。这让我的呼吸更加自由，内心世界也更加丰富，写出来的东西也因此打上了跨文化的烙印。我常用哈萨克语思维，用汉语进行创作。

张春梅：汉文化对您有哪些影响？

叶尔克西：汉文化对我的影响，不是一两句话就能说得清楚的。文化对人的影响，最能说明问题的，往往是在价值观上。我是学着汉语长大的，首先语言没有任何障碍，也因此，汉文化中一些价值观不可能不影响我。比如，孔孟之道、儒家文化中为人处世的一些价值观，还有水墨画、汉语古典诗词、汉语文学传统等，不可能不受这些影响。我在写小说或写散文的时候，很注意汉语独特的韵律。在做文学翻译时，也很注意把握这一点。

张春梅：跨文化时，有的文化过于强调自己的独立性，怎样才能不用极端的方式去强调？

叶尔克西：既然是跨文化，一定涉及两个文化或多个文化的空间关系。所以，它确实存在一个主次的问题。如果是国家意义上的跨文化概念，那就一定要从国家的高度去理解和接受它。比如中华民族就是一个大概念。

张春梅：刚才谈到牧民定居的问题，这里糅合的问题特别复杂。请问，如何将草原文明带入城市文明？

叶尔克西：呵呵，这些问题，我想应该是中科院要研究的问题，是国家课题。当然，我想你还是强调我的写作者的身份。那我就只能作一些只言片语的回答：对于如何将草原文明带入城市文明，我持悲观态度，其实这是十分无奈的事情。在草原上的生活，就是草原上的生活。比如说，在草原上，也许人们要不断地走访友人，而且做事会有很多的仪式，如果你将这些东西引进来，首先我自己就是一个被动者，城市生活节奏太快，根本没有时间去做那些。

张春梅：通过阅读您的作品，我觉得您写作时似乎民族过于单一，只是针对哈萨克族写，很少写汉族的东西？

叶尔克西：我有这方面的作品，只是还没有出版。以前写的那些作品，可能还是为了得到一种纯粹感吧。

张春梅：对，如果可以避开就好像把别的群体隔绝在外了，其实，在新疆各个民族之间的交流是遍及日常生活的每个角落的。

叶尔克西：这里有一种挺好玩的感觉，就是，可能是跟小时候受到的教育有关，我想在很多作家的写作中恐怕都有这样一个心理，那就是所谓的写作“使命感”。你是哪个民族的，那就有使命去写哪个民族。不光写小说是这样，就是写电影好像也是这样，哈萨克族写哈萨克族，蒙古族写蒙古族，锡伯族写锡伯族，以此类推。久而久之，就约定俗成了这样一种感觉：大家最好写自己熟悉的。这样好像很尊重文艺创作规律，事实上，这种现象是应该引起作家们的注意了。

张春梅：但如果是哈萨克族的作家，这样写作会不会就认同了？

叶尔克西：当然，有些时候，还是存在一些文化差异的。不光由于言语的不同，造成的理解上的偏差，更由于一些生活价值观方面的细微差别，影响表达的准确性。例如，80年代，我曾带一些内地来的作家去采访。到了人家的毡房，好奇的作家们就问主人：“你们家住这么大一个毡房，晚上怎么睡（言外之意问的是别的事情）？”女主人一听觉得这个问题提得不好，有点笨，很滑稽，而且越想越觉得问得不礼貌，就回了作家们的话，当然是问话者想听到的那种让人偷笑的答案，作家们却信以为真。结果那个女主人越发不高兴。你说，这种差异的东西，写进了作品里，麻烦肯定就会大了。所以，我想，要走进彼此的内心，多加沟通是很重要的。

张春梅：在您的作品中写了很多很纯粹的东西，您是否有意地掩盖了一些不美好的东西？

叶尔克西：这和作者本身的价值取向有关。我本人可能更加善于表达美好的东西，就算是我想写恶的东西，也写得不像。我并不是有意去规避一些东西。可能是因为我现在就是有冲动，就是想写这些东西。

张春梅：写散文的时候可以这样，但写小说可能就不能这样了，因为它太复杂了。

叶尔克西：对，你现在又引出了一点，就是我编故事的能力不强。我认为我强的地方是我写东西镜头感强，很善于捕捉瞬间美好的东西、片段，而且写真实经历，不虚构。但写小说，尤其是写长篇小说，人物要有命运感和心理逻辑，有事件（我就不擅长了）。我最近在喀纳斯拍电影，这对编故事是一个很好的锻炼。我想做一到两部电影，体验触电、磨合的过程，再去写长篇小说，这样对我的编故事的能力、对我的逻辑都是很好的。当然，我还觉得现在的电影中有人文关怀的东西少了。

张春梅：但您不怕写出来的东西就是一个剧本吗？

叶尔克西：哦，那可能比较难。其实我很喜欢 17、18 世纪的西方文学作品。可能是因为当时没有太多的东西去影响那时的作家，比如电脑、电视、电影什么的，他们会一门心思去写东西，他们的创作作品都很完整，所以，我有时想，小说的艺术巅峰时期，是不是早在几百年前就已经过去了。

张春梅：其实有些作家的小说写成了就是一个剧本，镜头感过强，电影化的痕迹很明显。

叶尔克西：这样很好。这也是一种能力。如果小说的结构处理得不好，就会有很多废话。当然，有时候单纯的剧本感也会遏制小说家的想象力，长篇要看的是文字，如果没有很好的想象力，你是比不过电影的声像结合的。如果能将文学、电影、导演这三者都结合起来就好了。《与狼共舞》中的交响乐，野牛群，那种震撼的气势，既是一部经典的电影，又是一篇好的长篇小说。我想在我的电影里强调文学性。

张春梅：我觉得现在中国的电影文学性太弱了，最近我看了电影《麦田》，觉得这部电影所表达的故事镜头完全没有叙事的联系性，现在电影讲故事的能力越来越弱了。

叶尔克西：导演对人文价值太忽略了。我觉得无论物质社会怎样进步，人们的心灵永远都是需要抚慰的，越是物欲横流的时候人的心理越需要抚慰。

张春梅：对于宗教信仰，您怎么看？

叶尔克西：我喜欢原始的萨满教的东西，各自有各自的神，有一种人类童话世界的东西，比如我的《萨满铃鼓》，其实里面很多东西并不是完全的想象，现实中就有这样的现象。我这次的电影中就有这样的元素，如红脸老人，他就是一个真真假假的人物，是一个时空穿梭者，哈萨克族叫克德尔圣人。萨满教很自然、很自由，没有很多条条框框去限制你，相反有一种狂欢的东西在里面，如九重天、日母，不同的层面有不同的东西。在传说中哈萨克族人是从奶湖里诞生的，我很喜欢那种最童真、亲切、质朴的东西。人们现在去追求一些世俗的东西，却丢掉了很淳朴的东西。

张春梅：您作品中会出现一些宿命的东西，是不是也是因为您相信萨满教？

叶尔克西：不是的。那更多的是我自己对宿命的一种理解。人的幸福感和宿命感无处不在。相比之下，我们并不关心过去，而是更关心将来要去的地方。不是有一提问叫“我是谁？我要去哪里？”的吗？宿命并不是我们的托词，因为，改变是相对的，我们活在当下，前后的世界我们可能看到了，也可能没有看到，但我拥有现在，这很好，能健康地活着，健康地生活，比什么都好。所以，从心理健康意义上讲，最好不要将悲观的情绪放大，要好好活着。我有时在想，事实上，人永远闭上眼睛的那一刻，也就走进真正的永恒里去了，相反存在时，才是一个可以孤独地去享用的个体空间，但是我们需要打破时间。我总提醒自己，不要以为过去的人是在黑白片里，他们并没有褪色，古代的女人也有红嘴唇，人们用过的所有物品，都有质感，而写作，可能有意义的地方也在这里，写作是需要打破过去和将来的界限的。我们应该学会接受一些东西，珍惜一些东西，别像哈萨克语有一句俗话说的那样：当金戒指戴在手上时，你根本意识不到价值，失去时你才知道珍惜。

张春梅：当您翻译文学作品时，会不会因为一些语言差异，丢掉一些原本的东西？对此有没有补偿？如注释。

叶尔克西：首先在翻译前要选择好作品，我主要是推了两个作家，一个是朱马拜·比拉勒，一个是乌马尔哈孜·艾坦，这两个人我推介得比较成功。我觉得翻译本身也有很大的学问。翻译通常会有两种结果，要么给人家丢掉了，要么给他升华了，这要看你的能力。翻译得不好，有些色调你就会丧失掉，尤其是诗歌。要做一个好翻译，就要尽力避免丧失，在汉译作品时，对汉语的驾驭能力就显得非常重要。我翻译时，有一个原则，我设想这个作家如果用汉语去写，他会用怎样一种风格，我不但要译作者的文字，更重要的是要译作者的内心和思想；另外，要注意保留原文的信息，尤其是诗歌。诗歌既然是浓缩的语言，那每行诗中肯定有很多意思被藏在诗句里，要会转化，这就是你的能力。如哈萨克族一首传统情歌里，把“鹰隼”比作自己的感觉，在翻译时，就一定不能用“隼”来表达汉语的感觉，而要翻译成“小鸟”，哈萨克语的意境里，想表达的也是“隼”的这种灵巧和可爱的感觉，而不成熟的翻译就是直译。此外，就是要掌握不同诗歌的韵律。

张春梅：对于丢掉的东西有没有什么补偿的措施？

叶尔克西：对丢掉的东西，通常的办法，就是要加注解，我觉得用注释的办法不好，毕竟我们译的是文学作品。对于研究者而言可能加上注释会比较好，但对于普通读者没有必要加那么多注解。我反对一个文学作品有太多的注释，如果你大量用注，只能说明你的翻译能力有问题。在我最近翻译的过程中有一个自己的理论，就是数学与翻译是有共同之处的，如下列这个恒等式 $100 \div 20 = 1 \times 5$，也可以是 $1 + 1 + 1 + 1 + 1 = 25 \div 5$，等式两边的质是一样的，但形式是变化的。文学语言注重变化和丰富。

张春梅：在您的作品中约定俗成的叙述语很少，如阿吾勒等，您怎么看？

叶尔克西：我觉得像阿吾勒这样被程式化使用的言语，就是当时的人翻译不过来的缘故。用“牧村”多好啊，很诗意。我不喜欢过于死板的程式化的东西。所以我有时候有意识地去规避它。

张春梅：有没有人把您归到女作家中去研究，去强调性别意识，强调女性意识？

叶尔克西：有。但是，我会觉得这种感觉比较怪。我欣赏女作家的细腻，但不喜欢女权。过去，丈夫主家，妻子属于财产的一部分，哈萨克族历史上甚至曾有法典，对女人的要求就比较苛刻。那是特定时代的产物。后来，女性的解放，确实来之不易。但相对于我自己的写作来讲，我更愿意把女人放在“责任”这个层面上探讨。强调责任的时候，女人可能会遇到各种各样的问题，那就另当别论。我不会为了“女权”而去“女权”。男性也是一样，当强调男性的责任的时候，同样也会遇到各种各样的问题。

张春梅：哈萨克族女人很贤惠，女人天生就能持家？

叶尔克西：其实，我觉得不光哈萨克族是这样，很多民族都是一样的，汉族女人也一样。哈萨克族有一句俗语讲：姑娘姑娘个个好样，哪里来的懒婆娘。女人要承担的东西，确实很多。你看现在沿海地区一些成功的女白领，一样也是要承担很多东西的。除非你完全不认这个世界，像鲁迅说的那样，揪着自己的头发，离开地球。有些强调“女权”的观点，一提到女人的责任，就觉得不舒服，好像你持这个观念很落伍一样。其实，责任是一个永恒的话题，无论男人女人，都一样。

张春梅：现代汉语表达对展示民族风貌有哪些时代意义？

叶尔克西：对于这个问题我很有切身的感受，如果我不但能用汉语表达，而且还能用英语表达，那可能就更好了。这个问题可以从两方面看：第一，语言能力强了，你就可以让更多的人了解你，通过汉语这个平台，让更多的人知道你；第二，你多懂一门语言，就多一双眼睛，多懂一门语言，你就多一个心去感知这个世界，你用心灵去看待世界，也就意味着你能体会到更多的信息。况且，多几种语言能力，你的付出就更具有时代意义。

张春梅：要是有更多人也这样看就好了，他们的写作之路就更宽了。

叶尔克西：其实我也很希望有更多汉语系作家多会几种语言。我想，如果懂了几种民族语言，就会具备更多的地方性经验，表达会更纯粹、更准确。每一种语言都有很完美的地方，因为我懂哈萨克语，所以我知道哈萨克语的动感美，哈萨克语中常把名词或形容词动词化。当语言有了动感就是一个鲜活的语言，如“努尔兰”，“努尔”本是一个名词，是光的意思，但加一个后缀，就成了动词，是“让发光”的意思。这就有点像古代汉语的表达，凝练、朴实，还很有动感。如果新疆有更多的汉语系作家们也能感觉到这些，就更好了。

张春梅：哈萨克族作家的作品在新疆作协是否受重视？

叶尔克西：重视肯定是重视的，但还是不够。

在访谈的最后，我们和叶尔克西谈到哈萨克族迁移、流动以及祖先历史等方面。叶尔克西最后说道："其实人类社会变迁，最后留下的只有山水和文化，所以各民族想努力将本民族文化优秀的部分保存下来，并扩大影响，都是很好的，关键是要注意引导和发现。"这对于在多元民族文化汇聚语境下进行写作和生活的人们，都是极具启发性的。

我仿佛处在台风眼的宁静里

——傅查新昌访谈录

傅查新昌　张春梅

【傅查新昌简介】傅查新昌，作家、学者、文艺批评家、画家、诗人，新疆首届签约作家，中国作家协会会员。1981 年毕业于伊犁师范学院。1982 年在新疆党校研修哲学。1985 年在鲁迅文学院研修文学理论。2006 年因长篇小说《秦尼巴克》在全国引起强烈争议，被不良读者毒打致残，造成中国文坛罕见的文学事件，而《秦尼巴克》被选入新中国成立 60 年以来"中国经典长篇小说 500 部"之列。2007 年 5 月接受了陕西卫视著名栏目《开坛》文化名人专题访谈。2008 年毕业于鲁迅文学院第九届文学评论家高研班。目前，在清华大学做中国当代艺术课题研究访问学者。曾获新疆新时期优秀作家奖、首届全国路遥青年文学奖、首届新疆青年文学奖、第六届全国"骏马"文学奖。

张春梅：咖啡已喝了一半，我们可以开始了吧。我想问你的第一个问题是，在文学被奉为正统的条件下，恰恰是你的长篇小说《秦尼巴克》，曾相当集中地阐扬了历代边疆人的生存状态。政治苦难与民族叙事是文学书写中常常遇见的两个难题，对于新疆来说更是困境所在。请问，你是如何处理这两个问题的?

傅查：这个话题很敏感，创作行为与政治苦难的关系，既体现于历史与现实本身，也涉及普通人自身。请你不要介意，我不想从更深层的意义上去阐释政治苦难的话题。在新疆，人们习惯以好恶的标准来衡量一个作家的民族叙述，局限于民本思想、吃喝玩乐，以及乐感人生追求之中。我曾经说过，民族叙述不是一个孤立而封闭的壁垒，如果作家不去反映复杂的民族问题，它不会自呈自现，也不会自行解决问题，这需要存在论的支持。特定的环境和写作领域，还使作家进入一个责任系统。具有道德理想的写作态度，或许是最具有普遍效力的。从道德情怀和社会良知来看，那些有足够责任感的作家，无疑是成果最佳的。历代边疆人承担了太多的不幸，他们的苦难，最适合大写，而且最能阻止作家的不良幻觉和恶劣的心灵积习。我是通过宏观思考，经常能回到上帝的戒律所规定的秩序中，使我的自由服从道德与现实的法规。在写作状态中，我的想象力不会接受任何人的否定，谁都不能阻挡我的一切运思活动。显然，研究什么样的作品是永恒的，什么题材最符合我的叙述智慧，就能最有效地浓缩写作的无节制，并使我去发现自己的各种责任。一些作家为版税而写作的现象，为我提供了最有益的研究科目，可以用来调整处于麻木状态的心态。在写作过程中，民族叙述不再具有任何政治意义，我所关注的是普通人的小历史，以小历史呈现大历史，不仅要排除一种强加的政治控制，如果限制我的创作自由，使我服从政治游戏，承担责任，那么我唯一的创作目的，就会陷于过度谨慎的境地，丧失自由的想象力。其实，现实仅仅能在表面上限制我的自由写作。

张春梅： 这也许会涉及文学的世界性的问题，但任何世界性都离不开民族性和地域性，你的《秦尼巴克》，或者说你本身就总会给读者带来这样一个先见，即新疆、民族、战争几者之间的关系。我认为，正是你作品中糅进的深沉的历史感赋予了作品自身的力度与强度。

傅查： 你说得没错，任何文学性和文化性的书写，都包含文学的世界性问题。如果我把创作问题，放在全人类社会的范畴加以思考，那么这既是求解全球化的人文精神与伦理体系的过程，又是一个提升本土化意识的过程。不仅是我个人，每个中国作家都面临着两大冲突，一个是全球化的文学现象，另一个是本土化现象，不论哪个中国作家，都置身于全球化和本地意识的冲突之中。文学的世界性，说起来大得吓人，想起来很简单，这属于理论家的事。你想想看，孔子的思想不是世界性的补丁吗？他从来不直接任一个直觉走下去，喜欢一往一返的两个直觉，此一返为回省时附于理智的直觉，又如好恶皆为一个直觉，若直接任这一直觉走下去，很容易偏，且有时非常危险，所以最好自己有一个回省，回省时仍不外诉的直觉，这样便有一个救济。在写作中，我不走单的路（民族性或地域性），而走多向度的路；单就偏了，多向度随时得以调和平衡，并用知识和理性引导情感。你说我有先见之明，实为我漫不经心所在，我只是从杂乱而偶然的一连串事件中，去寻找一种叙述秩序来。苦难也罢，战争也罢，都是与人有关的命题，所以对人的观察至少有一种相互性，就像照镜子一样，在自己身上看到他人的灵魂。

张春梅：除你个人的镜子和灵魂之外，从你的作品中可以看出来，你在描绘边疆人灵魂倾诉方面，作出了出色的贡献，这是你多年辛勤探索的结果。不过，任何文化事物都有一定的生命周期，都经历由起到落，由生到灭，由新到旧的过程。新事物的不断产生，旧事物的不断淘汰，形成连续的新陈代谢过程。在这里，我想借用萨特的话，直接问你为何写作？你将读者放在什么样的位置？这在叙事中是怎样体现的？

傅查：中国的良心和道德理想。我以前特别尊重读者，包括不同阶层的读者，信奉爱人如己，不厌不倦，渴望内在沟通，从而获得一种心灵的满足，后来就区别对待读者了。有些读者太流氓了，对我装出一脸冷漠、敌对、算账的样子。在写作的叙述过程中，我一再考虑过普遍意义，尽量满足不同阶层的阅读需求、审美习惯，以求精神领域的神秘对话，得到相互理解。遗憾的是，在令人断气的阅读氛围中，我原以为所有人的阅读感受与我的道德理想相同，或与我的良心相似，但实际上不是这么回事。在读者中，多数极高明而道中庸，真是“君子坦荡荡，小人常戚戚”。进入物质时代后，小人之心大流行，来路很远，力量很大，其锋难当，一直贯注下来，企图封杀作家的良心。一些读者对我的诽谤、伤害和攻击，反而无声地强加给我某种人格力量。我要不停地为这个世界的良心而写作，因此，我仿佛处在台风眼里的宁静之中。

张春梅：我理解你的状态，也许批评与创作的断裂，使得你对读者的信任丧失殆尽。文学批评，无论以何种形式或面貌出现，总会在一定程度上影响到作家的创作。当然，不能把这种影响理解为对作家的创作活动的具体指导。如果说，你的作品是精英叙事和大众叙事的结合，那么，你认可这种说法吗？

傅查：我反对，对叙述最好不要拷问精英和大众，应该用叙述智慧来界定。叙述有轻有重，对过于沉重的题材，我可能选择轻描淡写，比如《秦尼巴克》，我采用了很轻的叙述策略，这种叙述方式比“重述”更加深入，但它的趣味性更少，由后现代性的戏拟、反讽、隐喻、篡改等外在手段来支撑，用于描写边疆人错综复杂的历史事件，用于我的写作领域和文化背景，这已经悄悄地有别于一些作家的理性叙述，并开始独立于理性范式，寻找难以识别的边疆移民的沧桑迹象。一般读者不可能以任何方式，对这种表达作出公正的审美反应，因为他们纯粹是被我观察与体悟的写作对象，我好像是理性世界的一个新来者，或者是一个迟到者。我用这种观察为思索中心，虚构了一整套人性故事。

张春梅：我发现你对人性研究非常感兴趣，只要谈起人性这个字眼，你就会感到格外兴奋和惊喜，这是不是因为你“发现”了人类文化进步的“奥秘”，它让你对人类文化充满希望，充满信心？可是在你的作品中，我总能发现这样一个轨迹：人的苦难被压缩在一个最本能的层次——性：性满足、欲望、变异、遗传。岁月的变迁就是由这些欲望纠葛编织而成。你赋予“性”怎样的哲学含义？

傅查：首先，我在这里明确指出，阅读我的作品，不要异形离质，更不能断章取义、误读和曲解，应该从作品的整体性和文化性，公正地解读我对作品赋予的各种文化符号、道德理想和普遍意义。尤其对性的描写，皆不是读者分内的事，应剔除于审美视野之外。我写性，是尽人之性而尽性之人，因此很难回避性的自然性和暴力性，广义的自然性不仅指向性满足、欲望、变异和遗传，而且包括人自身的原始本能。戴震说过：“性之欲，其自然符也；性之德，其归于必然也。”在这里，价值理想的实现过程，同时也可以理解为满足各种欲望过程的完成。对人而言，满足不了任何一种欲望，就会痛苦、变态或发疯，如果说穿了，人是为各种欲望而活着，吃住穿行，天性与德性，自然的和必然的，都在生存活动中呈现出互动统一的人性关系。可以看到，对人类而言，现实的世界本身包含着价值维度，人的价值理想的实现，既是从个人欲望到生存环境的嬗变与演化，又通过归于必然本身，达到价值统一的真实存在。从性学的层面看，性的渴望与满足，既蕴含了对存在的理解，又凝结着人对自身价值的确认，并寄托着在世欲望。

张春梅：在世欲望，很容易使社会心理倾向于从新如流，而不是守旧如城。在《秦尼巴克》这部作品中，与“性”的关联是无须举证的，你在处理这一问题时，并没有将男性置放在女性之上，相反，女性才是体现美与善的机体。你这样处理，是出于文本的需要，还是你自身的性别观在起作用？

傅查：文学作品在本性上，就是要显现出人的心灵品质，以及生活中的一切人性因素。在任何一个时代，都有沉湎于荒淫腐朽的生活现象，贪官的欲望表演，荡妇的生存伎俩，嫖客的游戏规则，都不应成为生活的道德基础，应该是纯粹的批判对象。在《秦尼巴克》里，性的问题，是出于洞察人性诸多的复杂因素，从不同时代的社会关系来考虑的，我把儒家伦理、公众崇拜和政治信念都悬置一边，研究由此产生的人性与道德的冲突，以便有效地控制人性恶。近代新疆史是非常复杂的，战乱造成边民的苦难，导致他们绝望和忧郁。在“旧制度”和军阀混战期间，由于迷信势力十分强大，或者由于边民反对清朝政府的斗争十分激烈，因反抗原因患忧郁症的人数成倍增多。在局势恢复稳定后，这种类型的移民情结并没有消失。我笔下的众多女性形象，既可爱又可亲。母亲的伟大情怀，人性的高贵一面，可以消除任何邪恶的力量，驱散坏意象，使人安定情绪，返璞归真，接近道德意义上的圣洁。对男人，我弱化了道德因素，而是通过人性细节的反复展示，显现了更大分量的男权特征和意向性。显然，婚姻对女人是一种保护措施，可以防范放荡、通奸和极端的反常习惯，诸如酗酒、偷情、无限制的乱交、冷漠麻木等恶习，这些都会败坏女性道德品质，最终导致彻底的堕落。由此可见，我对女性的理解，有一个认知过程，从历代女性的缠足陋习，到男权社会的玩世态度，从女性生理上承担的经期，到分娩的阵痛和对生命的哺育。这个过程给我的思维定式和趋向，加之我自身内在的心理情感，赋予了我写作良心和责任感。

张春梅：就这一点而言，我觉得你区别于任何一个作家。你说的写作良心和责任感，也是我最关注的文学问题之一。可以这样理解，中国文化一脉相承，是被塑造出来的一个文化神话，一个与中国文化的历史实际相去十万八千里的虚幻模式。在你的《秦尼巴克》中，时时出现一些超现实的意象，如出入鬼魅的狐狸。这种意象给你什么启示？你认为它们与生活之间有何种联系？或者说，它是什么？

傅查：这跟图腾崇拜有关，原始思维和宗教意象，作为一种精神圈和文化培养基，构成了人类的观念系统，曾融入理想化的生存活动之中，但其深层与普遍的内涵，似乎更具体地体现于宗教文化之域，对其现代意义的追问，也相应地需要从一个科学的层面加以研究。狐狸的事，不是虚构的，而是人与兽的真实写照。幸运的是，我笔下的小说人物，从来没有放松过对自身人格力量的追求，包括妓女和翻译官。事实上，这是我对人性高贵一面的表现，它与腐朽堕落是不相容的。

张春梅：你这么一说，我想起在20世纪六七十年代的文化大革命中，有一个响彻全国的革命口号：不破不立，破字当头，立在其中。这个口号有着深刻的历史根源。最近，我听说你信仰基督教了，这是真的吗？你的信仰给写作带来了什么？

傅查：一般而言，信仰这个问题虽然由来已久，但对我的人格而言，需要从许多角度来阐释。在中国这个儒家知识群体中，孔子指示的君子人格，成为每个人努力追求的目标，被视为齐家治国的起点。儒家文化作为中国文化的主流，到当下已嬗变为一种处世哲学，君子成了小人，而小人成了君子，在君子和小人中间，还有群而不党的平常人，我就是平常人中的一员。我很赞赏孔子的“言必行，行必果”，更敬仰耶稣基督广敬博爱的胸怀。可以说，上帝是我眼前的灯，脚下的路，也是我的力量和福分，我的一切成就来自上帝的恩助。

张春梅：其实，宗教也是一种文化现象，人类文化起源于各种生存活动和创造活动，正是人类的文化创造，才使人类成其为人类，所以说文化是一个永恒的创造过程。以你多年来在新疆从事写作的经历，你认为新疆文学的独特性在哪里？我们要不要追求写作上的独特性？新疆文学的生长点在哪里？

傅查：对新疆文学，我曾经有过理想化的关注，后来被一些损人利己和自夸功德的人，相继利用、暗算、诽谤、伤害、人身攻击之后，我逐渐放弃了谦而又谦的处世态度，甚至连批评的欲望也没有了。我有自己的做人原则：善要亲近，恶要厌恶。我喜欢美德的重感性特征，美德存于内心，表现于行动，发挥于事业，是为极美。古人说，谦虚是一种美德，以此表明谦虚不是消极隐退，而是保持自身的心灵品质。因此，我对新疆的文学，不想谈什么，请你理解我的消极沉默。

张春梅：你是新疆人，你无法回避新疆，尽管你的“全球化意识”正在形成，想把全人类连接在一起，希望人类真正成为一个不可分割的整体。你想超越国家、超越种族、超越传统文化，希望人类活动不可逆转地全球化，但这对你个人意味着什么？恐怕你自己也难以预测。你最欣赏谁的创作，你心目中的叙事应是怎样的？

傅查：荣格和福柯，还有卡尔维诺。对作家而言，叙事是一个充满矛盾的问题：一方面，作家相当重视审美的感性特征，坚持审美的自然人性原则；另一方面，作家又受到文化体制和市场判断的内在克制，无形中给叙事施加理性态度，终使作家的审美成为培育顺民、强化政训、修养德性的外在手段。基于此，男女聚会，讴歌相感，已成为当代叙事的主流，其中包括好滥淫志的骚体写作。这足以表征，任何层面的叙事都能呈现出作家的心灵结构，从直接的功效观点来看，诸多的心理问题、不健康的意象，使有些作家沉溺于狂欢式的叙述中。比如，一些作家的窥阴癖和恋乳狂，对外界是陌生的，但对叙事者而言，内在的意象世界，绝不是一个道德、审美和直觉的问题，而是一种心灵结构的自然外露。所以说，作家的品质很重要，作家是文学的灵魂。

张春梅：说得好，我喜欢这最后两句话。我接下来想说的是，人不能长生不老，文化也不能长生不老。传统属于历史，历史需要未来延续。从历史走向未来必须有一个中介，那就是创造。在这个解释学意义上，你如何处理民族性、地域性和世界性之间的关系？

傅查：对不起，我们一开始就交流过这些问题。

张春梅：据我所知，你不仅写诗、散文和小说，还画油画，从事专题型学术研究和文艺批评。也许你广泛涉猎外在于文学自身的各种因素，就必然在学术界引起重视。这是我感兴趣的问题。你认为跨体文化的写作应如何进行？

傅查：这跟我的知识性情有关，创作心理的自主性，或先天综合能力，从发生学的角度来说，不可能让我满足于单向度的写作。所以，我不想把某种写作模式，作为一个虚华无实的立足点。也许我在写诗过程中，获得写小说的一种叙述智慧，这与我所处的时代有关，那个时代倾向于不那么单纯地表达感觉，除此之外，我喜欢更多的和不同的出场方式。因此，我反对作家以贫交富，也反对功利性写作，写作不是对一项壮举的模仿，它可以说是一种思想表达与传播。智者动，仁者静，是孔子的审美趣味。我也有过类似的状态。人类的每种生存活动，都隐含着一些深刻的文化问题，譬如对奸诈和营私，在用道德尺度的病诟中，有情绪化的指责和谩骂，也有清醒的反省。在文化霸权的淫威背后，我喜欢来点激进的美学锋芒，也喜欢《诗经》里所谓“乐而不淫”的伦理智慧，以“内圣外王”，诚意正心修身，达到宽厚与沉着，这也是一种“仁者不忧”的状态。在这个意义上，我的任何一次文化性出场，都不是身体的表演，而是一种文化理念的介入。从哲学角度而言，除我的学术研究外，我有时候把创作理解为纯粹形式，包括我画的油画。这种纯粹形式，既类似于柏拉图的理念，又类似于康德的范畴。

张春梅：你说的理念，是不是把原型作为样板和范型的？我发现你对心理学也有广泛的研究，所以你把原型理解为认识的先决条件，批评了国内一些作家仅仅从认识论出发，把写作视为欲望表演。在你的想象中，或者在创作灵感中，是什么力量在内心体验中昭示你？是不是有一种超个人的无意识？

傅查：是的，我喜欢读大师们的心理学著作。我的批评，严格限制在知性范畴，主张文艺作品应具有价值和意义。但仔细考察起来，问题却并不是这么简单。原型本身是空洞的，或者说是纯形式的。在写作中，我喜欢使用隐喻，那些隐喻不是我随意的比附，也不是先天的天赋能力给了我创作灵感，而是用广泛的阅读来丰富内心世界，知识变成了认识的内在条件，其中的无穷妙意，很难一语道破。你说的超个人的无意识，其实是一种譬喻的说法，暗含了原始意象的性质。在人类生活中，各种过眼云烟的人事太多，所以我始终以学为基，尽量以“天有其时，地有其财，人有其治”的“三材之道”，在我的人文哲学的早期，在中西文化的差异性和共享性中，寻找中国人文哲学的原创精神和民族特色，以此阐发自己的思想而已。

张春梅：从20世纪80年代起，随着文化批评的爆发性流行，所谓文学批评的黄金时代便落下帷幕。最近我意外地发现，你从文学批评转型到文化批评，或者说正在进行文化研究，这个变化令人深思。回想起你六年前写的《病诟新疆文坛》一文，在新疆批评舞台上，确实造成了“文学事件”，接着诸多批评方法，在新疆文学界争奇斗艳。时过境迁，这种众声喧哗的批评格局已成过眼云烟。你怎么看这个问题？

傅查：在新疆，文学批评异形离质，而所继者让人失望，都是一知半解的人，在话语舞台上哗众取宠，相互吹捧成性，始终自乐不息，岂能揭示人性与人格形成的起源与归属呢？难道你没发现，我总是“居处恭，执事敬，与人忠”吗？所谓的仁者能好人，也能恶人。所以，我不想谈新疆的文学批评。在中国当下的批评界，西方的各种文化批评方式已成为统治性模式，在西方文化批评理论的挤压之下，各种传统的和现代的批评方法纷纷退场。在这种文化语境中，一些批评家抵御不住热门文化课题的诱惑，放弃以往的寂寞、高贵、尊严和独立，退出文学批评的话语领地，迎合文化批评的盛行，这些问题是值得我们思考的。

张春梅：文化批评，在中国当代批评界的兴起，是有多方面的原因的。其中既有时代的、批评自身的原因，又有文化的、社会现实方面的原因。从时代的原因看，文化的全球化已成为必然趋势。如何跟上文化全球化的进程，这是摆在中国当代批评界的一个重大课题。从批评方法的角度看，文化批评是对文学的文化透视，即由文学内在的修辞学研究，转向了文学外在的关系研究，因而文学批评也属于文化批评的范畴。

傅查：是这样，我理解。时间不多了，请问下一个问题吧。

张春梅：如果让你用几个词来描绘新疆文化的话，那么这几个关键词是什么？

傅查：移民文化，生存冲突，心灵结构，灵魂倾诉。

张春梅：从这几个关键词自身的表象看，你对文化批评的兴趣，在于你试图想在当代批评界寻求新的出路的一种努力。过去，在相当长的历史时期，新疆当代文学批评一直比较注重社会、政治等他律因素，只关注文学的内容构成的作用和影响，因而完全忽视了对边疆人自身的特殊存在的研究和把握。

傅查：没错，至少对我来说，边疆人的原始意象很重要。特别是新疆历代汉人，忍了大辱，负了重任，立了大功。他们的生存特质，是保家卫国的永恒象征，也是国家级感恩礼的象征。这些象征的超验性和独特性，很难用文字的整合功能简单地加以描绘。为祖国统一，他们付出了几十代人血泪的代价，真可谓刚柔成质，仁义成德，如何对他们进行心灵意识分析呢？一些人的批评方法，尽管在文学自律因素的探讨方面用功颇深，但他们都存在明显的缺陷：知识结构不完善，把文学看作是一个封闭自足的系统，完全把它与文化学、哲学、社会学、神学和读者隔绝开来了。这种自恋式的片面的深刻，导致批评视域的狭窄化。

张春梅：也许综合性的文化批评，能够起到纠偏作用。在文化批评的视野中，过去只对文学的发生发展产生影响的因素，或被认为是外在于文学自身的因素，诸如政治、经济、宗教、自然、科技、意识形态等，就必然被看作是文学的范畴而引起重视。在你多年的创作生涯中，最深切的体会是什么？

傅查：这个问题是很复杂的，既有欣慰与振奋，也有焦虑与不安。

张春梅：你是指心理冲突吗？

傅查：不是，我是指研究或批评，都达不到阐释的直接性和意义深度。

张春梅：你没回答我的问题，最深切的创作体会是什么呢？

傅查：不要被古人所骗，不要被权力所屈，不要被群众所惑。

张春梅：我看只有尼采能做到。谈谈你最近的写作好吗？

傅查：在我的后期小说创作中，我采取了析梦法、移情法、精神宣泄法和解释法，唯独没用教育法。尽管我趋善成性，敬德保身，但我不想以启蒙者的姿态，始终不渝地想教育别人。庄子说的“大知间间，小知闲闲”比较适合我，这句话意为大的智慧宽容广纳，小的智慧务求精细的区分和取舍。最近，在研究中，我发现了文艺界的许多秘密。譬如，萨特为世界的良心忙碌的同时也是一个色情狂，他占有波伏娃的学生奥莉嘉后，又勾引奥莉嘉的小妹妹。这让我有时怀疑“厚德载物”之说，哲学家的说教式话语，有时未必言之有理。

张春梅：在此，我们不谈色情问题，研究大师们的症结不在这里。说句玩笑话，你的文化批评，也许有可能把文学非文学化的危险，因而其前景如何，不容乐观。对此，你不介意吧？

傅查：不介意，我并不想为天地立心，请你不必担心。我认为，文学批评不能局限于道德感，人的道德感，在特定的历史环境中是可以伪装出来的，尤其是那些半路出家的伪评论家，像妓女给嫖客讲道德，更像荣格的心理病人。许多人认定美的事物，必定是合乎某种道德的，所以我认为能够给人以道德感的作品，才是具有审美价值的。正如毛泽东说的“一万年太久，只争朝夕”，可称为有机人本主义。我的审美经验表明，无论道德有多么高尚，人们仍需要学会生存技巧，来发挥自己的那些天资。道德批评从本质上讲，仍是一种自我标榜式的文学批评，也是一种假卫道士的批评。不言而喻，虚假的成不了真实的。

张春梅：从你的作品上看，你的批评视野是十分开阔的，既有伦理学、政治学、艺术社会学的视野，又有心理学、哲学、符号学的视野，眼下又多了一个文化学的视野。你的每一种视野，都意味着一种批评方法，或者说，每一种批评方法，都是一个专题性的、微观的、实证的视野。那么，在这种综合性视野中，你认为一部成功的长篇小说，应该具备哪些要素？

傅查：长篇小说不一定都追求史诗品格，以及情感容量的厚重，有时候一部好的长篇小说，与思想和情感的厚重无关，而是与作家的思想境界、文化视野和人格魅力有关，与作家的人文情怀和写作态度有关。在很早以前，我就把写作者、好作家和重要作家区别开了。从纯正的艺术判断来讲，好作家意味着全面成熟，他们通常将深刻的思想和娴熟的叙述表现到了极致。而重要作家以其超人的叙述智慧，用强烈的艺术风格，扭转既有的文学史惯性，给文学界和社会带来巨大的震撼，以此成为公认的楷模和典范。所谓的重要作家，一般都有深刻的思想和比较完整的哲学体系，他们思考民族的荣辱史、历史的嬗变、复杂的人性因素，经过长期观察和思考，以及广泛的阅读，用中短篇小说的方式，探索各种小说的形式、结构和叙述，逐步形成一个小说世界。到了这个时候，他们才开始寻找一个最好的切入点，构思一部长篇小说，虚构故事情节，塑造小说人物的灵魂，把小说人物放在虚拟的物理空间、情感空间和思想空间，让他们经历各种复杂的人事，并根据长篇小说庞大的容量和结构，靠作家的自觉人格，用超人的叙述智慧，展现小说人物的生存状态、心灵品质和精神质地。

张春梅：你在《长篇小说承载的分量和意义》一文中说过，人类社会是由各种阶层组成的，每个阶层都有其阅读需求，有的作家选择题材时，只想满足大众的阅读需求，也有能力写出这类好作品，有的作家不考虑大众，同样能写出好作品，也有的作家纯粹是为了娱乐，形形色色的作家各有千秋。

傅查：是的。当代长篇小说的发展态势，是与现代生活的急速变化几乎同步的。如果说，长篇小说创作仍然被限定在模式化、崇高化和理想化的启蒙层次上，而且文学的形式与功能上没有什么区别的话，那么就不会有当代的《白鹿原》、《红高粱家族》、《废都》、《尘埃落定》、《秦尼巴克》等重要作品，也不会产生具有挑战意味的《花腔》和《上海宝贝》。这是好兆头，已表征长篇小说的创作开始向人们展示其最基本的功能：反映人的生存状态，以及人与人之间的日常行为的基本常识。这是因为，每个人都带着生存活动中的诸多常识性感觉，在永无止息的相互作用中，构成了人类生命的进程。只有了解了人在生存活动中积累的各种与生命息息相关的生存常识，相互连接，彼此破坏，又相互同化，才能逐渐地明白人的自身存在，保持或改变自身存在的方式。

张春梅：你还说过如果把长篇小说创作放在当代人类社会的范畴加以思考，那么，它既是求解全球化的人文精神与伦理体系的过程，又是一个提升本土化意识的过程。中国作家现在面临着两大冲突，一个是全球化的文学现象，另一个是本土化现象，不论哪个中国作家，都置身于全球化和本地意识的冲突之中。你现在还坚持这种观点吗？

傅查：当然了。近20年来，中国作家的长篇小说，都遇到了全球性和本土性矛盾的问题。具体说来，本土性就是关注民族与国家的命运，这种创作意识源于民族意识、语言、地域、阶级和宗教等诸多方面的差异性。中国是具有儒家、道家和佛家文化传统的国家，中国人对全球化有特别的理解。任何一种事物都有其诞生、发展和消亡的过程，所以对作家的失败及其创造力的枯竭，不必恶语相加、恨之入骨，要有雅量。任何一部作品，当其被读者作为象征的时候，都是人类精神的外化和显现。在这个意义上，费尔巴哈才说："太阳、月亮和星辰都向人呼喊：认识你自己。"显然，人们写作的主要意义在于通过人性见证，激发生命培养出更为新颖、更富吸引力的人生境界，并因此把人带入更加充实、内容更加丰富的精神存在。所以我一直认为，任何新象征的出现，都类似于一次新的启示，在瞬间照亮人的全部生活，并在某种意义上，决定了人们美好的未来命运。

张春梅：这几年，你跟雷达先生交流时说过，中国最大的危机就是信仰问题。在此之前，你还跟李敬泽、谢有顺、李建军、吴俊、孟繁华交流过作家的信仰问题。对你来说，信仰有这么重要吗？

傅查：当然很重要。如果我们要探讨作家的信仰问题，那么我们就会发现，在现代性语境中，在复杂的现实面前，在历史的压力之下，在把实利看得高于精神的社会中，每一个作家的个人性格的形成和完善，必然受制于对物质利益的追求。民族与国家的问题，还有学术腐败的兴起，使得社会上的人际关系、权力结构、写作的意义和作家的心灵积习等各种问题，构成了中国当代作家所面临的实际问题。作家的困惑，不仅来自个人写作能力的限制、叙述智慧的丧失、想象力的匮乏，也来自我们所处的这个社会。我们不做无益的事，是为了不损害有价值的事，这样才能获得成功。在我们极其有限的一生中，我们所应该做的，只是在固有人格基础上，去最大限度地发展我们的多样性、连贯性与和谐性，小心谨慎地不让它破裂为彼此分散、各行其是、相互冲突的人格系统。同样，有意义的写作态度，要求作家谨守人伦，不违背伦理道德，不做伤天害理的事，潜心为人性见证而写作，毕生寻求人生的大福德，为后世做出榜样。信仰很重要，有信仰的人，胸怀远大，器量高雅，不轻易走上邪路，恪守道德规范，一生保持正直，培养自己广敬博爱的境界。有了信仰，我们可以从屈辱中获得名誉，我们的德量，可以在信仰中培养广大。

张春梅：如果把中国作家的写作意象放在全世界的文学层面上，而且在一个具体的国家和社会范畴内，那么中国作家的写作，必然面临更加开放和大胆的探索精神。你认为呢?

傅查：我认为这种探索精神，在东西的《后悔录》、李洱的《花腔》里，得到了充分的展示，作品以解构人类荒诞属性的方式，出现在我们的阅读视野。他们从中国现代性的文学传统中，在全球化趋势日渐明朗的现代语境中，把先锋小说推向了更加宽泛的深度空间。在文学逐渐被娱乐新闻和网络游戏取代的时代，我们既不能把现代性当作全球化的过程，也不能把现代性当作一个同质的过程，更不能把全球化当作全盘西化的过程。正是全球化的意识，使许多作家暴露出伪先锋的本质，也正是在这个层面上，我发现东西和李洱具有从传统到现代的书写能力和叙述智慧，因而更加突出了中国现代性中的文学传统。

张春梅：确实这样，因为我们清醒地认识到，不管我们的文学传统多么悠久，不管历史文明多么辉煌，这一切都不能为我们提供未来，只有辉煌的未来才能产生辉煌的历史。在国内的一些资深评论家看来，近几年来出版的长篇小说都是垃圾，朱大可经常发表这种言论。你对此有什么看法和见解?

傅查：不言之妙，流行古今，可是不言也是堕落。任何一个人，在他人眼里，都有可能成为垃圾，所以朱大可也可能是垃圾。大体说来，作家的创作意象与评论家的审美判断，有着先天性的综合差距，一些评论家混淆了康德说过的构架与范畴的关系。作家的创作意象，介于原型与表象等错综复杂的感性材料之间，起着一种凝聚和构造的作用，而评论家借一种测控式的心理形式，求解创作与审美的关系。在作家的创作过程中，创作意象是可思而不可见的，而评论家只能凭借他们的个人判断和审美经验，对作家的作品进行合理化假设，根据他们的阅读感受，寻找更多的记忆痕迹。精神的作用就像指南针，它调节和控制着个体，使人适应社会环境和自然环境。在当下的审美语境中，在权力意志的控制下，在对物质的贪得无厌的追求中，名利思想往往成为对精神追求的最大限制，因而有了大量的垃圾作品。但是，所谓评论家，不能总是教育别人克己复礼，天下归仁，自己却胡作非为吧？当下的中国，不是没有好的长篇小说。长篇小说的写作，作为生命历史和人性见证的自然需要，并不能在社会对个人的需求中得到保证，相反，个人写作在一定程度上，几乎总是与集体的审美标准相冲突，因为个性化的创作意味着从一般性中分离出来，就像我的长篇小说《秦尼巴克》一样，在人性见证的危险中，建立了我的特殊性，这不是靠人生游戏和潜规则一夜间获得的特殊性，而是一种根深蒂固地存在于边疆人身上的特殊性，这种特殊性只能从“人性见证”那里获得承认，却很难在社会集体标准中获得应有的尊重。

张春梅：这次《秦尼巴克》修改后再版发行，你觉得其中最富有意义的变化在哪里？与前作相比，哪个更符合你的心意？

傅查：要说最富有意义的变化，我觉得在于它记录了我内心深处的边疆历史，记录了我的人性研究，记录了迷失的范式，尤其是我最艰难的发愿。所以我说，谁也不能揭开我对这部小说赋予的心理哲学，除非另外一个傅查新昌来解释。当然，我同样尊重别人的解读与阐释，包括不公正的批评，以及恶毒的人身攻击，我都能忍受。因此，对我来说原版和再版，各有千秋，不能一视同仁。

张春梅：那么，为什么要对原版进行修改呢？

傅查：压力太大了。

张春梅：什么压力？

傅查：流氓读者的暴力，还有一些文化官员的误读、曲解和断章取义，给我带来了巨大的伤害，他们企图让我明白“明天理，灭人欲”，甚至一些人联名给组织部写信，强烈要求开除我的公职。此外，文化体制的局限性、令人断气的阅读气候、编辑部的市场判断，以及接受与拒绝的主观标准的设置，使多少知名作家惨遭失败，还有多少无名作家正在惨遭失败。在无数次的失败中，作家的理性功能会渐渐丧失，因而产生一种恐惧心理，他们的人格魅力也随之消退，道德底线彻底崩溃，最终情感会变得冷漠，学会惺惺作态，注重实利，变得不可信赖。即便他们以自我为中心的动机可能是无意识的，人们也会发现他们是装腔作势，或者卖弄风骚。这样，一种矛盾的情怀分离就会产生出来，使每个作家都被市场价值抓住，急功近利，整天忙碌于文化身份的确立。这时，作家们完全丧失了原有的人性见证的热情，造成一种反复无常的消极创作状态，严重时便表现出歇斯底里的症状。如果进一步研究的话，我们就会醒悟出一个道理：心灵造成的问题，必须由心灵来解决，用心灵找回丧失的人性温暖，找回对美的情感的期望，找回人类原有的尊严。

张春梅：两年前，你对我说起当代畅销的长篇小说时，你认为其市场价值高于文学价值，但这种现象代表不了当代中国文学，你还肯定了韩寒和郭敬明是这个时代的幸运儿。新一代作家相继登场，他们喜欢扮酷，炫耀才能，甚至向日暮途穷的老作家卖弄生存技巧，让老作家猝不及防，愤怒一下子涌上心头，想质疑都来不及，干脆沉默不语，没有什么可说的。你如今在进行学术研究，怎么看待韩寒和郭敬明？

傅查：他们自有书写和言说的权利，也有其作品的内涵和意境，不缺乏扩张的能动精神，但他们不承担或宰制什么，这种状态非常好。我辈退场，他们出场，正是“天行有常”的规律。所以我想说的是，想写就尽管去写，结果都是一样的。我不想为这些细枝末节的小事争执不已，这是一般读者的小气量。我个人认为，在作家和作家之间，没有任何自傲的理由，每个人都有自己的情感思想、生命体验、道德标准和写作经验，如何把握和表达，能否做到人性见证，是否带有名利因素，这需要进一步研究，但每个作家的作品，都表征着个人的认知和智慧。

张春梅：在创作中，你遇到的最大矛盾是什么？

傅查：怕心理异常的人。

张春梅：是现实中的活人，还是写作中虚构的人？

傅查：二者皆有。

张春梅：听说你最近在画油画，又在进行艺术批评和艺术研究。无疑，理想形态的文学批评应当具有文化性。然而，不无遗憾的是，当下流行的所谓艺术批评，也普遍存在着脱离作品"离弦说象"的倾向。那么，你认为文学和绘画之间有什么联系吗？这种联系又是如何影响到你的文学创作的？

傅查：说起这事，我经常感到透心的遗憾。我没画油画已有二十多年了。记得少年的时候，我给父亲画了一幅肖像，父亲说我画得很好。这是父亲极高的鼓励，给我以人格力量。从此，我产生了当画家的愿望，参加了学校美术组。美术老师经常斥责我笨。其实我并不笨，在"批林批孔"美术小组，我画林彪和孔子画得最好，但美术老师对一个女生刮目相看，经常给她提供笔和纸。后来这个女生堕落了，她在我眼里成为枝繁叶茂的植物，在美术老师沙漠黄昏般的眼皮底下，她结出未婚先孕的恶果。我对美术老师绝望了，画家的愿望被烧毁了，心中却难以忘记故乡的坟墓和寂寞。许多年以后，我以汉字的魅力，完成了浮游在心中的灵魂叙述，特别是我的长篇小说《秦尼巴克》，好像从沙漠边缘的河流苏醒过来，在中国文坛确立了我的文化身份。从此以后，我把文字里最洁白的道路，留给身后的年轻人，后人的成长有声有色，像古道边的绿色植物，在我眼前闪着金光，祖先衰老的脸，掩埋在我的热泪之下。新一代在生根发芽，而我开始像枯黄的落叶。他们开花结果，而我不再结果了。在被文字挤出的血色的热泪下，故乡的土壤掩藏了我的一半血脉。我为血缘幻想付出了血泪的代价。从此，我的故乡消失了。我希望像法国的福柯一样，改变一下面孔背后的内心，靠着边疆人渴望潮湿的倾听，用彩色语言，表征我对新疆植物的特殊情感。我不是河流，一个女孩子伤口的经验，以及她心愿的灰烬，与我的存在不再一样。

张春梅：在这种状态中，至少对你来说，绘画与文学没有疆界，也就是说，文学就其本性而言，它是审美的创造，所以一部文艺作品的好坏优劣，便取决于审美性的高低强弱。这意味着文艺批评首先应当是一种审美批评，或者是说，它首先应当把文艺作品置于审美观照的视野中。然而，我特别想知道的是，你的油画有市场吗？

傅查：出乎我的意料，我的油画开始被私人收藏，引起朋友们的关注。他们觉得我平时与人为善，诗意居高不胜人，如果专心修业，很可能画出好作品。今年春天，朋友们收藏了我的《森林倾诉》、《水中牧场》、《有羊群的唐布拉风景》、《喀纳斯秋景》和《牧场炊烟》等油画作品。每幅画都以5 000元的价格卖给他们了。他们还花了几千元钱，给我备齐了画架、颜料、画布、画笔和画刀，希望我专心致志画油画。我画油画，纯属修身养性，只求好玩之趣，没有贪财之心。我不取不义之财，注重情和义，毫无奢侈之念。人终日处于事境之尘内，若能在繁杂的生活中，寻得一种好心境，就能拔除不净。我提笔画《金牧场》的时候，仿佛正在远离一些糜烂的人事，日渐淡化掀天揭地的事功，欲得一生无愧。画布上倾斜的树荫和黄昏，是我童年的故乡，金色牧场，树林上空耀眼的蓝天，都在暗示我这点。这幅画是即兴完成的，仿佛为我的命运辅色，用沉静的影调，表征我远离生活的伤疤，忘记背后的，努力前面的，但生活中固有的黑色记忆，都像树荫下的胚芽，要露出破绽和告别。我的情怀，正在长出远离人群的植物形状，我不止一次说过，在我居住的新疆，植物比人更好。我在家里和办公室里，都养了好看的植物，所以我在画布上栽培植物的倾诉，这倾诉注定成为经典风景。我热爱新疆植物，一如我保护的私人空间，谁也不可以把它摔破，一如凡·高笔下的花瓶和向日葵。

张春梅：你刚才一直提醒我，时间不多了，可你谈起文艺作品时，就将文艺作品视为个体性的生命存在，深入其内部，去感受和体验，或者将它作为审美对象，去关心油画的色彩语言、明暗表达，或分析小说的叙事技巧和人物塑造。那么，在这些大文化命题的表述脉络中，你怎样看待城市文化和乡村文化的变迁之间的联系？如何对它们进行描述和定位？

傅查：我关注的是小文化和小历史，就这点而言，人们遇到的一系列重大问题，尤其是一些很尖锐的社会问题，往往借助大众媒体的传播。传媒文化跟任何一种文化都不能分隔，而是要渗透交融和彼此制约着的。譬如文化价值观和时尚普及，以至于日常消费性的艺术审美与普通百姓的生存方式和生活状态彼此契合，都是以传媒作为互惠平台的，就像中国的儒家文化一样，强调“情”里面有“理”，“理”里面也有“情”，“理”的依据是“情”，而“情”又必须符合理性，从而“理”不是干枯的道理，“情”不是盲目的情绪。所以我认为，传媒文化正在打破城乡文化界限，正如大众文化不受制于经典文化，它采取乐感文化的传播策略，给受众带来了轻松愉快的刺激。传媒文化的存在，就像人的呼吸一样，既不排斥雅文化，又不拒绝俗文化，尽可能把事情做得合情合理。如果雅文化要求欣赏者想象的参与，要求一种深刻而机敏的反应，以及要求一种广泛的感受力，那么，俗文化则没有任何要求，它只需要观赏者最低限度的注意，观众喜欢与不喜欢，是俗文化的审美标准。在这两种文化对立的情况下，传媒文化面对的是广泛的中间地带，它既可以传播毕加索的抽象艺术，又可以传播赵本山的滑稽小品，所以传媒文化是打破城乡文化界限的实践者。同时，网络文化作为传媒文化一个重要组成部分，以大众媒体所包含的一切传播功能，逐渐改变了人们的文化观念，确立了它自身的重要价值，以及与社会文化发展的基本价值观念的关系。

张春梅：感谢你接受了我的采访，你还有什么补充说明的文艺观点吗？

傅查：针对今天的话题，该讲的都讲了。从今以后，如果我看到张春梅博士晃动脑袋，我就仿佛看到月亮的脸，也像纸上的花朵在晃动。我最后说，这便是文艺的起源。

张春梅：谢谢你的合作！

为这样的读者写作

——穆罕默德·巴格拉西访谈录

穆罕默德·巴格拉西　张春梅

【穆罕默德·巴格拉西简介】 穆罕默德·巴格拉西，新疆焉耆人。当过演员，做过司机、宣传干事、编辑、记者，最后成为专业作家。1980 年开始发表作品，著有小说集《风雪夜》、《司机的梦》、《我滞留在死人瞳孔里的影像》，小说《流沙》、《瘸腿的鹿》、《心山》等。巴格拉西的创作受到全国瞩目，他也是中国作家协会为其在首都北京举办文学作品研讨会的少数民族作家第一人。

张春梅：巴格拉西老师，我知道您最近非常忙碌，刚刚过完年，而且还在赶写一部长篇小说，谢谢您能抽出宝贵的时间支持我们的工作。对于我们来讲，您从事文学创作的经历是非常具有启发性的。您认为您的成名是从哪部作品开始的呢？

巴格拉西：处女作吧，就是《战友》，1981 年发表的短篇小说，还有就是《风雪夜》。

张春梅：那是很久以前的事了，有 28 年了，您现在回过头再看当时的作品觉得成功吗？

巴格拉西：我看还可以吧，因为刚开始我写东西的时候，对文学是一窍不通，我那时候开车，是驾驶员，司机一个，关键是我看了很多书，从小就爱看书，看一些文学作品，像俄国的一些大作家，托尔斯泰啊……后来就看其他国家的，比如西方的，边当驾驶员，边把书放在车里。后来我到巴基斯坦开车，到西藏的阿里开车。

张春梅：您还在阿里开过车啊？

巴格拉西：我第一次去阿里，就觉得很危险，那个地方太危险了，海拔七千多米啊，而且那个路不能叫路，都是悬崖，只能走一辆车。我刚开始对自己很有信心，因为是小伙子嘛，那时也就是二十多岁。记得那时候下大雪，我开着车，结果车坏了，前面后面都没车，我一个人，可能得三四天才会有人经过，氧气也不够用，我当时都绝望了。当时有个同行，他的车已经走在我前面了。平时我俩关系不太好，他是一个实实在在的人，我就比较调皮，我当过演员嘛，他就看不惯这一点，看不惯我的傲慢。后来我在驾驶室里昏过去了，下着大雪，车也坏了。自己光会开车，不会修车，只好在高山上、风雪地里等死！那位朋友觉得不对头，就掉头回来找我，最后发现了奄奄一息的我。他把我的车发动了，还把氧气给我，救了我。从那以后，我就对友情有了新的认识，那次就等于得到了第二次生命嘛，所以就对人生、对世界产生了一种莫名其妙的感觉。最后我就想写点东西，我把那次事件写成短篇小说了，就是《风雪夜》，后来发表在《民族文学》上，被翻译成哈萨克语、汉语。

张春梅：看来是一次惊险的人生经历打开了文学之门。

巴格拉西：是的，后来获了很多奖……就算成名了吧。新疆作协就对我重视了，开始关注我了。因为有了信心接着我又发表了三篇作品，一般第一部作品都是起关键作用的，要是第一次失败了的话，我可能以后也当不了作家了。第一炮打响后，我就产生了信心，觉得自己可以写好，短时间内就发表了三篇短篇小说。后来我调到交通厅，在那里学习了汉语，差不多学习了两三个月的时候吧，作协在广东开了个笔会，把我叫过去了，我在那待了40多天，之后写成了《流沙》，也有人把它翻译成《七月的流沙》。这个作品也得奖了，我在全国连续得了五次奖。后来作协要选拔一批比较优秀的作家，选上了我，于是我就成为专业作家了。

张春梅：那说明还是最初那部《风雪夜》的影响，《风雪夜》的情感震撼成就了这样一部作品。

巴格拉西：对我来说也是一种震撼，就好像我刚出生想重新认识人，重新认识这个世界一样。后来我就特别从人的真、善、美这个角度去理解文学。从那时起，我开始真正理解文学，慢慢地看了一些书。当时我还有机会和一些汉族作家聊过，比如莫言他们那些现代派作家。当时我求学的欲望太强烈了，就在休息的时候过去问这个问那个，他们就说：“巴格拉西，你就像是在沙漠中的人渴望雨一样，你的求知欲怎么那么强烈啊？”他们对我也很好，把我需要看的一些书的目录都列给我，我就找了一大堆书回来看，然后就看到了希望。看了以后呢，就对文学重新有了认识。我才知道文学不仅是歌唱好，而且是很多很多……

张春梅：什么样的新认识呢？

巴格拉西：创作思想啊，创作主张啊，写作方法啊。我的表现方法就一下子变了，我们这个民族小说起步比较晚，比较单纯。我采用的方法和新的文学观给我们的民族文学注入了新的血液。

张春梅：那是80年代后期吧？

巴格拉西：对，那是80年代后期，诗歌这个东西嘛，我们古典文学有很多，但是小说我们就很晚了，第一部长篇小说是在20世纪四五十年代才发表的，在此之前既没长篇小说，也没短篇小说。所以我们这个文学（我谈的文学主要就是小说，诗歌我不是很了解）都是一些模式化的东西。当时苏联作品对我们一些老作家影响很深，他们就是要写那些阶级斗争啊，集体化啊等等。我们维吾尔族小说的兴起主要是受苏联作品的影响。尤其是第二次世界大战后出现的一些作品，表现的都是一些模式化的东西，像集体农庄什么的。老作家的写法都是那些现实写作，苏联模式（新闻式的），所有人都是一样的。不过也有好的作品，如祖尔东·萨比尔的等。

张春梅：对，不仅是维吾尔族，当时主流就是如此，一直到80年代前期。

巴格拉西：我看了莫言他们的好多作品，后来就亲自和他们见面交谈，很长一段时间后我就对文学有了新的认识，后来我的一些想法就改变了。

张春梅：变成哪一部作品了呢？

巴格拉西：《我滞留在死人瞳孔里的影像》。有些老作家极力反对，他们都在说：“这个巴格拉西干吗的呢？搞啥呢？谁能看懂你的东西？我都看不懂，老百姓能看懂吗？”就这样，当时反对者很多，支持者也很多，尤其是年轻人这一代，我的作品一下子就红起来了。这也算是在社会上产生了一个小小的波浪吧。后来我就对我的创作方法有信心了，我就要坚持走这一步，光走老一套的那种表现方法我觉得有点不满足。我一看汉族文学、世界文学，就感觉我们的差距实在太大，距离太远，赶不上时代了。

最起码要和我们汉族文学靠近啊，太远了不行啊。后来我就继续创作、学习，就有了《独车》、《破车》，我很多作品都和车有关。这一下有些人就说我是现代派，有些人说我是意识流，其实我什么主义都不是，我就是巴格拉西主义。

张春梅： 那“巴格拉西主义”是什么呢？

巴格拉西： 就是基于现实主义，但我的理解比较广，我认为现实主义可以无限发展，不论在哪种模式里面，都具有时代的标志。现实主义就是打破过去那种狭窄的创作方法，有很广的发展余地，主要是你要表现出你想表现的东西，这是最重要的。

张春梅： 精神还是现实主义，但写法不同。

巴格拉西： 对，都是现实主义，但是你的理解和我的理解有所不同。我要填满很多东西在里面，你只填满那一种，我要填满很多很多，开创很多东西，各个方面的东西。这个主义那个主义都可以拿来，但是你必须填进你自己的东西。我是这样认识的。

张春梅： 嗯，您把许多东西装到了现实主义这个框框里面，您觉得哪个东西是最突出的呢？

巴格拉西： 重要的是对这个民族的根的文化要进行了解，特别是精神的变化。从文化的根到20世纪，过来是过来了，但过来的人各有不同，汉族人是这样子过来的。维吾尔族也过来了，可是他的精神面貌什么的不像汉族人，像先进性啊什么的，我就进行了一些探索。

张春梅： 那您探索的结果是什么呢？怎么探索的？

巴格拉西： 我发现了很多问题，这个民族的很多特点、许多文化遗产都需要肯定，比如爱生活，对生活有一种饱满的热情，爱自然，这些东西都是很宝贵的。维吾尔族人很乐观，什么时候都是幽默的，爱唱、爱跳，这都是乐观的表现，是对生活的一种热爱。与此同时还带有一些不良的东西，这些不良的东西表现在很多方面，比如对现代社会的一些特点，有的人也有不太现实的理解和认识。

张春梅： 是不是过去的传统的生活方式根基太深了？

巴格拉西： 很有关系。我写的一些东西也说不上是寻根文学，就是原来的精神面貌和现在的精神面貌对比，原来人对社会、对生活、对世界的一些看法和认识与现在的认识，好的方面的差距是什么，不好的方面又是什么。有些好的东西都被扔掉了，一些不好的东西反而流传下来了。我对这个文学、这个民族、这个文化就有了一些新的认识，尤其是经过好几次的笔会，哈尔滨啊，山东啊，北京啊，接触了外界很多东西。当时很多汉族作家也在搞寻根文学。

张春梅： 当时是文学热嘛。

巴格拉西： 后来我的眼光就渐渐开阔了、放大了，对文学、对人、对世界有了新的认识，就在作品中掺杂了一些对当代这种民族化的发展趋势的认识，从那以后我写出来的作品就和以前不一样了，真善美那种朴素的感情就更多了。要对文化深入地研究，真实地对待它，该赞美还是赞美，该批评还是批评。

张春梅： 就是一种更客观的表现了。

巴格拉西： 对，光说好也不行，也有不太好的东西，看不到这一点不现实。

张春梅： 也有人评价您的作品有一种很神秘的环境、神秘的氛围，有关心理的结构。您是怎么运用这种风格来探索民族性的呢？

巴格拉西： 我发现我们维吾尔族人的生活本来就很神秘，外表上不太能看得出来。

张春梅： 比如说呢？

巴格拉西： 就比如现在都21世纪了吧，我们还是照样相信风代表什么，水代表什么，树、颜色代表什么。对大自然的一些认识很有意思，比如说谁家门前有一棵苹果树，突然有一年长得很茂盛，就说今年这个家里要出事情呢。

张春梅： 就是相信一些预兆性的东西。

巴格拉西： 对，果然那家里就出事情了，或者是火灾，或者是人祸，受到了很大的损失，倒霉了。还比如说这个树开红花，结果有一年突然开了白花，那这个家里今年肯定有人要死了，就是一些灾难的预兆。这类东西很多，他们绝对相信这些东西。而且现在还有人念经治病，竟然治好了。也有念经抓贼的，是真的，比公安还快。也有念经让心爱的人到自己身边来的。还有很多不可思议的东西。有人说这是迷信。

张春梅： 很多地方都有这样的吧，经常看到一些店里面摆一个佛啊，供上香啊，其实都是一个道理，想给自己带来一些福气。

巴格拉西：对，民间的一些东西在我们眼里面好像很迷信，可是他们却相信，他们不但相信，而且就是从这个角度对待生活、对待社会实践，来观察生活。和他发生关系，和社会发生关系，他们的思考方式、思维方法都是在这些基础上，因为这个是他们信仰了几千年的东西。

张春梅：所以证明了这个世界上有很多东西是不能用理性去解释的。

巴格拉西：前几年去喀什，路上遇见一个老头跑过来说："你过来，你过来，你嘛，下午什么地方都不要去。"当时我们两个人去的，老头要我哪都不要去，在房子里面睡觉。他预感到我下午会有事发生。如果我们生病了，汉族人的妈妈会把艾草放在某个地方，而我们维吾尔族妈妈，则会拿一块馕，让我躺下，然后念经，起来病一下子好了。

张春梅：这个和伊斯兰教有没有关系？

巴格拉西：伊斯兰教不主张这个，伊斯兰教反对这些，很可能是萨满教的一些东西，可是萨满教的东西我们还在沿用，像用石头算命啊。我说的意思呢，这个也可能是迷信，不管怎么说，人民群众的思想意识，对社会的关系，对人生、对社会的认识，还是站在他们那个角度上来思考。所以我们要反映当代人的精神面貌，不能光写表面上的东西，我们必须把深处的东西挖出来，好的坏的、科学不科学我不管，那不是作家的责任，让科学家研究去，我不管那么多，我们也不是人类学家和科学家。我们要写的东西是，他们作为我们周围的人，作为一个群体思想的意识是什么？他想什么？怎么对待这个社会？他就是从这个角度上来考虑，可能你觉得好的他觉得不好，你发展得很好他觉得不好，他是这样想的。

张春梅：也就是说，他过去的那种思维方式没有改变？

巴格拉西：他自己的行为、他自己的言论在社会上的作用，作为一个作家，要以这种思考来表现，对这些东西要牢牢把握，好好地剖析，所以我的这些作品有生命力，是自然而然地从生活中获取的，不是我自己编造的，或者是我故意把它写成那样子。古老的思维方式当然改变了，而且改变了很多，可是思想深处还存在着多多少少神秘的，而且在生活中不断起作用的东西。

张春梅：嗯，是生活本来就是那个样子。这种神秘中除了萨满教还有没有别的成分？

巴格拉西：这我还没有研究，就是萨满教里面有一些，别的地方也有一些。生命的色彩大概从萨满教或者伊斯兰教这个角度上，自然而然地就形成了。在21世纪社会中有鸟巢、摩天大楼，维吾尔族人照样参与这些社会的建设，但是摩天大楼前面还有个算命的坐着呢，还有一些厅级干部去算一算，算一下政府对他的认可，现在多大的人物也还相信这样的玩意。福乐智慧，里面神秘的东西很少，比较真实，也不谈这样的东西，那是比较反对的。

张春梅：社科院有一位学者做福乐智慧与老庄思想的比较研究。将二者联系在一起的原因是，这两种智慧有对待人生、对待世界的一种相似看法，这种看法就是天、地、人合在一起，是离不开大自然的。在福乐智慧中也有这种看法，这里面有一种生态美学的认识，您在写作的时候有没有表现出这方面的内容？

巴格拉西：我们维吾尔族对自然有特殊的感应，新疆的这种自然地理环境，和维吾尔族从远古到现在的命运变化紧紧联系在一起。传说中维吾尔族是从树底下生出来的，有的人说是狼生出来的，还有人说是两棵树慢慢变化出来的，两棵树挨得很紧，后面慢慢发光，树干很大，人们把树干剖开一看，树干里面有五个婴儿，嘴里面有什么东西呢？树根，一个小孩嘴里有一个树根，后来小孩就从树的怀抱里面走出来了，走出来以后就问，我的父母是谁？人们就说，你的父亲是树，你妈妈是地。从那以后就形成了自然的观点，维吾尔族人对自然的崇拜，那种恐惧、爱戴，是很复杂的感情、紧密的联系。现在也有，如果在农村碰到一棵老树，你骑着马经过，远远地就要从马上下来，到树的面前念经，表示对它的尊敬。

张春梅：只是敬仰？

巴格拉西：害怕它，敬仰它，爱戴它，还有就是对大自然的一种恐惧感，一种复杂的心情，到现在还有。一个人要在父母的坟上栽一棵树，就是祈求保护他的灵魂，树和大地是我们的父母，树是父亲，大地是母亲，就是这样看待的。所以，栽一棵树，活不活，对于汉族人来说，是无所谓的事情，但是对于维吾尔族人来说，如果栽一棵树没有活，就会很伤心，就像一个亲人死了一样。楼兰出土的文献记载着几千年以前的事情，如果一个人砍了一棵树要缴纳一头牛、一匹马、一头骆驼，就是不能随便砍树的意思。这在几千年前就是法律了。

张春梅：哦，是从楼兰出土的记载。

巴格拉西：这可能是世界上第一个森林法吧。从这几点可以看出维吾尔族对自然的热爱。哈密也好，吐鲁番也好，院子里的东西都表现了对大自然的崇拜。

张春梅：对，每家门前都有一个花圃吧？

巴格拉西：维吾尔族人住进院子第一个想法就是栽花种树，包括果园，你的院子里面如果没花没树没果子，村里的人就瞧不起你，你再有钱也没有用。栽上花、树以后就开始念经了。所以说维吾尔族人和自然的关系很近，和思想意识联系在一起。

张春梅：您哪部作品里面强调了这方面的内容？

巴格拉西：《心山》说了一些这方面的东西。那个小孩的奶奶看见狂风，在下雨的时候做乃麻子。外界的变化让人们都很害怕。

张春梅：就是说生活和外界、自然界的变化联系得十分紧密。

巴格拉西：他要有什么灾难的话就赶快给树、花浇水，如果天晴了就觉得很安心。

张春梅：这是一种民族意识。但是也表现出这个民族对生活很尊重，很热爱生活。我想问您这样一个问题，您刚才说维吾尔族日常生活中受到萨满教的影响挺大，这和伊斯兰教之间有什么矛盾吗？

巴格拉西：两种宗教没矛盾，伊斯兰教也主张生活要过得美满，再说，伊斯兰教也强调对水土、沙漠、沙地的尊重和爱戴，从这方面来说它们是一样的。比如说在有水的地方一天要做五次乃麻子，在没水的地方怎么办呢？你就拿土洗一下，也可以做乃麻子，很干净。这表示对自然的尊重，土也是很纯洁的，跟水一样纯洁。

张春梅：那这种日常生活和伊斯兰教之间的联系紧不紧密？

巴格拉西：伊斯兰教很多东西都变成民族的东西，也慢慢变成了一种世俗的东西。

张春梅：有没有什么具体的表现？

巴格拉西：具体表现，比如说，不能欠别人的钱，死之前一定要把欠别人的钱给还清，才能安心。出殡的时候，大家都在做乃麻子，阿訇就出来说，死者欠你们这里面哪一个人的钱了吗？欠了多少？他的家里人会偿还。这样他就很清洁，没有任何负担地到真主面前去。这是伊斯兰教的一个要求，已经形成了维吾尔族本身的一种东西。

张春梅：就是民族性的东西。维吾尔族现在的死亡观念有没有什么变化？或者说一直是怎样的？

巴格拉西：怎么说呢？现世生活，好像是旅途中的一个站。他不是最终的目的，不是最终要去的地方，是旅途中的一个站，真正要到达的地方在后世，所以此世不能干任何坏事，不能犯罪，只能慈善，做好事，过站了以后再到那个地方享受。

张春梅：此生只是一个路过的站，重要的是来生？那么来生究竟是怎么样的，这是谁勾勒的呢？他想象出来是什么样的？现世就像一个中间站，这是从维吾尔族来的，还是从古兰经里面来的？

巴格拉西：也有关系，可能他以前也是这样看待的，佛教也是一样。维吾尔族藐视苦难和艰苦的生活，瞧不起，看不起，他们认为任何悲伤的事情都不要管那么多，在我们这个世界那些悲伤根本不算什么事情，俗话说就是尕尕的事情。

张春梅：其实这个民族很善于享受生活。

巴格拉西：是的，我们维吾尔族在妈妈或者爸爸死了以后还开玩笑呢。有一次我们朋友的岳母死了，我们到坟墓上去送葬，那个女婿埋完以后，看到墓上的土有些松散，就要把埋葬的虚土踩实，他旁边有一个家伙就说："哎，你是不是怕你妈妈跑出来，吃你的羊呢？"他们会开这种玩笑。按道理这种玩笑是不能开的。这是一个民族血液里的东西，所以说维吾尔族人对生活很乐观，这种情感在日常生活中随时可以表现出来。这是一种强大的精神力量，是维吾尔族人的精神动力。

张春梅：这是说死亡其实也并不是很可怕的事情。从您的谈话中我们还发现了一种幽默，就是维吾尔族人所有的那种幽默，这种幽默感是不是在日常生活中到处都有？维吾尔族人在生活中最看重什么？

巴格拉西：维吾尔族人在人际关系上面都处理得很严肃，在生活中该严肃的时候就严肃，但是还是快乐一点地生活，就像调皮的小孩一样，该学习的时候还是要学习，该调皮的时候就调皮。

张春梅：这是维吾尔族骨子里面的这种幽默。有本书的名字叫《你把雪书下给谁》，这本书提到下雪时寄雪书的情节，果然如此吗？

巴格拉西：维吾尔民族中有这样一个习俗，下第一场雪的时候，写一封信。这也是对大自然的一种爱戴吧。雪这个东西在新疆很珍贵，雪和水都很珍贵，下起雪来人们高兴得很，就找个东西庆祝一下，写信请朋友到家里去，然后把信藏到一个地方，找不到就请客。其实找不找得到都无所谓，朋友到你家来就都很高兴。

张春梅：还有一个活动就是羊匕石（羊骨头），两个人年轻的时候就打了一个赌，然后这个羊匕石你的交给我，我的交给你，要一直保存，如果有一天见面，问对方："我原来给你的那个东西还在不在？"如果不在你就输了，是吗？

巴格拉西：对，是狼匕石，那个狼匕石从小的时候，就挂在小孩的脖子上，是他的保护神，就跟汉文化里面一样，为了让孩子长命，给他起名叫狗剩之类。说俗一点，神就不会惦记他，就是护身符。两个小孩子打赌，你的给我，我的给你，丢了的话呢，父母也不愿意。

张春梅：这样生活中充满了希望，很高兴突然来一个惊喜。我看过一个作品，说丢一个匕石你要赔他几只羊，这就是一生的赌约。一个民族的生活一下就显得形象生动起来。

巴格拉西：哎，现在的作家，这样民族性的东西他不写，主要是他写不出这样的生活，因小失大，你踩在一个金子上面去偷一根驴缰绳，看到了缰绳却没有看到金子。我在南疆的时候就对他们说，民族的东西多好啊，房子前面有红柳，后面有胡杨，房子前面都有好多东西可以写，有很珍贵的东西，后面的胡杨树里面也有很多东西，也可以写。我们的思想一向和他们联系紧密，可一看作品就是一棵树、一棵草，写的东西非常狭隘，他们为什么就看不到这种经历呢？可能是接受这种文化太少，没有开阔眼界，近视眼，该写的不写，没有想法，一到口里，才发现我们新疆太好了，许多汉族没有的优越的东西我们都有。大自然、人际关系、风俗习惯，能写的东西太多太多，却到口里才能够感受到这些东西。

张春梅：但是您看到了。

巴格拉西：能写的东西实在太多，该写的东西却没有写，而很多汉族作家写的东西却不像样，写不透。我们写，是自然的，是我们本民族的，但是又没有这个民族意识。

张春梅：您曾经提出过这样的问题吗？

巴格拉西：有人问过我，怎么解决这个问题？我就跟他们说好好看书学习，向汉族作家学习，接受一些新的东西，写出来才能不一样。我们这些作家就写家庭啊，恋爱啊，没有一点社会意义。文学是一个桥梁，是人与人交流传播的一种东西、一种手段。人都是有意识的，你要把好的东西传播给他们，使他们对社会产生一种新的感觉。人与人相互了解、理解，这样多好啊！

张春梅：对对对，一种健康的东西。您说许多维吾尔族作家没有注意到在这个民族中，或者说在社会现实中非常宝贵的东西，这可能也和您的经历有一定关系，您接触的范围很广，您刚才提到参加过多次笔会，读过很多著名作家的书。还有，您80年代接受了最新的一些思潮，除了汉文化之外还受到西方，比如说苏联的、拉丁美洲的影响。

巴格拉西：张老师，我发现，拉丁美洲的一些文学，如魔幻现实主义，和我们十分相似，他们思考土著人的仪式，很多东西跟维吾尔族一样。环境也是一样的，周围都是沙漠，只是我们没有大海。可是除了大海以外，别的东西都有。他们也念经。他们掉到河里面说河把他们拉下去了，维吾尔族人也是这么想的，我们到大河那里会念一句经文，就是“安拉保佑你”的意思。因为水很稀少，这是一种崇拜，也是一种恐惧。我们维吾尔族对河水是非常尊重的，一下雨也就会感到害怕，《心山》中那个奶奶，对水有一种恐惧，把水看得太神了。

张春梅：您刚提到，有些人对先进的文化不重视，或者说他没有看到，您觉得汉文化现在发展的特点和发展趋势是怎样的？

巴格拉西：以前在书上看到中国文化多么灿烂，多么伟大。大体上说，在上海我看到一些我们中华文化保留下的古老的建筑，还有织布机，很多东西都是我们想象不到的，我们祖国古老的文化太宏大了。新疆根本都看不到这些，好多东西我们都没有，比如说建筑，我们这都是夯土墙，比如说南疆、喀什，那么古老的城市，比如说挖出来的那些古城、编钟、古画啊，很古老的东西。我认为，嘴巴上说中国文化灿烂，不如亲眼看一下。这些优秀的东西都是实实在在摆着的，不是凭感情说的。那时候才能找到自己的差别，古代也好现代也好。要承认，新疆也有自己特色的文化，也是很伟大的，也是中华文化的一部分，应该感到骄傲和自豪！

张春梅：中国文化很灿烂，这是几辈子积累的成果，但是当代人的精神状态和过去有很大不同，甚至出现您刚才说的传统文明已经失落，很多珍贵的东西都没有保存下来，精神好像没有了寄托，精神状态出问题了，精神上有了一种麻痹。

巴格拉西：古代人的生命，只能活到40岁，很少能活到五六十岁的，但是他们在短暂的一生当中发明了很多伟大的东西，做了很多有益的事情，是吧？现在人的寿命更长了，70岁不算老，80岁一般，90岁的人也很多，在这么长的有生之年，你自己做了什么事情？对社会对国家，作出了什么贡献？只知道要工资要钱要房子要老婆要孩子。现在各个民族都这样，谁的嘴巴里面一说都是钱的事情，我觉得很反感。我说这咋回事嘛？现在的人出去坐车，住这么好的房子，什么东西都有，古时候多么苦啊，没有交通没有电话，在这样的情况下，他们创造出那么灿烂的文化。在如今这么优越、这么好的条件之下，你看你做了什么？

张春梅：为什么现在会变成这样？

巴格拉西：这是因为社会变异了。这样下去，人就不像人了，光吃光要。什么人都要，穷的要，富的也要；老百姓要，当官的也要；所有人都在要，连老奶奶也在要。古代那些人呢，他们也有要的东西，可他们首先自己创造发明。

张春梅：他们首先创造，满足自己的需要。

巴格拉西：他们想要就自己创造，我们呢？我们就不用发明不用创造，不用想什么。你该做的最起码的东西都不做，光知道要，除了要之外没有什么事情想干了。

张春梅：这样一来，您刚说的那些传统，还能保存下来吗？那些在生活中的细节还能保存下来吗？

巴格拉西：保存不下来，有很多东西我自己也非常伤心，这个东西不是开会做思想工作，宣传一下就行了，这是一个时代，一个思想意识的变化。

张春梅：对，一旦宝贵的东西失去了，再把它拾回来就可能已经不是原来的东西。人生的道理就在里面。

巴格拉西：我写作以前呢，遇到一首好诗就会大声朗诵，一激动起来就什么也不顾了，我很喜欢柔巴依。

张春梅：您觉得柔巴依这种四句的写作方式有什么特点，怎样评价这种写作方式？

巴格拉西：柔巴依这种写作方式我没有好好研究，可能主要还是提出一个意识方面的东西，是独立地、比较全面地反映一个观点、一个意思、一种主张吧。

张春梅：新疆作家沈苇写过《新柔巴依集》。

巴格拉西：其实他写的柔巴依，与真正意义上的柔巴依还有差别。

张春梅：差异在哪里呢？

巴格拉西：感觉上不是真正意义上的柔巴依，可能色彩上，或者音乐性，没有能好好地写出来。我感觉找不出来什么毛病，但是感觉就是不够，没有那个味。

张春梅：之所以不够，是不是因为他对维吾尔族还是了解不够？

巴格拉西：应该是了解不够，对柔巴依这种诗体的认识可能还有些不足。还有语言特点问题。诗是由很多语言因素组成的，有色彩、音乐等特点，是独特的，是任何一种其他语言都不能替代的。还有，读者的感觉也是存在的。我是维吾尔族人，我读他的柔巴依时很可能是用我们民族那种独特的感觉和眼光来读的吧……

张春梅：那么您觉得买买提明·吾守尔的作品如何？

巴格拉西：买买提明·吾守尔是一个有责任的作家，是一个严肃的作家，喜欢用伊犁的机智幽默的笑话来调侃。伊犁的恰克恰克很有意思，很幽默地开玩笑，维吾尔族中的伊犁人最爱讲笑话，他的笑话里面包含了生活方方面面的东西，他灵活地把握住了这一民族的深层的东西，来反映民族的生存状态。

张春梅：原本我以为这只是一种维吾尔族本身的幽默，看来还是一种方式，是一种方法，有对社会的分析。那您作品中那种神秘的内容，还有读者认为魔幻的东西，其实也带着一层外壳，实质还是反映社会现实，您二人还是很相像的。

巴格拉西：我作品里面的幽默感，可能很浅。

张春梅：我觉得您的写法更严肃。

巴格拉西：有些人对我说，买买提明·吾守尔像维吾尔族里面的比较调皮的卖烤肉的，巴格拉西就像做耳环的金匠一样。

张春梅：这是不同的写作方式，都比较关注现实。您如果自己概括自己的作品，能不能用几个核心的词汇来描述？

巴格拉西：要继续探索，我自己不满足。原来的作品，比如1986年的

《风雪夜》，中间就再也没有改过，现在一看吧，可能就有很多问题。没有科学性，没有艺术性。

张春梅：那您觉得现在写出的作品哪些有艺术性？

巴格拉西：还没有。最好的作品还没有出现。

张春梅：您太谦虚了。您刚才提到民族性问题，无论是政治还是民族问题，在社会或是文学表达中都是很敏感的问题。在您的写作中，政治因素是否影响到您？您又是怎样在叙述中规避这些而形成自己的叙述特点的？

巴格拉西：说实话，这是一个很复杂的问题，很让我头疼的问题，是民族国家的双重问题。这要看你写得怎么样，是否让人民群众和政府都满意。既要忠于现实，基于传统文化表现族人在现实与传统文化冲突之间的困惑和选择，又要让人看到明天的美好。

张春梅：您说您对现在的创作还不是很满意，有这样的想法是不是和您的阅读经历有关系？除了80年代阅读的作品外，对您现在创作有影响的是哪些？您产生这种不满足的原因是什么？什么发生了变化，阅读还是生活？

巴格拉西：不知道，可能是近几年对生活的体会比较深吧。最重要的是，我悟出了很多纯文学的东西，脑子比较清醒了，思维也比较成熟了。而且生活本身就有很大的感召力。

张春梅：新疆很多民族文化交织在一起，您觉得在这样一种环境中怎样的交流之路最为合适？

巴格拉西：这种交流我觉得有的时候还是有问题的。交流的路径应该是什么样子的？我觉得现在社会上所提倡的民族团结这个概念不具体，首先，在民族中间要树立人类的观念，我们强调的是人而不是民族，人都是平等的，无论在真主面前还是其他人面前都是平等的。老百姓是平等的，我们百姓心中没有想到他是汉族，还是其他民族。在新疆长大的那些娃娃，我们一块玩的时候根本没有想到谁是汉族。一个人掉河里了，难道还要过去看一下，是汉族就去救，得个奖，是维吾尔族的话就不去救？一个人掉进河里，我第一个想到的是要把他救上来。民族团结嘛，要用一种简单的方式，把人和人之间的关系搞好，不是汉族怎么样，少数民族怎么样，那是因为他是一个人。一切都是以人为出发点，如果没有人的话，把民族意识强加到别人意识上，是很虚伪的，是让人反感的。所以文学，团结应该写，因为汉族和少数民族生活在一起，这是一个铁的事实。但不要写得太简单化，应该写出人心灵深处的东西。所以不要把民族团结弄成虚假的、干巴巴的东西。文学作品要一切以人为出发点。

张春梅：您写作的时候把读者放在什么位置？

巴格拉西：这是一个很复杂的问题，我原来很在意别人怎么看我的作品，老师把我表扬一下，我就很高兴，我发现很多作家也是这样想的。有次我去南疆开会，塔里木的朋友叫我们过去玩，到塔里木河的路上，看到好多人，骑马的、骑毛驴的、骑车的、步行的，都往河边我们的方向走着。我们的朋友就问，今天是巴扎吗？这么多人去干什么？回答说我不知道干什么去。到了塔里木后一看，人山人海，原来都是来看作家的。大人抱着小孩，光着脚丫子，老奶奶、老大爷，骑着马、坐着车的都有，跑到这儿来就为了看个作家，乌鲁木齐来的作家。

张春梅：作家本人没想到吧？

巴格拉西：没想到，压根就没想到。树枝上、树干上，都趴着呢，马上、车上，都站着呢。啊哟，这么多人，天气热得很呀，我们在那里，吃着瓜，吃着羊肉串，可是他们干巴巴地在那站着看着，我把羊肉串给个小孩，那小孩说不吃。我就觉得太不好意思了。后来一个一个地介绍，这是作家谁谁谁，他们就“哗哗哗”地鼓掌，他们都是不识字的农民啊！我觉醒了，刚开始写作的时候我只考虑到自己作品的影响力，从那以后，我就是为了这些农民，他们对我们是这样地爱戴，这样地尊重，我要尽到作家的责任，我要写他们，写出他们的希望。

张春梅：您说得真好。

巴格拉西：回来以后，我重新开始写作，纯粹地去写作，像《心山》那样，写出有土的味儿、沙漠的味儿的那种作品。我要写出他们所想的，他们看得见的东西，人民的东西，要做人民的作家。

张春梅：这次经历对您影响很大，现在很少有作家这样理解读者。关于您的创作，我们先问到这里。您在新疆文学界已经打拼了几十年，对新疆文学一定有自己的看法。新疆文学发展中有一些现象，比如在80年代初，曾经提到过西部文学，您怎么看待西部文学？

巴格拉西：西部文学主要是汉族文学，因为维吾尔族文学译成汉语的作品并不多，汉族读者根本就不了解维吾尔族文学。维吾尔族对那些文学也不了解。汉族文学有几个很好的作家，对我影响很大，比如周涛老师，他对我的影响很深很深，赵光鸣、董立勃，还有丰收，都非常优秀。

张春梅：您觉得他们究竟好在哪？对您有什么影响？

巴格拉西：他们感情都比较真实，因为他们都是在新疆长大的嘛。可能感情上我们会有些接近，不像那些口内作家，写得再怎么好，也感觉到有隔阂。因为他们是新疆人，他们的感情像是新疆的土壤，是比较纯的。他们对新疆的那种热爱，比口内人写得真实。口内作家写新疆多好、多美，维吾尔族人怎么样，是比较礼节性的东西。

张春梅：是不是也有不同的，比如沈苇？

巴格拉西：我也很喜欢他的诗，他反应很快，眼光和别人都不一样，就像我们刚才作的比较，有些维吾尔族作家看不到的东西，比如生命在于开心，在他的眼中就很有概念。

张春梅：对，他很有眼力。您认为新疆文学从改革开放以来，就这30年吧，它的文学发展有什么特点？您怎么看这30年的文学？

巴格拉西：新疆文学比起汉族文学、口内文学，比较通俗，有它的特色，也有不一样的一面，不一样的一面就是我们写一些平凡的生活，写兵团生活的比较多。你很难想象兵团人是怎么过来的，我们地方百姓都知道他们一无所有，那么穷，那么艰苦，刚开始老百姓都认为宁可当牛当马，也不能当兵团人，我就是受这个影响。兵团生活太艰苦了，我亲眼看到的，在塔里木戈壁滩上挖地窖，我们演出去到那里，看到这些，觉得太可怜了，那时候的兵团人也很年轻啊。在那个情况下我们的作家写了这些人的生活，这是我们的感情，接近生活而且真诚。

张春梅：写出了那种艰难。

巴格拉西：真实，比起口内的文学，新疆的汉族文学作家作品很扎实，在我们维吾尔族人看来，比较亲近。为了兵团的建设，新疆兵团人付出了他们最珍贵的青春甚至一生。这种精神太伟大了，赢得了我们各族人民的认可和尊重。

张春梅：您觉得现在新疆文坛的创作情况怎么样？有没有形成什么代表？

巴格拉西：就像刘亮程的那些散文，比如《一个人的村庄》，赵光鸣那些短篇小说，在全国都有影响。像周涛、赵光鸣、董立勃、刘亮程、沈苇、丰收等优秀的汉族作家在全国已经有了比较大的影响。他们走向了全国。还有几位少数民族作家也在逐渐扩大在全国的影响。从这个意义上说，新疆西部文学已经形成了不大不小的一支作家队伍和区域文学。新疆有这样一些作家，我很自豪，而且他们都是我的好朋友，我们很融洽，很谈得来，无论是生活问题也好，文化也好，文学方面也好，都很融洽。我会欣赏他们的作品，他们也会欣赏我的作品。

张春梅：80年代后期，新疆掀起了一个写散文的热潮，好多人都在写散文，至今依然热度不减，您怎么看待散文写作？

巴格拉西：可能因为散文不用构造，不带情节，只要把感情和思想倒出来就行了嘛。让我说吧，就是那种东西好写得很，维吾尔族的长篇小说两百多部，那些连一段短篇都写不来的都在写长篇。就因为觉得好写，写什么都行，抓到了就是厚厚的一本，但要让他们写短篇小说还写不了呢。真正意义上的长篇小说是什么？少人过问。就因为现在这个市场经济，出版社要卖钱，只要没有政治问题就给你出版，这样把文学都给搞乱了。散文也是这样，因为它不带情节，不需要构造啊什么的，只要把感情思想写出来就行了，就这三个因素。

张春梅：您提到有市场的接受环境，市场喜欢这样的作品，这个确实很重要。您的作品大多都是通过翻译让大家知道的，您对您作品的翻译满不满意？

巴格拉西：张老师，说心里话，文学这个东西不能翻译，真正意义上的文学是不能翻译的，一翻译，本来的那种价值就降低了，不管是再大的翻译家也好。我的作品翻译出来，我当然高兴了，没有这些翻译的功劳，汉族文学怎么认识我？那是翻译的功劳。我的许多作品翻译成其他的文字，也是通过汉语才翻译过去的。从这个意义上说，翻译对我的帮助太大太大了，使其他读者认识到我，中国作协认识到我，其他作家也认识到我，一小部分人也知道有巴格拉西这么个家伙，从这个意义上说我当然高兴了。但是呢，作品里面内涵的东西，那是翻译不出来的，它的音乐性，语言的色彩，包含的那种虚的内容，内在的那种寓意，内在的东西，那种属于原著的色彩、音乐，翻译不出来。

张春梅：本民族的作家也很难翻译出来吗？

巴格拉西：不行，因为他的汉语不像对自己的少数民族语言那么熟悉。我们的翻译呢，多像是一个办公室翻译。真正意义上，文学人翻译作品的很少，要是文学人翻译的话那就太棒了。

张春梅：嗯，所以说叶尔克西是很优秀的。

巴格拉西：对，对，她翻译得很好，叶尔克西很有水平，和铁来克、狄力木拉提一样，很有水平。但哪个作者对自己的作品的翻译都还是不满意的。

张春梅：那您用本民族语言创作的作品，您的维吾尔族读者，他们阅读后感觉怎么样？

巴格拉西：很喜欢，各个层面的读者都很喜欢。有时候我也巴不得用汉语来写，但是水平不行。怎么说呢，我的汉语还是不够好。有时汉族翻译给我打电话，问这个汉语的意思是什么，有时候维吾尔族的翻译又问我那个汉语的意思。不管是哪个民族的语言都很伟大。

张春梅：我们这几个学生读了您的《心山》，都很喜欢，没有模式化的东西，很生活化、很贴切。

巴格拉西：我尽量避免那些模式化或者故事化的东西，我就写一个人，他的生活方式我不怎么考虑。因为那是现实生活的一个框架，人生活在那个框架里面，要超出那个框架不行，那是人的意识形态。

张春梅：在您的《心山》中的依里多斯，就是那个小男孩，他从城市到乡村的奶奶家，他对乡村里的一切都感到十分好奇。您在里面提到乡村文明和城市文明之间的差异，您对乡村文明和城市文明有什么看法？您是喜欢乡村里那种淳朴自然美，还是对城市文明有一定的肯定？

巴格拉西：那当然了，对现在生活的发展我们是想象不到的，生活只停留在原先程度是很落伍的。时代向前发展，社会也是不断向前发展的，人的生活方式也不断改变，现在农村和城市的生活方式的差异已经很小了。当然要赞扬人类先进文明的进步，但是很遗憾的是在这个发展过程中我们丢掉了一些珍贵的好的东西。我的意思是，我并不反对这种生活方式，但发展的时候不要忘了本，不要忘了根。人都是从乡村来的，从草地上、原野上，从农村到城市，我们不能一下子把它割断，我们的根还在那个地方，我们的基本保障还是大自然，没有大自然的和谐，人的生活是无法想象的。光靠汽车大楼是不行的，我们还是需要水、土地，人的感情也要和大自然一样朴素，你的感情要和大自然一样那么干净、那么淳朴，这是我所提倡的。那几个孩子的行为是传统的表现，推动这种行为的主要因素就是一些传统精神的力量，他们的结局好像是一个悲剧，可是复活了一种精神：对大自然的爱，对大自然的尊重，对自己根的向往，这使得那些大人已经很麻木的东西苏醒了，给大人起了一个榜样作用。

张春梅：最后，请教一下您认为自己的代表作都有哪些？

巴格拉西：我的作品可以分成三个阶段。第一个阶段是对文学的朴素的认识和感情，所写下来的作品有《战友》、《风雪夜》、《浮世的铜铃声》；接下来就是追求一些现代派的，属于精神方面的写法，就是西方的表现方法，这里面有些作品，比如《我滞留在死人瞳孔里的影像》、《独车》、《四叶草》、《宇宙与小孩》；第三阶段则比较严肃，像《心山》，回归了现实主义，这是我从沙雅县看到那些情景以后，我的创作思想、创作主张、创作方法产生了根本性的变化。人的情感在一个时候、一个时期，好像正在看着你在写什么。我始终不能忘记他们的眼神，那种表情，那种真诚、热烈。

张春梅：那样的读者确实令人难忘。我准备把这次的访谈题目叫做“为这样的读者写作”。谢谢您了！

后记

本课题在2009年6月刚刚获准通过后，当课题组的成员还没有开始对一些课题内容进行仔细分工时，新疆的“7·5事件”发生了。接着一系列的政治学习、值班、维稳工作等，确实给课题组成员们后来的课题研究工作造成了时间上的紧张，再加上半年多的网络管制、信息不通，给在新疆的课题组成员查阅文献资料带来了极大的不便。这一切，都在消耗时间。接近2011年的年底，用在本课题研究的时间已经非常有限了，好在本课题的预期成果形式是10万字左右的论文集，不然的话，本课题按时完成应该是困难的。

本课题组成员在不到两年的时间里其实也做了大量的工作，首先，课题组成员王敏、邹赞在与课题有关的理论背景方面做了一些梳理铺垫工作，在笔者看来，这是十分重要的工作，虽然，这些梳理铺垫性的工作与研究对象看似是非直接性的关系呈现，却是无法替代的基础性环节。

同时，课题组成员张春梅在立项前就涉及课题内容的访谈问题进行了准备工作，立项后继续对在新疆的部分当代少数民族作家进行了采访，访谈的结果虽然离我们访谈的目标要求还有距离，但这个结果同样具有呈现当代少数民族文学功能、文学事实的价值。一切尽在话语之中。

本课题的题目虽然是关于当代少数民族文学批评的，但在研究过程中，课题组成员却不得不涉及文化批评以及具体的影视艺术批评，因为这些内容与课题本身是密切关联的，它们完全可以相互补充、互为映衬。

感谢课题组全体成员的共同努力！感谢姚新勇先生审阅本书并慷慨赐序！这本书在出版过程中颇费周折，从策划到送审再到排印，我的老友、暨南大学出版社总编辑史小军教授自始至终关心备至，没有他的督促和操劳，这部书稿也许还待在我的电脑里；责任编辑李艺、周玉宏、黄球也对本书的出版付出了辛勤的劳动，在此一并致以衷心的感谢！

欧阳可惺

2013 年 7 月 22 日